緊立ち（きんたち）

警視庁捜査共助課

乃南アサ

文藝春秋

目次

装画　浅野隆広
装丁　永井翔
背景写真　山元茂樹

緊立ち

警視庁捜査共助課

プロローグ

1

素通しガラスの大きな自動ドアを抜けると、臙脂（えんじ）色のマットを敷いてある空間には飲み物の自販機と共に、体温測定器に連結したかなり大きな液晶モニターが天井から吊されていた。そこに映し出される、キャップを取ってマスクをしている自分自身の顔部分を囲む四角が、平熱であることを示す緑色なのを確かめつつ再びキャップを被（かぶ）り、モニターの下に設置された消毒液を両手に吹きかけて、好（い）い加減にてのひらに揉み込みながら、さらに次の自動ドアを抜ける。その途端、刺激的な電子音の氾濫（はんらん）が全身を包み込んだ。

必要以上に明るい照明の下で、行儀よく並ぶ人々の背中、背中、背中。大半が似たり寄ったりの黒っぽい服を着て、心持ち背を丸め気味で並ぶ中には、よく見れば女と分かるものもちらほらと混ざっていた。高い天井には白っぽいLED電球が、これでもかというほどの数で幾何学模様を描いている。その下で、人々は折箱に詰められたぼた餅(もち)のように行儀よく並んでいる。

もう昼過ぎだった。さすがに入口から一番近い角台や、新台が並ぶ列には一つも空席がない。昨日も、一昨日もそうだった。ここいらの台に陣取る連中は、気合いが違う。おそらく早い時間から並んだりして、開店と同時に目指す台を確保するために突進するのだ。新型コロナウイルスなんて関係ないし、万一感染したところで、べつに構わないくらいにしか考えていない。こっちだって気持ち的には負けていないし、稼ぎたいのも山々だが、何しろ相当な夜更けまで安い焼酎を飲みながら顔も知らない誰かと対戦ゲームなんかしている日々で、そこまで気合いを入れる根性はなかった。それでもわざわざ電車に乗ってまでこの街に来るのだから、我ながらなかなか勤勉と言っていいと思う。というのも、ダチのアパートのある街ときたら都心のすぐそばにあるくせにどこか田舎くさくてひっそりと小さく、パチンコ屋の一つもありはしないからだ。

ジャンパーのポケットに手を突っ込んで中の一万円札を軽く握る。背中合わせにそれぞれの台に向かっている人々の間をすり抜けるように歩く間も、周囲では様々な台から、ありとあらゆる音が溢(あふ)れ出してきていた。最初はうるさく感じても、そのうちこの刺激が脳みそをじんじん震わせてくれないと物足りなくなってくる、いわば麻薬みたいなものだ。歩きながら空いている台を見つければ、機種よりも先に台の上部にデジタル表示されている当たり数などを確かめて、いやもっと先に行けばいい台があるはずだと思っては、さらに進む。

そうして広い店内をしばらくジグザグに歩き回った挙げ句、最終的には左右に人のいない台に落ち着くことにした。右側にだけ肘(ひじ)掛けのついている丸椅子に腰掛け、ポケットから一万円札を取り出して、まずは台の左脇にある投入口に滑り込ませる。昔はパチンコといえば百円から遊べたという話を聞いたことがあるが、そんなのはきっと遥か昔、もしかしたら昭和の話に違いない。今の機械が受けつけるのは最低千円からの札だけと決まっている。その中から、とりあえず五百円分を玉に替えた。

台の盤面には、上下左右から次々と何かを叫んでいる吹き出しつきのアニメが現れた。だが「待てっ」とか「気をつけろっ」という台詞（せりふ）がどういう場面を描いているのかは分からない。ドキューン、ズガーンと音がする。場面転換が速すぎるし、第一このアニメそのものを見たことがないのだから、何が何やら分かるはずがなかった。しかも、ちょうど真後ろで背中合わせに打っているヤツの台から響いてくる轟音（ごうおん）で、自分の台の音はほとんどかき消されてしまうのだ。背後からは、ビビビビだの、キュイーンゴゴゴ、ズガーンだの、とにかくやたらと派手な音が降りかかってくる。もしかするとリーチでもかかっているのかも知れない。

本当なら煙草（たばこ）を一服したかったが、最近はどこでも分煙が徹底されて、この店の場合なら奥に設置されている狭い喫煙ルームに行かなければ吸えないことになっている。もう少ししたら行こうかと思いながら、とりあえずは目の前の盤面に集中することにした。すると、あっという間に光と音の氾濫に呑み込まれて、すぐに無我の境地みたいな気分になっていく。余計なことは何も考えずに、ただひたすら、ぽん、ぽんとリズミカルに打ち出されて盤面を跳ね回り、釘に当たって不規則な動きをしながら落下していくパチンコ玉を眺めて過ごすのだ。これが、いい。

盤面にはアニメの上から色違いの数字が三つずつ現れて、くるくると回り出しては止まり、また回り出す。同じ数字が三つ並ぶとチカチカと派手なランプが明滅し始める。何やら音もしているが、それは相変わらず真後ろからの轟音にかき消された。それにしても、ヤツの台は出続けているらしい。こっちは数字が並べばここぞとばかり右寄りに玉の狙いを変えて、そのときだけはザクザクと玉が出てくるのだが、これがそうそう続かない。気がつけば上皿のパチンコ玉が少なくなっていた。さらに貸し玉を追加だ。こうして最初に吸い込まれていった一万円札は、五百円分ずつ銀色の玉に替わり、玉は増えたり減ったりを繰り返しながら、次第次第に一万円を食い潰していった。

　相当に粘ったつもりだが、結局は一万円分すっかり使い切ったところで、台を替えることにした。ひとまず煙草を一服してから、例によって台の間を歩きまわり、今度は違うタイプの台の前に腰を落ち着けて、また一万円札を滑り込ませる。今日の軍資金は二万円の予定だ。昨日は差し引き四万四千円の勝ちだった。久しぶりにいい気分で、ダチの分まで安い寿司を買い、ついでに四リットル入りの焼酎も買って帰ったくらいだ。親しいどころか名前さえうろ覚えだというのに、他のゲーム友だちから頼まれるままに、この数日居候させてくれているお人好しの相手には、それくらいの気遣いをしたって損はなかった。聞けば、ポスティングのアルバイトだけで食っているというそいつは「寿司かぁ」と、真夏みたいに日焼けした顔をほころばせて、素直に喜んでいたものだ。

　それにしても今日はマジでツイてないらしかった。リーチはずい分かかったし、当たりも何回かあって、盤面の上部にある立体的な仕掛けまでガッと動いて盛り上がりそうになったのに、結局は続かなかった。三時を回った頃には二万円はすっかり使い果たして、そうなるとまるで魔法が解けたかのように、氾濫する電子音も虚しく聞こえ始めた。他人のことなど気にとめることもなく、自分一人だけの世界に浸っている集団のいる空間が、いかにも味気ないものに思えてくる。ついさっきまで自分だって同じ穴のムジナだったくせに、背中を並べて台に向かってる誰も彼もが時間を持て余している上に何も考えていないアホばかりに思えてくるから不思議だった。

　こういう日もあるってか。

　ここで熱くなってもいいことはないと分かっている。今日はツキがなかった。諦(あきら)めが肝心だ。色々と自分に言い聞かせながら、つまらない気持ちでジャンパーのポケットに手を突っ込んで、店の出入口に向かう。二重になっているドアを抜けて外に出ると、冷たく乾いた風が吹き抜けていった。街は街で、いくつもの大型ビジョンから流れる宣伝や音楽が溢れかえり、行き交う車の音に高架線を通り抜けていく電車、人々の靴音やざわめきなどが無数に混ざり合っていて、やはり静寂などとはほど遠い。

　寒びぃな。

　パチンコに負けたせいか、まるで冴えない気分で、それなら、これからどこに向かえばいいだろうかと人混みに紛れて歩き始めたものの、ああ、でもやっぱりもう少しパチンコをやりてえなと思った。せめて日が暮れる頃くらいまではそうして過ごしたい。第一、ただこうして街をうろつくには寒すぎるのだ。こうなったら別の店でリベンジっていうのはどうだろうかと閃(ひらめ)いて、ちょうど歩く方向を変えようとしたときだった。背後から「宮沢(みやざわ)さん」と呼ぶ声が聞こえた。反射的に足が止まる。それと同時に「しまった」と思った。こめかみのあたりにヒヤリとする感覚が走る。

「宮沢竜平(りゅうへい)さんですよね」

　振り返る間もなく、目の前にすっと女が現れた。眉が隠れるくらいの長さで前髪を切り揃えた茶髪のセミロング。服装は白とピンクの上下切り返しになっているダウンジャケットにリュックサックを背負っている。マスクをしているせいもあるだろうが、ちょっと見は自分より年下の、まだ学生みたいな雰囲気がしなくもなかった。

「何で呼び止められたのか、分かりますよね？」

マスクの下から、静かな声が聞こえた。

「な——誰、あんた」

答えを聞くよりも先に「逃げるか」と思った。何よりも「宮沢」と呼ばれたところからして、もうヤバい。ちくしょう、どうして反応しちまったんだ。

「——関係ねえよ、俺の名前は——」

何なら女を突き飛ばしてでも逃げるつもりだったのに、いざとなると膝が笑いそうになって、思うように足が動かなかった。しかも、気がつけばいつの間にか女の両脇と、さらに自分の背後にもマスク姿の男たちが立っていて、口々に「逃げるんじゃないよ」「おとなしくしてな」などと言っている。いずれもカジュアルな服装だが、だからといって単なる通行人という感じでもなかった。何かしら雰囲気が違う。第一、両手を心持ち開き気味にぶらりとさせて足もわずかに開いて立つ、その姿勢が明らかに身構えている感じがした。

「な——何なんだよ、あんたら」

そのとき、女の右側に立った男が目の前の若い女を一瞥して「警察手帳見せてやれ」と呟いた。すると女は白とピンクのダウンジャケットから、その明るい色あいに合わない、黒い定期入れみたいなものを取り出した。上下二つ折りになっているものを、こちらに向けて開く。そこには金ぴかの、見覚えのあるマークがあった。

「分かるよね、警察」

さっき、ヒヤリとしたこめかみが、今度はドクドクと脈打ち始めた。

「宮沢竜平さん、だよね?」

「ち——違うって」

「じゃあ何で名前を呼んだら立ち止まったの。ごまかしたって無駄だから」

ヤバいと思いつつも半分はキツネにつままれたような気分だった。だって、ちゃんとマスクをしている上にキャップだって被っているのだ。さっきまでいたパチンコ屋でも、誰かに顔を覗(のぞ)き込まれるなどということは一度もなかった。一体いつの間に見つかったのだろう。

「下手に騒ぐと、ここで手錠かけなきゃならないからさ。そんなのカッコ悪いだろう? 今、パトカー呼んだから、それまでおとなしくしてな」

また右側に立つ男がいかにも何気ない様子で話しかけてくる。マスクから出ている目に取りたてて表情はなく、ただすべてを見透かしているようにも感じられた。目の前にいる女も、どんぐりみたいな形の瞳で、無邪気なほど真っ直ぐにこちらを見ている。

「知ってんだろう? 自分に逮捕状が出てるって」

右側の男が続けた。尻の穴がきゅっと縮んだ。

とぼけるか?

それで、通るだろうか。懸命に頭を働かせようとした矢先、女が大きく息を吐き出したらしい。リュックを背負った肩が上下するのが見えた。

「どうせ、お年寄りばっかり狙ったんじゃないの?」

その瞬間、鼻の頭から一気に汗が噴き出した。確かに、五、六人の年寄りたちをだまくらかして銀行のキャッシュカードをせしめた。カードでそいつらの金を勝手に引き出した。それが犯罪になる、というか、見つかったらヤバいってことくらいは十分に自覚していた。だが、べつに構わないと思ったのだ。そうそう見つかるもんでもないと思ったし、第一、持ってるヤツらから少しぐらいもらって何が悪い。簡単に信じる方がバカなのだ、ボケてんじゃねえよ、と。

「そうなのかい。すると、あんたには、お祖父ちゃんやお祖母ちゃんは、いないのか」

また右側の男が口を開く。

「――関係ねえだろう」

「自分のお祖父ちゃんやお祖母ちゃんが、人からだまされて大切な金を盗られたらってこと、想像してみろよ、なあ」

何も自分の祖父ちゃん祖母ちゃんをだまくらかしたってわけではない。相手は赤の他人だし、とにかく、ただ狙いやすい相手を狙えばいいとしか思っていなかった。それが、要するに年寄りだったというだけのことだ。地元の兄貴分に教わった通りに。

「とにかく、あんた、居場所ははっきりしないし、親元にも全然、戻ってないみたいだからさあ、それで静岡県警から指名手配されてるんだよ」

「――指名、手配？」

知らなかった。目の前にいる女が小さく頷きながらくるりとした目を向けてくる。

「どうしてたの、逃げてる間」

「――それはまあ、色々」

ほとんど機械的に口が動いていた。もう、何を言い訳しても無駄だという気持ちが頭を支配してしまっていて、その中を「逮捕状」「指名手配」といった言葉がくるくると駆け巡っている。まるで、頭の中がパチンコ台になったかのようだ。遠くからパトカーのサイレンが聞こえてきた。ああ、俺を迎えに来たのだなと思った。そのとき、混乱する頭の中に微かな光がパッと点った。

「――だけど俺、東京では何もしてねえし」

すると、女が不思議そうというか、今にも笑い出しそうな目もとになって小さく首を傾げた。切り揃えた前髪が、ぱらりと解けるように動く。

「場所は、関係ないんだよね。悪いことすれば日本中どこに逃げたって捕まるもんなの。知らなかった？」

「――え――ああ――そうなんでしたっけ」

また右側の男が「そりゃ、そうだよ」と引き受ける。

「静岡で悪いことして東京で捕まらないなんてこと、あるわけねえだろう。外国か？　それに、あんたの顔写真は、もう日本中の警察にばらまかれてるんだから」

「え――日本中」

「それぐらい、大ごとになってるってこと。分かるか？　何でだと思う？」

言葉に詰まっている間に、今度は女の左側にいる男が「あのね」と、初めてマスクの下の口を動かした。ブランド物っぽい厚手のジップアップ姿で、濃い眉にスッキリした目元の男だ。

「君が盗んだお金はね、被害に遭った人たちにとっては大切な生活資金なんだよ。なけなしの預金を盗られて、この先どう生きていけばいいか分からない人だっているかも知れないんだ。分かる？」

切れ長の目でじっと見つめられて、つい視線を逸らした。パトカーのサイレンが近づいてくる。やがて人の群が大きく二つに分かれて、例の、白と黒に塗り分けられた車が二台やってきた。すぐ傍まで来て停まり、下りてきた制服の警察官が大股で歩み寄ってくるのが、まるでドラマでも見ているみたいに、どこか空々しく感じられた。右側に立っていた男が「ご苦労さんです」と言い、それから小声で何か話している。いや、普通に話しているのかも知れなかったが、もう、こっちの耳には入って来なかった。指名手配だって？　この俺が？　逮捕状が出てて？　そこまで悪いことをしたのか？

「さて、じゃあ、行こうか」

「――あ、あの、どこに」

「すぐそこ。こんなとこに突っ立ってたって目立つだけだろう？　お互い疲れるし、逃げられたら困るからさ」

「――逃げないっすよ、もう」

　やっと絞り出したこちらの言葉に耳を貸す様子もなく、まず女がパトカーの後ろを回り込んで後部座席に乗り込んだ。背後から「はい、乗って」という男の声がして、自分も頭と腰を屈(かが)めることになった。最後に右に立っていた男が乗ってきてドアが閉められた。

　パトカーのフロントグラスの向こうには、さっきまで自分も身を置いていたはずの「東京の日常」が広がっていた。その日常を置き去りにしてパトカーは人混みをかき分け、ゆっくり静かに進んでいく。実に滑(なめ)らかでいい走りだ。シートの座り心地だって、その辺のタクシーなんかとまるで違う。気がする。

「だけど――」

　つい、口をついて出ていた。

「どうやって見つけたんすか――何で俺だって、分かったのかなあ」

　すると、左手に座っている男が大きく息を吐き出してわずかに居住まいを正した。

「それが俺たちの仕事だからさ」

パトカーは幹線道路に出ると初めてサイレンを鳴らし始めた。他の車を追い抜いて、すいすいと走っていく。

「――俺、これから、どうなるんすか」

沈黙が怖くて、また口を開いた。すると今度は右隣の女が、まずは静岡県警まで自分たちが送り届けることになると言った。パトカーでか？　すげえな。

「あの、俺の荷物とかは――ダチんとこに置いてあるんすけど」

「その辺のことは、警察の方でやるから心配いらない」

そういうものか。

そんで、自分は静岡まで運ばれるのか。

そこまで考えたところで、思わず天を仰ぐように、パトカーのシートに頭を預ける格好になった。ゆっくりと目をつぶる。力が抜けるのと同時に、あてもなく歩いた街の景色が次々に現れては消えていった。ＡＴＭで、はやる気持ちを抑えながら他人のカードを滑り込ませ、当たり前のようにぺろりと出てきた数枚の札を抜き取ったときの気分。足がもつれそうになりながらも、必死で落ち着いて見えるように装って逃げたときの、自分の息づかい。ポスティングで食ってるダチの、古臭くてぼろっちいアパートの、汚れ物のたまった流し台――次から次へと目に浮かんでは消える場面が、またもやパチンコ台のようだ。あれらはすべて現実だったのだろうか。そして今、こうしてパトカーに乗せられていることも。

「――やべえ」

「何が」

「何か――力、抜けて」

「気分でも悪いか？」

「いや――何か、疲れたっていうか」

半分、声がかすれていた。それからほどなくして、パトカーは三階建ての交番の前で停まった。歩いたって大したことないのではないかと思うくらいの、短い距離だった。

2

「なんだよ、もう行くの」

寝返りを打ってシーツを手でまさぐると、そこにいるはずの女がいない。やっと目を開け、首だけ起こしてベッドの中から声を出した。

「だって、時間だもん」

酒焼けした声が返ってきた。首を巡らした先に、ドレッサーに向かう黒いキャミソール姿の女の背中が見える。

「もうそんな時間か――天気は」

「降ってるわよ、今日も」

「またかよ――毎日毎日、よく降りやがるなあ」

「今年はまた、いつもの冬より多いんだよねえ」

そこで、女はくるりとこちらを向いた。

「店の前の雪かきさ、手伝ってくれる？」

「やだよ。一回で懲りた。あれやると、腰も腕も痛くなってたまんねえ」

女は、やれやれという表情で微かにため息をついて、また鏡に向かう。

「そんなに一日中ゴロゴロしてて、よく平気なもんだわ。身体が鈍ってしょうがないんでない」

「いいんだよ、こうやってんのがあずましいんだ」

女がまた振り返った。今度は意外そうな表情になって、口もとに微かな笑みが浮かんでいる。

「あずましいなんて言葉、覚えたんだ」

「あんたがよく使うから」

「あら、そうかい?」

「それより、何か飲むもんねえ? 喉渇いたんだけど」

「自分でやって」

小さく舌打ちをして仕方なくベッドから抜け出すと、とりあえずカーペットの上に落ちていたボクサーパンツだけ身につけた。外がどれほど吹雪いていようとも、建物の中はこうしてパンツ一丁で歩きまわれるくらいに暖かい。これが北国の建物だということを、今回初めて知った。

そのまま素足でキッチンに行き、冷蔵庫から缶ビールを取り出してきて、ひと口飲む。女を抱くのにエネルギーを使って、それから時間を気にせずにぐっすり眠り、こうして起き抜けに飲むビールは渇いた喉を潤して、胃の腑に染み渡った。ところが、すぐに女が「あれ」と声をあげた。

「アルコール呑んじゃっちゃあ、運転出来ないんでない」

「言ったろう? 俺はね、もう運転もしねえの」

「こないだは、したのに」

「あれは、そこのコンビニに行くだけだったからさ。だけど、それよりか遠くまでは、もうしねえ」

「じゃ、店まで送ってもくんないの？　そんな大した距離でもないのに」

女はまた鏡に向き直って、今度は真剣な表情で眉を描きながら「雪かきもしない、送ってもくれない」と口もとを歪めている。仕方がないではないか、また検問にでも引っかかっては、今度こそ元も子もないのだからとは、女には言えない。その代わりに、背後から近づいていって女の身体に腕を回し、大して豊かでもない乳房を揉んでやる。女は「ちょっとぉ」と、嫌がるような素振りを見せながら、鏡の向こうではわずかに白い歯を見せた。

「やめてったら。髪の毛がくしゃくしゃになるっしょ」

それでも構うことなく女の首筋に唇を当てて、その口を耳元に寄せた。乳房を揉む手は休めない。今ここで女の機嫌を損ねるわけにはいかないのだ。

「なあ、今日は例の客、来るかな」

女は鼻から甘い息を吐きながら「多分ね」と応えた。

「あの人は変なとこ真面目だからね。勤め人みたいに毎日一度は必ず顔を出すから」

「そんじゃあ、今日、買うかな」

「そろそろ買うんでない？　昨日はまだ少し迷ってるみたいだったけど、最後には『分かった』って言ってたし」

「もしまだグズグズ言ったら？」

「押せばいいっしょ。滅多に手に入んない限定品の、しかもウブロだよって」

そうそう、と柔らかい耳たぶを甘く噛む。

「そこんとこ、強調してくれよな。まともに買おうと思ったら、うん？」

「――二百万」

「そうそう。二百万以上する品物なんだからってさ。もうこれ以上、迷わせんなよ」

「大丈夫だわよ、きっと。『他にも欲しがってる人がいらっしゃいますしね』って言ったら顔つき変わってたし、とにかく目立ちたがり屋のエロ坊主だから。それに昨日は帰るときに『今度はポケットを膨らませていらっしゃいませよ』って、念押ししてやったから」

「そんなら今日、決められるよな？」

「雪があんまりひどくならなけりゃ、間違いなく来ると思う」

「あんたの店に来て夜な夜なホステスを口説いてるエロ坊主なんて、もともと腐るほど金持ってんに決まってんだから」

「そうだけど――ちょっとぉ、もう、遅くなっちゃうからって」

女の息が乱れてきて切なげな声になったところで、ぱっと手を離した。

「な、今日、待ってってからさ。頼んだよ」

肩からずり落ちたキャミソールの紐を引き上げてやり、再びビールを喉に流し込みながら、今度はベッドの脇に置かれたソファーに腰掛ける。このマンションは、とにかく間取りが広い。だから女はリビングルームにどでかいクイーンサイズのベッドまで置いて、まるでホテルの一室のような使い方をしていた。他にも部屋はあるのだが、ダイニングの他の一つは丸ごと女の衣装部屋になっているし、もう一つの部屋は机とパソコン、それに本棚こそあるものの、あとは開けてもいないもらい物が山になっていたりして、ほとんど使っている様子がない。

窓際に置かれた革製のソファーには、背もたれから座面まで大きなムートンのカバーがかけられていて、それが素肌にいかにも心地好かった。目の前のローテーブルの上には今朝方まで女と酌み交わしていたワインのボトルとグラスが二つ、それに、店から持ち帰ったつまみの残りが皿の上でほとんど乾いている。

「せめてそんぐらいは、片づけておいてくれるっしょ。来週になんないと家政婦さんだって来ないんだから」

テレビのリモコンに手を伸ばして、スイッチを入れていると、鏡越しに女が言った。ああ、とも、うん、ともつかない答え方をした後、思い出したようにベッドの枕もとで充電ケーブルにつないだままにしていたスマホに手を伸ばす。メールを確認するためだ。ことに、おふくろからの連絡は無視するわけにいかない。おふくろ本人には特段の用事があるわけではないが、唯一気がかりなのが預けてある愛犬のことだ。可愛い可愛いトイプードルのエトロくんが、あのがさつなおふくろにどんな扱いを受けているかが心配で仕方がない。せめてエトロくんの写メくらい送れるようになっていてくれればいいものの、おふくろはＬＩＮＥどころか写メも覚えようとしないのだから仕方がなかった。

今日はまだ連絡ねえ、か。

それはそれで少し物足りない気持ちになる。それならと、ＴｗｉｔｔｅｒかＹｏｕＴｕｂｅでも見たいところだったが、例によってＷｉ－Ｆｉがうまくつながらない。

このマンションはそれなりに高級だし、共同のＷｉ－Ｆｉも引かれているのだが、利用者が多すぎるせいか、中継器が足りていないのか、または各戸の壁が厚いためなのか、よほどの深夜でもない限り、いつでも電波が弱くてまともに使えなかった。だから結局は近くのコンビニまで行って無料Ｗｉ－Ｆｉに頼ることになる。だが、地元の人にはどうということもない天候でも、東京の人間にとっては、降りしきる雪を踏み分けてコンビニまで行くには、距離と関係なくそれなりの決心と気合いが必要だ。ただでさえ一日に一回行くのがやっとというところなのに、特に今日のように昼間なのか夕方なのかも分からないほど薄暗い雪の日ともなると、もう気持ちからして萎えてしまって、一歩だって外になんか出たくなくなった。もともと寒いのは大の苦手だ。それなのに何だってこの季節に北海道なんか目指そうと思ったのか、我ながら不思議になる。いや、多分「絶対に行かなそうな場所」を選んだのだと思う。無意識のうちに。

　夕方のテレビは、どのチャンネルもほとんどが似たような情報番組ばかりで大差がなかった。そのチャンネルを適当に替えている間に、女は携帯でどこかに連絡を入れて「そっちは私が寄ってくから、あんた早めに行ってさ、店の前の雪かき、やっといてもらえるかい」などと言っている。やってくれるヤツがいるんなら、わざわざ俺を働かせんなよ、と密かに思う。

　化粧を済ませてからクローゼット代わりの部屋に引っ込み、再び現れたときには紫色のベルベットのスーツに身を包んでいた女は、大きな石の輝く指輪をはめ、同じ石のピアスとペンダントもつけていた。隣室には衣装棚に囲まれるような格好で巨大な金庫が置かれていて、女はそこに宝飾品の類（たぐ）いを全部しまい込んでいる。果たしてどれほどのお宝があるものかと、女の留守中にいじってみたことがあるが、びくともするものではなかった。要するに女は女で、がっちりとガードしているのだ。何しろこんな地方都市でも、それなりのクラブを経営する女だった。実は半年くらい前までダンナがいて、この高級マンションもそのダンナが買ってくれたらしいのだが、幸か不幸か切れたという。もしかしたら金の切れ目が縁の切れ目になったのか、または向こうがおっ死（ち）んだのかも知れない。女はそれについて何も言わないから、こっちからも聞いていない。とにかく女がしばらく独り寝の淋（さび）しさを抱えていたことだけは間違いがなく、だから、あの日の夜更け、ふらりと立ち寄った客に向かって、まるで思いついたように言ったのだ。

「行くとこないいんならさ、うちにでも来るかい？」

そういう部分が自分にはツキがあると、あのとき改めて思ったものだ。大して考えもせずに入った店が予想外に高級そうだったから、帰るに帰れない気分になって、ただ閉店まで粘っていただけなのだが。

「他の、これはって客にも勧めてくれよな。ロレックスもオメガもあるし、何ならリクエストしてくれたら、少し時間をもらえりゃあ、間違いなく調達してくるから」

テレビから目を離さずに声だけかけると、女の声が「それより」と応えた。

「あんた、食べるもんはどうする？　後から出てくる？」

「面倒くせえな。腹が減ったらウーバーでも頼むわ」

「へえ。そんぐらいのお金は、あんのね」

「今んとこね。あんたが早く売ってきてくんねえと、もうなくなるけど」

女は「分かったわよ」と半ば仕方なさそうに、それでも真っ赤に塗った唇をほころばせた。

「そんじゃ、もうひと押し、してくるとしようかね」

「おう、頼んだよ。現ナマ持って、帰ってきてくれよ。ああ、店に置いてるいちばんいいワインかシャンパンもな。うまくいったら、お祝いしねえとさ」

互いに明かしてはいないが、多分、女は四十代後半、いや、下手をすると五十も過ぎてるかも知れない。とにかく間違いなくひと回り以上は年上だ。それだけに、向こうにしてみれば半ばペットでも飼うような気分で楽しんでいるらしいのがよく分かる。それでいいのだ。金は女が稼いでくる。雪解けまでは、それを待ちながらゆっくりさせてもらうつもりだ。

「じゃ、いい子にしててね」

最後にそう言って、女は真っ黒いロングコート姿で颯爽（さっそう）と出かけていった。玄関のドアが閉まったときだけ、微かに室内の空気が動いた気がした。

さて、と。

あの女が、ウブロをいくらで売ってくるか。

頭の中で算盤（そろばん）をはじく。こっちから具体的な指示は出していないが、定価が二百万以上する腕時計の、しかも新品を、まさか百万かそこらで売ってくるとは思えない。ああ見えて、なかなか抜け目のない女だ。百五十、いや、百七、八十くらいまで行くか？　場合によってはそれなりの値段で売ってきて、代わりにマージンをよこせくらいのことは言うかも知れない。向こうがいくらで売ってくるかにもよるが、多少のことは考えてやってもいい。

室内で吸うと鼻のきく女が後でうるさいから、毛布だけひっかぶってベランダに出て、煙草を一服した。雪が降りしきる地上七階は、極寒と言っていいほどの風が吹き荒（すさ）んでいて、煙草の煙もすぐに蹴散らかされるように灰色の空にとけていった。裸足の足から瞬（また）く間に冷えていくから、さっさと煙草を吸い終えると大急ぎで部屋に戻り、そのままベッドに潜り込む。両脚を擦（こす）り合わせながら、面白くもないテレビの音だけ聞いて過ごすうち、もう少ししたら風呂に入るのもいいかなと思いついた。その後で、思い切って出かけようか。どうせコンビニには行きたいのだ。コーヒーをすすりながらゆっくりとFacebookをチェックして、InstagramとTwitterにも目を通したい。儲け話を持ちかけているヤツがいないとも限らないからだ。それなら飯はコンビニ弁当かカップ麺でも買って帰るのだって、べつにどうということはない。そんなことを考えながらようやくベッドから抜け出し、ぬるくなったビールの残りを飲み干して、さて風呂に湯だけでも溜めようかと立ち上がりかけたとき、部屋のインターホンが鳴った。ピンポンピンポンピンポンと三回鳴って、静かになる。知らん顔を決め込むつもりなのに、間を置かずにまたピンポンが始まった。ピンポンピンポンポンピンポン。ピンポンポンピンポンピンポンポン。

しつっけえな。

仕方がないからゆっくりインターホンに近づくと、黒縁眼鏡をかけた細面の女が、額に前髪をひと筋たらし、眼鏡に水滴をつけた姿でカメラを覗き込んでいた。顔の下半分はマスクで見えない。何だ、宗教か、集金？　それとも近所の主婦か誰かだろうか。

「――何ですか」

「すみません、そちらに福田さん、いらっしゃいますか」

「――誰」

「開けてもらえませんか。お宅、福田大輝さんですよね」

「だから、誰だよ」

「警察のものなんですが」

「警察？」

すうっと血の気が退いた。

「直接お話ししたいんで、開けて下さい」

「嫌だよ。警察になんて、こっちは用ないんで」

応えながら、振り返って目が慌ただしく着るものを探し始めた。ほとんどがベッドの周辺に散らばっている。

「開けてもらえないと、管理会社に来てもらわなきゃなりません。そうなると、さっき出かけていった女性にも連絡して、戻ってきてもらうことになりますけど、それでもいいですか？」

「そんな――何なんだよ、いきなり」

まじでヤバそうだと思った。このまま窓から逃げようかと考えて、すぐに「馬鹿か」と打ち消す。ここはマンションの七階で、しかも外は雪ではないか。その上こんなパンツ一丁の格好では、逃げきる前に凍え死ぬ。

「福田さん、とにかくオートロックを解除してください。早く」

女の語気が少し強くなった。ちくしょう。こうなったら非常階段か。だが、とにかくその前に服を着なければ。今、現金はどれくらい残ってただろう。めまぐるしく考えている間にも「福田さん」「開けてください」とせっつかれ、こっちでインターホンを切ればすぐにまたピンポンピンポンとしつこく鳴らされて、その勢いに気圧されるように、ついに解錠ボタンを押してしまった。

どうせ、ここいらの警察の、それも婦警じゃねえか。

いや、それにしてはこっちの名前を知っていた。

やっぱり、と、ピンと来た。先週、用事があるという女を乗せて苫小牧まで行って、女の車を運転して戻ってくる途中、飲酒運転の検問に出くわしたのだ。途中で逃げ出すわけにいかないし、呑んでいなかったから問題ないかと思ったのだが、女の方は相当に酔っていて、車の中が酒臭かったらしい。「念のために」と免許証の提示を求められた上で、警察官はクリップボードに何か書いていた。それでも、何ごともなく通過出来たから、てっきり問題なかったのだろうと安心していたのに。

「――くそっ」

とにかくベッドに走り寄り、アタフタしながらアンダーシャツを着て、モノクロ千鳥格子のネルシャツに袖を通した。気がつけば指先が細かく震えていて、ボタンがなかなかはめられない。

ちっ、とまた舌打ちしたとき、今度は階下からのインターホンとは異なる音が室内に響いた。玄関ドアのチャイムが鳴らされたのだ。

ヤバい。ヤバいヤバいヤバいヤバい。

ドアの向こうから「福田さーん」という、さっきの女の声がする。同時に、コンコンコンコン、とドアをノックされた。

ああ、くそっ！

ほとんどのボタンをはめ終えようとしたところで、段違いにはめてしまっていたことに気がついた。だが、こうも急かされてはそれを直す余裕もない。

「開けてくださーい、福田さーん」

こうなったら、もう仕方がなかった。よれた着方になってしまったシャツに下半身はパンツ一丁という格好のままで玄関まで行くと、素足で靴脱ぎに足先を伸ばし、出来るだけ細くドアを開ける。途端に氷のように冷たい風が切りつけるように吹き込んできて、細い隙間から黒縁眼鏡の女の顔がちらりと見えた。と、思った瞬間、いきなりものすごい力でドアが引っ張られた。思わずドアノブにかけていた手まで持っていかれそうになって身体のバランスを崩しかけたとき、大きく開かれたドアの向こうに、大柄な三人の男たちの姿が現れた。

え――――え？

何だよ、女だけじゃねえのかと呆然としている間に、男たちの前に立った黒縁眼鏡の女が「福田大輝さんですね」と言った。続けて、すぐ後ろに立っていた襟（えり）にボアのついた茶色い革ジャン姿の男がマスクの顔で「警視庁」と言い、警察手帳を差し示してくる。

「ちょっと上がらせてもらっても、いいですかね？　開けっぱなしじゃ誰から見られるか分からないし、第一、寒いでしょう」

「あ——ええと」

「いいですか」

「あ、ああ——」

「上がりますよ？　いいですね？」

女が頷くのを合図のようにして、三人の男たちは女を追い抜いて玄関に入り込み、どやどやと靴を脱ぎ始めた。黒縁眼鏡の女はコートの襟を立てて家の中へと入っていく男たちを見送り、それからこちらを上から下までじろじろと眺め回している。そこで初めて、自分が今どんな格好をしているか思い出した。

「あ、いま——ちょうど服を着ようとしてたとこで」

「早く、着ちゃってください」

慌ててきびすを返した。広々としたリビングルームに戻って、きょろきょろと見回すと、靴下の片方はすぐそこに転がっていたが、もう片方が見あたらない。ああ、どこだよ、もう。いや、靴下の心配なんかしてる場合じゃねえだろうがよ——気持ちばかりが焦(あせ)って、完全に目が泳いでいるのが自分でも分かる。それよりか、レギンスはどこだ、レギンスは。

「あの、えっと——警視庁の人、なんですよね」

ごまかすように振り返ると、茶色い革ジャンが「そうだよ」と無愛想に応えた。髪は五分から七分刈りといったところだろうか。太く濃い割に短めの眉が印象的だ。それに年齢の印象に見合わないほど、額にだくだくと皺(しわ)が寄る。

「それって東京の、あの警視庁ってこと、ですかね？　こんな遠くまで？」

「そうさ。おまえさんが手間かけさせてくれるからさあ。探しちゃったよ、もう」

どうやら笑ったらしい。男の目尻から頬にかけて、大きな笑いじわらしいものが何本も寄ってマスクの下に隠れた。「それよか」と男がこちらの姿をじろじろと見る。

「早く支度しろってば。何してんだよ」

「く、靴下が、片っぽ」

それまで黙っていた紺色のコート姿の男が、「しょうがねえなあ」と唸るような声を出して、かなりの巨体を大儀そうに屈めてあたりを探し始める。もう一人の黒いダウンジャケットも相当にいい体格で、部屋の中を眺め回していたが、ふいに「ブツは？」とこちらを振り向いた。

「まだ残ってんのがあるだろう？　ここは女の住居（ヤサ）かい」

「ブツなんて、知らないっすよ——それに、女って言ったって、べつにつき合ってるってわけでも」

すっかり寝乱れて女物の下着が放り出されているクイーンサイズのベッドを背にして、我ながらよく言うと思った。男たちが等しく冷やかすような、いかにも皮肉っぽい目つきになる。

「まあいいや。ここには女性もいるんでね。品のねえことは言わねえことにしよう」

「とにかくさ、ブツをさ、出して。持ってんだろう？」

茶色と黒から交互に話しかけられている間に、紺色コートの巨体がローテーブルとカーテンの間に転がっていた靴下を探し出してくれた。「よいせ」と言いながら立ち上がると、靴下を差し出しながら、また「早くな」と言う。さっきまで一人優雅に裸を楽しんでいた空間に、いっぺんに一人の女と三人の大男が立っているのだから、さすがの部屋も急に狭くなったように感じられた。それにしても何とも言えない圧迫感だ。いつの間にか額に汗まで滲（にじ）んでいる。

「ホント、俺、ブツなんて——一体、何のことっすか。マジで知らないっすよ」

「そうかい？　じゃあ、探してもらうよ。いい？」

ようやくレギンスに続いて靴下とズボンを穿き、ファスナーを上げたところで、「捜索差押許可状」というものを見せられ、改めてムートンのかかっているソファーに座らせられた。目の前に黒縁眼鏡の女が立ち、三人の男たちは慣れた手つきで家中のあちらこちらを探し始めている。そして、ブツは呆気ないほど簡単に見つけられてしまった。まさかこんなところまで追いかけてこられるとは思わなかったから、無造作にキャリーバッグに詰め込んだものを、ただ隣室の、女のクローゼットの前に置いておいたのだ。いかにも見つけて下さいと言わんばかりに。

「これ、中、開けてみてもいいかな。開けるよ、いいね？　一緒に見てよね？」

もう、抵抗のしようがなかった。黙って見守る目の前に、もうすぐ現金に代わるはずだった残りのブツが並べられた。オメガ、ロレックス、タグ・ホイヤーにグランドセイコー。

「すげえな。高級品ばっかりだ」

「あれ、これにはケースはないの、どうして？」

「ああ、今さらね、嘘は言わない方がいいからね。こっちは製造番号も確かめてあるから」

「で、どうしたの、これ」

畳みかけられるように口々に言われて、「えーと」とか「どうしたんですかね」と、言い訳にならないような言葉を何度か口にした後、結局は自分が盗んできたブツだと認めざるを得なくなった。マスクをした四人は満足げにうなずき合っている。

「じゃあ」

黒縁眼鏡の女が、こちらを向いた。この女がボスなのだろうかと、ふと思う。それにしても、知らない人が見たらどっちが泥棒だか分からない図だ。マスク姿の四人組に、こっちがブツを脅し取られているようにだって見えないことはないだろう。

「福田大輝さん、あなたに窃盗の容疑で逮捕状が出ていますから」

女が言う間に、紺色コートの巨体が懐から一枚の紙を出してくる。広げると確かに「逮捕状」という文字が見えた。黒色のダウンジャケットが、手元の腕時計を覗き込んだ。

「ええと、四時五十分、逮捕状を執行しますんでね。両手を前に出してくれるかな。こんな感じで。そうそう」

黒いダウンジャケットが、自分の両手を軽く握りこぶしのようにして前に差し出してみせた。おずおずと同じ格好をすると、手首に冷たい感触が触れた。カチャリ、という音を聞きながら、自分の手首に冷たくて黒い輪っかがかけられたのを確かめたとき、まるで魔法にでもかかったかのように、がくっと全身から力が抜けた。

終わった。

こんな音だけですべてが終わるとは。本当に嫌な音、嫌な感触だ。何度、味わっても。

手錠をかけられ腰縄を回されて部屋を出ると、マンションの通路からは、眼下の街路灯に照らされて、地面に向かってほたほたと雪が降り続いているのが見えた。この雪景色も見納めかと思ったとき、いや、最後にもうひと足掻きしようという気になった。何のために北海道くんだりまで来たのだ。ここであっさり捕まりたくなんかない。

「あの、俺、本当言うと、ちょうど明日、明日ね、自首しようと思ってたんすよね」

エレベーターまで歩く間に、思いつく限りのことを言わなければと思った。ようやく今日にも金が入ろうというところまできて、そう簡単に諦めてたまるものか。

「マジで、そう決めてたんですって。それに、ここに住んでる女は、俺のことなんか何も知らなくて」

「それで住まわしてくれてたんだ。何日くらい、いたの？」

「ええと――二週間、くらいかなあ」

「あんたが秋葉原の時計店に押し入ったのは先々月の十四日だよ？　すると、まだ他にもどっか行ってたのかい」

「ああ、まあ」

「こっちに来たのは？」

「ひと月くらい前だけど、最初は小樽に行ったりしてたから」

「その後で、こっちに来たのか。あの部屋の持ち主は、前から知ってた女性？」

「いや、こっちに来てから――」

「ふうん。そりゃあ、いい女を見つけたもんだなあ」

「俺、まさか自分が指名手配されてるなんて知らなかったし――マジで」

エレベーターはなかなか来ない。その間に、思いつく限りの言い訳をするつもりだった。だが刑事たちの反応は冷ややかなものだ。ようやく上ってきたエレベーターのドアが開くと、中には小さな男の子を連れた若い母親らしい女が、笑顔のままで立っていた。見覚えのない男たちがずらりと立っているのを見て不思議そうな顔になり、次いで、肩からコートを羽織ったこちらの手に手錠がかかっているのに目がとまったのか、女は一瞬のうちに笑顔を凍りつかせて、子どもをかばうようにしながら、逃げるようにして行ってしまった。

何だよ、あの目は。くそったれ。

エレベーターのドアは金属製で、少し歪んだ鏡のように自分が映る。大男たちに挟まれた自分は、確かに手錠をかけられて、うっすら無精髭(ぶしょうひげ)を生やし、ジェルひとつつけていない情けない髪型をしていた。これじゃあ、どこからどう見ても冴えない泥棒面じゃねえか。

がっくりだぜ。ちくしょう。

マンションの横手にはパトカーではなく、この雪空に溶け込んでしまいそうなグレーのワンボックスカーが停められていた。

「あ、そうだ。マスクしてもらおうかな」

「そうだった、そうだった。ほれ、これやって」

渡された不織布マスクをして後部の座席に座らせられると、両脇に黒縁眼鏡の女と巨体の紺色コートが座る。運転席に座った五分刈りの革ジャンが「じゃ、出します」と言ってエンジンをかけ、ワイパーが左右に動き出した。車が動き出した途端、ヘッドライトに浮かび上がった雪が、無数の生き物のようにフロントグラスに向かって飛んできては、すい、すい、と左右に避けていった。

「だけど——何で分かったんですか」

「探したからに決まってるでしょう」

黒縁眼鏡の女が落ち着いた声で答える。少しハスキーだが、柔らかくて耳触りのいい声だ。大して長くない髪を後ろで一つに結わえている横顔は、それなりに鼻筋だって通っている。

「やっぱ、あの検問ですかね」

「検問？　ああ、確かにね」

「——だけど、この部屋まで、どうやって探したんですか」

「それは、あんまり教えたくないなあ」

「そんなこと言わないで、教えて下さいよ。検問だけじゃあ、ここまでは分からないっすよね」

「検問に引っかかるとまずいって思うのは、どうして？」

「前に、ムショで聞いたんですよね、職質とかで身元照会かけられたら、そこから足がつくって」

　車の助手席に乗っていた黒いダウンジャケットが「まったく」と唸るような声を出した。

「ムショに入ると、ろくなこと覚えてこねえもんだな。もうちょっとマシな人間になることを覚えてくりゃあいいのに」

　車内に小さな笑いが起きた。だが、こちらとしては笑っている場合ではない。

「ねえ、教えて下さいって」

「教えちゃったら、今度はあなたがムショで他の連中に広めるでしょう？」

「言いません、言いません。絶対。約束しますから」

「そんなの簡単に信じられると思う？」

　女刑事はこっちを向いて、薄暗がりの中でまじまじと顔を覗き込むようにしてきた。

「嘘つきは泥棒の始まりってね」

　外の灯りが入るだけの車内でも、その眼鏡の奥で、目元が皮肉っぽく細められたのが見えた。

第一章

1

サカナ　サカナ　サカナ
サカナを食べると
アタマ　アタマ　アタマ
アタマが良くなる
サカナ　サカナ　サカナ
サカナを食べると
カラダ　カラダ　カラダ

カラダにいいのさ

右へ左へと縦横無尽に移動していく人々を眺めていると、次第に都会という海を漂う回遊魚のように見えてくる。そんなことを思うせいだろうか、頭の中ではずっと同じ歌がリフレインされていた。子どもの頃からスーパーの鮮魚コーナーなどに行くたびに耳にしてきたこの歌は、何とはなしに陽気で調子がよく、川東小桃（かわとうこもも）にとっては仕事中に使用する、お気に入りの一曲だった。街を往き来する人々をひたすら無心に眺めて過ごしていると自然に思い浮かんできて、しかもごく当たり前に繰り返されるのだ。

さあさ　みんなでサカナを食べよう
サカナはぼくらを待っている！

こうして街角に立ち、行き過ぎる人々を何となく眺めているようでも、小桃は常に一定の緊張感と集中力を保ち続けていなければならない。だが人の脳みそは、集中出来る時間にある程度の区切りがあるのだそうだ。五分、十五分、そして九十分と。だから小桃はまず五分を区切りに立つ姿勢を変え、十五分したら少し歩いて場所を変え、そして九十分たったら完全に気持ちを切り替えて、ひと息入れることにしている。毎日あちらこちらに場所を変えてはそうして過ごしているせいで、どこもかしこも知り尽くした感があるこの街は、小桃にとって「縄張り」と言ってよかった。数ある中でも、いつもトイレがきれいに掃除してある雑居ビルだって把握しているし、街角で過ごすホームレスの顔も、明らかにヤバそうなスカウトをしている連中も覚えている。今の自分の仕事とは直接関係ないから、黙って彼らを見過ごしながら、小桃は再び新たな時を過ごす。午前と午後とで大体二、三時間ずつ。三日でも一週間でも、場合によっては三カ月、半年でも。今回も、かれこれ一カ月近くもほぼ同じ位置に立ち、同じような日を送ってきた。

それでも、ただ漫然と立っているというわけではない。待っているのだ。どこから現れるか分からない「誰か」を。この「誰か」というところが厄介なのだが、だからといって諦めても飽きてもいけない。淡々と、ひたすら待つ。そのために大事なことは、常に気持ちを平静に保ち、気を取られるほど余計な雑念を頭に入り込ませないことだった。そこで、小桃は小桃なりの方法として、今のように単調な歌を繰り返すことにしている。そうしながら目の前を行き過ぎる人々を、素早くふるいにかけていく。

二〇一九年十二月に中国武漢から始まった新型コロナウイルスによる感染症は瞬く間に世界中に広がり、数多くの死者を出している。日本でも同様だ。流行の波は大きくなったり小さくなったりを繰り返し、ウイルスは次々に変異株へと置き換わりながら二年が過ぎた今も、終息の兆しは見えていない。ワクチンや治療薬も出てきてはいるものの、人類はまだコロナに打ち勝ったとは言い切れずにいるのが現状だ。「不要不急の外出は控えて」「大人数での飲食は禁止」などと、その都度色々なメッセージが政府や行政の長から出されているが、人々は次第に正常性バイアスの状態に入り込んで鈍感になりつつある。ただ、せめてもの自衛の手段として、マスクだけは忘れないことは身についているようだった。こうして眺めていても、道行く人々の大半はきちんとマスクをしている。お蔭で誰の顔も判然としないが、それでも目元だけは分かる。そこさえ見えていれば、小桃たちには十分だった。

サカナ　サカナ　サカナ
サカナを食べると
アタマ　アタマ　アタマ
アタマが良くなる
サカナ　サカナ　サカナ
サカナを食べると
カラダ　カラダ　カラダ
カラダにいいのさ

右へ、左へと流れていく人々。マスクの上からのぞく、様々な目、目、目。その部分だけを見て、小桃は自分の記憶のふるいにかける。一人また一人と、記憶の網目に引っかからないかを「感じとる」ように眺める。

サカナ　サカナ　サカナ
サカナを食べると
アタマ　アタマ　アタマ
アタマが良くなる
サカナ　サカナ　サカナ
サカナを食べると

それにしても見事に終わらない歌だなと自分で口ずさみながら密かに苦笑しかかったときだった。頭で何か考えるよりも先に、目が一点に吸い寄せられた。他の風景がすべてぼやけたように感じられて、同時に、あれほど繰り返し頭の中に流れ続けていたメロディーがぴたりと止む。

あの目。

一人の男が、人混みに紛れてこちらに歩いてくる。まだ離れていて、瞬き（まばた）している間にも見失いそうな距離だが、それでも男の目元にピントが合った。小桃は息を殺して男を見つめた。

いた。

男はＪＲのガード下の方から、グレーのマスク姿で歩いてくる。いかにも何食わぬ雰囲気で、ごく当たり前に。小桃は男の目元に、さらに全神経を集中させた。同時に、頭の中に叩き込んである七百からのデータがいっぺんに流れ出して、その中にある一人の目元が鮮やかに浮かび上がってきた。

奥二重（おくぶたえ）。目尻は下がり気味。涙袋が左右でやや非対称。眼球は少し小さめ。目の間隔は比較的狭い。

男が少しずつ近づいてくる。

やがて、向かって左の目の下に小さなほくろが確かめられた瞬間、頬のあたりをぞくぞくする感覚が走った。

小桃は必要以上に視線に力がこもらないようにするために、ゆっくりと息を吐き、何気なく首を左右に傾けた。ポキ、ポキと首の関節が小さな音を立てるのを聞きながら、それでも視線だけは男から外さない。マスクのせいで鼻や口もとは分からないが、耳は分かる。耳たぶがそげたような尖り（とが）気味の形にも特徴がある上に、つけ根の上部分がちょうど目尻から水平に線を引いた位置にあるのを確かめると、今度は耳の中でごうっと血が流れる音がした。

まじ、見っけ。

男を見つめたまま、ポケットから公用携帯を取り出す。このスマホは交番やパトカー勤務の制服警察官が勤務中にのみ使用するPフォンとは違って、一年三百六十五日、二十四時間ずっと小桃たちに貸与されているものだ。見た目はごく普通のスマホだが、GPS機能がついている上に仕事に必要なデータのファイルなどもすべて入っている。それだけに、万に一つも紛失しようものなら、始末書くらいでは済まされないという代物だ。

〈はい、猿渡(さるわたり)〉

二回目のコール音が鳴り始めた直後に、主任の声が応えた。

「川東です。見当てました」

〈今、どこだ〉

「南口のマクドナルドの前です。ホシはJRのガード方向からこっちに向かって歩いてきます。カーキ色のフード付きジャンパーにグレーのズボン。白いコンバースを履いていて髪は短め、少し灰色がかった茶色っていう感じですね。黒くて大きめのショルダーバッグを斜めに掛けて、グレーのマスクをしています。意外と背が高いので目立ちます」

〈了解。すぐ向かう〉

小桃との通話を終えた猿渡主任は、そのまま田口(たぐち)部長に連絡を入れ、田口部長からは島本(しまもと)部長に電話が行くはずだ。小桃は、二の腕の内側から脇の下にかけてゾクゾクする感覚が駆け抜けるのを感じた。ほぼ一カ月ぶりの、この感じ。何度経験しても言葉に出来ない、快感とも武者震いともつかない感覚。ただものすごいスピードで身体中の血液が巡っているのを感じる。もう鼻歌なんか歌ってる場合じゃない。

こちらの視線に気づかれないために、わざとスマホを覗いているふりをして顔を背け、それでも目線だけは男の服を捉え続ける。その間にも、男は次第に小桃との距離を縮め、ついにわずか数メートルしか離れていないところまで近づいてきた。心臓が、ドクドクと脈打っているのを感じる。男はそのまま当たり前のように小桃の横を通り過ぎていった。

間違いない。

小桃はゆっくりとその後ろ姿を見送り、二十メートルほど距離があいたところで、男の後を歩き始めた。少しして、ポケットの中で握りしめていた公用携帯が震えた。

〈猿渡だ。今どこだ〉

「尾行(おっかけ)始めたところです。今、ホシはセブン－イレブンの前を通過して、パール街方向に向かっています」

〈了解〉

電話を切るなり、今度は田口部長から電話が入った。

〈お前は見えた。その前を行ってるか〉

「二十メートルくらい先にあるセブン－イレブンの前を通過したところです。パール街方向に向かって歩いています」

〈セブン――あれかな。カーキ色のジャンパーで茶髪だったよな〉

「背が高めです」

〈了解！〉

〈もしもし、島本だ。俺はパール街からそっちに向かってる。カーキのジャンパーにグレーのズ

ボンだったな？〉

「その通りです。長身で、黒いショルダーバッグを斜めに掛けています」

〈よっしゃ、了解〉

これでチーム四人全員が揃う。小桃は耳の奥でごうごうという音を聞きながら、ひたすら男のコンバースを見つめておっかけを続けた。急ぎ足という感じではないのだが、背丈がある分だけ歩幅も広いせいか、男は意外と速く進んでいく。小桃だってそう小柄な方ではないけれど、かなり早歩きにならなければ離されてしまうほどだ。

少し先にある交差点の歩行者用信号が青の点滅に変わったと思ったとき、男が身軽な様子で小走りになった。あっと思って後を追ったが、小桃が横断歩道に差し掛かる前に信号は赤に変わってしまった。すぐに片側二車線の道路は、左右に流れる車列の川になる。思わず唇を嚙みながら、急いで向かい側から来ているはずの島本部長に電話を入れた。

「川東です。二丁目の信号で足止めをくらいました。ホシは先に横断歩道を渡っていきました」

〈了解。今、ホシの後ろ姿は見えてるか〉

「人混みに紛れて見えなくなりました。主任にも電話入れます」

信号が変わるのを今か今かと待ちながら、小桃は慌ただしく猿渡主任に電話を入れようとした。そのとき、ぽんと肩を叩かれた。たった今、電話しようとしていた主任本人が、澄ました顔で立っている。

「心配するな。きっと島本部長が見つけてくれるさ」

それだけ言って前を向いている猿渡主任に小さく頷いたものの、それでも小桃はジリジリとした気持ちで、マスクの下で唇を嚙んでいた。こういうときに限って、信号はなかなか変わらない。

「青に変わり次第、俺は先に行く。それで、ホシを確認した上で連絡するからな。川東さんは後から来い」

「了解です」

「ホシの名前は覚えてるか」

「大丈夫です」

「さすがだ」

信号が青に変わった。幅広い横断歩道を人々が一斉に渡り始める。その先頭を切るように、猿渡主任が小走りで渡っていった。小桃も祈るような気持ちで後を追ったが、距離は離される一方だ。

お願い。見失わないで。

耳元を雑音が素通りしていく。ファイルの中にあった男の顔写真が、記憶の中で次第に大きく、はっきりと見え始めていた。今やさっきの男と、頭の中にある男とは完全に重なり合って、まるで3D映像のように小桃の中で立体感を持ち始めている。そのときまた公用携帯が震えた。

〈島本だ。見つけたぞ〉

「本当ですか。ああ、よかった」

〈あれは、間違いないな。今、大野フルーツ店の前を通って、そのままパール街の方に向かってる〉

思わずホッとして歩みが遅くなりかけた。いつの間にか喉がカラカラに渇いている。

〈田口だ。見つけた。間違いないと思う〉

〈猿渡だ。カーキのジャンパーの男だな。確かに、記憶にある〉

二人の先輩からも次々に連絡が入って、今度こそ、ほうっと息が出た。彼らのお蔭で見失わずに済んだ。しかも、四人全員の意見が合った。ビンゴだ。

気がつくと、猿渡主任が小桃の方に向かって逆戻りしてくる。ずっと先の方には、田口部長のお洒落な後ろ姿も見えていた。その先に目をやれば、さらに向こうにさっきの男も見えていた。島本部長もどこかにいるに違いない。小桃は歩調を速めて、猿渡主任と並んだ。

「今度はお前が先に行くんだ。人混みから抜けたところで俺たちが周りを固める。それを確認してから声をかけろ。で、名前は？」

「竹谷柊二。指名手配は打たれていませんが、被疑者登録のはずです。容疑は強制性交等」

小桃が早口で応えると、猿渡主任の横顔が大きく頷いた。やがて、入口に「パール街」というアーチがかけられている通りが見えてきた。どっちへ行くだろうかと思いながら後を追うと、男はそのままアーチをくぐり抜けていったから、小桃たちも後を追った。

中央部分は石畳で、両脇に煉瓦敷きの歩道があるパール街の広い通りは、こんなコロナ禍でも夜ともなれば街灯と共に無数のネオンが瞬く界隈だ。だが午前中の、しかもまだ十時を過ぎたばかりのこの時間は、物販店さえ開店前がほとんどで、客引きの姿なども見当たらなければ、行き交う人の数もそう多くはない。歩いている人の大半は、近くに職場があるか、出入りの業者や営業マン、または少し先にある美容外科や審美歯科などといったクリニックばかりが入っているビルに向かう患者だと思っていいだろう。この界隈にはそういったビルと、それから消費者金融ばかりが入っているビルもかなりの数がある。路上に駐まっている車にしても、ほとんどが納入業者のトラックやワゴン車、そして宅配業者などで、今はその数もさほど多くなかった。パール街に入ったところで、小桃は主任よりも早歩きになって、男との距離を詰めていった。しばらく行ったところで、握りしめていた公用携帯が震える。

〈川東さん、いいか、二ブロック先の角にあるドラッグストアを過ぎたところで声をかけろ。そこまで、気づかれるなよ〉

背後から見守ってくれているはずの猿渡主任の指示に「了解です」と応え、生唾を一つ呑み下して、小桃はナイキのシューズの中で足の指にきゅっと力を入れた。納品を終えたらしいトラックが一台走り去り、道行く人の姿もさらに減ってきた。からん、とした空間に建物はどれも長い影を落とし、ビルの谷間からは、午前中の陽射しが斜めに射し込んでくる。日向を歩くときだけ、吐く息が白く輝いて見え、陽射しに溶けていった。もしも今、男がふいに振り向きでもすれば、自分を追ってくるバラバラの四人に気づくだろうか。だが人というものは、そう滅多に振り返るということをしない。背後からよほどの物音でもしたか、何かしらの不安を抱いているか、または強い殺気でも感じない限り。

足音を立てないように、徐々に男との距離を詰めていく。そして、言われた通りの場所まで来たところで、小桃は「よし」と密かに自分に気合いを入れた。走り出すと、背中でリュックが揺れた。

「竹谷さん」

男が振り返った。その男の正面に回り込んで、小桃は相手を見上げた。少し、息が弾んでいる。

「竹谷柊二さん、ですよね？」

男は怪訝そうな表情でこちらを見返してきた。

「そうですけど——ごめん。俺、知り合いでしたっけ？」

改めて向かい合うと、思った以上に背が高い。百八十センチはあるだろうか。

「誰、だっけ」

視界の隅に猿渡主任のブルゾンが入ってきた。同時に、田口部長が男の背後に立つ。島本部長もそばにいる。小桃はポケットから警察手帳(パア)を出した。

「警視庁です」

小桃がパアを開いて見せたところで、猿渡主任の声が「竹谷さん」と聞こえてきた。ここからは猿渡主任にバトンタッチする。主任がチームリーダーだということもあるが、三十になったばかりの小桃より、最近では「四捨五入で五十だもんなあ」と自嘲的に呟くことが増えた主任の方が、何といっても相手に対する迫力と、その言葉に説得力があるからだ。

「一緒に来てもらえますか。あなたに、逮捕状が出てるんでね」

すると竹谷柊二という男は二重に驚いた表情になって、「へ?」と、いかにも素っ頓狂(すっとんきょう)な声を上げた。

「俺に? 逮捕状? 何の話ですか」

「何って、言ったとおりです」

猿渡主任が竹谷とやり取りをしている間に、田口部長が公用携帯を操作し始めた。おそらく中に取り込まれているデータの中から竹谷を探し始めたのだろう。小桃たちは手配犯の顔写真をそれぞれ独自にファイルした分厚いものを持ち歩いているのだが、それと同じ顔写真は公用携帯にも入っている。さすがに街中で、しかもホシを目の前にして分厚いファイルを取り出してページを繰るのも差し障りがあるから、こういうときには公用携帯で探すのが便利だ。そうこうする間に島本部長の「もしもし」という声が聞こえてきた。交番に間借りしている分駐所までホシを連行するためにパトカーを回してもらうのだ。

「冗談やめてくださいよ、マジで」

「もちろん冗談じゃないですよ。ええと——」

「逮捕状が出たのが先月の二十二日ですね」

田口部長が素早くフォローした。

「しかも、被疑者登録っていうのも、されてるんです。何ていうかな、指名手配の寸前みたいなもんです。あなたの居場所がはっきりしないもんでね」

竹谷柊二は「指名手配？」と、今度こそ信じられないといった表情になって、奥二重で下がり気味の目を精一杯に見開いている。その顔を、小桃はまじまじと見上げた。あまりにも悪びれていないからだ。つい、口を挟みたくなった。

「竹谷さん、身に覚え、ないんですか？」

「そんなの、ないですないです。あるわけないですって！」

男は視線も定まらない様子で、とにかく必死で首を横に振っている。

「じゃあ、ここのところ十日以上も、どこにいたんです？　自宅にも戻ってないし、だから我々が探すことになったんですがね」

猿渡主任が再び訊ねた。すると、小桃より少し年上だろうか、三十代前半くらいに見える男は、自分は「フリーランスの店舗デザイナー」で、このところはほとんど先輩のスタジオにこもって仕事をしていたのだと説明した。マスクをしていても、その目元は下がり気味で涙袋があるせいか、どことなく愛嬌があり、今にも笑い出しそうな雰囲気さえ漂わせていて、未だに現実をまともに受け容れるつもりなどないらしいことを如実に語っている。

「そんなわけで、僕、急ぐんです。これからクライアントと会うことになってて」

「ああ、それねえ、断ってもらうしかないですね。我々も仕事なもんで、このまま見過ごすってわけに、いかないんです」

「それなら、アレです、こうしましょう」

男は両手で主任や小桃たちをなだめるようにする。

「仕事の後ね、行きますから、ちゃんと。必ず。約束します。とにかく今は行かなきゃならないんで」

「そういうわけに、いかないんですって」

「だから、何でですっ」

竹谷の眉根がきゅっと寄った。猿渡主任が、小さく首を傾げるような姿勢になって相手に半歩近づき、その顔をじっと見つめた。身長は主任の方が低いが、下から突き上げるように見つめられて、男はわずかにたじろいだ様子になる。

「じゃあ、お聞きしますがね、あなた、何の容疑をかけられてるか、身に覚えはありませんか？」

「だから、ありませんって！」

「そうですか。じゃあ、教えてあげます。あなたにかけられている容疑は、強制性交等罪っていうんです。少し前までは強姦(ごうかん)罪って言ってたヤツなんですけどね」

主任の最後のひと言に、竹谷柊二の目が意表をつかれたように見開かれた。

「竹谷さん、あんた、何かしたんじゃないんですか？　先月の二十日頃」

竹谷の瞳が左右に揺れて、瞬きの回数が増えていく。

「どうです」

すると竹谷柊二は、何かの思いを振り切ろうとするように、首を左右に振った。

「そんな、強制なんてことは――」

「じゃあ、その頃、女性と――いや、女性じゃなくてもいいんですが、誰かと何らかの、性的関係を持ちませんでしたか」

「ええと――まあ、女の子とそういうことになったっていうのは、ありますけど」

「相手は、彼女さんですか？」

「そういうわけじゃあ――」

「その後、連絡を取り合ったりしてます？」

「いや、そういうことは」

「じゃあ、それでしょうよ、きっと」

猿渡主任がさらっと言ってみせた瞬間、竹谷柊二は「ええっ」と、さらに眉間に皺を寄せ、ひょろ長い身体をぐにゃりと折り曲げるようにして「そんなあ」と、いかにも情けない声を上げた。

「強制なんかじゃないですってば。ちゃんと、合意の上ですよぉ」

話している間に、パトカーのサイレンが聞こえてきた。それでも竹谷柊二はまったく納得がいかないという表情で「クライアントが待っている」だの「ブレストに遅れるわけにいかない」だのと言い募った。警察がそんな言い訳に耳を貸すはずがないことを、彼はまだ理解していないらしかった。ましてや文字通り砂浜の中から一粒の貝殻を見つけるように見当てたホシだ。何があっても手放しはしない。まずは、そのまま分駐所まで連行して、その後は日本全国どこであろうとも、逮捕状を出している警察署まで送り届ける。そして、間違いなくホシの身柄を引き渡すまでが、川東小桃が所属する警視庁刑事部捜査共助課見当たり捜査班の任務だった。

2

生ビールのグラスに手を添えたまま、何となく割り切れない表情で口もとに力を入れている川東小桃の斜め向かいの席で、佐宗燈(さそうあかり)は小さく刻んだ野菜がのっているかつおのカルパッチョ風を口に運んでいた。まさか今夜こういう展開になるとは思わなかったから、一人で適当に注文した料理が順番に運ばれてきている。芽キャベツとアンチョビの炒(いた)め。新タマネギのサラダ。どれも一人前の量が多くないのが、この店の特徴だ。だから一人で来てもそれなりの品数を注文出来る。互いに対角線になって腰掛けているのは、せめてもの感染対策だ。

さっき、小桃がこの店に現れて、目ざとく燈を見つけるなり「来てたんですね！」と声をかけてきたときには、燈は内心で「あちゃー」と天を仰ぎたい気持ちになったものだ。本当のことを言うと、せっかくの金曜日ということもあったし、今日は一人でグラスを傾けながら、少し頭を整理したかった。それでこの店に寄ったのに。だが「よかったぁ」と、まるで仔犬のように嬉しそうな様子で目を細めている彼女に「今日は一人にしてくれない？」などと言えるはずもない。微かな望みを託して「ダンナさんは？」と尋ねてみたのだが、夫はまたもや当分帰ってこられそうにないと、小桃は意外にけろりとした表情で答えた。

「まん延(まんえん)防止等重点措置(ぼう)が出されちゃったんで」

彼女の夫は、病院勤務の介護福祉士をしている。そして、まん延防止等重点措置や緊急事態宣言が出されると、その度に病院が用意した宿舎に泊まらなければならないのだそうだ。しかも外食禁止令まで出されていて、病院内の食堂が閉まる夕食時は何か買ってくるか自炊するしかないらしく、相当に不自由な生活を強いられるらしい。それほど医療の現場では感染者やクラスターを警戒して神経質にならざるを得ないということだった。

　それに比べれば、燈たちはまだ呑気なものだ。今回の「まんぼう」に際しても、外食するなら同席は四人まで、酒は極力、慎めというお達しが出ているが、まったく誰とも食事出来ないというわけではない。それに今夜の場合は一人静かに一杯やろうと思っていたところへ小桃が現れたのだから、言い訳も立つ。結局、燈はカウンター席から半個室のテーブル席に移動して小桃と向き合ったのだった。彼女は始めのうちこそ「今日も見当てたんですよ」と嬉しそうにしていたものの、マスクを外して一杯目のビールに口をつけるなり「実は」と、見当てた相手についての話をし始めた。そして今、燈が箸（はし）を動かしている間にも「要するに」と大きくため息をついている。

「マッチングアプリで知り合った女の子だって言うんです、相手が」

「その子と関係しちゃったんだ。無理矢理」

「そこなんですよ。無理矢理とは、本人はこれっぽっちも思ってないんです。お茶しながら少し喋って、それからホテルに誘ったら普通についてきたんですって。だから、ごく自然にそうなっただけで合意の上だっていうんです」

　小桃は、くるりとした丸い目を何度か瞬（しばた）いてから「つまり」と憂鬱（ゆううつ）そうにため息をつく。

「その子が被害届を出してたなんて、ホシは夢にも思ってなかったわけですよ」

　せっかく見当てたというのに、嬉しさ半減どころか何とも後味が悪くて仕方がないというのが、今夜、小桃が憂鬱になっている理由だった。

「本当にすっかり落ち込んで、涙まで浮かべてたんです。『僕の人生はどうなるんですか』とか言って――ああいうのを見当てちゃうと、何ていうかなあ、もっとちゃんと調べてから手配した方がよかったんじゃないのかな、とか思っちゃったりして」

燈は「うーん」と頬杖をついた。

「私たちがそこまで考えても仕方がないでしょう。所轄は所轄できっちり調べた上で、逮捕状とってるわけだし、その情報を捜査共助課の手配係がこれも慎重に審査して、それで被疑登したんだから」

逮捕状が出ているホシを指名手配または重要事件容疑者登録、あるいは警視庁管内だけに手配される被疑者登録するかどうかの審査は、捜査共助課の手配係が担っている。ちなみに指名手配と重要事件容疑者登録、被疑者登録の違いとは、簡単に言ってしまえば決定的な証拠や緊急性の有無などによるものだ。

事件が起きれば警察は捜査をする。その結果、被疑者が断定されたら、事件を扱った警察署の担当係は裁判所に逮捕状を請求する。ところが、いざ逮捕状を執行しようとしたらホシの居場所が分からないという場合がある。しばらく探しても見つからない。事件は次々に起こるから、捜査員たちは一つの事件にだけ長い間、関わっているわけにいかない。従って、そういった情報を一カ所に集めて、それぞれにどういう扱いにするかを審査するのが警視庁では刑事部捜査共助課手配係の仕事だ。

一般的に「指名手配」というと、とんでもない重大犯罪を犯した犯人に限って出されるものという印象があるかも知れないが、「逮捕状を取ったのにホシの居所が分からない」という場合はすべて指名手配などの対象になり得る。

捜査共助課に送られた「居所不明」のホシについてのデータは、手配係の認定担当者が事件の詳細と共に慎重に審査する。そして、証拠が今一つだと思えば指名手配ではなく被疑者登録ということになるし、逮捕状こそ取ってはいないものの、社会的反響が大きいとか、追い詰められたホシが他の誰かに危害を加える恐れがある、またはホシ自身が自殺する可能性があるなどと考えられる場合には重要事件容疑者登録とされる。ホシが新たな罪を犯すことももちろん大問題だが、「自殺は最大の証拠隠滅」と言われるくらいに、事件の真相を解明するためにも、ホシの自殺には十分に注意を払わなければならない。

「認定係はベテラン中のベテランだからね、そういう不安材料も入れて、きっちり審査してると思うよ。第一、ホシにどんな言い分があったとしたって、やったことは間違いないんだから」

それに、実は最近その手の性的トラブルが増えているという話を、燈はつい最近もかつて同じ職場にいた仲間から聞いたばかりだった。男性側は「合意」と信じて行為に及んだものが、後になって女性から無理矢理だったと性被害を主張されて、警察に被害届を出されるケースが、ぽつぽつと目立つようになっているのだという。

その場合、被害を主張する女性は、別段酒を呑まされたり薬を盛られたわけでもなく、ましてや暴力や刃物などで脅されたわけでもない。中には現に交際中の恋人関係という場合もあるという。で、あるにもかかわらず「予め許可を求められなかったから」という理由で、相手男性からの性被害を訴えるのだそうだ。無論、人それぞれで事情は異なるのだろうが、場合によっては女の方がタチが悪いというのか、明らかに示談金目的としか思えないケースもあるとのことだった。

こういう女性は、まず実に落ち着いていて、被害に至るまでの経緯や被害内容を淡々と、または事細かに語るらしい。女性にとっての性被害はその後の人生を左右しかねない大事件だし、心に残す傷も深いというのに、さほど恥ずかしがったり動揺している様子なども見られないところから、話を聞く側もつい首を傾げたくなるということだった。今日、小桃が見当てたというホシも、もしかするとそういうケースに該当するのかも知れない。何しろマッチングアプリで知り合ったばかりの相手だ。正しい素性も本当の腹のうちも、分かったものではない。

　さらに別の友人は、最近は自分たち警察が体のよい「別れさせ屋」になっているような気がすると嘆いてもいた。新しい彼氏が出来た途端、それまでの彼氏から「ストーカーされている」と訴えてくる女性が出てきたというのだ。無論、警察に相談してくる時点で新しい恋人の存在など明かすはずもなく、警察は女性の話を聞いて、恋人の男性に対してストーカー行為をやめるようにと諭す。男性は、自分の示してきた愛情表現が「ストーカー行為」として受け取られていたことに衝撃を受けて恋人の前から去る。すると女性は後腐れなく別れられたと、嬉々として新しい恋人のもとへ走るというわけだ。こういうケースの場合は、どうも釈然としない男性がその後の彼女のことを友人などを通して調べ、自分が濡れ衣を着せられて捨てられたと知る。そして、憤懣やるかたない思いで警察に来ることで分かるのだそうだ。

「分かんないんだよなあ、イマドキの女の子って」

　少なくとも燈が二十代だった頃には、そういう話は聞かなかった気がする。それが今、自分の娘のような世代の女の子たちが、どういう感覚で男性と肉体関係を持ち、その上で事実とは異なる性被害を訴え出るのか、燈には今一つ分からなかった。だが、こういう時代になった以上は、とにかく裕太朗には厳しく言っておかなければ。あんた、その場のノリで好い加減なことやってると、後で警察に突き出されかねないんだからね、と。何しろあの子は図体だけは人一倍大きいが、中身はまだ幼い部分があって、しかも親の目から見てもちょっと脳みそまで筋肉みたいなところがある。頭の中の大部分はラグビーのことだけだ。だから、その辺りのことに長けている女の子にならころりとだまされても不思議はない。そんなことで問題でも起こして、大好きなラグビーが出来なくなっては一大事だ。あとできっちりＬＩＮＥしておこう。避妊云々以前の問題なんだからね、と。

「確かに、知り合ったばかりの相手と安易に関係したことは事実なんだから、言い逃れ出来ないとは思うんですけどね」

小桃はそれでもなお割り切れないという表情のまま、口を尖らせている。この子はサッパリしているように見えて、意外と引きずるところがある。そのこだわりの強さは、ある意味で刑事という仕事に向いていると思う。それでも、今のように、いくら引きずっても結果が変わるわけでもなく、自分でどうすることも出来ないのなら、考えるだけ無駄というものだ。この辺りが彼女の若さというか、ある意味での未熟さなのかも知れない。

「とりあえず、さ」

燈は気分を変えるようにビールグラスを持ち上げた。燈にとっては二杯目だ。

「見当てたことには間違いないんだから、よかったじゃない。二カ月連続なんて、すごいよ」

小桃は初めてわずかに口もとをほころばせて、自分もグラスを持ち上げた。

「よかった、今日、燈さんがここにいてくれて」

「でしょう？　タイミングがいいんだわ、私って」

内心で苦笑しながらチン、と互いのグラスを触れ合わせると、小桃はビールをひと口飲んで、ふう、と息を吐き、そこでようやく表情を和らげるかと思いきや、すぐに前髪をかき分けるようにして額にてのひらを当て、「それはそれでいいんですけどね」と、またもや口をへの字に曲げた。やれやれ、だ。

「まだ何かあるの？」

「何かっていうほどのアレでもないんですけど——また言われちゃって」

「誰から。何を？」

「島本部長」

島本巡査部長のことは燈も見知っている。小桃を通して話もよく聞いているから、どういう人物か、ある程度は承知しているつもりだ。そして、小桃の口から彼の名前が出るときは、決まって楽しい話でない。

小桃の先輩格にあたる島本巡査部長とは、外見はいかにも陽気な好人物といった印象の、丸っこい体つきの男性だ。年齢は三十代後半。ところが外見とは異なり、実際のところは小桃のチームの中でもっとも神経質で感情の起伏が激しいらしい。四人チームの中では一番下にいる小桃のすぐ上、つまり上から三番目の序列になる彼は、気分次第では一時の感情に任せて小桃にキツく当たることも珍しくないというし、その一方では酔うと必ず小桃をカラオケのデュエットに誘うらしい。断れば拗ねる、つき合えば図に乗るで、そういう部分が小桃には心底うんざりなのだと言っていたこともある。その気持ちは燈にだってよく分かる。ことに若い頃にはさんざんそういう経験をしてきた。口で何と言おうと、実のところセクハラなどという言葉さえ絵空事くらいにしか捉えていない、いわゆる昭和な男たちが、燈たちの業界にまだまだたくさん生息している。

「また例の、アレですよ。『いいよな、川東さんは』っていう」

その島本巡査部長だが、実はかれこれ一年半もホシを見当てられずにいるらしい。つまり、暑い日も寒い日も、照っても降っても月曜から金曜まで毎日ずっと同じ街の片隅に立って人々を眺めながら過ごし、夕方にはすごすごと帰宅するという日々を一年半も続けているということだ。忙しく動くときがあるとすれば、それは今日のように仲間の誰かがホシを見当てたときで、自分の成績にはつながらない。その現実は相当なストレスになるだろうし、精神的にもかなり厳しい状態にあるだろうということは、燈にも容易に想像がついた。それもあってか、このところ比較的コンスタントにホシを見当てている小桃に対して、余計にきつく当たることがあるのだそうだ。

「じかに言われたの？」

小桃は、それには首を横に振った。

「でも、わざと聞こえるように言ったと思うんです。だって、私のすぐ傍で田口部長に話してたんですから」

小桃が喋っている間に店長が春キャベツを使った味噌仕立てのロールキャベツを運んできてくれた。ひと口サイズの小さなロールキャベツが三つ、少し深めの器に盛られて、小ネギが散らされている。燈が「美味しそう」と見上げると、裕太朗がまだ小学生の頃から通うようになった、この『プレゴ』という洋風居酒屋の店長はマスクの上からのぞく目をわずかに細めて「ごゆっくり」と離れていった。口数の多くない彼は、燈が警察官であることも、小桃のことも承知している。だから、小桃と一緒のときには空いている限り「あっち、使います？」と、半個室に案内してくれるのが常だった。同業者同士で呑むときには、人に聞かれたくない話も飛び出してくることをよく承知してくれている。

「分かるんですよね、島本部長だって出口が見つからないような気分になってるんだろうなっていうことは」

「だったら聞き流せばいいじゃない」

「そうなんですけど――でも、私だって何の努力もしてないっていうわけじゃないし」

ここでもまた、燈は「うーん」と唸らなければならなかった。ちょっと面倒くさい。こういう堂々巡りの話が、正直なところ燈はあまり好きではない。若い頃なら、あからさまにうんざりした顔をして見せたところだ。それでも年齢と共に一応は丸くなったつもりだし、小桃だって相手が燈だと思うからこそ、日頃は口にしない愚痴を言いたくなるのだと分かっている。だから、まあ、聞いてやろうという気分だ。それにこう見えても、この若い女性警察官(女警)は、燈には逆立ちしたって真似の出来ない能力の持ち主なのだ。ある意味で別次元の存在とも言える。そこだけは年齢やキャリアに関係なく、燈もある意味で敬服していた。

燈も所属する刑事部の捜査共助課には、手配係や庶務などのデスクワークを除けば、燈の所属する「広域捜査共助係」と小桃のいる「見当たり捜査班」の二つが存在する。いずれも指名手配犯を専門に捜査する係であることは同じだが、広域捜査の方がわずかな手がかりを頼りに、細い糸をたぐり寄せるようにして日本全国どこに逃げているかも分からない手配犯を追うのに対して、見当たり捜査班の方はその名の通り、相手を一発で「見当てる」ことを任務としている。これは、もともとは大阪府警から生まれた捜査手法だ。

仲間内では、小桃たち見当たり捜査官のことをメモリー・アスリートと呼んでいる。彼らはその秀でた記憶力と鋭い観察力を武器にして、都心のターミナル駅周辺などに立ち、街を往き来する人の中から手配犯を探し出す能力を持つ、数多(あまた)いる刑事の中でも特に選ばれた人たちだ。二〇二二年現在、日本全国の警察署から指名手配などをされている所在不明の被疑者は総勢七百名以上。メモリー・アスリートたちは、その七百あまりの顔をすべて記憶している。その上で、いつ誰が通るとも知れない大都会の片隅に立って、密かに網を張っているのだ。アナログといえば、これほどアナログな手法はない。

警視庁の捜査共助課には、この見当たり捜査班が四人一組で四チーム、総勢十六人在籍している。これは日本最大の規模だ。彼らが実際に「見当てる」手配犯の総数は、犯罪件数そのものが今より多かった二〇一五年頃で年に百件程度、現在でも年間六十から七十人になる。単純に計算すれば捜査官一人あたり年間四、五人を見当てるということになるが、月によってもばらつきがある上に、島本部長のように一年でも二年でも、ただの一人も見当てられないまま過ごさなければならない捜査官もいるから、一概には言えない。

そんなメモリー・アスリートの中には昔から「超人」「伝説」などと言われる捜査官が存在してきたということは、燈もことあるごとに聞かされている。彼らは基本的に手配犯の「目元」を記憶すると言われているのだが、たとえば手配犯がサングラスなどで変装していても、または美容整形を施していても、さらに、どれほど時を経て年老いていたとしても、見当てる捜査官は一瞬で見当てるというのだ。しかも正面からでなく、相手が横を向いていたとしても、背後からちらりと見ただけでも、関係ないらしい。にわかには信じられないというか、理解しがたい話だが、実は目の前にいる川東小桃も、ある意味で並外れた才能の持ち主と言ってよかった。

カメラアイとも言うらしいが、小桃は見たものを瞬間的に映像として記憶する能力の持ち主らしかった。本人曰く「いつの間にかそうなってた」のだそうで、彼女は「目元」を含めた手配犯の顔写真だけでなく、その氏名や容疑内容までを一度見ただけで脳みそに焼きつけることが出来る。しかも、記憶した手配犯の顔写真を、頭の中で立体的に膨らませることまで出来るのだそうだ。どうしてそんなことが出来るのか、何度説明してもらっても燈には今一つ理解出来ないのだが、要するに、目にしたものはそのまま写真に撮るように、さらに、3D映像のように記憶出来てしまうらしい。

「私だって覚えるときは、ちゃんと集中して一生懸命、覚えてるんですから」

正直なところ、よくもこの子が警察学校に入れたものだと思うときがあるほど、話していても煮え切らない部分はあるし、機敏さとか怜悧さといったものとは縁がない印象の小桃だが、そんな部分とは裏腹に、脳みその中は常人には理解しがたい構造になっているところが、燈から見ると何とも不思議で仕方がない。

「それに、データの出し入れだってあるじゃないですか。日本中で毎日何人ものホシが捕まってるわけですよ、ね？　そのデータを毎朝いちいち確認しながら頭から消去して、また、新しく増えたホシのデータを仕込んでいくんですから」

そういう話を聞くと、燈はまたもや「かなわない」という気になってしまう。同じように手配犯を追っていても、燈たち広域捜査共助係は、そういうことをする必要はない。記憶力や観察力に頼るのではなく、常に具体的な手がかりのみを手繰り寄せ、積み上げていって、ホシの居場所を探し出し、追いつめていくからだ。だから手配犯全部のデータを毎日浚い直して更新するなどという細かい作業は必要ないし、やれと言われてもとても出来るものではない。

「そういうのだって、きっちりやらなきゃいけないし」

「でも、そのスピードっていうか、さ。手間暇みたいな？　それがもう、違うんじゃない？　小桃ちゃんはぱっと見て覚えられるからいいけど、島本部長っていう人は、朝に晩に時間をかけて、必死で頭に叩き込む人なのかも知れないよ」

小桃は「そうかも知れないですけど」と、膨れっ面のままで唇を尖らせている。小桃は小桃で、そんな能力とは無縁の燈や、脳みそから汗をかくようにして必死で七百もの顔を記憶しなければならない者の気持ちは理解出来ないのかも知れない。

「それに記憶力云々より、ただの運ていうのか、ツキっていうか、そっちだと思うんですよね、私。だって、いくらちゃんと覚えてたって、自分の目の前をホシが通ってくれて、それを見当てられなきゃ、どうしようもないわけじゃないですか」

「まあ、そうだわね」

「だから島本部長には今そういう意味でツキがないだけなんじゃないかと思うんです。そうじゃなかったら、本当はホシが目の前を通ってるのに、見落としちゃってるっていうことになるし。目が悪くなってるのかな、とか」

燈は「それを言っちゃ、おしまいだよ」とたしなめる口調になりながら、この分では、今夜はこのまま小桃の話を聞く夜になりそうだと密かにため息をついていた。

3

佐宗燈が川東小桃に初めて会ったのは、小桃がまだ十歳の小学生だったときだ。当時は泥棒に入られた家の子どもと新米刑事という関係で、恐怖で身を固くしていた幼い少女を慰めながら、少しでも話を聞き出すのが燈に与えられた任務だった。その日、家族の中で最初に帰宅した少女は、玄関ドアを開けるなり出会い頭に泥棒と遭遇して、咄嗟に逃げ出した男から突き飛ばされて転んでいた。

「怖かったね。でももう大丈夫だから。泥棒は、おまわりさんたちがきっと捕まえるからね」

さんざん物色されて荒らされた家の中には大勢の鑑識課員が入り、私服の刑事たちは、連絡を受けて帰ってきた少女の両親から話を聞いたり、その辺を歩きまわったりしていた。ランドセルを背負っていたお蔭で、突き飛ばされてもてのひらを擦りむいた程度で済んでいた少女は、一方で心に受けた衝撃は計り知れないものがあったのに違いない。何を聞いても小さく首を振る程度しか反応出来ない子に対して、燈なりに懸命に、傷の上から絆創膏を貼ってやったり、肩に手を置いてやったりしたことなどは覚えている。

当時の燈は今の小桃よりもさらに若く、自分から希望したとはいえ初めて刑事という仕事についてから日も浅くて、文字通り緊張の日々を送っていた。上司には叱られ、今ならセクハラだパワハラだと声を上げることも出来そうな洗礼を方々から受ける毎日の連続で、それでも必死で先輩刑事の後をついて歩いていた頃だ。当時は、結婚してさほどたっていなかったこともあって、まだ多少の新婚気分が残っていたのかも知れない。帰宅するなり悔し涙を浮かべながら夫にその日の出来事をかき口説くことも珍しくなかった。同じ警察官とはいえ、夫は生活安全部にいて、主に未成年者の家出や非行などといった問題に携わっていた。刑事に比べると職場に女警の割合が多く、その分だけ女性差別や女性蔑視の問題などに多少なりとも敏感な部署だったから、燈が愚痴を言う度に、彼は「やっぱり刑事はすげえな」と驚いていたものだ。

お嬢さんは、そっちのお嬢ちゃんの面倒みてやって。

確かあの日も上司からそんな言われ方をして、燈は小さな少女に歩み寄った記憶がある。当時は「お嬢さん」だの「お客さん」だのといった、いかにも人を小馬鹿にした呼び方をされるのはしょっちゅうだった。時間をかけて少しずつ話を聞いてみたところ、少女は、泥棒について「目が小さくて顔の丸いおじさん」と答えたが、あとは後ろ姿しか記憶していなかった。ようやく翌月になって、べつの家に忍び込んだのがきっかけで犯人は無事に逮捕されたが、その男は確かに目が小さくて丸顔の、小太りの男だった。

あの時たった一度会ったきりの少女が、どういう巡り合わせからか二十年近い歳月が流れた昨年春の異動で、突如として燈が所属する捜査共助課にやってきた。とはいえ燈の方ではすっかり大人になった小桃のことなど分かるはずもない。ただ、月に一度の全体会議のときに、見当たり捜査班に新しいメモリー・アスリートが異動してきたと紹介されて、課員たちも順番に名乗ることになり、燈がいつものように「佐藤（さとう）じゃなくて佐宗です」と言った途端、新人メモリー・アスリートが「えっ」と声を上げたのだ。

「ひょっとして、橙（だいだい）じゃなくて燈さん、ですか？」

それには燈の方が驚いた。これも自己紹介するときに、燈が昔からよく使っているネタだからだ。いや、むしろ結婚して佐宗姓になったことを考えれば「橙じゃなくて」と言い始めた方がずっと古い。だが、小桃から「子どもの頃に会ったことがある」と言われても、最初はまったくピンと来なかった。事件の内容と発生場所、いつ頃のことだったかなどを聞いて、ようやく思い出したくらいだ。

「あのときの、あの女の子？　へえ、大きくなったねえ！」

そう言われてみれば、何やら可愛らしい名前の少女だった気がするということだけ思い出しつつ、燈は小桃をまじまじと見つめたものだ。それでも「小さな女の子」という以外は何も記憶に残っていない燈には、茶色く染めた髪を肩まで伸ばしているどんぐり眼（まなこ）の刑事を見ても、懐かしいという気など起こりようもなかった。その上、時節柄、顔の下半分はマスクで隠れている。ところが一方の小桃の方は胸の前で両手を握りしめて、その場で小さく身体を弾ませるほどの喜びようだった。管理官が「どうした」とたしなめる顔になると、彼女はいかにも興奮した様子で当時の思い出を話し出し、あのときの燈が非常に印象深く、実はそれがきっかけで女警に憧れるようになったのだと語った。その告白には、周囲から口々に冷やかしの声が上がったほどだ。庶務を除けばほとんど男だらけの職場なだけに、それはまるで野太い低音のさざ波のようだった。

「主任、いつの間にか一人勧誘してたってことじゃないすか」

マスクから出ている目元だけでも十分にニヤついていると分かる顔で、隣から肘で突いてきたのが、今もコンビを組んでいる岩清水巡査部長だった。現在、燈が日々もっとも長い時間を共にしている男だ。

メモリー・アスリートが所属する見当たり捜査班と違って、広域捜査共助係は二人一組のコンビで捜査活動をする。仕事中はずっと一緒に行動するから、嫌でも共に過ごす時間は長くなった。実は、燈の夫は親の介護で昨年夏から故郷の茨城に帰っていたし、息子の裕太朗はそれより前の昨年春、大学生になるとすぐラグビー部の寮に入っていた。つまり、燈はまだ数年のローンが残るマンションでかれこれ半年間、一人暮らしをしている。大して広い住まいでもなかったが、家中のどこにも人の気配がないという生活は、最初の頃は文字通り身体の一部を持っていかれたような心許なさを感じさせたものだ。それでも仕事に集中している間は淋しさも忘れることが出来たし、時間の経過と共に、どうにかこうにか新しいリズムも生まれていった。その間、燈のいちばん近くにいて常に行動を共にし、結果として気を紛らす助けになってくれたのが、ペアを組んでいる相手、つまり岩清水巡査部長というわけだ。

「そんで結局、主任が奢る羽目になったんですか」

小桃と会った翌週の月曜日、聞き込み先から丸の内庁舎に戻る電車の中で先週末の話をすると、燈の隣でつり革にぶら下がっていた岩清水は左右が微妙に段違いに見える太い眉を大きく動かし、パンチを食らったボクサーほどではないにせよ、いつでも多少腫れぼったく見える瞼の目をこちらに向けた。マスクをしているから分からないが、小鼻は膨らんでいるし唇は分厚く、全体に男臭いというか荒削りというのか、お世辞にも端整とは言い難いご面相なのだが、見慣れてくると、それはそれでなかなか味がある。その顔に向かって、燈は「まあね」と自分も眉を上下させて見せた。

「この前も奢ってたじゃないすか。ちょっと、気前よすぎるんじゃないんすか」

「みみっちいこと言わないでよ。それに今はコロナのせいで、飲食店はどこも九時までじゃない？　いられる時間が短い分、思ったほどお金もかからないってわけ」

「――どっちがみみっちいんだか」

「ただね、こないだはその後うちまで来て、結局一時近くまで呑んでったけどね。これがまた、強いんだわ、あの子」

「一時近くまで？」

「話が終わらなくて、気がついたらその時間」

「ふうん。よくダンナさんが文句言いませんね」

燈は「うちの？」とわずかに目を細めた。夫が実家に帰っていることは、前に話したことがある。そのとき、岩清水は「でも、大丈夫っすかね」と冷やかすような顔になったものだ。

「別居もあんまり長くなると、『その方が楽ちんでいいわ』なんてことになっちゃったりして」

その部分をいじりたいのかと思ったのだが、岩清水はこちらが何か言うよりも早く「川東さんの」とつけ足した。うまく逃げたな、と内心で苦笑しながら、燈はわずかに首を傾げて見せた。

「彼女のダンナさん、まん延防止等重点措置の間は帰れないんだって。病院勤めだから」

「そうなんすか。医者か、看護師とか」

「違う。何か別の仕事」

「レントゲン技師とか」

「ええとね。何か漢字の仕事かな」

岩清水の段違い眉毛が微妙に動いて「漢字のね」と言いながら、目尻から頬にかけて、また笑いじわが出る。この男の顔の皮膚は、とにかくよく伸びるらしい。彼は、燈が好い加減な生返事をしていることをとうに承知している。本当は分かっていることでも細かい説明が面倒だと感じるときなどに、つい適当なことを言ってしまう。これは燈の、ひとつの癖と言ってよかった。

「何の因果かすぐ近所に住んでることが分かったし、もともと縁があるのかな、とか、どっかで思っちゃってんのね。ついつい、あの子の話はちゃんと聞いてやんなきゃって気になるんだよね」

「そりゃあ、主任に憧れて女警になったなんて言われたら、そうなりますわな」

岩清水と組んでから、そろそろ二年半になろうとしている。最初の頃はまだコロナ禍になる前でマスクもしていなかったから、上司からコンビを組むようにと命じられたとき、彼があからさまに落胆した顔になったのを、燈は今もはっきりと思い出すことが出来る。それに対して、燈の方は「こいつも同じタイプか」と思いながらも、顔だけは素晴らしく感じよく見えるはずの笑顔になって「よろしく」と小首を傾げて見せたものだ。こう見えても若い頃にはそれなりに「イケてる」だの「女警にしておくのはもったいない」などと言われたこともある。しかも四十も半ばにさしかかっていれば、それくらいはお手のものだ。岩清水は、妙に鼻白んだような顔をしていた。

聞けば、岩清水は燈よりも七歳下だということだった。そうでなくとも二人の間には警部補と巡査部長という階級の差が歴然と横たわっている。たった一つの階級差でも警察という組織で、この違いを無視することなど出来るはずがない。だが、年齢も多少離れている上に階級も違うとなれば、正面から逆らえない分だけ、下のものは不満を溜め込みやすい。しかもこちらが女で相手が「男でござい」みたいなタイプの場合は、なおさらだ。だから、何があろうと決して人前で叱らず、強く責め過ぎず、相手の話をよく聞いて、時には上手に持ち上げることが、特に警部補になって以降、燈が常に心がけていることだった。

その上で、なめられないようにしないと。

そんなことを考えて、最初の頃は燈の方でもずい分と身構えていた記憶がある。だが実際にコンビで動き始めると、岩清水は燈が心配するほど厄介な相手ではなかった。昼食一つとるにもラーメンとパスタ、一杯やるならホッピーとワインくらいに好みは違っているのだが、岩清水は必ず「そっちにしましょう」と燈の希望を優先させるタイプだった。聞けば父親が小学校教諭という家庭で育った彼は姉さんが三人いて、母親と祖母を入れて五人の女に「こねくり回されるように」育てられたのだという。そのせいで、女性全般に対して本人曰く「夢も希望も、理想も妄想も抱かないで」生きてきたのだそうだ。しかも今は妻との間に女の子が二人いて、つまりは完全に女系家族の男らしかった。それだけに、燈とコンビを組むと分かったときには「職場でも女と一緒なのか」と思ったのだそうだ。あの落胆した表情は、そういう意味だった。

「女性の怖さは、よおっく分かってますから」

だから最初に燈が心配したほど、彼は見かけとは反対に「男でござい」を前面に押し出してくるということがなかった。それどころか、出来るだけ波風を立てないようにしている節がある。これがさらに言えば、一番肝心な事件への取り組み方が、岩清水は燈の考え方とよく似ている。これが一番大きかった。

「やっぱり、何て言っても被害者のことを忘れたくないんですわ。被害者のために、どうしてもホシの逃げ得を許したくないっていう、コレなんすよね」

コンビを組むことになって間もなく、初めて二人でビールを呑んだときに、岩清水は言ったことがある。これには、燈はいささか驚いた。その思いこそが、燈が幼い小桃に出会った当時、いや、もっと前の、警察官になった当初から、ずっと胸に抱いてきたものだったからだ。刑事になっていよいよ現場で事件の被害者に接するようになり、彼らが不条理にも負うことになった物心両面の傷と無念さを目の当たりにするにつれ、その思いはより強くなった。

ところが、たとえ上司でも大先輩でも、そんなことは考えもしないというものが、刑事の中にも珍しくはない。もちろん仕事だからホシは追う。プロだから、事件も解決に持っていく。取調をさせたら右に出るものはいないという人もいる。強い正義感だって持っている。それなのに、ホシのことには一生懸命になっても、被害者のこととなると大して考えない。そんな余裕はない、職分とは違うと言う刑事もいれば、被害者を気遣ったところで勤務実績にはつながらないと思っている者もいる。そういう先輩刑事に対して、若い頃には燈も、被害者を置き去りにしてどうするのだと腹を立てたりしたものだが、そのうちに何を思うこともなくなった。要は、燈自身がそうでなければいい。それだけだ。そんな風に考えて過ごしてきただけに、岩清水が自分と同じ思いで仕事をするタイプだと知ったときには、思わずハイタッチでもしたくなるくらいに嬉しかった。つい片手を上げかけたら、岩清水が一瞬気後れというか、顔に似合わず怯(おび)えるような表情になったから、実際にはしなかったが。

「それなのよ、それ。私もね、被害者の気持ち、これは絶対に忘れたくないんだ。それをモチベーションにしてきたんだよね、これまでも」

気を取り直して口にした言葉にも、つい力が入った記憶がある。その部分だけでも新しい相方と呼吸を合わせられると思った。以来、今日に至るまで、燈は岩清水との間に大したトラブルを起こすことも、軋轢（あつれき）を生むこともなく過ごしている。二年半の間に見つけ出したホシは十三人。これを多いと思うか少ないと思うかは人によって異なるだろうが、いずれもそう簡単に居所が摑めたわけではないケースばかりだ。その意味では、燈としては自分たちはまずまずいい仕事をしているのではないかと思っている。

4

現在、燈たちが追いかけている指名手配犯は、昨年四月に事件を起こし、今年に入ってから指名手配された強盗致傷の被疑者だ。五十代の男性被害者は、内臓損傷に頭蓋骨骨折というかなりの重傷を負わされ、自らが経営する、いわゆる便利屋の運転資金およそ百八十万円を奪われていた。広域の刑事は、事件の発生直後から捜査にあたる刑事とは異なるから、被害者に会うということは、まずない。ホシとの間に何らかのつながりがある場合であれば、後になってからも話を聞く必要が出てくるかも知れないが、今回のような通り魔的な犯行の場合は、なおさらだ。それでも、おそらく事件後の人生があらゆる意味ですっかり変わってしまったに違いない被害男性のことは、常に頭の片隅に置いている。何よりもその人のために、このままホシが逃げ果（おお）せることなど許すわけにいかないという一心で、燈は岩清水と共に歩きまわっていた。

　ホシは野川瑛士（のがわえいじ）・二十三歳。新宿歌舞伎町でホストとして働いていた男は昨年四月某日の深夜に新宿区内の路上で背後から被害男性に襲いかかり、男性が持っていたクラッチバッグを奪おうとしたものの、激しく抵抗されたために殴る蹴るの暴行に及び、男性が路上に倒れ込んだところで、バッグを持ち去って逃走した。コロナ禍に入って感染者が増加するにつれ「接待を伴う飲食業」は感染拡大の温床のように言われて世間の風当たりは強くなり、歌舞伎町のキャバクラやホストクラブなどの中にも閉店を余儀なくされる店が増え始めていた時だ。そんなさ中で、新たに緊急事態宣言が出された頃に、この事件は起こった。

　こうした凶悪事件の発生が通報などによって認知された場合、現場に駆けつける地域課の警察官に次いで動き始めるのは、警視庁の機動捜査隊と捜査一課の初動捜査班だ。彼らは鑑識課が現場から証拠資料を採取する間に、まず同じ刑事部に所属する捜査支援分析センター（SSBC）の協力を得ながら、付近の防犯カメラ映像を一斉に集めて分析を行う。ホシは犯行前、どの方向から現場までやってきて、どの方向に逃走したのか、遡（さかのぼ）れる限りを遡り、追える限りを追う。

　昭和の刑事なら、すべて聞き込みによって得ていた情報だが、幸いなことに最近では商店街や公共施設などばかりでなく、ビルや商店、マンションなどの住宅でも防犯カメラを設置するところが増えているから、まずそれぞれの画像を提供してもらい、つなぎ合わせていくことで、かなりの確率でホシの足取りを摑むことが出来る。その段階で被疑者の顔まで判別することが出来れば、身元を特定するのにも大いに役立つし、逮捕につながる確率も高くなるのだが、時間帯やアングル、カメラの解像度によって、そう思い通りにはいかないことの方が多い。さらに、事件は次から次へと発生するから、最初からすべての画像を精密に解析し尽くすということは難しいのが実情だ。

　今回の場合、被害者は歌舞伎町の性風俗店に行った帰りに新大久保駅方向に向かう途中で襲われており、防犯カメラ映像を追った結果、ホシは被害者が性風俗店を出た直後に立ち寄ったコンビニ店を出たところから被害者をつけ始めて、人気のない路地まで来たところで犯行に及んだことが分かっている。そして犯行の後はタクシーに乗って逃走し、地下鉄中野坂上駅そばで下車した。そこまではホシが乗車したタクシーの営業日報からも確認出来ていたが、その後は分からなくなった。一通りの捜査を終えても犯人像が見えてこなかったことから、いよいよ防犯カメラの映像を検証し直すことになり、詳しく画像解析にかけたということだ。

ホシの顔がはっきりしたことで、捜査員たちは改めて徹底的に聞き込みをかけたのだろう。その結果ようやく、ホシが歌舞伎町のホストであることが判明した。捜査共助課に回ってくる資料には事実が記されているだけだが、事件発生から指名手配までに八カ月以上もかかっていることから考えても、捜査員たちが相当な労力を費やしてきたことは間違いない。そうして、ようやく野川瑛士という人間があぶり出されてきたわけだ。さらに、犯行現場に落ちていたホシのものと思われるサングラスから検出されたＤＮＡが、野川瑛士が居住していたマンションに残していた私物のものと一致したことにより、野川がホシであると断定された。それを裏付けるかのように、野川は事件の翌日から勤務先のホストクラブに現れなくなっており、また、マンションからも姿を消していた。

資料によれば、福岡県出身の野川瑛士は地元の高校を一年で中退後、家出同然で故郷を後にしていた。最初の数年こそ親元に電話してくることもあったが、その後はまったく音信不通になっているという。したがって、家族は野川がホストをしていることはおろか、連絡先も知らないということだった。

ホストの場合、店の幹部正社員にならない限りは個人事業主扱いになるのが一般的だから、野川も厚生年金などの社会保険には加入していない。住民票はホストクラブ所有のマンションに置いてあり、国民健康保険には加入してはいるものの、事件後に住民票を動かしているということも、またどこかの医療機関にかかった形跡もなかった。ハローワークも利用していないし、生活保護の申請も行われていない。さらに、運転免許証もパスポートも取得していない。つまり野川瑛士という男は、社会的な意味では存在していないに等しいと言ってよかった。

それでも間違いなく、どこかにいる。

住民票などからたどれないとなると、次はホシを知る人たちに話を聞くことになる。燈たちはまず、彼が働いていたホストクラブの社長やプロデューサー、幹部、そして三十人ほどいるホスト全員と、バーテンダーなどの従業員、店の出入り業者、そして店の常連客に至るまで、しらみつぶしに話を聞いていった。中には既に辞めている人間も何人かいたが、そういう人物も一人残らず探し出した。その結果、野川瑛士という人物が、少しずつ見えてきた。

野川瑛士はホスト歴こそそこそこ長いものの、店での序列は中堅にもいかない程度で指名客も多くなく、普段は太客、極太客を抱える売れっ子ホストのヘルプについている方が多かったという。容姿も垢抜けなければ、性格もそれと同じく地味で内向的、話術も特に長けてはおらず、場を盛り上げることも下手なら気の利いたことなども言えないタイプだというから、ホストに詳しくない燈でも、鳴かず飛ばずは無理もないと思われた。だが、誰にでも取り柄はあるもので、野川瑛士の唯一の長所というのが、どれほど長い時間でも客の話を黙って聞くことが出来たということだった。そのため、ストレスを溜め込んでいて果てしなく愚痴を言いたいタイプの一部の客にはそこそこ喜ばれたらしい。だが、そういう客の大半はいわゆる細客と呼ばれる、あまり金を使わないタイプばかりだったから、野川瑛士の成績は振るわないままだったらしい。店での源氏名は柊木琉生。店が宣伝用に使用していたプロフィール写真を見ると短めの茶色い髪だが、全体にパーマをかけてふんわりさせており、前髪は目が隠れるほどまで長く伸ばして、将棋の駒のような四角い輪郭が隠れるようにサイドを伸ばしているように見える。念のためにSSBC（捜査支援分析センター）で分析してもらったところ、解析された防犯カメラ映像から浮かび上がった、目が細くてうっすらと地味な顔立ちの男と同一人物で間違いないと判断された。

「もう結構、忘れかけてるんですよね。大分、時間がたってるし、もともと影の薄いヤツでしたから」

「金に困ってる感じですか？　あったかなあ。でも、俺らって大体、売れっ子以外はみんな余裕ないですから」

「彼女です？　さあ、聞いたことなかったっすねえ」

「ほとんど何にも知らないんですよ。自分からは喋んねえヤツだったし」

　店の社長をはじめ幹部やホストたちは、既に最低一度は警察の聴取を受けていることもあって、ひとしく「またか」という表情で、中には「まだ捕まってないんですか」と呆れたように言うものもいた。そして、いくら聞いても新しい情報は出てこなかった。特に親しくしていた仲間もいないというし、他の交友関係を知るものもいない。ホストになろうという若者の多くは上昇志向や競争心が強く、金銭欲、名誉欲も隠さないという話だが、野川瑛士はそういう点でも「イマイチ」と評価されていたらしい。

「ギラギラしてないっていうか。他に行くとこもないから、ホストやってるって感じだったんじゃないですかね」

「店を休むこともないし、不真面目っていうんじゃないけど、だからって頑張ってるって感じも、なかったですからねえ」

「いくらハッパかけても、曖昧に『はい、はい』って返事するだけで、何にも変わらないんですよ」

それぞれに店のプロデューサーとマネージャーという肩書を持つ、少女マンガにでも出てきそうな風貌の男たちは、カラーコンタクトを入れた不思議な色の瞳をこちらに向けて、何の感情もこもっていない口調で語った。それで、勤め先での聞き込みは終わりだった。

「場を盛り上げるっていう感じのホストさんじゃないんですよね。自分から喋るっていうことも少ないし。でも、話だけは聞いてくれるから」

次いで、店の客の中で、ことに柊木琉生を指名したことのある人物への聞き込みを始めると、ある四十代の看護師は、話しにくそうな表情でそう語った。勤務先の病院まで訪ねていったところ、彼女は人目をはばかるように燈たちを人気のない廊下まで連れていって、「時間がないんです」と、まず気忙しげに腕時計を覗き込んだ。

「仕事柄、いつも忙しくしてますし、ストレスも結構、溜まるもんですから、時々そういう愚痴を聞いてもらいに行ってました」

「よく聞いてくれる人ですか」

「そうですね――聞いてくれるとかくれないとか関係なくて、ただもう、私が一人で爆発的に喋り散らして」

そんなときの柊木琉生こと野川瑛士は黙って時々、水割りを作る程度で、あとはひたすら相づちを打っていたという。

「べつに慰めるとか、優しい言葉をかけるとかもなくてね、ただ『ふうん』『そうなんですか』って、聞いてるだけなんです。だけど、こっちとしては事情をよく知りもしない相手から、うわべだけの言葉で慰められたり励まされるよりは、その方が気が楽っていうか、いいかなとも思って。だから、いつでも喋るだけ喋ったら、すっきりして『じゃあね』っていう感じでした」

それにしても、人を襲ったりものを盗むような人間だとは思わなかったと、看護師の女性は小さく身震いする真似をしてから、また腕時計を覗き込んだ。

「とにかく、そんな感じですから。私はＬＩＮＥのやり取りとかもしてませんし、あの人のことは何ひとつ、知らないんです」

そうして彼女は「もう時間なので」と言い残して、逃げるように立ち去った。他の常連客も似たり寄ったりだった。キャバクラ嬢、デリヘル嬢、ソープ嬢、美容師、保育士など職業はまちまちだったが、とにかく彼女たちは異口同音に「日頃ストレスがたまる」と言い、そのはけ口として柊木琉生に愚痴を聞いてもらっていただけだと語った。あえて、そういう女性たちに共通点があるとすれば、それは彼女たちが一見するとホストクラブなどに行きそうにないくらい地味で堅実そうに見えるということくらいだ。つまり、派手にホスト遊びをするようなタイプには見えなかった。だが、彼女たちは柊木琉生という名前は知っていても、誰一人として男の本名どころか、その年齢も出身地も知らず、性格さえも把握していなかった。要するに地味なホストを相手に愚痴をこぼしていた女性客たちにとって、柊木琉生こと野川瑛士とは、単なるサンドバッグのような存在らしかった。ホストと客とはＬＩＮＥを交換して日頃からやり取りをすることが多いというが、そんなことをしている客さえ、一人もいなかった。

「存在感の薄いヤツですねえ」

岩清水が段違い眉毛を上下させながら、やれやれというように呟いた。燈も同感だ。そんな男が、よくも大それたことをしでかしたものだと思う。

「だけど、ここまで逃げ回ってるとなると、べつの顔も持ってるっていうことなのかも知れないのよねえ」

「つまり、隠し持った凶暴性とか、妙な根性とか?」

「そういう根性があるんなら、どっか別のところで発揮すればよかったのに」

とにかく仕事関係者と客への聞き込みは、それであらかた終わりになってしまった。すると次の段階として、燈たちは、今度は野川瑛士のSNSの履歴に当たることになる。だが野川瑛士はTwitter、Instagram、Facebookのいずれも、事件後はまったく更新しなくなっており、YouTube、TikTokはやっていないことが分かった。LINEは捜索差押許可状によって過去六十日まで遡って調べることが可能だが、その六十日の間、野川瑛士に送られていたLINEメッセージは、いわゆる公式アカウントからの宣伝ばかりで、一方の野川自身から発信されたものは一つとしてなかった。

「本当に連絡を取り合う相手がいないのか、または、違うデバイスを使ってるのかなあ」

だが、それを探り出す術がない。こうなると、次に出来ることは、携帯電話の通話記録を調べることだ。

携帯電話の通話明細書は、LINEの履歴を調べるのと同様に、裁判所に請求して出される捜索差押許可状によって、携帯電話会社から提供を受けることが出来る。この明細書から分かるのは、過去半年までの通話日時、発信した都道府県、通話先の電話番号だ。

野川瑛士の携帯電話はつい一カ月前までは普通に使用されていて、通話記録も残っていたが、このひと月は記録が残っていなかった。その点について、また改めて携帯電話会社に照会を出すと、利用料金の滞納で電話を止められているということだった。つまり、この一カ月の間に、野川瑛士の生活ぶりが困窮してきているらしいと推測することが出来る。

「今の時代に携帯電話が使えなかったら、まるっきり、手足をもがれたようなもんじゃないすか」

「かなり追い詰められてきてるのかも知れないよね」

「違う番号の携帯を持つようになった可能性ってのも、否定出来ないとか、ないすかね」

「こっちの番号を解約しないで？」

「不自然、ですかねえ」

自分たちのデスクに向かい、椅子の背もたれに身体を預けて頭の後ろに両手を回している岩清水の横で、燈は野川瑛士の通話記録を眺めていた。すると、その中で、四、五回ほどかけている固定電話の同じ番号に目が留まった。〇九で始まる市外局番といったら、間違いなく九州か沖縄のものだ。他にかけている固定電話はすべて大阪の〇六、中京東海地方の〇五で始まるもの、また〇四五の横浜のものばかりだったから、〇九で始まる番号はひと際目立った。一方、発信している場所は、大阪だったり愛知県、岐阜県、神奈川県だったりしている。野川瑛士は事件後、かなり忙しなく全国を移動していたらしいことが分かる。必死で逃走しているのだろう。

「岩清水部長、ホシの実家の電話番号って、資料にあったよね」

岩清水は即座に頷いて資料をひっくり返し始める。

「ありました、ありました」

その番号と記録されている番号を照らし合わせてみると、思った通りに一致した。ホシは福岡県の実家に、数回にわたって電話をかけているのだ。

「住所はどこになってる？」

「福岡県の直方市ですね」

「直方かぁ」

「何か、あるんすか？」

「魁皇の出身地だわ」

「相撲取りの？　とっくに引退しましたよ」

「だから今は、浅香山親方。奥さんは元プロレスラーでね」

「――ひと口メモみたいっすね」

だが、すぐに直方まで飛んでいったとしても、野川瑛士の家族が本当のことを言うとは限らない。第一、捜査の段階で既に一度は捜査員が実家にも出向いているはずだ。つまり家族は、野川瑛士が事件を起こしたことはとうに承知していると思わなければならなかった。そういう家族が何もかも正直に話してくれるかどうかは怪しいものだ。たとえば電話をかけたって、余計に警戒心を抱かれるだけだろう。さらに、こちらの動きが野川瑛士に筒抜けになる可能性もある。最終的には直接会いに行くべきにせよ、その前にこの実家の番号についても通話記録を調べておく必要があると燈は考えた。またもや裁判所に捜索差押許可状を請求することになるが、手間を惜しんではいられない。この仕事は、とにかく何をするにも手続が必要なのだ。

それにしても。

やはり、最後に頼るのは親ということになるのだろうか。

たとえば先々月、雪の降る函館で逮捕した窃盗犯にしても、もともとは、これという手がかりも摑めないまま、時間ばかりが経過していた事案だった。諦めるわけにいかないと分かっていても、ホシの交友関係も浮かび上がってこなければ携帯電話も変えてしまっているという場合には、居所を摑むのに相当な根気と苦労が伴う。そんなときにたまたまホシが飲酒運転の検問に行き当たったという情報が入ってきた。都内で深夜の時計店に車ごと突っ込み、店の入口などを派手に壊して高級腕時計ばかり八点を盗んだ男は、厳冬の北海道まで逃げていたのだ。

ところが飲酒などの検問で運転免許証の提示まで求めることは普通はなく、ましてや理由なく身元照会まですることはない。そのときは車内が酒臭かったために、免許証の提示を求めたものの、結局、本人の呼気からアルコールは検出されなかった。それでも警察官は、相手の態度などから何か感じ取ったのかも知れない。「念のために」免許証番号と氏名だけを控えて車を通していた。免許証の人物が指名手配犯だと分かったのは後になってのことだ。とにかくその時点で、ホシが北海道にいたことは明らかになった。

とはいえひと口に北海道と言っても、あまりにも広い。それに、検問は苫小牧市内で行われていたというが、今もそこにホシがいるという保証はどこにもなかった。そこで燈たちは、ホシの母親に会いに行くことにした。なぜかと言えば、これはもう、刑事の勘としか言いようがない。経験上、泥棒は孤独な者が多い。あのホシに関しても、まともな交友関係はほとんど洗い出せていなかったから、こうなると、母親くらいしかつながっている人間がいないと判断したといったところだ。

「へえ、北海道ですって？　そんなこと、言ってませんでしたけどねえ」

これまでにも何回か訪ねていたが、いつでも「息子のことは何も知らない」「あんな親不孝者とは縁を切った」と、木で鼻をくくったような対応しかしてこなかった六十代後半の母親は、その日、ついに口を滑らせた。実は息子から押しつけられたトイプードルに手を焼いていて、相当に苛立（いらだ）っている最中という、偶然にしても有り難いタイミングだったのだ。もともと動物は嫌いなのだと顔をしかめたホシの母親は、毎日の散歩だけでも大変だし、身体は小さいものの、家中を散らかしてまるで言うことを聞かない犬に好い加減うんざりしていた。

「もうねえ、早く取りにこないと本当に捨てるか人にやっちまうかするからねって、言ってやったんですよ。いちいちメールなんかでやりとりしてる気分じゃなかったんでね。私だってあちこち悪くしてて、病院に通うだけでも大変だし、第一、ここはペット禁止なんですから。犬がいるなんてことが分かったら、自治会から、また何を言われるか分かんないっていうのに」

古い都営団地の、ところどころ塗装が落ちかけた鉄製の扉を開けて顔を出した母親は、扉にもたれかかるようにして、機関銃のようにまくし立てた。背後には狭い台所の向こうに陰気くさい磨り(す)ガラスのはまった引戸が閉められていて、その磨りガラスに小さな生き物の影が見えた。クンクンと哀れっぽく鼻を鳴らして、前脚で磨りガラスを掻(か)いている。そのしつこさにたまりかねたのか、母親はとうとう「うるさいっ」と、振り向きざまに吐き捨てたものだ。

「ずっと、あの調子なんだから。ホント、散歩に連れて出るだけで、どれだけ周りに気を遣ってるか分かったもんじゃないっていうのに。何ですって、北海道？　ふん、いいご身分だ、膝も腰も痛くて毎日大変な思いをしてる母親にあんなもんを押しつけといて」

「すると、お母さんは、息子さんの携帯電話の番号を知ってるんですね」

すかさず燈が尋ねると、母親は一瞬はっとした表情を浮かべたものの、すぐに投げやりに「そりゃあ、まあ」とそっぽを向いた。昔からさんざん息子に手を焼かされてきたせいか、はたまた母親自身の人生から培われたものなのか、刑事を前にして、その度胸と開き直り具合は大したものだった。ホシの父親については「最初っからいませんよ、そんなもの」と語ったこともある。

「しょうがないじゃないですか。『誰にも言うな』って、念を押されてんですから。だから、番号は言いませんよ、言いません。たとえ、あんた方に対してもね」

携帯電話は、その番号から通話記録を調べられるだけでなく、電話機が発する微弱電波によって、電話がある場所の位置情報を拾うことが出来る。たとえ電話をかけていなくても、電源さえ入っていれば微弱電波から大まかな居場所の見当がつけられるのだ。燈たちはずい分長い時間をかけて、ホシの母親と努めて穏やかに話し、長々と愚痴を聞き、あまりに鼻を鳴らすので、ついに磨りガラスの向こうから出してやったトイプードルを岩清水が抱き上げて「よしよし」と撫でてやり、ついでに散歩にも連れていって、そうしてようやく母親の気持ちを動かすことに成功した。彼女は、仕方がなさそうな表情でエプロンのポケットからスマホを取り出し、その画面を撫でさするようにしながら「息子の番号ねえ」と呟いた。

「でも、叱られるのは私だしさあ」

「そう仰らず、お願いしますよ」

燈が頼むと、母親は「どうしようかねえ」と、まだ勿体をつけるような表情をしている。

「あたしが教えたなんて分かったら、あの子はまたすごい剣幕で怒るだろうし」

「わざわざ、言うことないじゃないですか。それに、お母さんの前でアレですが、彼は犯罪者なんですよ。私たちが捕まえなければならない人物なんです」

「そりゃあねえ——本当に悪いことをしたってんなら、最後には自分で罪を償わなきゃならないってことは、私だって分かってんですよ、もちろん」

「ねえ、お母さん。ずっと逃げ続けるっていうのは、ものすごく疲れるものなんですよ」

「——へえ、そうお？」

「そうですとも。神経は張り詰めたまんまだから休んだ気もしないし、そうこうするうちに気持ちがどんどん追い詰められていくことだって、よくあるんですから。それで自棄を起こして、もっと大ごとになってしまう可能性だって、考えられるんです」

怒りも収まり、ひと通り愚痴をこぼして気持ちも落ち着いたのか、母親は艶のない頬をさすりながら、「それは困るわ」とうなだれた。

「これ以上、自棄なんか起こされたら」

「でしょう？　逃げたって、いいことなんか一つもないんですよ。早く見つけてあげるのが、結局は彼のためなんです」

そんなやり取りをしばらく続けて、ようやく最後には、母親は諦めたように老眼鏡を取り出し、「ええと」と眉間に皺を寄せながらスマホを操作して、息子の電話番号を示してくれた。

その後、燈たちは携帯電話会社に申請を出し、携帯が出す微弱電波を毎日数回、定時に報告してもらうことで、ようやくホシがいると思われる函館市のエリアを絞り込むことが出来た。そうしてさらにエリア内にある一軒のコンビニ店に目星をつけるところまでこぎ着けたというわけだ。

「函館といえば、北島三郎ですわな」

「ちょっと、岩清水部長、それは古いんじゃないの」

「親父が好きだったんすよ。俺も最近いいと思うようになりましたね。聴いてると、こう血がたぎってくるっていうかね、浸みるんだよなあ。男の生き様っていうのを感じちゃって」

「私だったらＧＬＡＹだけどねえ、函館っていえば」

「函館の歌なんか、歌ってるんすか」

「知らない？　彼ら、函館の出身なの」

「何だ、そうだったんすか」

燈たちが函館出張の予定について、雑談を交えながら相談していると、同じ広域の石塚班が「いいねえ」と冷やかすような言葉を挟んできた。石塚班というのは、五十代の石井警部補と四十代の塚原巡査部長とのコンビのことだ。ちなみに燈たちの場合は「岩佐班」と呼ばれている。同じ広域の捜査員だが、自分たち以外の班は、常にホシを挙げる数を競い合い、互いの動きも気にかけているライバル関係だ。

「何だい、岩佐班は、温泉旅行ってか？」

「いいなあ、北国の温泉とはね。羨ましいやなあ」

石塚コンビの言葉に、つい奥歯を噛みしめそうになったとき、岩清水が「いいっすよねえ」と、にんまりと笑った。例によって大きな笑いじわが寄る。

「函館って、温泉もあるんですか。へえ、知らなかったな。うまいもんでも食いたいっすけどねえ。何が名物だか、ちょっと調べてみっかな」

さぁかまくぅ波をのぉりこぉえてぇ、と首を振りながら鼻歌を歌い始めた岩清水に、石塚班は「ご機嫌だな」と、いかにも皮肉っぽい目を向け、あとはそっぽを向いてしまった。こういうときは男同士に任せた方がいいと、燈はこれまで何度も学んできていることを、そのときも改めて肝に銘じることになった。あそこで燈が少しでも口を開いたらきっと空気は妙なことになっていた。そのうちにどちらの口からも、言わなくてもいい言葉が飛び出したかも知れない。

そうして岩清水と共に函館に飛び、手配したレンタカーに乗り込んで、目星をつけたコンビニを張り込むことにしたのだった。すると三日目になって、ホシらしい男が明らかに年上らしい派手な女と現れた。張り込みはいつだって何日かかるか分からないものだから、三日目に発見するというのは、まあまあいい線をいっている方だ。

「いつも思うことだけど、あんなに長いこと見つからなかったホシが、当たり前みたいな顔をして目の前にいるのって、本当に不思議な気がするわ」

　コンビニに入っていくホシをじっと見つめて、こみ上げてくる興奮と、ある種の感慨とがない交ぜになった気分を味わいながら、燈は大きく息を吐いて呟いたものだ。運転席にいる岩清水も「ですねぇ」と頷いた。

「おふくろさんに預けたトイプーに感謝、ですわな」

「犬好きな岩清水部長にもね」

「主任、犬は駄目っすか」

「せめて柴犬くらいの大きさがあると好きなんだけど」

「小さいのは？　可愛いじゃないすか」

「小さすぎるとかえって不憫（ふびん）で、どうしたらいいか分からなくなるんだ」

「そんなもんすか」

「ひねり潰しそうで」

「怖ぇなあ、もう」

　ここまで来たら、あとは逮捕状を出している所轄署から応援の捜査員を呼んで、人数が揃ったところで身柄を確保するだけだ。燈と岩清水の二人きりではホシに逃げられる心配があるし、逮捕状を保管しているのはあくまでも所轄署だからだ。場合によってはもっと多くの応援を呼ぶこともある。とにかく、取り逃がすことだけはしてはならない。

　見つけたからには、絶対に逃さない。

　所轄の人間が来るのを待つ間、燈たちの仕事はまずホシを尾行（おつかけ）して、住居（ヤサ）を突き止めることだった。罪を犯して逃げている以上、当然のことながら指名手配犯は警察に追われている可能性を常に意識している。神経は緊張しっ放しで、たとえば車を運転していても、つけられているのではと感じただけで急に進路を変えたりするものだ。だから車でのおっかけには細心の注意を払わなければならないのだが、今回はさほど困難なものではなかった。何しろ、いくら除雪されているとはいえ次から次へと雪が降り積もる悪天候で、乱暴な車線変更などすれば簡単に事故を起こしかねないし、相手の車は派手な赤色の高級車だったから遠目にもよく目立った。一方、岩清水が手配したレンタカーは、誰一人として気に留めることなどないような、雪景色にすっかり溶け込むグレーのワンボックスカーだ。

「女は、すげえ踵(かかと)の高いブーツ履いてましたよね。この雪の中を」

「私とあんまり年、変わんないと思うんだ。あんなブーツ、よく履けるわ」

「ですか」

「私なら、コケるか足を挫(くじ)くかしてるわ。雪なんかなくても」

「そんなの、履かない方がいいっすよ」

「持ってもいないしね。服装もそうだけど、あの髪型からしても、素人っていう雰囲気じゃないわよね」

二人がコンビニから出てくるのを待ちながら、燈たちはそんなことを話していた。こういうとき、燈と岩清水は共に刑事とは思われないような服装をする。燈はもともと服の襟に触れるかどうかというボブカットだが、その髪を後ろで一つに結わえてコンタクトレンズの代わりに眼鏡をかけ、黒いハイネックに黒いコートという正体不明の雰囲気だし、岩清水の方はグレーのフリースの上にボアつきの革ジャンを着込んで、どちらかと言えば土木か水道関係の自営業者のような感じだ。夫婦には見えないかも知れないが、まあ、刑事にも見えないだろう。

　二十分ほどしてコンビニから出てきた二人をおっかけていくと、ホシがハンドルを握る赤い高級車は五稜郭(ごりょうかく)にほど近い高級マンションの駐車場に入っていったから、燈たちはそのままマンションを張り込んだ。すると日暮れ頃になって、今度は女が自分でハンドルを握って一人で出ていった。再びおっかける。車は二十分ほど走って、函館市街地の、とある高級クラブの前に駐まった。女が店に入っていくと、入れ替わりに店から若い男が出てきて赤い車に乗り込み、近くの月極駐車場に車を運んだ。

「あの女の店なんですかね」

　若い男がそのままクラブに戻るのを見届けて、さらにしばらく待っても女が出てこないのを確かめたところで、今度は近くに不動産屋を探して立ち寄ってみることにした。すると、先ほどの女は案の定、あのクラブのママであることが分かった。

「この辺じゃ何本かの指に入る高級店ですよ。あたしらなんか、そうそう行けやしない」

「へえ、そうですか。店のオーナーっていうのは？」

「今は、ママ本人でしょう。あの建物自体、ある建設会社の社長が持ってたんだけど、去年、亡くなったからね。最初っからそういう約束になってたんだかどうだか、その後、あの店はママがうまいこと相続したって聞いた気がしますね」

「すると、その社長っていうのは、アレですかね。ママさんとは特別な関係の」

「まあ、もっぱらの噂ではありましたけど、本当のところはどうなのかね」

「なるほどねえ。ママさんは、もともと、この辺りの人なんですか？」

「苫小牧の出身って言ってなかったかな——ねえ、あの人に何か、あったんですか」

「いや、ママさんじゃないんですわ。実は内々にですねえ、ちょっと探してる人物がいてね、それが函館の高級クラブに出入りしてるっていう情報があったもんで、何軒か当たってるってわけなんです」

岩清水が適当な言い訳をして、ついでにママが住んでいるマンションの管理会社も聞き出し、そのまま管理会社にも足を伸ばしたところ、彼女の本名と部屋番号までが簡単に割り出せた。女性の住まいは、あの八階建ての高級マンションの、七階にある東南向きの角部屋だという。そこまで調べ上げたところで、燈たちは再び彼女の住むマンションまで戻り、目立たない場所に車を駐めて張り込みを続けた。

「どういう関係だと思う?」

「男と女だってことは確かでしょうけどねえ」

「前からの?」

「そこんとこは、どうなんだろうなあ。だって、もともとビルの持ち主だっていう社長ですか、その人がパトロンだったんじゃないんですか」

「普通はそう考えるよね」

「自分の持ちビルに店持たせて、死んだらしっかり相続させるようになってたっていうんだから、そりゃあまあ、普通の関係じゃないでしょう」

結局、その日は深夜になって、運転代行を使って女がマンションに帰宅したのを見届けたところで張り込みを終えた。

翌日も雪が降りしきる中を午前中から張り込みを始めた。すると昼頃と三時過ぎに一度ずつ、七階角部屋のベランダに男が現れて、煙草を吸っている姿を確認することが出来た。

「あれ、ホシに間違いないよね？」

「間違いないっすね」

スマホのカメラに外付けの望遠レンズを付け、ズームアップして写真を撮ったところ、燈たちは毛布にくるまった男の顔をしっかりと確認することが出来た。その日も、やはり夕方になってから、女は一人で出かけていき、さらに三、四十分ほどしたところで、ホシが一人で出てきた。マンションのエントランスに立つと、まずは辺りをキョロキョロと見回してから、男は背中を丸めて俯(うつむ)きがちに、雪の中に足を踏み出す。十五分ほど歩いて向かったのは、前日と同じコンビニだ。ずい分と時間をかけて店内をぶらぶらと歩きまわり、その後はイートインスペースに陣取って、スマホをいじりながらカップ麺を食べ、次いでコーヒーを飲みつつ、やはりスマホを覗き込んでいる姿を、燈たちはガラス越しにずっと眺めていた。ホシはそうして小一時間も過ごしてから、また徒歩でマンションまで戻っていく。すっかり暗くなった雪空の下を歩くホシは自分の足もとばかり気にしている様子だったが、それでも途中で何度か辺りを見回す素振りを見せた。遠い函館まで来ていても、やはりどこかで警戒しているのだ。

「女を働かせて、自分は一日ブラブラしてるって、まるっきりヒモみたいなもんじゃないすか」

「ヒモっていうか、ツバメって感じ？」

「ツバメか。まあ、嫁さんにするには、ちょっと年が上すぎるしな」

「年上の女房は駄目？」

「いや。いいっす。最高っす」

とにかく、ホシは女のヤサにいる。それを確信したところで、翌日、都内の所轄署からきた捜査員二人が加わった。今度は四人で手分けして張り込みを開始して、例によって夕方、女が一人で出かけていき、ホシがベランダに出て煙草を吸い、間違いなく一人でいるらしいところを見極めた上で、打ち込みをかけたというわけだ。燈がしつこくインターホンを鳴らしてオートロックのドアを解錠させ、七階まで上がって玄関ドアも開けさせたとき、ホシは服もまともに着ておらず、実に無防備な姿ですっかり意表をつかれた様子だった。そうして所轄署の刑事がホシが盗んだ腕時計を押収し、逮捕状を執行したところで、燈たちの仕事は終わりだった。ホシの身柄は所轄署が引き受けるから、東京へ帰るにも手ぶらだ。どれほど捜査に時間がかかったとしても、終わりはいつだって、意外なほどに呆気ないものだった。

だから今度のヤマも最後までこぎ着ける。待ってなさい、野川瑛士。きっとあんたを探し出す。そう信じているから続けていられる。広域の刑事とは、そういう仕事だった。

「おつかれさまです」

「おつかれっすー」

警視庁丸の内庁舎はJR有楽町駅から歩いて数分のところにある。捜査共助課のフロアーまでエレベーターで上がって部屋に入ると、燈たちは誰にともなく挨拶をして自分たちのデスクがある、いちばん奥の島に向かった。いちばん手前にある庶務と、その隣の共助事務の島は、ひっきりなしに全国の道府県警などから電話が入ったりして、誰もが忙しそうにしているが、手配係の島を飛ばしてその奥にある見当たり捜査班の島となると、がらんとしていてメモリー・アスリートたちは一人もいない。彼らは通常、自分たちが担当する地域の分駐所などをベースとして動いているからだ。朝、出勤するのも分駐所に直行だし、任務を終えてからも、そのまま分駐所で解散して帰宅するという日々を送っている。丸の内庁舎に来るのは何かしら必要な用事があるときと全体会議のときくらいだろう。その見当たり捜査班の島と、出張や事務などを担うデスクの島の間にある手配係の島で、ちょうど係長が立ち上がって周囲を見回しているところだった。

「ええ、新しい手配認定が出ましたんでね。資料を置いときますから、手が空いてる班は目を通して担当を決めてもらうように、お願いします」

広域の島にいた同僚刑事たちがわらわらと立ち上がり、広域を束ねている久場（ひさば）係長も一緒に手配係の方に歩いて行く。燈たち広域には特捜任務を負っている班も含めて五つの班がある。それぞれがコンビで動いているから総勢十人ということだ。

「俺もちょっと、見てきますわ」

岩清水も手配係の方に行ったが、ものの三分もしないうちに戻ってきた。そして、周囲にまだ誰も戻っていないのを確かめた上で、マスクの下で「しょうもな」と呟いた。

「真っ先に、持ってかれましたよ」

手配係のデスクの方を一度見やってから燈が見上げると、岩清水はやれやれ、というように「また石塚班ですわ」と、段違い眉毛を上下させている。

「係長も『頼りにしてるぞ』とか、言っちゃって」

石塚班は、同じ広域の中でも燈たちとはいちばんタイプが違う。世間話をしているだけでも、どうも話が合わないし、彼らが二人揃って「女の刑事なんて」という考え方の持ち主であることは、燈は常日頃から感じていた。燈が岩清水と笑いながら話をしているときなどは、いつだって興味などなさそうなふりをしながら、ちらり、ちらりと意味ありげな視線を向けてくるし、先日のように余計なことを言ってくるのも彼らがほとんどだ。そういうこともいちいち神経に障（さわ）るのだが、何よりも、彼らは捜査へのアプローチが燈たちと違いすぎた。

「容疑は？」

「賽銭（さいせん）ドロっすね。五十六歳。地域にある寺や神社から、数回にわたって賽銭やおみくじの売り上げを盗んで逃げるっていうのの、常習ですわ」

燈は「ふうん」と頷いて、少しだけ考えを巡らせた。

「常習なら、所轄で捕まえればいいんじゃないのかねえ」

「そこまで手が回んないってとこなんじゃないすか。所轄は所轄で、相変わらず忙しいっすからね」

「まあ、石塚班には、ぴったりかも知れないけど」

燈は、まだ手配係の島にいて雑談に興じているコンビをそっと見やって、つい皮肉っぽく声をひそめた。

「お得意の魚釣りでも十分に成果が見込めるって感じだし」

すると岩清水は「キツいなあ」と段違い眉毛を大きく上下させる。燈はわざと瞬きしながら岩清水を見た。

「どうして？　本当のことじゃない」

岩清水は、燈のことをよく「怖い」とか「キツい」と言う。燈としてはそんなつもりはさらさらないし、第一、他の人からは「キツい」などと言われたことはこれまでになかった。それなのに岩清水は「それが女性の怖いとこなんですよ」と、困ったような、または諦めたような顔をするのが常だ。その割に、燈の言うことを否定はしない。

「まあ実際、魚釣りの好きな人たちっすからね」

魚釣りというのは、ある種の隠語だ。ホシの行動パターンや立ち回り先、行動範囲などを大して深く考えもせずに、とりあえず手当たり次第に照会をかけて、餌に食いつくのを待つだけの捜査手法のことをいう。釣り糸だけはあちらこちらに垂らしておいて、後は呑気に引っかかるのを待てばいいというわけだ。つまり、捜査に頭を使っていないし、ホシのことさえ真剣に考えようともしていない。

こっちはトイプードルにも負けないくらい鼻をクンクンさせて、毎日あちこち歩きまわってるのに。

無論、賽銭泥棒だって立派な犯罪だ。決して疎かにしていいというものではない。だが同じ神社仏閣を何度も狙っていることを考えれば、ホシが再びそこを狙う確率は高い。さらに、そう遠くに住んでいるわけではないことも、ほぼ明らかだと思う。これまで被害に遭った寺や神社をはじめとして、たとえば自転車などを使っていたと仮定しても、行動出来る範囲内の場所を絞り込んで釣り糸を何本も垂らしておけば、逮捕までこぎ着けるのはおそらく時間の問題だろう。

「また乗りボシんなっちゃったりしてな」

手配係の島から戻ってきた石塚班が小声で言葉を交わしている。

ほら、やっぱり。

燈は周囲に気取られないように、パソコンに目を落としたまま、マスクの下できゅっと口もとを引き締めた。若い頃は上手にやり過ごすということが出来なくて、知らず知らずのうちに角を立てていたものだが、今はもう大丈夫だ。岩清水が、やはりちらりとこちらを見るから、燈も目顔で頷いた。感じていることは同じだ。

乗りボシというのは、本来ならば所轄署で十分に解決出来る案件なのに、わざわざこちらから「人手が足りないだろう」と乗り出していって、逮捕にひと役買ってやるというものだ。刑事として、そう自慢の出来るやり方ではないと、管理官だって常日頃から言っているし、燈も同感なのだが、現場を預かる久場係長にしてみれば、ひとまず逮捕件数という評価にはつながる。それに、担当した刑事たちにも最低限、署長賞くらいは出るものだ。だから、そういう方法を選ぶことを一概に悪いとは言い切れない。だが、そんなことばかりしていると、刑事としての捜査感覚はどんどん鈍くなる。それを何とも思っていないらしい石塚班の、セコくてお気楽というのか、楽しげな様子を見ていると、どうしてもため息の一つもつきたくなる。燈は思わず眉根に力がこもりそうになるのを眉を上下させることでごまかしながら、視線を感じて岩清水の方を見た。岩清水は「余計なことは言わないで下さいよ」と、段違い眉毛の下の目で語っていた。

5

週末、裕太朗が帰ってきた。いつものことながら「母ちゃんの唐揚げ」が食べたいと言うから、前の晩から下味をつけておいた山ほどの鶏もも肉に片栗粉をまぶして揚げ、米も四合炊いて、ケールとツナのサラダを盛りつけ、他にも何品かの惣菜を作ったりして、燈は久しぶりに長い時間、台所に立った。ほぼ二カ月ぶりに会う息子は相変わらず生傷が絶えない様子で、指にも顎にも絆創膏を貼っていた。

「この前言ったこと、ちゃんと肝に銘じてるね？」

やっと支度が整って食卓につき、缶ビールを呑み始めた燈の前で、以前と同じに向かいの席に腰掛けた裕太朗は早くも箸を動かし始めている。

「ちょっと。ゆっくり食べなさいってば」

「うん」

「レモン、足りなかったらもっと切るから」

「うん」

それにしても、いつ見てもいい食べっぷりだ。麦茶の二リットルペットボトルを横に置いて、燈の作った料理をパクパクと口に運ぶ息子を見ていると、爽快感さえ覚える。くし切りにしたレモンを大きな手でぎゅっと絞るときだけは指に出来ている傷にしみたのか、「てっ」と顔をしかめたりしているが、そこをペロリとなめて、息子はまた箸を動かし始めた。

「あんたの寮って、一度にどれくらいのお米を炊いてるんだろうね」

「知らねえ」

「食事時なんて、戦争みたいじゃない？」

すると息子は「そんなことないって」と、そこで初めて顔を上げた。ああ、これが我が子の顔だったと、正面から見て改めて思う。顎に無精髭が伸び始めていて多少むさ苦しいが、確かに幼い頃の面影は残っている。小さい頃はひなひなしていて特に大柄でもなかったのに、一体いつの間にこんなに大きくなったのだろう。手を伸ばしてほっぺたくらい触りたいところだが、嫌がられるに決まっているから我慢する。

「だって、自分たちの部屋で食っててんだから。でっかいタッパーに、ご飯とおかずと、各自で好きなだけ詰め込んだのを部屋に持っててって」

「あ、そうなの？」

「言わなかったっけ？　俺が入部してから、ずっとそうだよ」

「聞いてないよ、そんなの」

「言ったってば、もう。とにかく、去年一回、クラスターが出たんだってさ、俺らが入る前。飯ん時はマスク外すし、どうしても少しぐらいは喋るから、そんで、部屋食になったんだって」

「へえ。そんなんで、練習は普通に出来てるの？　ラグビーなんて、ただでさえ人とぶつかりあったりして距離が近いのに」

「一応は出来てるけど、その代わり、外出とかにはすげえうるさいよ。どっかで誰かがうつってきたら、全員がヤバいから」

だからさ、と言いながら、裕太朗は早くも空になった小丼を差し出してくる。燈は苦笑しながら小丼を受け取って、山盛りのご飯をよそった。この子が持つと、小丼が普通のご飯茶碗くらいにしか見えない。

「だから、母ちゃんが言うようなことに、なんねえから」

「何だっけ」

「何だよ、自分で言っといて。この前のＬＩＮＥの話だろ。たとえ向こうから誘ってきたとしても、勢いでエッチとか、すんなよって、あれ」

ああ、と、燈はまた苦笑しなければならなかった。考えてみれば、唐揚げを頬張りながら母子でする話でもない。だが、それならそれで、何よりだ。

「近ごろはね、たとえ彼女だからいいかなと思っても、いざっていうときには、ちゃんと許可を取らないと駄目らしいよ。『チューしてもいい？』とかさ。いちいち」

「いちいち？　雰囲気ぶち壊しじゃん」

「それでも」

「ま、べつに彼女とかいねえから、いいけどさ」

「いないの？」

「いねえって。第一いたとしたって、自由に外で会ったりとか出来ねえしさ。練習とコロナ対策とでいっぱいいっぱい」

「授業は？」

「あ、授業も」

「あらまあ。そりゃあ可哀想だねえ」

「そうでもねえよ、べつに」

「でもさ、ラグビー部にだって、女の子のマネージャーとか、いるんでしょう？」

「いるよ。マネージャーも、トレーナーも」

「可愛い子、いないの？」

口をもぐもぐとさせながら、裕太朗は天井を見上げて首を傾げている。ひょっとして、この子は女の子の美醜も分からないのだろうかと、ふと心配になった。まさかとは思うが、筋肉で出来ている脳みそには、そういうことを判断する機能がついていないのだろうか。

「彼女にするんなら、少なくともラグビーのことが分かる子がいいもんね」

「べつに、そうとも限んねえんじゃねえ？」

「あ、そう」

「いいんだって。今んとこべつに、そういうつもりねえから」

「あんたさ、なんでも『べつに』なんだね」

「そんなことねえよ、べつに」

大皿に山と盛っていた鶏の唐揚げも、どんどんと数を減らしていく。もしも残ったら持って帰らせようと考えていたのだが、そんな心配はいらないかも知れない。裕太朗は昨年までは食事のたびに使っていた自分の箸を懐かしむ様子もなく当たり前のように使って、またもや唐揚げをつまみ上げながら「それはそうと」とこちらを見た。

「話って？」

ビールをひと口呑んで、燈は「あ、うん」と頷いた。今日は「相談したいことがある」と、燈から息子を呼んだのだ。だが、いざとなるといきなりは話しにくい。

「あのさ——父さんの、ことなんだよね」

裕太朗の表情が少しだけ変わった。

「親父が、どうしたの」

茨城に帰っている夫は、農家の次男だ。昨年、七十四歳になる舅(しゅうと)が脳梗塞で倒れて左半身に後遺症が残ったために、姑(しゅうとめ)一人では面倒を見きれないことと、仕事の手が足りないということで、介護休暇を取ったのだった。

「もうすぐ、休暇が終わるわけね」

少し考えて、もう一本、缶ビールを開けることにした。久しぶりに長時間、揚げ物ばかり作っていたせいで、空腹なはずなのに満腹感がある。いや、息子の旺盛な食べっぷりを見て、それだけで満足してしまったのかも知れない。

冷蔵庫から出してきた缶ビールのプルタブを引き上げて、よく冷えたひと口を呑んでから、燈は一つ、息をついた。

「でね、父さんねえ」

「この際、警察(カイシャ)を辞めて、農家を継ごうかと思うんだって」

今度は、裕太朗は唐揚げを頬張ったまま目を丸くした。燈は軽く唇を噛むようにしながら密かにため息をついた。

「ここで、もしも休暇を延ばせたとしても、これから先、お祖父ちゃんがいつ元気になるかなんて分からないじゃない？　介護っていうのは、先が見えないものだから」

「そんで、辞めんの？　いいの、辞めちゃって」

「父さんなりに考えたんじゃない？」

「じゃあさ、こっちに帰ってこないつもりってこと？」

燈は「うーん」と首を傾げるしかなかった。本当に夫が警察を辞めて家業を継ぐとなれば当然そういうことになるだろう。

夫には兄がいるのだが、他県の県庁に就職していて、今は関東地方から離れた土地で所帯を持ち、すっかり落ち着いている。舅に後遺症が残ると分かったときにも、義兄は夫に「介護サービスを使え」としか言わなかったのだそうだ。舅自身の介護はそれで何とかなるかも知れないが、家業のことはどうするのか、義兄は何も考えていないらしかった。燈も、特に舅が倒れた直後は出来る限り見舞いに行くようにしていたが、その都度、姑が義兄を「あの薄情者」と罵るのを聞かなければならなかった。

「本当は母さんにも、手伝って欲しいのかも知れないんだよね」

燈が呟くと、裕太朗はさらに驚いた顔になった後、今度は急にうんざりしたように顔をしかめた。

「ちょっと、やめてくれよ。母ちゃんまでカイシャ辞めたら、うちの収入はどうなっちゃうんだよ」

「農家になれば、農家の収入があるじゃないさ」

「これまでとまったく同じにいくって保証あんの？　俺の学費とかは？　バイトとかすることになったら、俺、ラグビーなんか出来なくなるよ」

燈は「分かってる」と、またビールをひと口呑んだ。だから一つには悩んでいるのではないか。夫が本当に農業を継いだ場合、実際どれくらいの収入になるものか、不安定ではないのか、その辺りのことについて、燈は見当もつかなかった。

「ラグビーやめたら、俺、人生そのものを考え直さなきゃならなくなるよ」

「分かってるってば」

息子はスポーツ推薦で大学に入った。それなのにラグビーが出来なくなったら、大学にだっていられなくなるかも知れない。少なくとも肩身の狭い思いをすることだろう。そんな思いをさせるつもりはさらさらなかった。夫は休暇中も給料は出ているものの、減額はされているから、もしも燈が専業主婦だったら、それだけでも生活は少なからず厳しくなっていたに違いない。そうでなくとも裕太朗がラグビーを続けていくためには、これから先もまだまだ費用がかかる。部費だ、寮費だ、遠征費だと。このマンションのローンだって終わっていないのに。

「それにさ、母ちゃんは、今のまんまがいいよ」

「どうして？」

「どうって――今の仕事、好きそうだから」

ビールの缶に手を添えたまま、燈は「そうかな」と頬杖をついた。この子は、燈の仕事の具体的な内容など何も知らない。ただ刑事だということは知っているから、「悪い人を捕まえる」くらいに思っているのだろう。

「うちの母ちゃんは、正義の味方でいたいタイプだもんな」

「何、それ」

「それに、今さら田んぼの仕事とか、出来ねえだろう？　やったことあんの？」

「あんたが幼稚園くらいまでは、結構、手伝いに行ってたんだよ。覚えてない？」

裕太朗は首を横に振っている。当時はあんなに物珍しげに、また楽しそうにはしゃいで自分も田んぼに入っていたのに。この子がラグビーを始めたから、休日もそっちに付き添わなければならないことが増えて、結局、夫の実家にあまり行かれなくなったのだ。

「今だって、やろうと思えば出来るわよ。たぶん」

「やりたいの？」

「——たまに手伝う程度なら、いいかも知れないけどねえ」

裕太朗は「だろう？」と言いながら、またも空になった小丼を差し出してきた。

「続かねえもんなんだよ、本当に好きなことじゃなけりゃ」

「何、分かったようなこと言ってんのよ」

燈は三杯目のご飯も山盛りにして息子の前に置いた。

「でもさあ、考えてみてよ」

燈は再び箸を取り、口を動かし始めた息子を頬杖をついて眺めた。

「あんたも言ったけど、もしも父さんが農家を継いだら、本当にこっちに戻ってくることなんか、多分ほとんどなくなるってことなんだよね。これから先、ずっと」

「そうかもね」

「そうしたら——家族でいる意味、あると思う？」

裕太朗は、初めて話の意味が分かったという顔つきになった。唐揚げで頬を膨らましたまま、さすがの息子も口を半開きにして目を剝いている。

「何それ。つまり――離婚するってこと？」

「父さんがさ――それもしょうがないかな、とか、言うわけ」

正確に言うなら、自分の都合で農家を継ぐなどと言い出したのだから、そこに燈まで巻き込むのは申し訳ない、警察もやめて東京を引き払うことになれば、離婚されても仕方がないと思っていると、夫はそう言ったのだった。半月ほど前のことだ。そのことについて、少し頭を整理したくて、先週末は『プレゴ』に寄ったのだ。そこへ小桃が現れたものだから、ゆっくり考えるどころではなくなったが。

「離婚かあ。うちが」

もぐ、もぐ、と、ゆっくりと口を動かしながら、裕太朗は宙を見上げている。燈も同じ気持ちだった。まさか自分の人生に、その二文字が突きつけられるときが来ようとは、夢にも思っていなかった。万に一つもそういうときが来るとしたら、まず間違いなく、自分から言い出すのに違いないとも思っていたのだ。

「でさ、母ちゃんはどうすんの」

「だから、それで悩んでるわけよ」

離婚したいわけではないが、向こうがそう言うなら、べつにしたって構わない、かも知れないという気が、なくもない。こうして一人の生活にも慣れたことだし、何がなんでも別れたくないとまでは、言い切れないような気もする。だが、だからといって簡単に別れてしまっていいものだとも、思えなかった。やっと大学生になったばかりの一人息子がいて、それなりの年月、家族として生きてきたというのに。夫婦喧嘩をしたわけでも、憎みあっているというわけでもないのに。

「父さんがそうしたいっていうんなら、じょうがないのかなあ、とかさ」

分かったのか分からないのか、裕太朗は「ふうん」と頷きながら、思い出したようにサラダを突いている。

「あんたは、どう思う？」

「俺のことは気にしなくていいけどさ」

「そういうわけにはいかないでしょうよ。あんただって家族の一員なんだから」

すると裕太朗はケールを頬張りながら「それよか」と顔をしかめた。

「苦ぇよ、これ」

「塩もみしたんだけどな。栄養満点なんだから、文句言わないで食べなさい」

「まずいなあ」

「どっちが」

「どっちも。親父が本当に戻ってこないとすると、母ちゃん、ずっと一人になっちゃうってことだよな」

「まあ、そうだね」

息子が社会人になってもラグビーを続けられるかどうかは本人次第だ。どのみち、ここに戻ってくることはもうないのだろうということは、燈も覚悟を決めている。もともと息子に頼るつもりなどないのだから、それはそれで構わない、というか、仕方がなかった。だが、たった一人で年齢を重ねるとも思っていなかった。それは、確かだ。

「それもちょっと、可哀想かなあ」

「ちょっと。人のことを可哀想なんていう言い方、しないでくれない？」

つまり、定年後の人生についても、自分一人の生き方を考えなければならないということだ。とはいえ正直なところ、自分があと十数年で定年退職を迎えることだって、今の燈には想像すらついていない。ただぼんやりと、自分よりも二年先に定年を迎える夫が民間の企業にでも再就職して、それだけでも生活のリズムや家の空気は変わるのだろうな、くらいに考えていた、その程度だ。一人で生きていくなんて、頭の片隅にもなかった。

「まあ、俺はどっちでもいいからさ」

「どっちでも？　そしたら、あんた、どっちの籍に入る？」

「あ、そっか。そういうことも考えないといけないのか」

二リットルのペットボトルを鷲(わし)づかみにして、ごくごくと麦茶を飲んだ後、裕太朗はふう、と一つ大きな息を吐き、それから「母ちゃんは」とこちらを見た。

「もしも離婚したら、名前はどうすんの」

「あ、そうか。そういうことも考えなきゃならないんだね」

「同じこと言っててどうすんだよ」

燈は頬杖をついて「そうだっけ」とまたため息をついた。かれこれ二十年も佐宗燈として生きてきたことを思うと、今さら旧姓に戻っても、という気持ちがある。それに、離婚した友人によれば、離婚というのは間違いなく結婚よりエネルギーを消費するのだそうだ。様々な手続き、財産分与と整理、話し合い。親類への説明。職場への報告。そして、気持ちの整理。友人は「断捨離の最たるものよ」と、清々した顔をしていたが。

「何かさあ、面倒くさいよねえ」

再び箸を動かし始めた裕太朗は、まるで興味がなさそうな顔で、ただもぐもぐと口を動かしていたが、しばらくして「急ぐの？」と言った。

「そう急ぐ話でもないんならさ、しばらく、放っとけば？」

「放っとくの？」

裕太朗の口の端に唐揚げの衣がついているのを指で示してやりながら燈が見ていると、裕太朗は「だってさ」と少しは何か考えているらしい顔でレモンをしぼっている。

「祖父ちゃんの調子がよくなれば、また話は変わってくるかも知れないしさ」

「全部が元通りになるってわけには、いかないんじゃないかなあ」

「そんでもさ。母ちゃんか親父のどっちかに愛人でもいて、早く離婚して一緒になりたいとかいうんじゃないんなら、急ぐこともねえんじゃね？」

「そんなこと、あるわけないでしょ。バカ」

「親父は？」

「――知らない」

「聞いてみた方がいいんじゃね？」

つい、睨みつけていた。そんな顔をしたって、裕太朗にしてみれば「蛙の面に水」といったところなのだろう、少しはペースが落ちたものの、レモンが浸みたらしい傷口をなめながら、息子は「だから」と話を続ける。

「カイシャを辞めるとか何とかは、俺は知らないけど」

「――そこからして、もう少し慎重に考えてもらいたいんだよねえ。父さんだって、自分の仕事に誇り持ってたはずなんだし」

頰杖をついたまま、燈は「愛人ねえ」と、またもやため息をついた。そんなことは考えもしなかった。ただ、家に病人が出るということは、こういうことなのかと思っていたくらいだ。その上、愛人の心配までしなければならないなんて。

「お祖父ちゃんさえ、治ってくれればねえ」

確かにここは裕太朗の言う通り、急いで結論を出すべきではないのかも知れない。何よりも燈自身、頭も心も、そう簡単に整理がつきそうになかった。

第二章

1

じっとしているだけでも汗が滲み出てくる日だった。朝から厚い雲が空を覆っているお蔭で陽が射さないだけましだが、それでも街は既に、梅雨の気配とその次に来る夏の蒸し暑さを十分に予感させる。そんな街中にいて人混みにまぎれながら、川東小桃は少し離れて前を行く島本部長の後ろ姿を見つめていた。

やめといた方がいいのに。

さっきから何度となくこみ上げてくる思いを腹の中にぐっと収める。声に出して言うことなど出来ないのだから、黙って従うしかないと分かっていても、どうにも歯がゆい。本当に行くつもりだろうか、声をかけるのかと、まだぐずぐずと考えている間に、島本部長の歩調が速まった。ズボンの尻ポケットからハンカチを取り出しながら、さらに前を行く後ろ姿にずんずんと近づいていく。目指している相手は小柄で頭頂部の髪が薄くなっている中年男性だ。くすんだ色合いの地に大きな格子柄の半袖ポロシャツと、薄いモスグリーンの作業用と思われるズボン、手には服装とまったく釣り合わない派手な色のショッピングバッグをひっつかむようにして提げている。足もとは汚れたスニーカー。勤め人には見えないし、確かに全体にどこか不自然というのか、不審者的な感じが、しなくもない。

「落としましたよ！」

島本部長の声が聞こえた。男性が立ち止まって振り返る。マスクをしている横顔が見えた。部長はその人の前に、自分の尻ポケットから出したハンカチを差し出している。だが男性は小さく手を振ってそのまま行こうとした。そこに食い下がるように、部長はさらに何か話しかけている。すると男性は、今度は島本部長の方をはっきりと向いて、ふた言三言、何か言い、今度こそ多少大股になって立ち去っていった。

ほら。

言わないことではない。つい小さく舌打ちをして、小桃は、やはり島本部長から距離を置いている猿渡主任を一瞥した。主任は立ち止まってマスクの上から顎のあたりをさすっている。続いて田口部長を目で探すと、こちらは島本部長の案外すぐそばにいて、片方の手で肩を揉むような格好をしていた。声をかけられた男性の後ろ姿が人混みに紛れていく。残された島本部長の手には部長自身のハンカチが、未だに中途半端に空中に差し出されたままになっていた。少しして、はっと気づいたように、そのハンカチで首筋と顔をぐるぐると拭いてから、部長が振り返る。猿渡主任を探す目に、何ともいえず哀れを誘うものを感じて、小桃は咄嗟に見てはいけないものを見てしまった気分になった。

「正面から見たら、やっぱり違ってましたかね。確かに見当てたと思ったんですけど」

島本部長の近くに三人が集まったところで、黒いポロシャツ姿の島本部長が呟いた。田口部長も「間違いないと思ったんだけど」と、今度は首の後ろに手をやりながら、眉を押し上げてやれやれという顔をしている。こちらは白い地のかりゆしウェアだ。すると、サックスブルーのVネックニットを着ている猿渡主任が、ちらりとこちらを見たから、小桃も一瞬言葉に詰まりながら「残念でしたね」と呟いた。だから言ったでしょう、とは口が裂けても言えない。ただでさえ蒸れているマスクの中が、喋るとさらに湿気がこもって、毛穴が開いて汗が滲む。島本部長はばつの悪そうな表情を目もとに浮かべていた。

「川東さんの言う通りだったな」

猿渡主任は「まあ、そういうこともある」と呟きながら、辺りを見回している。

「ちょっと、冷たいものでも飲まないか。喉が渇いた」

「一旦、分駐所に戻りますか」

「いや、そこいら辺でいいや」

最後に「俺が奢るよ」とつけ足して、猿渡主任は歩き始めた。それに従う格好で二人の部長も、最後に小桃もついていった。

まったく。

小桃だって、島本部長を気の毒だとは思っている。先月は猿渡主任が見当てた。その二週間ほど前に、田口部長も見当てている。島本部長だけが、かれこれ一年十カ月も空振りの日々を送っていた。焦っていないはずがないし、モチベーションを保ち続けるだけでも大変だろうと思う。

それでも今さっきの男性については、島本部長が見当てたと連絡してきたとき、自分の目で確認した猿渡主任は真っ先に「どうかな」と首を傾げたし、小桃は、もっとはっきりと「ちがうと思う」と言った。見当たり班は原則、チーム四人の意見が一致したところで初めて、見当てた人物に声をかけることになっている。その意見が割れたのに、島本部長は「間違いないはずだ」と言い張った。それに引きずられるように、田口部長が「そんな気もする」と言ってしまったこともあって、結局、島本部長は、ホシでも何でもない、さっきの多少胡散臭く見える中年男性に声をかけたのだ。咄嗟の判断からか、または予め考えていたのか、落とし物を拾ったふりをしたからよかったようなものの、扱いを間違えれば大問題になっていた。自分が指名手配犯に間違われて、黙って見過ごしてくれる人など、そうはいないに決まっている。

「川東さん、ちょっと」

先頭を歩いていた猿渡主任が振り返って小桃を呼んだ。小走りに主任に追いつくと、猿渡主任は、ちらりとこちらを見てから、また真っ直ぐに前を向いて歩いていく。

「顔に出てるぞ」

「——はい？」

「そういう顔、するな」

「あの、私、どういう——」

思わずマスクの上から頬の辺りを触ろうとしたとき、猿渡主任は、再び、こちらを見た。

「自分で分からないか？『私なら、あんな下手は打たない』って、その目が言ってるんだよ」

言われた瞬間、顔がかあっと熱くなった。小桃は口ごもりそうになりながらも「私は、そんな」と咄嗟に口答えする言葉を探した。だがその一方では、「そうかも」という思いが頭の中にぐんぐん広がってくる。事実、そう思っている。だって、小桃ならあんな見間違いはしない。その自信がある。

「島本部長だってバカじゃない。川東さんがそんな目つきをしていれば、余計に苛々（いらいら）するに決まってる。それが、君に向けるキツい言葉になるってことも、あるんだ。そこんとこを、もう少し自覚しないと」

何よ。

胸に、どすんと鉛（なまり）の塊をぶち込まれたような気分になった。

べつに、島本部長をバカだなんて思ってやしない。長い間、ホシを見当てられなくて気の毒だとも思っている。

「それとな、同情も禁物だ。この仕事をしていれば、波は誰にでもあるもんだ。そんなことで仲間から、しかも若い部下から哀れまれたら、余計に仕事しづらくなるんだよ」

まるで小桃の気持ちを読んだかのように猿渡主任が言ったとき、背後から田口部長の声が「主任！」と聞こえた。小桃も一緒に振り向くと、部長が一つの方向を指さしている。その先には、ドトールのコーヒーショップがあった。

「あそこで、いいじゃないですか。この時間からビールってわけにもいかないんだし」

猿渡主任も「おう」と軽く手をあげて、再び大股で歩き出す。小桃はマスクの下で唇を噛んだまま主任に続いた。胸がざわざわして、何とも言えず重苦しい気分だ。どうして自分が叱られなければならないのだろう。ヘマをしたのは島本部長なのに。

ああ、佐宗先輩に話したい。燈（あかり）さんに聞いて欲しい。

同じ捜査共助課と言っても、見当たり班と広域とは日頃、接点というものがまるでない。だから燈とも話していないどころか、このところ全体会議以外では顔も合わせていなかった。『プレゴ』に行っても会わない。まん延防止等重点措置が解除になって、夫が毎日ちゃんと帰宅するようになったせいもある。べつに、それが嫌だと言うのではないのだけれど。

冷房の利いている店内のテーブル席に陣取って、冷たいコーヒーを飲んでいるうちに汗は退いた。だが、四人で何を話すというわけでもなく、ただ一つのテーブルを囲んで、それぞれが黙ってスマホを覗き込んだりして二十分ほど過ごしたら、もう「行こうか」という主任のひと言で、腰を上げた。夕方までにはまだ時間がある。もうひと頑張りしようと言われて、四人は街の中に散っていく。しばらく歩きまわった挙げ句、交差点そばにある家電量販店の前で、小桃はしばらく道行く人を眺めることにした。

嫌な気分。何これ。最悪。

気持ちを集中させるために歌でも口ずさみたいところだが、何一つ思い浮かばなかった。ただ、叱られた、どうして自分がという思いばかりが胸に重く広がっている。その底の方には「こんちくしょう」という怒りが渦巻いていた。こんな時こそ、いとも簡単にホシを見当てて「見たか」と大見得でも切ってやりたいところだが、そう簡単にいくはずもない。第一、これほど集中出来ていなくては、もしも今、目の前でホシがこちらに手を振っていたとしたって、見当てられるか分からなかった。いや、無理だ、多分。

何なのよ。もう。

最初から、私は「ちがう」って言ったじゃないよ。それなのに。哀れっぽい目をしたのは、島本部長の方じゃない。

ああ、佐宗先輩に聞いてもらいたい。この苛立ち、このモヤモヤ。

結局その日の残りの時間は最後まで集中出来ないまま、ひたすら蒸し暑い街角に立ち続けて、それから主任の「あがろうか」という電話を受け、すごすごと分駐所に引き上げることになった。

「お先に失礼します」

そそくさと帰り支度を整えると、出来るだけ平静を装って挨拶の言葉だけ残して分駐所を出る。外に出て、改めて大きなため息が出た。何て嫌な日。どんよりしていて、蒸し暑くて。その上、このクサクサした気分だ。こんな日は、いっそ好きなものでも買って帰ろうか。思い切って少しぐらい散財するのもいいかも知れない。ああ、だけど今週は小桃が夕食当番だった。だから、そんなにのんびりともしていられないのだと思い出して、さらに気持ちがげんなりした。

真っ直ぐになんて、帰りたくない。

最近では日中の熱がこもるようになってきた、あの部屋に。しかも夫は一日中、冷房が利いている病院内で過ごしているせいもあって、近ごろでは家に戻ってくると窓という窓を開け放って自然の風に当たりたがる。だが小桃の方は日がな一日外にいるのだから、特にこれからの季節は家に帰ったときくらい、しっかりエアコンを利かせた空間で快適に過ごしたいのだ。それなのに夫ときたら一日中、外にいる小桃の日常を「健康的でいいじゃないか」と笑うくらいで、まるで気遣おうともしてくれなかった。これから本当の夏がやってきても、彼は健康的だと言うつもりだろうか。照り返しに、車の排気と人いきれとで、体温さえ超えるような異常な都会の暑さの中に立つ日々を。そのくせ、寝るときだけはエアコンをキンキンに利かせるから嫌になる。小桃は足が冷え切るから、もう少しゆるめてと何度も言っているのに、彼は、寝るときは寒いくらいがいいのだと、やはり聞いてくれようとしない。

どいつもこいつも。

結局、駅のすぐ傍にある複合ビルに立ち寄って、まずは今夜の夕食のために出来合いのおかずと惣菜を一品ずつ買ってから、それをリュックに押し込んで、あとはファッションのフロアーを歩きまわることにした。明るい色彩が溢れる売場で、夏らしい服を眺めている女性がいる。友だちとおしゃべりしながら歩く女性たち。べつの店では、ひまわり柄のトップスを胸にあてながら鏡を覗き込んでいる、小桃と同世代らしい女性もいた。ああいう人たちの日常って、どんな風なんだろうかと、ふと思う。通りすがりに、ある店に置かれた鏡に自分が映った。いつものジーパンに、今日は紺地に白いボーダー柄のカットソー。背中にはリュック。流行も関係なければ、飾り気も何もない。

つまんない。

靴店の店先には、夏らしい色合いのバレエシューズみたいなぺったんこのパンプスが放射状にディスプレイされていた。あんな靴、可愛いと思って買ったとしても、まず履く機会が小桃にはない。日頃はスニーカーが一番疲れないし、そういう靴ばかり履いているものだから、最近ではヒールのある革靴そのものが窮屈で苦手になった。休日に、たまに夫と出かけるときでさえジーパンにスニーカーがほとんどだ。冠婚葬祭なんて、そうしょっちゅうあるわけでもないから、黒のパンプスも少しお洒落な白い靴も、もう半年以上も靴箱で眠っている。

つまんない。

これからの季節は日焼けで髪も肌も傷むから、ケアするものを買わなければと思う。だが、今一つ気持ちが向かなかった。入浴剤でリフレッシュしようか、と立ち止まりかけたが、家にまだ残っているバスソルトがある。ちょっと可愛いかなと思うピアスが目に留まっても、どうにも視点が一カ所に落ち着かない感じがして、じっくり吟味(ぎんみ)する気にもなれなかった。結局ただぶらぶらとフロアーを歩きまわっただけで、何にも気乗りしない自分に気づき、さらに嫌な気分になった。一人でカフェに寄る気にさえなれない。

行くところがない。

これでは家に帰るしか、しようがないではないか。炊飯器は今朝タイマーをかけてきたから、あとはトマトとキュウリ、レタスでサラダくらい作って、出来合いのおかずと惣菜を器に盛りつけて、いつでもレンジでチンすればいいようにする。もしも運良く夫がまだ帰っていなかったら、その間だけでもエアコンを入れてテレビをつけよう。そんなことしか楽しみに出来ることがないなんて。

ビルの外に出ると、曇っているとはいえ、まだ日暮れ前の街には相変わらず縦横無尽に人々が行き交っている。それらの人に交ざって歩きながら、このまま通勤電車に揺られるのかと思うと、ますます気持ちが萎えそうになった。やはり燈に会って、話を聞いてほしい。

かといって、佐宗先輩だって、いきなり連絡したら迷惑だろうし。

面倒くさいのは、やはり夫だ。たまには呑んで帰ってくればいいのに、コロナが落ち着くまではと勤務先から禁止令が出ていて、それも出来ないのだから仕方がない。思えば去年は楽だった。緊急事態宣言が明ければまん延防止等重点措置になり、それが明けたかと思えばまた緊急事態宣言で、彼はほとんど帰ってこられなかった。可哀想だと思いながらも、その間、小桃は独身気分に戻って案外呑気に日々を過ごしていた気がする。

ほんとにもう。

苛立ちと共に情けなさもこみ上げて来て、かなうものなら「わあっ」と大声を上げて地団駄でも踏みたいくらいの気分のまま、仕方なく駅に向かう人混みに身を投じかけたとき、ポケットの中で公用携帯が震えた。見ると、画面に猿渡主任の名前が浮かんでいる。

慰めるつもり、とか？

まさかね、と密かに皮肉な笑みを浮かべながら、通行の妨(さまた)げにならないように壁際に寄り、とりあえず電話を耳にあてた。

〈もしもし、今、どこにいる〉

「あ、これから帰ろうと思っていて、今、駅に着いたところです」

〈じゃあ、すぐに外回りに乗ってくれ。山手線外回りだ〉

「――え？」

〈島本部長が見当てた〉

思わず「またですか」と言いそうになって、慌てて言葉を飲み込んだ。ついさっき、あんなことがあったばかりなのに。

〈駅の構内で見当てたんだそうだ。そのまま向こうが改札を抜けちまったから、島本部長もホシの後を追って電車に乗った〉

小桃は反射的に周囲を見回した。今そこにいるわけではないと分かっていても、人混みをかき分けながら必死で歩く島本部長のずんぐりした姿が目に浮かぶような気がした。

〈俺ももう電車に乗るところだ。田口部長にも連絡は入れてある。だから、川東さんもすぐに外回りに乗ってくれ。どこで下りるかは順次、連絡する。電車内になるから、あとはチャットでな〉

小桃が「分かりました」と答えるか答えないかのうちに電話は切れた。

なに、これ。

こんなことは、かつてなかった。第一、メモリー・アスリートの仕事は定時までと決まっている。午前八時半から午後五時十五分までの毎日勤、土日祝日もカレンダー通りにきちんと休める決まりだ。刑事の中では珍しいが、それが人一倍集中力を必要とする見当たり捜査班への一つの配慮のようなものだと小桃は解釈している。

だけど、主任が言うんだから。

最初は一瞬、厄介なことになったと思ったのに、不思議と嫌だという気にはならなかった。むしろ、何だか急にわくわくしてきた。そうでなくても、いつも同じ街にいる身としては、違う街に行って違う風景の中に身を置き、普段と異なる動き方が出来るというだけで新鮮だ。考えただけでも気持ちが浮き立ってくる。それに、たとえ仕事だろうと、真っ直ぐに家に帰らずに済むというのが、妙に嬉しかった。

行ってやろうじゃないの。

背中のリュックを揺らしながら、小桃は人混みをかき分けるようにして、足早に改札口に向かった。

2

公用携帯を握りしめたまま、電車のドアのそばに立って、小桃は窓の外を流れる景色を眺めていた。ふた駅ほど過ぎたところで、猿渡主任から公用携帯のチャットで「駒込で下車だ」というメッセージが届いた。即座に「りょ」と返事を送る。すると間を置かずに、今度は田口部長から「なんだ、それ」とメッセージが入った。チャット機能では、仲間同士でグループを作ることが出来る。これは、猿渡主任たちとの見当たり捜査班グループチャットだ。日頃の見当たり捜査中には、見当てた相手から目をそらすわけにいかないし、電話でのやり取りの方が早いから、チャットはまず使わないが、他の業務連絡などには使っている。

〈川東小桃：了解の意味です〉

〈田口基成（もとなり）：こら、ワカモノ！　何でも縮めるな〉

〈川東小桃：りょ！〉

田口部長にはこういう軽口を叩くことが出来る。それに小言を言うはずの島本部長から書き込みがないところを見ると、見当てた相手のおっかけに集中しているのに違いなかった。だがこれで、もしもまた見当て違いということになったら、島本部長は今度こそ皆に合わせる顔がないはずだ。さすがの猿渡主任だって、もう小桃に小言を言う気分ではなくなるだろう。

だけど、見当ててほしい。こうなったからには。

いつもの街から飛び出して、勤務時間を過ぎてまで、こうやって皆を巻き込んでいるのだから。はやってくる気持ちを落ち着けるつもりで、ふう、と一つ息を吐いたとき、ふいに夫のことを思い出した。連絡を入れておかなければ。だが、今は何となく面倒くさい。それに、気持ちはもう仕事に向けて集中し始めている。これを機に、小桃だって時には帰りが遅くなることもあると、知っておいてもらったっていいような気がする。そんなことを考えている間に、またチャットにメッセージが届いた。

〈猿渡拓也（たくや）：駒込の改札口は進行方向最後尾の方へ〉

小桃は即座に走っている電車内を最後尾に向かって移動し始めた。だが、もはやコロナなど関係ないかのように車内は普通に混雑していて、思うように進めない。

〈猿渡拓也：北口を出て、目の前の信号を渡る〉

〈川東小桃：りょ〉

〈田口基成：それ、短くてチャットにはいいかもな〉

〈猿渡拓也：若いものから学ぶのも大事だ〉

小桃はつい口もとをほころばせながら、いつの間にか気持ちが晴れて浮き立っているのを感じていた。

〈猿渡拓也：信号渡ると目の前に神社アリ。その左手の、線路沿いの道を直進〉

　駅に着く度にホームに飛び降りて、後ろの車両のドアに駆け込む。電車が走っている間は人をかき分けてドア一つ分でも後ろに進んでいった。猿渡主任からメッセージがくると、小桃よりも先に田口部長が「りょ」と返すのを見つめながら、ようやく駒込駅に着くと、小桃は電車を降りるなりホームの最後尾まで走り、改札口への階段も一気に駆け上がって、北口に飛び出した。駅の外に出たところには確かに横断歩道があり、その向こうに神社が見えている。仲間たちは皆、ここを通って島本部長を追ったのだ。小桃も早く追いつかなければならなかった。

「もしもし、今、着きました。駅前で信号待ちしてるところです」

　思わず足踏みしたいくらいの気分で猿渡主任に電話を入れると、〈急がなくていい〉という落ち着いた声が聞こえた。

〈ホシは今、歯医者に行ってるそうだから〉

　ちょっと拍子抜けした。それでも、気持ちは浮き立ったままだ。

「神社脇の道を直進でいいんですよね？」

〈線路沿いの道をそのまま進んで、突き当たりを右だ。その先は、俺がいる場所の住所を言うぞ。

いいか、駒込六丁目――〉

「了解。分からなくなったらまた連絡します」

何しろ土地勘のない場所だ。どうなるか見当もつかないというのが、かえって面白い。そう思って辺りを見回しているうちに信号が青に変わった。勇んで神社脇の道に向かって横断歩道を渡り始めた時、額にぽつりと感じた。予報では今夜半から雨になるということだったが、どうやら早めに降り始めたらしい。夕暮れに向かう鉛色の空を見上げながら歩く間に、雨粒は、ぽつ、ぽつ、と、さらに落ちてきた。線路際の道に入ったところで一旦立ち止まり、リュックから折りたたみ傘を出そうとして、さっき買った夕食のおかずに目がとまる。ついでに夫に連絡しなければということも思い出した。

いいや、後で。主任たちと合流したら。

折りたたみ傘を小脇に挟み、ついでに公用携帯の地図アプリで主任から聞いた住所を検索する。そのスマホの画面にも、ぽつりと雨粒が落ちた。

アプリが示した場所を目指して歩く途中で雨は本降りになった。メモリー・アスリートの仕事で大敵だと思うものの一つに天候がある。暑さ寒さは勿論のこと、雨や雪、強風なども、ずっと外にいなければならない身としては苦労の種になる。強風で雨が叩きつけるように降る日など、街角に立っていると、わけもなく惨めな気持ちになることもあるくらいだ。

その辺が、分かってないんだよな、あいつは。

また夫のことを思った。彼もそろそろ家路についている頃ではないかと思う。家に帰って小桃がいなければ、向こうから連絡が来るだろう。それまでは、べつに構わないという気持ちになった。何と言っても小桃は今、特別な任務の最中なのだ。遊んでいるのとはわけがちがう。

傘に当たる雨音を聞きながらスマホの画面を眺め、見知らぬ風景の中を十五分ほど歩いていくと、どこか懐かしい昭和な雰囲気の商店街に入った。そのまま歩いていったところで、花屋の店先で雨宿りをしているかりゆし姿の田口部長を見つけた。辺りを見回すと、少し先の斜向(はすむ)かいにある精米店の店先に猿渡主任、そこから二軒ほど離れた布団店の店先には島本部長がいる。小桃は田口部長に目顔で軽く会釈(えしゃく)をしてから、主任の方に小走りに向かった。

「歯医者に入ったきりだ」

猿渡主任が顎をしゃくるようにする。その方向に目をやると、なるほどさして幅広くはない商店街の道を挟んで斜め向かいに「オレンジ歯科医院」と書かれた看板が掲げられていた。歯科・小児歯科・矯正歯科。予約制。看板もしっかりオレンジ色だ。

「通院してるんでしょうか」

「かも知れないな。歯医者っていうのは、一度決めたら多少、遠くても通うもんだから」

「それで、どんなホシなんですか？」

猿渡主任が「女だ」と言って、自分の手配犯ファイルを差し出してきた。

「――大林実和子(おおばやしみわこ)」

小桃の記憶の中にもある顔だった。容疑は詐欺。指名手配されてから既に三年以上は過ぎているはずだ。顔写真を見つめているうちに、そういえばいつだったか、手配係のデスクで資料を見せてもらったときのことを思い出した。何か他の資料をあたっていたのだが、偶然この顔に行き当たった。女性の手配犯は割合として決して多くはないから、そこで何となく、捜査資料にパラパラと目を通した記憶がある。今、雨音を聞きながら顔写真を見つめている間に、そのときの光景が蘇(よみがえ)ってきた。

「――確か、結婚詐欺ですよね。それも容疑は複数あって」

普段なら買い物客や勤め帰りの人などで賑わう商店街に違いなかった。だが、雨が降ってきたせいで子どもを乗せた自転車も猛スピードで走り抜けて行くし、歩いている人の数も多くない。田口部長が軒先を借りている花屋は店先を照らすライトの明るさが目立ち始めていて、エプロン姿の店員が、店先に並べた花々の上に透明のビニールシートをかけている最中だった。

「一時、話題になった後妻業じゃないですけど、お見合いパーティーみたいなところで、高齢の独身男性を見つけて――」

小桃が記憶をたどっている最中に、島本部長が雨水を跳ね飛ばしながら走ってきて「裏口がないかどうか、見てきます」と言い残し、また離れていった。小桃がその後ろ姿を見送っていたとき、猿渡主任が「結婚詐欺か」と、うなるような声を出した。

「その、狙う相手っていうのは、確か、医者ばっかりだったんじゃなかったか」

「――あ」

そうだったかも知れないと思った瞬間、小桃も女が入っていったというオレンジ歯科医院を改めて振り返っていた。両腕から頬にかけて、ぞくぞくとした感覚が駆け上がる。いつもは自分でホシを見当てたときに、こういう感覚を味わうのだが、今日ばかりは違っていた。

午後七時。オレンジ歯科医院の看板の灯りが消えた。日暮れの遅い季節とはいっても、こんな天気のせいで辺りは既に薄暗くなりかけている。その中を、ビシャビシャと音をさせて島本部長が戻ってきた。傘は差しているが毛深い腕が雨で濡れて光って見えた。心持ち、息も弾んでいる。

「女は、歯医者の裏口からゴミ出しをしてました」

「見たのか。間違いないか」

「はい。見当てた女です」

この人は今、長いスランプから抜け出そうとしているのだと、ふと思った。今度こそホンボシを見当てたい、その執念と差し迫った緊張感が、島本部長の肩の辺りから匂い立つようだ。

「今度は私が見にいってみます」

一歩、足を踏み出しただけで、傘に当たる雨音がバラバラと響いて、その音が頭の中まで広がるようだ。早くも人通りが絶えている商店街を斜めに突っ切って歯科医院に近づくと、医院が入っている三階建てマンションの横手にある路地を曲がり、マンションの裏口を探す。すると、小さな自転車置き場の先に、蛍光灯の明かりの点った通路があって、扉がいくつか並んでいた。歯科医院は一番手前のはずだ。出入りする人がよく見える位置を探して、しばらく立っていることにする。

五分。十分。

仲間たちの誰からも連絡はないから、表でも動きはないのだろう。

十五分。

このまま出てこないのだろうかと心配になり始めたとき、ふいに扉が開いて人の顔がのぞいた。マスクをしていない顔が蛍光灯に照らされてはっきりと見える。その顔がわずかに上を見る角度になって「降ってるわ」と呟いた。その瞬間、小桃はまたもやゾクゾクする感覚が全身を駆け抜けるのを感じた。

六十代後半といったところか。瞼が心持ち垂れているせいで、目の輪郭が三角に見える。涙袋の下には、さらにくっきりと目のたるみもあった。黒目は少し小さく、目と目の間隔は狭め。その目元は、ついさっき猿渡主任のファイルで確かめた、大林実和子に間違いなかった。

「……そうねえ……あそこなら近いし、そう濡れないでしょうから……」

　雨音の中でも声が聞こえてくる。ホシは建物の中にいる誰かと言葉を交わしている様子だ。おそらく、次に狙いを定めている、ここの歯科医師に違いない。小桃は急いで公用携帯を取り出し、いや、直接、走っていった方が早いだろうと思い直して、雨水を跳ね飛ばして走り始めた。

「見ました。間違いありません」

　精米店は、いつの間にかシャッターを下ろしていた。それでもわずかに張り出したテントの下に立っていた猿渡主任が「よし」と頷く。

「じゃあ、あとは俺と田口部長だな」

「もうすぐ出てくるかも知れません。どこかに行くような話をしている感じでした」

　猿渡主任は、そのまま傘を差して生花店の前にいる田口部長の方に歩み寄っていく。精米店の前に残って、小桃は再び歯科医院の方を見ていることにした。看板の電気は落ちているが、医院内はまだ明るい。しばらくすると、その窓に、ブラインドカーテンらしいものが下ろされていくのが分かった。

　さらに十分ほどすると、歯科医院の扉が開いて、頭のはげ上がった七十過ぎくらいの男と、さきほどの女が姿を見せた。男がドアに鍵をかけている間、女は男の方に傘をさしかけてやっている。その二人の後ろを、街灯の明かりの下でもよく目立つ白地のかりゆしウェア姿の田口部長が何気ない様子で通り過ぎていった。歯科医院の前で、男と女が傘や荷物をやり取りしている間に、今度は猿渡主任が心持ち背中を丸めるようにして、彼らの横を通り過ぎていく。通り過ぎざまに、その手が耳元に行ったのが見えた。もう、田口部長か島本部長に電話しているのだ。そして、少し間を置いて、小桃の手の中でも公用携帯が震えた。

〈全員一致だ。行くぞ〉

田口部長の声だった。次の瞬間、小桃はバシャバシャという足音を聞いた。黒い服の上下に黒い傘のお蔭で、まるで大きな影のように見える島本部長が、寄り添って歩き始めたばかりの小柄な男女に、まるで覆い被さるように近づいていくのが見えた。

3

ボートネックのカットソーから白い喉首を見せながら、小桃が勢いよくビールを呑む様子を、燈は半ば呆気にとられて眺めていた。

今日の彼女は妙にテンションが高い。会うなり「やっと会えたー」と万歳みたいな格好をしてパタパタと駆け寄ってくるから、燈はそのまま抱きつかれるのではないかと思ったほどだし、例によって『プレゴ』の半個室に落ち着くなり、今夜は自分が奢るからとマスクを外して「にっ」と笑い、燈には注文さえさせまいと自分だけに向けてメニューを開くといった具合だ。そうしてお通しと最初のビールが運ばれてきて二人で乾杯した後は、待ちかねていたかのように数日前に体験した捕り物劇について、どんぐりのような瞳を輝かせながら一気に語り始めたのだった。

「電車に乗ってる間なんて、もう、ドキドキして、手汗はかくし、頭の中には『ミッション：インポッシブル』の曲が流れてきちゃったりして」

話を聞いて燈が理解出来たことは、あの夕方からにわか雨の降った晩、小桃が勤務時間外まで仕事をしたということと、普段、担当しているのとはまったく違う街までホシを追っていったこと、そこで手柄を立てたのが、日頃から小桃が煙たく思ってきた島本部長だったということだ。

「で、とりあえず手配署にホシを連れていった後に、じゃ、みんなで軽く乾杯しようかっていうことになったんですよね。皆まだ興奮してたし、とにかく嬉しくて、とてもじゃないけど、そのまま解散して帰ろうっていう雰囲気でもなかったんで」

再び生ビールを呑もうとして、早くも自分のグラスが空になっていることに気づくと、小桃は迷う様子もなく「すいませーん」と声を上げてハイボールを注文した。燈のグラスには、まだ生ビールが半分以上も残っている。こちらが遅いわけではない。今日の小桃がハイペースなのだ。

「そんでね」

ハイボールが運ばれてくると、小桃はグラスを持ち上げてから急に表情を改めて、久しぶりに仲間内で呑むことになったその時、乾杯する島本部長の手が細かく震えていたのだとわずかに声をひそめた。

「こんな、こんな感じで」

ハイボールが満たされた大ぶりのグラスを震わせながら、小桃は「ね」と推し量るようにこちらを見る。琥珀(こはく)色の液体の中で細かな泡が躍った。

「普段だったら、ちょっと部長どうしちゃったんですか、とか、突っ込みたくなるところなんですけど、その日は何かこう、ぐっときちゃって」

カプレーゼに使われているフルーツトマトだけをフォークで突いて口に運びながら、燈は、うんうんと頷いた。二年近くにわたって不発が続いていた島本巡査部長の心情を思えば、さもありなんというところだ。

それにしてもカプレーゼなんて、自分の家でモッツァレラチーズとトマトをスライスして交互に並べればいいだけではないかと思うから、燈自身はこれまで店で注文したことがない。居酒屋で冷やしトマトを注文するのと同じくらいに馬鹿げている。と、思っている。そのカプレーゼを注文した小桃はといえば、今は一人で感極まったように胸元に手を置いて、目を斜め上に向けていた。

「ああ、部長は私なんかが想像してたより、もっともっと、ずっとつらかったんだろうなあって、あの時、感じたんですよねえ」

「そうだろうねえ」

「実はね、その日は昼過ぎに島本部長、見当て違いをしちゃってたんです。そのせいで、私までとばっちりを受けて主任さんに叱られたりして、ホント、散々な気分だったんですよね。それなのに、帰る途中でまた見当てたからって、しかも他の街までおっかけてって、これでまた違ってたら、もうみんなに合わせる顔がないじゃないですか。それなのにやったんだから、島本部長としては賭けに出たっていうか、相当に切羽詰まった気分だったんだと、思うんですよねえ」

「なるほどねえ」

「そんでね、島本部長、震える手でビールをごくごく呑んでから、ものすごく大きく息を吐いて、しみじみと、言ったんです。『自分で見当てると、こんな気分になるもんなんだなあ』って。すっかり忘れてたって」

燈は思わず「うわあ」と声にならない声を上げた。

「それはちょっと泣かせる言葉だわ。私たちでさえ、長くホシの尻尾が掴めなくて、やっとヤサを押さえたなんてときは、何とも言えない気分だもんね」

「でしょう？　こっちまでぐっときちゃうじゃないですか」

小桃はハイボールをぐいっと呑み、ふう、と大きな息を吐き出している。ここでようやく、燈もグラスワインを注文することにした。

「もうね、あの時の島本部長は本当に、別人みたいに違ってましたからね。ホシの後ろから近づいていって、声をかけようとしたときなんて、特に。雨は結構降ってるし、もうすっかり暗くなってる中で、あの日、部長は上下とも黒い服だったんですけど」

『プレゴ』の無口な店長は燈の好みをよく承知している。細かく注文しなくても、燈の口に合う、よく冷えた白ワインが目の前にすっと置かれて、燈はまずその香りをしばし楽しんだ。向かいで、小桃のハイボールは早くもなくなりそうだ。大きめのグラスをとん、とテーブルに戻して、小桃は「まるでね」と丸い目をくるりとさせた。

「あのときの姿は、ブラックホールっていうか、闇でしたね」

「闇？」

「大きい闇。その闇が、ホシを呑み込むみたいに後ろから近づいていくわけです、雨の中を。それでね、闇なのに燃えてるっていうか」

「燃えてるの？」

「私の目には、そう見えたんです。もちろん実際には燃えてるはずないんだけど、こう、めらめらっと青白い炎みたいなものが、部長の肩のあたりから背中まで、出てる気がしたんですよねえ」

「ふうん、炎が」

小桃になら、見えるのかも知れないと思った。この子の頭の構造は、燈などには計り知れないものがある。影のように見える男が背骨に沿って火を噴いている様を思い描きながら、燈は多分、自分が想像するものとは違うのだろうなと考えて、つい苦笑した。

次にトマト抜きのモッツァレラチーズとバジルを口に運んでみる。あっさりしたチーズに生バジルの香り、オリーブオイルと岩塩の加減がちょうどいい。そうか、家で食べるときにも、この真似をすればいいのだなと思う。だがまあ、当分はそんなこともしないだろう。一人でカプレーゼなんか作ったって、面白くも何ともない。

結局、夫は介護休暇が終わっても実家から戻ってきていない。所属長とどういうやり取りをしたのかは知らないが、今度は休職という扱いになったからだ。気持ちがはっきり決まっていないのなら、もう少し時間を稼いだらとすすめたのは燈だし、夫自身も所属長に相談して、そういうことになった。だが休職中は給料が出ない。しかも半年間が限度だ。夫は電話口で「今度こそ、ちゃんと決めないとな」と言っていた。

五月の連休のときは、ちょうど田植えということもあったから、燈も茨城まで行ったのだが、近所の農家の人たちから教わりながら田植機を操る夫を眺めていたら、何とも複雑な気分になった。会う度に日に焼けて、作業着やゴム長靴姿が板につき、無造作に伸びた髪や無精髭も当たり前のようになっている夫を見ていると、それが彼本来の姿なのかも知れないという気がしなくもなかったからだ。それでも、だからと言ってそう簡単に今の仕事を辞めてほしくはなかった。だが舅の回復は思わしくなく、短時間なら車椅子から離れて杖を頼りに歩くことくらいは出来るようになったものの、介護の手は欠かせない。第一、病気のせいで気弱になったのか、または多少の言語障害が残ったためなのか、見るからに老け込んで人と話したがらなくなったのも、正直なところ見ていて辛かった。もとは陽気でよく喋る人だったのだ。夫はそんな父親と、ずっと共に過ごしているのだと思うと、夫のことも切なく思えてくる。もちろん、姑も。

とにかく、こうなったらギリギリまで結論を持ち越そうと、今の燈は考えている。裕太朗に言われたからではないが、二十年もかけて築き上げてきた家族の歴史を、そうあっさりと投げ捨てていいものだとも思えなかった。燈の両親が既に二人とも他界していることもあって、夫の両親は、燈にとっても大切な家族のつもりだ。第一、「離婚されても仕方がない」とまで言っていた夫自身が、あれ以降は自分から離婚という言葉を口にしないのだ。重ねて言うようなら「他に誰かいるの」とでも聞いてみたいと考えているのだが、彼は、まるでそんなこと言ったかとでもいうように、それに関してはけろりとしていた。

「あれこそが執念っていうのかなあ、あの日は本当に、島本部長のマジな姿を見たと思いましたね、私は」

向かいの席では、小桃が相変わらず興奮した表情で話を続け、それからふう、と大きく息を吐き出している。その頬が店の落ち着いた照明の下でも、つやつやと輝いているのを見ていて、燈は「若いんだな」と思った。燈にだって、そういう頃があった。今の小桃くらいのときには、まだ赤ん坊だった裕太朗を保育園に預けて職場復帰していたが、慣れない子育てと仕事とで、それこそ四苦八苦の日々だった。それでも多少の寝不足などものともせずに、どうにか毎日を乗り切っていた。今にして思えば、勢いだけで突っ走っていたような気もする。それほど疲労を引きずることもなかったし、夜は夢も見ないで熟睡した。要するに、若かったのだ。

「これで島本部長も気持ちが楽になったと思うから、私にきつく当たることも多少は減るかな、とか思ったりして」

「それは、どうかね。いくら久しぶりに見当てたからって、性格とは関係ないからねえ。そう変わらないと思っといた方がいいんじゃない？」

「え、駄目ですか？　期待してたのに」

「要するに、今の話をまとめると、いい一日だったってこと、だよね？」

「でも、本当に夕方までは真逆で、最低最悪だったんですってば。私、もう落ち込んで落ち込んで、すぐにでも燈先輩に聞いてほしいよぉ、マジでＬＩＮＥしようかなとか、思ってたくらいなんですから」

そうなんだ、とうなずいたものの、ここでもつい苦笑せざるを得なかった。

「嫌なことがあったときばかり思い出されても、困っちゃうよねえ」

「あ、そういうつもりじゃなくて」

よく冷えた白ワインを少しだけ口に含んで、その軽やかな味わいを楽しみながら、燈は慌てたように顔の前で手をひらひらと振っている後輩を見て、また苦笑しなければならなかった。メモリー・アスリートとしてはずば抜けた才能を発揮するかと思えば、妙に子どもっぽいところもあるのが小桃だ。

「それで、島本部長が見当てたっていうのは、どんなホシだったの？」

気分を変えるように言うと、小桃の表情がまた変わった。

「それがね、おばさんどころか、おばあさんなんです」

「あ、おんな？」

「そうなんですよぉ」

小桃はフルーツトマトとモッツァレラチーズをひとまとめにして口に運び、もぐもぐと口を動かした後、ホシは六十六歳の詐欺常習犯だったと話し始めた。

「どこからどう見ても地味で飾り気のない、何て言うかなあ、いかにも堅実に生きてきたっていう感じの、ごくごく普通のおばあちゃんなんですよね」

ついでハイボールをひと口呑んでから、小桃は切りそろえた前髪の下の目を何度か瞬かせた。

「特に美人でもなければ、服装とかも派手でも何でもないし。それで結婚詐欺はたらいてたんですから。前科も三つあって」

「マエ持ちの結婚詐欺かあ。つまり、プロかね」

「ですよね。しかもね、高齢の医者ばっかり狙ってたんです。実際、今回も七十代の歯医者さんに狙いを定めてて、あれ、そのままいけば、かなりの額をだまし取られてたんじゃないかな。そろそろ話を持ちかけるつもりだったみたいだし」

それから小桃は、ホシは何枚もの偽造健康保険証を持っていて、偽名を使っては結婚相談所に登録し、お見合いパーティーなどを通してカモに出来そうな相手を探していたのだと言った。

「履歴書みたいなものも提出するらしいんですけど、そんなの、嘘八百書いてもバレないっていうし」

そうしてホシが狙った相手はほとんどが妻と死に別れたか生き別れしたかの高齢の開業医で、もはや多くは望まない代わり、せめて晩年は孤独から免れて、最期だけでも看取ってほしいと思っているような人物ばかりだったらしい。

「お金はあっても孤独で不安を抱えているような、そういう人を見つけ出すんですって。いかにも世話好きそうな雰囲気で、地味で質素に見せておいて、安心させて」

今度はタコとアボカドのマリネをフォークで突きながら、燈は、六十六歳か、と心の中で密かにため息をついた。詐欺目的とはいえ、その年齢で「婚活」するエネルギーを持ち合わせていられるというのが、まず大したものだと思う。燈なら、絶対に無理だ。そういう年齢になる頃に、たとえ独身になっていたとしても、婚活なんかしようとも思わないに違いない。

「手配署まで運ぶ間、私たちも車の中でそれなりに話を聞いたんですけど、もう、落ち着き払ってねえ、しれっとしたもんでした。主任さんに対しても『息子みたいな年頃だわねえ』とか言って笑いかけるし、マエもあるからこれからの段取りとか、刑務所暮らしのことだって全部、分かってるわけじゃないですか。『さすがに、このまんま塀の中で死にたかぁないわよ、そろそろ潮時かねえ』とか言っちゃって」

小桃は、今度は豚肉のチーズ挟みピカタを頬張って、一人で納得したように頷いている。この料理もカプレーゼと同様、燈がこれまで一度も注文したことのないものだ。たまには人に注文してもらうのも新鮮でいいものだと思いながら、燈も自分の皿にピカタを取り分けていた。そのとき、小桃が「それでね」とわずかに背筋を伸ばした。

「そんなこんなで、ものすごくバタバタした一日だったわけなんですよね」

ピカタに少量のケチャップをつけて、燈が「ふうん」と顔を上げたとき、それまでハイテンションだった小桃が、急に神妙な顔つきに変わっていた。よくもまあ、こうも表情が変わるものだ。

「そこで、ですね。今日は燈先輩にお願いがあって」

「――なあに」

「折り入って」

「何よ」

「絶対に、断らないで欲しいんです」

「だから何だってば」

「約束して下さい、断らないって」

「しつこいなあ、何なの」

「今日と明日、燈さんのお家に泊めてくださいっ」

ピカタを宙に浮かせ、口を半開きにしたままで、燈は小桃を見つめた。この子はいきなり何を言い出すのだろう。だが小桃は真剣そのものの表情で、いつの間にか膝の上に手まで揃えている。

「――つまり、この週末、うちに泊まるっていうこと？」

「はいっ、ぜひ！」

「どうして？」

「ちょっと、事情があって」

フォークを皿に置きながら、燈は素早く頭の中で家の中を点検した。先週末に掃除機とモップをかけたし、トイレも浴室も、そう汚れてはいないはずだ。客布団はずい分使っていないが、だからと言って、まさか夫や裕太朗のベッドに寝かせるわけにもいかない。まあ、冬ではないのだし、部屋ならあるのだから、小桃一人泊めるくらいどうということもない。だが、だからと言って、はいはいと安易に泊めてしまっていいものだろうか。小桃はどういうつもりか知らないが、こちらはパジャマパーティーをする年齢でもない。

「ダンナさんも、承知してるの？」

「それは、まあ――」

「まさか、知らないわけ？　それじゃあ心配するに決まってるじゃない」

「燈さんがいいって言ってくれたら、それからＬＩＮＥしようと思って」

「何で急にそんなこと言い出すの？　ひょっとして、喧嘩でもした？」

小桃は一瞬、口ごもるような表情を見せたが、おそらく予め考えてきたのだろう、すぐに気を取り直したように口もとをきゅっと引き締め、小さく頷いた。

「実は——この際、離婚も考えようかと思って。だから、この土日は家にいたくないんです。顔を合わせていたくないっていうか」

「ちょっと待ってよ。なあに、離婚？」

さすがに慌てた。これまで聞いてきた話では、夫婦仲に特別な問題などなかったようだし、まして や離婚などという言葉は一度も聞いたことがない。小桃は軽く唇を噛んだままで目を伏せていたが、やがて意を決したように、島本部長が手柄を立てた日に、帰りが遅くなったことが原因で夫婦喧嘩になったのだと話し始めた。

「確かに、遅くなるって連絡入れなかったのは私が悪いです。でも、駅に向かってる最中に主任から連絡が入って、そうなれば、こっちはもう夢中になるじゃないですか。こう、何ていうか、スイッチが入るっていうか。そんな風に集中してるときに、途中で余計なことなんて考えたくないんですよね」

夫から何度となく連絡が入っていたことに気づいたのは、みんなで打ち上げをしている最中だったそうだ。ＬＩＮＥにも繰り返しメッセージが入っていたし、電話にも不在着信がたくさん残っていることに気がついて、慌てて返事のＬＩＮＥを入れたが、既読だけはすぐについたものの、返信はなかったという。

「それで、家に帰ったら、ものすごい陰気臭い顔して一人で焼酎か何か呑んでるわけですよ。で、私が『ごめんね』って言っても、じとっとした目でこっちを見るだけで、そのうちやっと『今、何時だと思ってるの』とか低ぅい声で言っちゃって。その瞬間、私、自分の父親のことを思い出して、背筋が寒くなったんです。高校時代に友だちと映画を観に行って、ちょっとでも帰りが遅くなると、最初はいつもそんな感じで、そのうち段々テンションが上がってきて、挙げ句の果てに殴られるんじゃないかっていうくらいになったから」

小桃は、その当時のことを思い出したかのように顔をしかめて、小さく身震いする真似をした。

「で、暴力とか振るわれたりしたわけ？」

小桃は、それにははっきりと首を横に振った。燈はほっと息を吐いた。これで本当に殴られたというのなら、もっと真剣に話を聞かなければならないと思ったのだが、そうでないのなら、そう深刻になることもない気がする。

「ただね、それっきり、私のことを無視するわけです。私がいくら理由を説明して、仕事だったんだから仕方がないでしょうって言っても、うんともすんとも言わないで」

「うんともすんとも」

「で、一人で呑んでるわけですよ。もう、陰気くさいってば、ありゃしないじゃないですか、ねえ？　何それ、すごい陰険って、こっちも腹が立ってきちゃって」

しかも、リュックに入れっぱなしになっていた夕食のおかずと惣菜を出すと、小桃の夫は「そんなもの」と吐き捨てるように言ったのだそうだ。こんな蒸し暑い時期に六時間近くもリュックサックの中に入れっぱなしになっていたら、傷んでいて食中毒でも起こすかも知れないではないか、そんなものが食べられるかと。

「だから、私も『そんならいいや』って、そのままゴミ箱に放り込んだんです。そうしたら、『もったいないじゃないか』とか言っちゃって、血相変えて。あんた、どっちなんだよ、じゃあちゃんと食えよ、と思うじゃないですか」

小桃は次第に興奮してきた様子でどんぐり眼を大きく見開き、小鼻を膨らませて三杯目のハイボールを飲んでいる。燈は言葉が見つからないままで、そんな小桃を見つめていた。夫婦の問題には関わらないのが一番だと承知している。第一、こっちだって人の離婚話など聞いている場合でもない。

「だけどさあ、一度、喧嘩したくらいで離婚とか何とか、そんなことまで考えるっていうのもどうかと思うけどなあ」

燈がたしなめるつもりで言うと、小桃は毅然（きぜん）とした表情になって、昨日今日の話ではないかも知れないのだと言った。

「はっきりと意識はしてなかったんです。だけど、正直なところ、ここのところ結構、憂鬱だったんですよね」

「どうして？」

「だって、毎日、帰ってくるわけですよ。毎日、毎日、毎日。夕ご飯だって、そりゃあ交替で作ることにはしてるけど、必ず家で一緒に食べるわけじゃないですか。面倒くさいってば、ありゃしない。ほとんど帰ってこなかったときが懐かしいなあって」

ははあ、そういうことかと思った。コロナの影響で、病院勤務の夫がなかなか自宅に帰ることが出来ずにいた間に、小桃は一人で生活するリズムを身につけてしまったのだろう。自由気ままで誰に気兼ねする必要もない日々が快適になってしまったら、夫が毎日きちんと帰宅するのが煩（わずら）わしく感じられるようになったのに違いなかった。

「お願いします、燈さん！　先輩！　恩に着ますから。きっときっと、先輩に何かあったときには、何を置いてもお役に立ちます。一生、ついていきますっ」

返事に詰まっている燈の前で、小桃はいつになくかしこまった姿勢になり、食べかけの料理が並んでいるテーブルに前髪が触れるのではないかと思うほど、深々と頭を下げていた。

4

「やっぱりサングラス、持ってくるんだったかなあ」

客室の窓辺に立って外の景色を眺めながら、燈はつい独り言のように呟いた。ホテルの窓ガラスを通して見ても、外の陽射しが強烈なことが分かる。建物や木々から落ちる影が、あまりにも濃く、くっきりと見える。歩いている人もほとんど見えなかった。どこからか、横断歩道が青になったときの、ピ、ポ、ピ、ポ、という音が虚しく響いてくるばかりだ。

「この辺にだって眼鏡屋くらいあるんじゃないすか。駅の方に、何か古い商店街があったじゃないすか」

小さな丸テーブルの上にノートパソコンを広げて液晶モニターを眺めている岩清水の、大して気のない声が返ってきた。

「まあ、そうお洒落なデザインのもんがあるかは分かりませんがね」

「でも、度入りじゃないと」

「あ、そうか。今はコンタクトを入れてないんでしたっけ。持ってきてないんすか、コンタクト」

そこで初めて岩清水が顔を上げる。燈は「持ってきたはずだけど」と曖昧に答えた。本当は忘れてきた。荷物に入れようと思いながら、洗面台の横に置きっぱなしにしてきた光景がまざまざと思い浮かぶ。

「まあ、しょうがないか。マスクにサングラスなんかで歩きまわってたら、かえって目立つに決まってるし」

燈は例によって短い髪を後ろで一つに結わえ、服装はといえば襟にラインの入っている薄ピンクのポロシャツにジーパン、そしてスニーカーだ。一方の岩清水の方はグレーのTシャツ姿で、首にはタオルをかけている。下はチノパンに、やはりスニーカー。これなら外を歩いていても目立たないだろうと考えての服装だった。

野川瑛士の実家がある福岡県の直方市に来ていた。北九州市の南西に位置する内陸の土地だ。野川の実家に引かれた固定電話について通話記録を調べたところ、興味深いことが分かったからだった。

まず、野川瑛士の携帯電話が料金の不払いによって止められたのとほぼ同じ時期から、実家からの発信が明らかに増えていた。携帯電話が普及した昨今、自宅に固定電話を引いてはいても、日常的に使う人は高齢者以外そう多くなくなってきている。それを裏付けるかのように、野川瑛士の実家の固定電話も、それまでは使っても日に一、二回、それも通話先は同じ市外局番を持つ固定電話がほとんどだった。それぞれについて調べてみると、鍼灸院、整形外科医院、デイケアセンター、酒店、電気店、信用金庫、市役所などに加えて、数軒の個人宅があるだけだ。また、携帯電話にもかけているが、特に何度もかけている番号について調べてみたら、加入者は野川知美、つまりこの家の主婦である野川瑛士の母親だった。

ところが、このところ急に増え始めた発信先は、それまでとはまったく違って、福岡市、広島市、岡山市などといった西日本各地に散らばっていた。その一つ一つについて調べてみると、ホストクラブやキャバクラ、それにエステティックサロンなど。さらに、それまでになかった携帯電話への発信も格段に増えていた。

「ヤツは帰ってるんだと思わない？　実家に」

「ですね。そう思います」

「だとすると、今のうちにパクらないと、また高飛びされる可能性もあるよね」

「行くとしますか」

「そうしよう」

本当は、特に固定電話からかけられている携帯電話の持ち主についてと、野川瑛士の実家の家族構成など、もっと慎重に調べてから動くべきなのかも知れなかった。だが長年、連絡さえしていなかった実家にある日突然、電話を入れるようになっただけでも不自然なのに、この通話記録を見た限りでは、野川瑛士はついに金も尽きて行き場を失い、とうとう親元を頼って戻っている可能性が十分に考えられた。自分の携帯電話が使えないから、家の電話を使って次の仕事先などを探しているという推測は、決して不自然なものではないはずだ。だとしたら、再び逃げ出す前に身柄を確保しなければならない。燈はすぐに上司から出張の許可を取りつけ、岩清水と共に九州に飛ぶことにしたのだった。

折しも子どもたちの学校が夏休みに入った直後だった。コロナ禍は収まるどころか全国的に感染者数が増加に転じていて、その度合いは日増しに大きくなっている。ついでに記録的な猛暑のために熱中症患者も連日多く出ていた。一方、やっと雨が降ったかと思えば全国各地で記録的な豪雨になっている。そんな中でも羽田空港は賑わっていて、中にはマスクもせずに堂々と歩いている人の姿もちらほらと見受けられた。

ところが北九州空港に着いてみると、意外なほど人が少なかった。九州北部に旅する人たちは、もしかすると大半が福岡空港に向かうのだろうか。あっという間に閑散となった空港から、まずはレンタカー会社の迎車に乗って少し離れた場所にあるレンタカー店まで行く途中、道路のすぐ横に広がる海の青さに、燈は早速心を奪われた。青い空に湧く真っ白い入道雲も、あまりにも眩しく見える。仕事とはいえ、心が浮き立つほどの「夏休み」の空気だ。空港から直方までは、およそ四十分程度の距離だという。例によってシルバーのありきたりなワンボックスカーを借りて岩清水がハンドルを握り、ナビを頼りに走り始めると、やがて山道になり、東京では聞かない蟬（せみ）の声が降るように聞こえてきた。時折、ウグイスの声も混ざる。助手席にいて窓枠に肘をかけながら、燈は指先をトントンとさせて鼻歌でも歌いたいような気分になった。

「緑が目にしみるってヤツだわね。こういう空気の中を走るのって、どれだけ久しぶりだろう」

「直方って、何か旨いもんは、あるんですかね。うなぎなんか、食いたいところだけどなあ」

「どうだろう。海が近いわけじゃないからねえ」

「うなぎって海で獲れるんでしたっけ？　浜名湖とかが有名なんだから――」

「うなぎって、汽水でしょう」

「きすい？」

「海水と淡水を行ったり来たり」

「あれ、汽水っていうんですか。主任、物知りっすね。そんじゃあ、無理か」

「まあ、いわゆる普通の鰻屋（うなぎや）ならあるだろうけどね」

他愛ない話をしながら直方に着くと、燈たちはまず警察署に寄った。全国の都道府県警察は捜査員が他府県に捜査に出向くとき、必ず出先に一報を入れることになっている。特に応援などを要請するわけでなくとも、よその「縄張り」に黙って土足で入り込むのは仁義に反するし、無断で動き回っていて万に一つもトラブルが起きたときには厄介なことになるからだ。そういった事前の連絡なども、警視庁の場合はすべて捜査共助課が行っている。だから「共助」なのだ。

　警察署で挨拶だけ済ませ、野川瑛士の実家の地域を担当している派出所では住宅地図と共に巡回連絡カードを見せてもらい、さらに市役所に行って情報を集めた結果、野川瑛士の実家というのは、その界隈でもちょっとした資産家の部類に入るらしいことが分かった。家族構成としては、それぞれ五十代の両親と、七十代後半の祖母、それに野川の兄と弟の五人。父親は市内のコンクリート製品製造会社、二十七歳の長男は建築資材や仮設資材の製造リースなどを行っている会社に勤めているが、二十一歳になる末っ子の三男は学生というわけでもなく、特に何もしていないようだ。母親の知美は専業主婦。祖母は定期的にデイケアセンターに通っている。

「野川瑛士を入れたら六人か。今どき珍しい大家族だわね」

　燈がメモを眺めながら呟くと、岩清水が「そうすか?」と段違い眉毛を上下させた。

「俺んとこだって七人家族でしたけどね」

「岩清水部長の時代ならまだ分からなくもないけど、今の時代に子どもが三人いるっていうのは、それだけで珍しいうちに入るんじゃない?　この少子化の時代」

　そんなもんですかねと首を捻っている岩清水をちらりと見て、ふと、この男を「こねくり回すように」可愛がったという三人の姉さんは、どんな容貌の人たちなのだろうかと思った。

「ねえ、岩清水部長のお姉さんたちって、部長に似てる?」

「真ん中の姉ちゃんとはよく似てるって言われます。こっちはおふくろ似で、上と下の姉ちゃんは、親父に似てますかね。特に上の姉ちゃんなんか、もう本当、足の爪の形まで親父にそっくり」

　岩清水に似ている姉と母親という人を、少し見てみたいような気がした。きっと、かなり愛嬌があるのではないかと思う。その人たちも段違い眉毛なのだろうか。こんな風に笑いじわが寄るのだろうか。

それ以外の情報となると、なかなか集めにくいものがあった。何より、本人が家にいると仮定した場合、やたらと隣近所を訪ね回ることも出来ないからだ。ただでさえ、こういう狭い地域社会では、下手なところに聞き込みをかければ、すぐに本人の耳に入ってしまう可能性が高い。野川瑛士の家の周辺をざっと車で走り回ってみたが、その辺りは完全な住宅地で、少し離れた場所にある小さな駅のそばに古いスーパーが一軒とコンビニがある他は、商店らしい商店もほとんど見当たらなかった。西にも東にも山の稜線が見え、少し走れば遠賀（おんが）川に出るし、田畑の広がるところもあるのだが、その割に、住宅が建ち並ぶ町並みは全体に新しい印象の家が多く、鄙（ひな）びた田舎町といった風情（ふぜい）はなかった。

予め聞いていた通り、野川瑛士の家は、隣近所の中でも抜きん出ていると言っていいほどの敷地を持つ邸宅だった。どっしりした構えの門から玄関までは距離もあり、庭もきれいに整えられていて、手入れされた植木が何本も植えられている。そして、家の隣にはかなりの広さの駐車スペースがあった。最初に見たときには軽トラックが一台、駐められているだけだったが、少なくとも四、五台は軽く駐められそうな広さだ。

「意外だねえ、こんなお金持ちの家の子だったんだ」

「まったくっすよ。それなのに、学校やめて家出するなんて、一体、何が不満だったんすかね」

「挙げ句の果てに指名手配だもんねえ」

とりあえず、野川家の人の出入りを張り込むことだ。燈たちは、まず野川家の周辺を注意深く車で回り、野川家の大きな門から多少の距離がある玄関と、家の横手にある勝手口、さらに駐車スペースの三カ所を見張ることの出来る場所を探し回った。それぞれをカメラのフレームにおさめられる位置にある建物を探さなければならない。そして、監視カメラを設置させてもらいたいと依頼するのだ。

　カメラは望遠にしていれば三百メートルくらいまで離れていても撮るには撮れる。だが、そこまで離れてしまっては対象の顔まではははっきり分からないから、やはり百メートル以内の場所に設置したかった。とはいえ、対象の真ん前に取りつけたのでは、どこを張っているかも、さらにターゲットにも気づかれてしまう恐れがある。適度に離れていて、しかも微妙な角度から、それでもしっかりとカメラにおさめられるところを探す必要があった。

「実は、この前の道を、ある指名手配犯が通ったらしいという情報が入ったんです。場所が場所だけに、こういう道を通るのは土地勘のある人間である可能性が高いと考えられます。もしかすると、近くに住んでいるかも知れません」

　まず最初に訪ねたのは、野川家の斜め裏手にある小さな神社だった。降るような蟬時雨(せみしぐれ)の下で、こちらの呼び出しに応じて姿を現した六十がらみの神主(かんぬし)は、いかにも人を疑うような目つきで燈と岩清水を交互に眺め、また名刺とも見比べたりしていたが、やがて出し惜しみするような顔つきで「それやったら、まあ」と口をへの字に曲げた。ただし「境内の何も傷つけんで、くれぐれも目立たんように」という条件付きだ。大して大きくもない、特にこれといった由緒ある神社とも思えなかったが、神主だけは妙にふんぞり返っている。

「細心の注意を払います」

　こっちだって目立たせたくないに決まっている。燈たちは境内を少し歩きまわった後、一本の木を選んで監視カメラを設置することにした。神主は両手を後ろに回して口をへの字に曲げたまま、岩清水がすることを眺めていたが、作業が終わるのを見届けると、特に何を言うわけでもなく、すたすたと社務所だか自宅だかに引っ込んでいった。

「へえっ、東京の警察の人が、こんなとこまで、わざわざ？」

続けて二軒目に訪ねたのは、野川家の玄関を捉えられる位置に建つ、ごく普通の戸建ての家だ。こちらはもっと警戒されるかと心配したのだが、応対に出てきた主婦は逆にさも興味深げな表情になって、燈たちの申し出にも「どうぞどうぞ」と二つ返事だった。

「で、何した人なん？」

「それは、捜査上の秘密になりますので」

「あ、秘密やね。秘密、秘密」

「我々がこういうお願いをしていることも、内密にお願いします」

主婦は特別な任務を与えられたかのように、張り切った表情になる。

「それっち、何か物騒な事件？　私たちに危害を加えたり、するんやろか」

「通り道にしているらしいというだけですから、そういうご心配はいらないと思います」

「へーえ、なるほどねえ。こげなことが本当にあるんやねえ、何かドラマみたいやねえ」

妙にウキウキした顔つきになっている主婦が見ている前で、燈たちは神社でしたのと同様に、その家の庭に置かれた物置の庇（ひさし）に近いところにカメラの入ったボックスを設置することにした。野川家の玄関がきっちりとカメラのフレームにおさまる角度になっているかどうかをノートパソコンの画面で確認した上で、しっかりと固定していく。

「さあさ、お麦茶でも飲んでいきい」

家の中に引っ込んだかと思ったら、興味津々の主婦は、少ししてから盆の上に麦茶を入れたコップを載せて戻ってきた。燈が「ありがとうございます」とマスクのままで会釈をする間も、主婦は岩清水がノートパソコンをいじっている様子をしげしげと見つめている。

「お二人とも、刑事さん、なん？　あんたも？」

「そうです」

「じゃあ、張り込みとかっちうのも、すると？　女の刑事さんも？」

燈が「これが張り込みの代わりなんです」とカメラの方を振り向くと、主婦は「へえ」と、またもや目を丸くする。七十前後といったところだろうか。ノースリーブのルーズなプリントワンピース姿で素足にサンダルを突っかけ、彼女はどうにかして岩清水のノートパソコンを覗き込みたい様子だったが、野川家の玄関を映していることに気づかれては困るから、岩清水は額から汗を垂らしながら、身体を捻ってパソコンをいじっていた。

「私、刑事ドラマとかっち大好きなんよ。で、昔は張り込みっちうと、ほら、電信柱の陰とかに立って、あんパンとか食べてたりとか、そんなシーンを見たような気がするんやけど」

「昔はそうだったのかも知れませんね」

「今は時代が違うんやねえ。へえ」

いかにも感心している様子の主婦が頷いている間に、ようやく岩清水が作業を終えたという合図を寄越した。三軒目も同様だ。野川家の駐車スペースを捉えられる場所に建つアパートの大家を探し出して交渉し、二階通路の柱の一本に、住民に気づかれないようにカメラを設置した。

それから既に五日が過ぎている。その間、燈たちは直方駅にほど近いホテルにほとんどこもりっぱなしで、交替でパソコンのモニターを見つめ続けて過ごしてきた。深夜の様子は朝、起きてから録画されたものを確認する。それによって、野川瑛士の実家の生活模様が見えてきた。

野川瑛士の家族は、父親がまず朝一番、午前七時半過ぎに出勤する。次いで長男。いずれもそれぞれの車のハンドルを握って出かけていき、帰宅時間は午後六時半から七時過ぎの間くらいだ。一度だけ、長男が夜の十一時くらいに運転代行を利用して帰宅したこともある。

母親は、日常的には小さなスクーターを利用して買い物などに出かけたり、徒歩で出かけたりして日々を過ごしている。勝手口を使うのは、もっぱらこの母親ばかりで、ゴミ出しをしたり、そこから箒とちりとりを持って出てきて、家の周りの道を掃き掃除したりする。洗濯物を干しに出てくるのも、ここからだ。

一日置きに、デイケアセンターの送迎車がやってくる。午前九時過ぎになると、杖をついた祖母が母親に付き添われて門の外まで出てきて、車に乗り込んで出かけていき、夕方には送り返されてくる。それを、また母親が門の前で出迎える。

野川家を訪ねてくるのは宅配業者、新聞・郵便配達の他はクリーニング業者、スーパーか商店の配達もあった。そして、母親や祖母と同じような年格好の女性が何人か。彼らはそれぞれに玄関を使う者もいれば、勝手口を使う人もいる。それが、この家の平日のリズムらしかった。

その中で一人だけ、不規則に動き回っている若い男がいる。当初は、それが野川瑛士ではないかと、燈も岩清水も色めき立ちそうになったのだが、カメラの画像を拡大してよくよく見ると、顔だちがまったく違っていた。顎が張った四角い輪郭に、目の細いうっすらした顔立ちの野川瑛士に対して、男は細面の上に、目元ははっきりとした二重瞼（ふたえまぶた）なのだ。鼻筋も通っている。彼は、いつでもハーフパンツにTシャツやタンクトップという寝起きのような出で立ちで、黒い髪はくせ毛なのか、さほど長くはないものの常にボサボサのままだった。その格好で日に一、二度程度、素足にクロックスをつっかけてぶらぶらと出かけていく。煙草を吸いながら、自転車に乗っていくこともあった。

「あれが、三男ってことですかね」

「て、いうことなのかなあ」

「じゃあ、野川瑛士はどうなっちまったんだろう」

「引きこもってる、とか？」

またば、自分たちが見込み違いをしたのだろうか。やはり捜査が今一つ不十分なままで飛んできたのが早計だっただろうかと燈はマスクの下でわずかに唇を噛んだ。だが、頭の片隅では「そんなはずがない」という声が聞こえている。そう、そんなはずがないのだ。家族構成に変化がないのならば、電話の通信記録の説明がつかないではないか。だからここは、もう少し粘るしかなかった。

5

変化が起きたのは張り込みを始めてから九日目の日曜日、夕方になる頃のことだった。私服姿の長男が、自分の車に乗り込んで出かけていったかと思うと、二時間ほどして陽がすっかり暮れた頃に戻ってきた。車から下りてきたのは長男の他もう一人、若い男だ。二人は一緒に車の後部に回り込んで、トランクからゴルフのキャディバッグとボストンバッグ、そして大ぶりのキャスターつきトランクを取り出し、前後して家の中に入っていった。中肉中背の長男に比べて長身で体格も良い男だったが、キャップを被っているせいで、顔までは見定めることが出来ない。

「今のが野川瑛士だと思う？」

燈が呟くと、岩清水は「ちょっと待ってくださいよ」と、公用携帯を取り出した。

「野川はですね、ええと、身長が百七十三センチってなってますね。今の男は、もっとあるでしょう」

「百八十か、それ以上あったかも知れないよね」

「じゃあ、別人としか思えませんわな」

「それなら誰だろう。あの感じからすると、長男はどこかまで迎えに行って、帰ってきたっていう感じだよね」

岩清水は「ですねえ」と首を傾げている。今、燈たちは野川瑛士の家からさほど離れていないコンビニの駐車場にいた。ずっとホテルにこもりっぱなしでは息が詰まるし、ホテルの近場のコンビニはほとんど行き尽くした。かといって、のんびりと居酒屋などに行っている場合でもない。だから結局はコンビニに頼ることになるわけだが、ストレスも次第に溜まっていく上に、身体もなまってきていたから、気分転換のつもりもあって、わざわざホテルから離れたコンビニまで車を走らせて来たのだ。もちろん、ノートパソコンは持ってきている。岩清水がハンドルを握る間は燈が膝の上に乗せて、三つに分割されている画面を終始、見つめていた。

普通車は勿論、長距離輸送トラックでも何台か駐められそうな広々とした駐車場を持つコンビニだった。その片隅にワンボックスカーを駐めると、まずは交替で夕食を仕入れに行く。燈は梅干しと鮭のおにぎりに野菜のスティックサラダと麦茶、岩清水はジャージャー麺にチキンの唐揚げと強炭酸水を買ってきた。

「食べちゃおうか」

「そうしましょう。夜食にする分は、また買い足すとして」

「何にもしてないようでも、お腹だけはすくんだよね」

「一応、集中力だけは使ってますからね」

すべての窓を目一杯開けて、外の風が流れてくるのを感じながら、それぞれコンビニのレジ袋をごそごそとさせる。日中は陽射しの強さにホテルから出るのにも覚悟が必要なくらいだが、日が落ちてしまえば、吹き抜ける風は意外なほど心地好く、蟬に代わって鳴き始める虫の音が、波音のようにも感じられた。

おにぎりの包装フィルムを外し、巻かれた海苔（のり）にパリッと音をさせて嚙みついたとき、パソコンのモニター画面の中で変化があった。例の、三男かと思われるボサボサ頭の男が自転車に乗って出かけていったのだ。今日もタンクトップにハーフパンツ姿の男を画面越しに眺めているうち、燈はふと裕太朗のことを思い出した。

息子も普段はあんな格好でウロウロしているのだろうか。寮の中なら問題ないが、せめて外を歩くときには少しは気をつけろと言っておきたい。ただでさえ大きななりをしているのだから、ラフすぎる服装は、だらしなく見える可能性がある。ハーフパンツはともかくとして、タンクトップはいただけないよ。特に、あんたみたいな体格の子は、人から見たらそれだけで暑苦しいんだから。そんな格好のまんまだと、いつまでたってもモテないよ、とも。

それにしても、引きこもりというほどでもなさそうなのに、いい若者が日がな一日家にいて何をしているのだろう、流行りのｅスポーツか何かだろうか、見た目だってそう悪くもなさそうなのに、などと考えながら、もぐもぐと口を動かしていたら、「主任、あれ」と、岩清水が小さく声を上げた。うん、と顔を上げて、燈は一瞬、びくんと身体が弾みそうになった。自転車に乗ったボサボサ頭の男が、コンビニに現れたのだ。これだけの距離があるし、向こうに知られているはずはないが、急に目の前に出てこられると反射的に身構える気分になる。そうとも知らずにボサボサ頭は建物そばの駐輪スペースに自転車を駐めて、脇腹の辺りを掻きながら店に入っていく。その姿を見ているうちに、燈の中でふと閃くものがあった。

「岩清水部長、車を動かして、店の出入口が正面から見えるようなところに駐め直してくれる？それとカメラ、準備してくれるかな」

燈が言い終わるか終わらないうちに、岩清水はもう食べかけのジャージャー麵にフタをして、素早く車のエンジンをかけている。そうして車を移動させると、今度は後ろの席に移動していった。こういうところが、有り難い。「なぜ」「どうして」などと質問するよりも先に、まず動いてくれるのが岩清水だった。

「あいつを撮るんですよね」

「店から出てくるところを狙って。出来るだけ、正面からの顔をアップで」

「了解」

後ろからごそごそという音がする。おそらく、リュックからスマホ用の望遠レンズや小さな三脚を取り出しているのだ。燈も食べかけのおにぎりをフィルムで包み直してレジ袋の中に戻し、麦茶をひと口、飲んだ。膝の上のパソコンのモニターを眺めつつ、ちらちらとコンビニの出入口も見つめる。どうして今までこのことに気づかなかったのだろうかと思うと、胸の奥がざわざわとしてきた。

「エアコン入れた方がよかったら、エンジンかけるよ」

「いや、全部の窓が開いてれば、その方が自然ですから」

再びごそごそと何かやっているから、ルームミラーを調整して覗いてみると、岩清水は首からかけていたタオルを頭に巻き直していた。こういう格好が実によく似合う。

　悪い男じゃないよね。

　何なら惚れたってよさそうなものだと思う。つき合ったら、それなりに楽しそうだという気もした。それなのに、これだけ長い時間一緒にいながら、心はまるで動かないのが、ある意味で不思議でもあった。無論、お互いに家庭があるのだから、その方がいいに決まっているのだが。ひょっとして、もう人に惚れるとか色恋とか、そういった感覚を持てなくなっているのだろうか。それは少し淋しい気がする。たとえ夫がいたとしても、それとこれとは別のはずだ。

　辺りはすっかり暗いのに、思い出したようにヒグラシの声が響いてきた。それが止んでしまえば、やはり燈たちを包むのは夏の虫の声ばかりだ。夜の闇が本当に深かった。そのまま時のたつのを待つ。苛立ちとか興奮とか、何らかの感情が湧き起こってくる前の、中途半端な緊張感ばかりが増していく。

「出て来た！」

「来ましたね！」

　囁くのが同時になった。コンビニの、素通しのドアが開いて、ボサボサ頭が両手に大ぶりのレジ袋を提げて出てくる。見たところ、飲み物の缶やペットボトルが山ほど詰め込まれているようだ。背後で岩清水のスマホが連続シャッター音を響かせる。かなりの重さなのだろう、男は外に出てきたところで一瞬立ち止まり、レジ袋を握り直そうとしている。そのときにも、またシャッター音が続いた。

「撮れた？」

「バッチリっす」

ボサボサ頭が、いかにも重たそうなレジ袋を自転車の両ハンドルに左右一個ずつぶら下げて、重たくなった自転車が倒れないように支えながら反転させるのを見つめている間に、岩清水が運転席に戻ってきた。それから手早く、撮ったばかりの写真を確認する。

「こんな感じっすね」

「さすが、よく撮れてる」

岩清水は頭にタオルを巻いたままの格好で、黙ってこちらを見ている。その視線に気づいて、燈は初めて岩清水の方を見た。

「ねえ、岩清水部長。この男、父親と母親の、どっちに似てると思う？」

岩清水はスマホを燈から受け取ると、自分が写したばかりの写真をしげしげと見つめながら「そうだなあ」と呟いた。

「どっちにも似てるって感じ、しないっすね」

「だよねえ？　長男は、歩くときの姿勢から顔立ちまで、父親にそっくりじゃない？」

「ですね」

「母親は、顔の輪郭といい、目元といい、写真の野川瑛士とよく似てるよね？」

「そう思います」

「家族にもよるのかも知れないけど、やっぱり親子ってどこかで似るもんだと思うんだよね。部長のところも、そうでしょう？」

「そう、すね。うちの娘たちも、俺とかみさんとによく似てるって言われるし」

それなのに、どうしてこのボサボサ頭は両親のどちらにも、似ても似つかないのだろうか。無論、祖母とも似ていない。祖母は一見して父親の母親だと分かる。最初に見たときからぼんやりと「似てないな」とは思っていたのだ。だが、そのことに今、燈の思考ははっきりと焦点を当てていた。ついでにもう一つの顔も思い浮かんでいる。

「この写真、私のスマホに送ってくれるかな」

「了解」

岩清水が再びスマホをいじっている間に、燈は自分の公用携帯から、野川瑛士の手配写真を探し出した。顎が張っていて目の細い、すぐに忘れてしまいそうなほどに印象の薄い男。それでも、これまで何カ月も追い続けてきて、しっかり記憶に刻まれた顔だ。

少し考えて、公用携帯からでなく私用のスマホからＬＩＮＥ電話をかけることにする。あくまでもプライベートでの動きということにしたいという気持ちが働いたせいだ。もしも電話に出てくれなければ「連絡ちょうだい」と、メッセージだけでも送っておこうと思ったのだが、数回のコールの後ですぐに「もしもし」という声が聞こえてきた。

「聞こえる？」

「はーい、よく聞こえてます」

「お休みの日に悪いんだけど、見て欲しい写真があるんだよね」

挨拶もそこそこに切り出すと、川東小桃の声が「写真？」と素っ頓狂に答えた。さっき思い浮かんだ顔のもう一人は、彼女だ。

「これから二枚、送るから。ちょっと見てみてくれない？」

「了解しました。燈さん、今どこなんですか？　私、金曜日に『プレゴ』に行ってみたんですよ。燈さん、いるかなあと思って」

「今？　福岡県」

「えっ、そんな遠くにいるんですか。仕事ですか？」

「もちろん。とにかく写真、今から送るからね」

「あ、了解です」

電話を切るとすぐに、燈は今し方、岩清水が撮った男の写真と野川瑛士の手配写真の両方を小桃に送った。

「誰に送ったんです？」

岩清水が頭にタオルを巻いたまま、自分の腕でこめかみから伝う汗を拭いながら、怪訝そうな表情になっている。

「川東小桃」

「川東って、いつも奢ってる、あのメモリー・アスリートの？」

燈が頷いている間に、もうスマホが震えた。燈は岩清水に目顔で頷きながら、すぐにスマホを自分の耳にあてた。

「見てくれた？」

「見ました、見ました。この顔、私の資料ファイルにもありますよね」

「で、もう片方は？」

「あ、これねえ、同一人物ですよ」

やっぱり、という思いが胸の中で一気に膨らんで、一瞬、言葉が出なかった。その代わりに、岩清水に向かって大きく頷いて見せながら、燈は「どうしてそう思うの？」と興奮を抑えるように声をひそめた。

「多分、美容整形したんでしょうね。顔の輪郭も目の形も、それから鼻筋も違っていますけど、それでも瞳と、あと、耳は変わらないですから」

　そう言われても、燈にはよく分からない。小桃の声を聞きながら、改めて岩清水のスマホの写真と手配の写真とを見比べてみる。

「この男は左右の耳の位置が微妙に違ってるんですけど、その点もまったく同じです。それに、耳の形そのものも同じですよね。対輪(たいりん)って言いましたっけ、耳の真ん中への軟骨が外側に少し出っぱってるんです」

「あ、本当だ」

「でも、何ていっても、やっぱりこの眼球です。この男は向かって左の目がほんの少しですけど、斜視気味なんです」

「なるほどね、そう言われてみれば、そうかも知れない」

「それに、何よりも写真を見たときに一瞬で、わあって鳥肌が立ちましたもん」

「——つまり、もしも小桃ちゃんが、この顔を街中で見かけたら、見当てたと思うっていうこと？」

「間違いなく見当てたと思います。今ごろ主任さんに連絡入れてるでしょうね」

　岩清水が勢い込んだ表情になっている。その時、ノートパソコンのモニターに、自転車で戻ってきたボサボサ頭の姿が映った。

「ありがとう、助かった」

「いえいえ、お役に立てたんなら」

「今度、奢るね」

「楽しみにしてますっ」

「あ、ダンナさんとは、うまくいってる？」

最後に尋ねると、小桃はあははは、と明るい笑い声を立てて、今も一緒に晩酌をしていたところだと言った。

「おかげさまで」

「じゃあ、よかった」

小桃の明るい声を聞いてから、燈は電話を切った。胸の高鳴りを抑えるように、思わず大きく息を吐く。

「整形してるんだろうって」

「じゃあ、あれが間違いなく野川瑛士だって、あのメモリー・アスリートが言ってるんですね？」

「彼女、ああ見えて、人を見当てる才能だけはピカイチだから」

とりあえず今、自分たちがすべきことは何だろうかと頭を忙しく働かせて、まずは食べかけの夕食を済ませようと思い出した。燈は興奮と怒りのようなものが入り混じった感覚のまま、さっき食べかけになっていたおにぎりを再び取り出した。

よくも、やってくれた。

ふざけやがって。

それで逃げ果せるつもりだったのか。

岩清水もジャージャー麵の残りを、唐揚げをおかずに食べ始めている。

「なるほどなあ。整形とはねえ」

「つまり、誰に見られても分からないと思って、自信満々で歩きまわってたってわけだわね」

「もしかして、盗んだ金で整形したのかも知れませんよね」

「そうかも。あの感じからすると、顎の骨を削って、目と、鼻と、それくらいはいじってるはずだもんね。そうなると、かなりの金額になるんじゃない？」

お互いにもぐもぐと口を動かしながら、思ったことを言い合う。

「こうなったら、問題は、本人だっていうことを絶対に認めさせなきゃならないってことだよね」

「家族までグルになって否定してきたら、ややこしいことになりますかね。指紋採って、DNA採って」

「それより何より、あれだけ大きな家の中で一騒動起きると大変なことにもなるよね。だとすると、父親も長男も出勤した後、それから、出来ればお祖母ちゃんもデイケアに行ってる日に打ち込みかけるのが一番いいかな」

「そういえばさっき、どっかから来たゴルフバッグのヤツ、あれは一体誰なんですかね」

「あ、そうか。一人増えてるんだった」

食べたのか食べないのか分からない、何とも落ち着かない夕食になった。それでも、とにかくすべて腹に収めてしまうと、燈はペットボトルの麦茶をゆっくりと飲みながら、しばらくの間、黙って物思いにふけった。頭を整理して、今後の段取りについて考える。小桃の言葉だけで、果たして上司を説得出来るものかどうかも。

「俺、ちょっと飲み物買ってきますわ」

「あ、私も行こうかな」

岩清水について自分も車から下りてコンビニに向かい、明るい店内に入ると、急に現実に引き戻された気分になった。

整形してる男をホシだと認めさせる方法。

母親なら否定はしないんじゃない？　整形前の息子の顔写真を「ほら」って見せれば、そう白々しく否定などは出来ないと思う。

それでも認めなかったら？

東京まで引っ張っていけるかどうか。

商品の陳列棚の間を歩き、飲み物の並べられている冷蔵ケースの前に立っても、燈は考えを巡らし続けていた。その時、背後から数人の若者が歩いてきたのが話し声で分かった。

「ＬＩＮＥしたら、さっき帰ってきたばっかやけんっち返ってきたばい。で、今日は疲れちょうけん、来られんっち」

「帰ったばっかか――やけど、すげえよな、これで本当にプロになったら」

「俺たちのクラスからプロゴルファーが出るっちことやろ？」

ゴルフ？

反射的に耳をそばだてていた。燈は冷蔵ケースの方を向いたまま、若者たちの気配を探った。歳はいくつくらいだろうか。

「でもまだ、最終テストが残っとるっち。それまではずっと練習っち言いよった。明日一日だけ休んだら、またどっか合宿に行くらしいばい」

「あいつんち、金持ちやけんな。やけんそこまで出来るんちゃ。うちなんか、ゴルフなんかぜってぇ無理やもん――あ、花火やらん」

「いいな、川原でやろうや」

若者たちはそのまま店内を移動していく。燈はさり気なく彼らの後をついて歩いたが、若者たちの話はもうゴルフから離れて、別の話題になっていた。ただし、彼らの年頃は大体分かった。裕太朗と似たような年齢、つまり二十歳そこそこと言ったところだ。

プロゴルファーを目指す同級生。

そんな人物が、この狭い界隈にそうそういるはずがない。野川瑛士の家に、長男と共に戻ってきた人物が、どうしても思い浮かんだ。

「て、ことは、あれが三男ってことですか」

「そう考えることも出来るんじゃないかなと思って。三男がプロゴルファーを目指してるっていうときに、次男が指名手配されてるなんていうことが分かったら、家族としては困るに決まってるじゃない？」

先に車に戻っていた岩清水に、燈が小耳に挟んだ話を聞かせると、彼は「なるほどなあ」と腕組みをして大きくため息をついた。

「そりゃあ、親としては悩ましいところでしょうねえ」

「だから、庇(かば)おうとしてるのかも」

「主任が聞いた話が本当に野川の家のことだとすると、三男は明後日にはまた合宿に行くってことですよね。打ち込みをかけるんなら、その後がいいってことっすか」

またもや強炭酸水を買ってきた岩清水は、プシュッと言わせてペットボトルのキャップを捻り、ごくごくと飲んだ後で「ちょうどいいじゃない、すか」と言いながら盛大なげっぷをしている。燈もゆっくり頷いた。まずはこのことを久場係長に報告して、判断を仰ぐところからだ。

6

捜査共助課はカレンダー通りに休みになるが、休日でも平日の夜でも、必ず交替で二人一組になって当直がいる。燈たちの仕事は、ことにホシの居所を把握してからは時間が勝負だ。決して見逃さず、可能な限り迅速に逮捕する。だから当直に連絡をしてもいいのだが、公用携帯で直接久場係長に報告を入れていた。その後は係長からさらに上に報告と連絡が入ったのだろう。顔写真の件に関しても主任以上のメモリー・アスリートが改めて確認してくれたのに違いない。翌月曜日の夜には、警視庁管内の所轄署から四人の捜査員が燈たちが部屋をとっているホテルに到着した。今回は野川瑛士のヤサが大きな戸建ての家であることと、しかも出入口が二カ所あること、さらに窓などから逃走する可能性も考えて、四人にしてもらった。

燈たちも含めて六人が揃ったところで、まずは公用携帯にチャットグループを作り、そこに早速、岩清水がボサボサ頭の男の顔写真を送った。

「——これが、あの野川瑛士ですか」

燈よりも年上らしく見える巡査部長が、半ば信じがたいといった表情で呟いた。他の三人も怪訝そうな、または険しい表情で写真に見入っている。

「うちの見当たり捜査班にも判断してもらいました。同一人物で、間違いないそうです」

「——見当たり捜査の人が言うんなら、間違いないんでしょうが——これじゃあ、とてもじゃないが、分からんなあ」

ちょっとあんた、そこに勘を働かせたのは私なんですけど、と言うのはやめておく。代わりに、まずは野川瑛士の家とその周辺の簡単な地図を紙の上に描いて、燈は野川家の家族構成やそれぞれの日頃の動き、ゴルフバッグを持った人物の登場、そして野川瑛士の過ごし方などについて話した。

通常、ホシを逮捕しに赴くときは、ホシが外出先から戻り、確実にヤサにいるという確認が取れた段階で、そのまま朝まで「フタをして」夜通し見張りを続け、早朝に逮捕に踏み切ることが多い。それならヤサにいることが確実だし、早朝、起き抜けのホシも意表を突かれて、案外素直に逮捕に応じるからだ。だが今回は、家の大きさと家族の多さを考えた場合、早朝の逮捕は適さないと燈は考えていた。第一、若い男が三人いるところに乗り込んでいって、向こうが激しく抵抗したり、またはこちらに向かってくるようなことになっては厄介だ。

「すると、朝駆けってわけにはいかないわけですね」

所轄捜査員のべつの一人が腕組みをする。

「そのゴルフバッグの男っていうのは、誰なんですかね」

「それが三男ではないかと思うんです」

燈が答えたところで、岩清水がコンビニで小耳に挟んできた話を手短に聞かせた。

「つまり、その噂されてた男が野川の家の三男だとすると、明日にはまた出かけていく可能性が高いってわけですか」

「まあ、百パーセント三男の話とは限らんわけですが」

今度は燈が岩清水の言葉に「ただ」と続けた。

「明日はおばあちゃんもデイケアサービスに出かける日のはずです。三男らしき人物のことはさておいても、出来るだけ家族の数が減っているときを狙うのがいいと思います」

頷いている男たちの顔をぐるりと見回している間に、燈は胸の奥底、というよりももっと深い腹の底の方から、急に笑い出したくなるような、ゾクゾクする感覚が駆け上がってくるのを感じていた。そう、この感じなのだ。まさにこれから捕り物が始まるというときの、この感じが何とも言えない。

「とりあえず、夜明け前には一旦ここから移動しましょう。三男かも知れない男がいつ出かけるか分かりません。朝一番の飛行機を使う可能性などを考えると、相当、朝早くに出ていくかも知れませんから。野川の家の比較的近い場所にコンビニがあります。駐車場も広いので、そこで待機するのがいいと思います」

そして午前三時半過ぎ、燈たちは二台の車に分乗してホテルを後にした。夏の虫の声だけが辺りに広がり、眼鏡越しに見上げる空には星が降るように見えている。車のヘッドライトが闇を探ると、何匹もの虫がライトめがけて飛び込んできて、中にはカナブンか何かだろうか、大きな虫までが、こん、という音を立ててぶつかった。

「本当にゴルフの男が三男で、今日、出かけてくれるといいんですがね」

「せめて、お父さんかお兄ちゃんが出勤のついでにでも、送ってくれるとか、してくれればね」

「そうじゃなかったら、三男の都合に合わせて、どっちかが会社を遅刻するとか？　いくら何でも、そりゃあ過保護ですかね」

「そこまでするかな――いや、するかもね。何て言ったって、本当にプロゴルファーを目指してるんだとしたら、一家の期待の星だろうし」

ハンドルを握る岩清水が「ですねえ」と言った後、大きなあくびをした。直方に来てから昨日までは、二人とも夜はしっかり寝てきたのだが、所轄の捜査員までやって来たこの最終段階で、こちらのミスでホシに逃げられたのでは格好がつかない。それだけに、今夜に限っては眠っている場合ではなかった。燈としては交替で仮眠を取るつもりだったのだが、岩清水の方が「自分は大丈夫っすから」と大半の時間、一人で起きていた。

「眠いでしょう」

「大丈夫っす」

「コンビニに着いたら、少し眠ればいいよ。私が起きてるから」

「平気っすよ。アドレナリン、出てるし」

話している間に例のコンビニに到着した。広々とした駐車場の、やはり建物から離れた隅っこに二台は少し離れて車を駐めた。とりあえずは朝を迎えて誰かが動き出すまで、ここで待機だ。駐車場には、他に二台の長距離トラックと数台の自家用車が駐まっていた。トラックの方は運転手がここで仮眠でも取っているのかも知れないが、自家用車は数分後にはいずれも走り去った。

午前四時。

空はまだ白んでこない。今の季節、この地方の日の出は大体、五時半くらいのはずだ。すると五時少し前には東の空から次第に白み始めることだろう。それまでは、まだ漆黒の闇が辺りを支配している。エンジンを切って車の窓を全開にすると、緑の匂いを強く含んだ風が心地良く吹き抜けた。

膝の上に開いて置いているノートパソコンのモニターの中で、野川瑛士の家も、やはりひっそりと闇に沈んでいる。じきに朝が来て、それからどんな一日が始まることになるのだろう。東京から来ている我々六人も、そして野川瑛士本人も、彼の家族にとっても、もしかすると今日はひどく長い一日になるかも知れない。

午前四時半を回った。

それまで闇に沈んでいたトラックの一台が、ふいにエンジンをかけて静かに走り去っていった。

それを合図のようにヒグラシが一匹、カナカナカナ、と鳴き始めた。東京では滅多に聞くこともなくなった、しみじみと物寂しげな声を聞くうちに、夫の実家を思い出した。まだまだ長閑（のどか）な田園風景が広がる夫の実家周辺では、ヒグラシも鳴くし、今でも水田からはカエルの鳴き声が聞こえてくる。裕太朗がうんと幼かった頃は、その声を怖がって燈にしがみついたりしていたものだが、少し大きくなって声の主が分かった途端に、網を持って水田のあぜ道などを駆け回るようになった。あの頃は、舅もまだまだ若くて健康で、幼い孫の姿に目を細めていたものだ。その光景が、ついこの間のことのように思い出される。

時が、流れるなあ。

人知れず微かにため息をついたとき、タイミングを合わせたかのように、岩清水も大きなあくびをした。

「いかん。ちょっと、コーヒーでも買ってきますわ」

そう言って車から下りると、まず「うーん」と唸りながら大きな伸びをして身体を左右に捻ったりしている。彼が戻ってきたら、燈も少し車から離れよう。とにかく長時間同じ姿勢でいることが疲れる。しかも、以前より少し凝（こ）り方がひどい気がする。やれやれ、これも時が流れたという証だろうか、などと考えながら、コンビニに入っていく岩清水の後ろ姿を見送り、再びモニターに視線を落とす。それから数分したとき、三分割されているモニター画面の一つで何かが動いた。

え？

もっぱら昼間に、それも野川の母親ばかりが使っている勝手口の戸が、ゆっくりと、次第に大きく開かれていく。燈は反射的に眼鏡のフレームに軽く手を触れながら、モニター画面に見入った。すると、薄ぼんやりと明るい家の中から人の姿が現れた。ボサボサの頭をしている。服装はハーフパンツにTシャツ。男はゆっくりと、注意深く勝手口の扉を閉めている。

野川が動く。

こんな時間に？

にわかに緊張してきた。一週間以上も見張り続けてきて、ヤツがこんな時間帯に動き出すことは一度もなかった。だが、野川は相変わらずの素足にクロックスで、特に旅行かばんのような荷物なども持っていない。つまり、高飛びするというわけではなさそうだ。燈が固唾を飲んでいる間に、野川瑛士はそのまま玄関の方に回り込んでいく。三分割のモニター画面の一つ、玄関先を捉えている画面が、その姿を映し出した。さらに、そこから姿が消えると、今度は駐車場を捉えている画面に姿が現れた。そうしてヤツはいつもの自転車に跨がって、ふらふらと走り始めた。燈は咄嗟にコンビニの方を見た。だがここからでは距離がありすぎて、店内の様子まではっきりと見えない。すぐにも岩清水に知らせたいと思ったのだが、遠目に彼の姿は見えなかった。

ヤツは、どこに向かってるんだろう。

このことを今この段階で、所轄の捜査員たちに知らせるべきだろうか。だが「出かけていった」ことだけ知らせても意味がないかも知れない。出かけたなら、戻ってきてもらわなければ逮捕に出向けない。だが、この界隈に夜明け前、しかも自転車で出かけていく先など、そうあるとは思えなかった。すると、ここに向かっているのだろうか。

とにかく、岩清水に連絡を入れることにした。ところが公用携帯を鳴らすと、運転席のドアの方からブーン、ブーンという振動音が聞こえてきた。岩清水の公用携帯が、ドアポケットに入れたままになっている。

　こんな時に限って。

　つい、苛立ったため息が出る。

　腕時計のデジタル表示が、まるで止まってしまったみたいに感じられた。ジワジワと緊張感が高まってくる。こんなことなら、もう少し店の出入口に近い場所に車を駐めておけばよかった。少し離れたところに駐まっている所轄の刑事たちの車をちらりと見る。だが、モニターも見ていない彼らが、異変に気づくはずもない。

　膝の上のノートパソコンのモニターにも、あれきり変化はなかった。出来ることなら、ここにまた野川瑛士の姿が映し出されてくれないものかと思う。せっかくそういう心づもりになっていたものが、すっかり段取りが狂ってしまうではないか。

　遅いなあ、岩清水部長。

　腕時計のデジタル表示が一つ進むごとに苛立ちが募る。そわそわと落ち着かない時間を過ごしていると、ようやくコンビニの店内で、商品棚の間を黒い頭が移動するのが見えた気がした。コンタクトレンズを入れていればもう少しはっきり見えるのだが、この眼鏡は少し度が弱いのだ。しかも周囲が暗いものだから余計に見えづらい。それでも眼鏡のフレームに手を添えて、何とか目の焦点を少しでも合わせようとしてみた。その時だった。視界の片隅で、何かが動いた気がした。反射的に、心臓がきゅっと縮むような感覚を覚えた。

　駐車場に、一台の自転車が入ってきた。間違いなく、ボサボサ頭のシルエットだ。

　来た。

野川瑛士は広い駐車場をのんびりと横切ると、いかにも慣れた様子で店の脇の駐輪スペースに自転車を駐めている。その時、コンビニの店内で黒い頭がレジに向かって移動していくのが見えた。今、店内には岩清水以外の客はいないはずだ。

何を考えるよりも先に、車から飛び出していた。とにかく少し離れたスペースに駐めている所轄署捜査員たちのワンボックスカーに駆け寄って、慌ただしくドアを数回ノックする。それから今度はコンビニに向かって一気に駆け出した。スニーカーだから靴音がしないのが有り難い。野川瑛士が店の出入口に向かっていく。その素通しガラスの向こうに、黒い頭が見えていた。燈は走りながら、出入口に近づいている岩清水らしい姿に大きく手を振った。

気がついて！

朝露が降りる前の、ひんやりと湿った空気が身体にまとわりついてくる。その空気を振り払うように、燈は駆けた。ようやく近づいてきたコンビニの出入口で、岩清水と野川瑛士とが鉢合わせする格好になった。岩清水が立ち止まって野川瑛士を見ている。燈は再び大きく手を振って、その手を今度は駐輪場の方に向けた。今、野川瑛士に自転車で逃げられては元も子もない。まず自転車を使わせないことだ。

「――そう？　あれ、人違いだったかな。俺のこと、覚えてないかい？」

岩清水の声が聞こえてくる。その間に、燈は駐輪スペースに駆け寄って、息を弾ませながら野川瑛士の自転車の横に立った。そのまま素早く公用携帯を取り出して、所轄の刑事を呼ぶことにする。コール音が一回、鳴り始めたときだった。静寂の中に岩清水の声が「主任！」と響いた。

野川瑛士が、こちらに向かってのしのしと歩いてくる。

「おい――ちょっと、あんた何しようんかちゃ。それ、俺の自転車やろうが」

声を聞くのはこれが初めてだ。何かの金属音が混ざっているような、少し耳障りな声。

「野川瑛士さん、ですよね？」

呼吸を整えながら、燈は歩み寄ってくる男を正面から見据えた。ヤツの歩みがふと止まる。それから野川瑛士は、燈の視線を振り払うようにすっと横を向いた。

「違うけど。それより、人の自転車をどげんするつもりかちゃ」

「あなた、野川瑛士さんでしょう？」

「誰かちゃ、それ。何、寝ぼけとるんかちゃ、おばさん」

さらに近づいてこようとする野川瑛士の背後から、岩清水が「柊木琉生（ひいらぎるい）だよな？」と、はっきりと呼びかけた。野川瑛士の表情が初めて大きく動いた。きれいな二重瞼の目が、きらりと光ったように見えた。

「野川さん、あんた、柊木琉生っていう名前で働いてたよな？　去年の春まで、新宿の歌舞伎町でさ、『リヨン』ってホストクラブにいただろう？」

岩清水が言い終わるか終わらないかの間に、野川瑛士がだっと駆け出して、自分の自転車に飛びつこうとした。燈は咄嗟にハンドルを握る手に力をこめて横に向けた。その瞬間、岩清水が野川瑛士の背後から彼に抱きついた。

「離せっ！」

「もう、逃げられねえんだよ！」

「うるせえっ、違うっち言いよろうが、離せ！」

岩清水が背後から押さえつけようとするが、野川瑛士は大きく身体をよじらせて、何とか逃げようともがいている。自転車を摑んでいる燈には、容易に助け船を出すことが出来なかった。岩清水一人のままでは、逃げられるかも知れないという不安が頭をよぎったとき、二人の姿が突然ぱっと灯りの中に浮かび上がった。同時にクラクションが鳴り響く。所轄署の連中の乗ったワンボックスカーがすぐ傍まで走って来て、三人の捜査員たちが一斉に駆け下りてきた。

「野川っ」

「野川！」

「やけん違うっちゃ！　そげなヤツ、知らんっ」

「いくら顔を変えたってダメなんだよっ」

「おとなしくしろっ」

野川を組み伏せにかかりながら、岩清水が「手間、かけさせんじゃねえよ」と息を弾ませている。気がつけば、彼が買ってきたらしいコーヒーの紙コップはコンビニの出入口付近に転がって、辺りに黒いシミが広がっていた。

「人違いっち言いよろうがあ！」

夜明け前の広々とした駐車場に、野川瑛士の雄叫びのような声が響き渡った。コンビニから、制服姿の店員が驚いたように飛び出してきて、その場に立ち尽くしている。

「け——警察、呼びましょうか」

「いいの、いいの。俺たちが警察なんだから」

もみ合っている男たちから少し離れて立っていた捜査員が、店員に向かって答えると、男性店員は、さらにわけが分からないといった表情になっている。燈はようやくここで自転車から手を離して、警察手帳（パア）を出しながら店員に歩み寄った。本当の警察だと分かると、店員はホッとしたと言うよりも、さらにわけが分からないといった表情で、今度はぽかんとしていた。

気がつくと東の空が白み始めている。燈は夜明け前の空気を吸い、そして、引きずられるように連れていかれる野川瑛士の背中を見ていた。岩清水が「もったいねえなあ」とぼやきながら、地面に転がったコーヒーの紙コップを拾い上げに行く。

「私が奢ろうか」

「え、いいんすか」

燈は額から汗を垂らしている岩清水に向かって目を細めた。

「部長が気がついてくれなかったら、どうしようかと思った。気がついてくれて、本当によかったよ」

空の紙コップを持ち、マスクが妙にずれて間が抜けた格好のまま、岩清水は「当然っすよ」と目尻に大きな笑いじわを寄せた。

7

「――聞いてもいいですか」

野川瑛士が暗い瞳を机に落としたまま、ぼそりと口を開いた。

「その――どうして、分かったんですか」

地元の警察署で取調室を借りていた。身柄は確保したものの、ここまで顔立ちそのものが変わっていては、やはり一応は指紋の照合をした上で逮捕状を執行するのが確実だろうと、東京の方で判断したからだ。その結果、所轄署の捜査員たちは今、それぞれに手分けして警視庁の鑑識課の指紋係に任意で採取した指紋をファックスで送信したり、朝の六時過ぎから野川の家に家宅捜索に入り、同時に野川の家族から話を聞いたりしに行っている。つまり、まだ正式に逮捕状を執行出来てはいなかった。こうして警察署に連行してはいるが、あくまでも任意同行という形だ。それだけに、本来は被疑者に対して逮捕状を執行した時点で広域捜査共助係としての仕事は終わりになるはずの燈と岩清水だが、野川瑛士の見張り役をしていた。

「何が？」

机を挟んで向き合って座っている燈が聞き返すと、野川瑛士は少し言い淀んだ後で「色々」と呟く。

「そのぅ——どうしてこっちに帰ってきてることが分かったのか、とか、何で俺のことが分かったのか、とか」

さっきまであれほど方言丸出しだったのに、こちらが標準語で話すせいか、野川瑛士の口調も変わっていた。燈がちらりと斜め向かいにいる岩清水を見ると、彼は段違い眉毛を微かに動かしながら「そんなに不思議かい」と片肘を机についてわずかに身を乗り出してくる。野川は瞳を落ち着きなく動かしていて、マスクをしていても、その動揺ぶりは手に取るように分かった。

「い——居場所はともかく、顔は、絶対に分かんないだろうって思ってたから」

「まあなあ。結構いじったもんなあ。それなら確かに別人で通るよ。そんでも、俺たちだってプロだからさ。ちゃあんと見破っちゃうんだ」

野川瑛士は、まるで納得いかないという目つきで岩清水を見たが、すぐに諦めたように視線を外す。

「そんな質問をするっていうことは、つまり、あなたは認めてるってことかな、自分が野川瑛士だって」

今度は燈が質問した。すると野川瑛士は肩を大きく上下させるようにため息をついて、「だって」と、首をぐにゃりと曲げた。

「もう、逃げらんねえし」

「長く逃げ回ってたわりには、えらく物分かりがいいじゃないか。まあ、ここまで来ちまったら、そりゃ、そうだろうけど」

マスクで隠れているから見えないが、岩清水の分厚い唇は、さぞ皮肉っぽく歪められていることだろう。指紋の照合さえ出来れば、野川瑛士はこの後、逮捕状を執行され、東京に連れ戻されて、そこから本格的な取調を受ける身だ。だから何も今、燈たちが微に入り細をうがち話を聞く必要はない。それでもこの数カ月間というもの、この男だけを追い続けてきた身としては、自分たちなりに抱いた疑問を解消したい気持ちも働いた。

「それなら、今度はこっちから質問してもいいかな」

野川瑛士が二重瞼の整った目をこちらに向けてくる。これでは本当に野川瑛士と見破ることなど、普通の人間には無理だと改めて思う。確かに小桃が言っていた通り、よく見れば左右の耳の高さが微妙に違うし、特徴のある耳の形は整形前と変わっていないことも分かる。だが、くっきり二重になって、ふっくらした涙袋のある涼やかな目もとを見ても、片方が斜視気味だということまでは気づきにくかった。それを一瞬のうちに見抜いたのだから、やはり小桃は大したものだ。

「あなたさ、いつまでも逃げ続けるために、そこまで顔を変えたの?」

野川瑛士の、マスクからはみ出している顎の筋肉が動いた。ぐっと歯を嚙みしめたのだと分かる。あの四角張っていた輪郭を変えるために、おそらく顎の骨を削っているのだろうから、奥歯に影響はないものだろうかと、ふと気になった。歳をとって困るようなことにはならないのだろうか。美容整形のことはまるで分からないが、機会があったら調べてみたいものだ。

「――べつに」

「べつに？　と、いうことは、つまり逃げるために整形したわけじゃないっていうこと？」

「――もともと、自分の顔が嫌いだったから、前から変えたいと思ってたし」

「もともと？　最初っからかい」

わずかに顎を突き出した岩清水とちらりと視線を交わした後、燈は小首を傾げた。

「どうしてかな」

「だって――不細工じゃないですか。こんな顔で生まれてこなかったらって、ガキの頃からずっと思ってたし。顔さえ違ってたら、ホストやってたって、もっと楽に売れるはずだし、美味しい思いも出来るだろうし」

「つまり、こういうこと？　ホストとして売れっ子になりたくて、顔をいじったって」

野川瑛士は、そんなホストは山ほどいると当たり前のように頷いた。

「ちょっと金が出来たら目のプチ整形とか、次は鼻とか、珍しくもなんともないです。どうせ客は顔しか見てないようなもんだし」

「だけど、あなたは客の話をよく聞いてくれるっていうんで、それなりに常連もいたんじゃないの？」

すると野川瑛士は「ちっ」と小さく舌打ちをして、そんな役割など、負いたくて負っていたわけではないと横を向いた。ただ、下手に慰めれば「あんたなんかに何が分かるの」と逆ギレされるし、気分転換させようと軽口を叩いても「つまんない」とそっぽを向かれ、結局どうあがいても、客と盛り上がれるようなホストにはなれなかっただけだと。

「顔が――あんなだったから。何を話したってウケないし、笑っただけで『キモい』って言われたこともあったし」

そんな風に言われてまで、どうしてホストを続けていたのかと思う。接客が苦手でホスト向きの顔をしていないのなら、他の仕事を選べばいいだけの話ではないか。だが野川瑛士は、自分はホストとして名を上げたかったのだといった。そうしてブランド品を身にまとい、煌びやかな宝飾品や高級時計で飾り立てて、豪華なタワーマンションで暮らせるようになりたかったと。

「もともと高校中退で雇ってくれるところなんてそうないし、やっぱ学歴関係なくビッグになりたいんなら、水商売しかないでしょう、で、ホストやるからには、そこまでいかなきゃあ」

「――ビッグにねえ」

「それに東京っていったら、キラキラした大都会じゃないですか。そういうところで、なるべく楽して儲けるっていうことを考えても、ホストが一番なんです」

何となくムカムカするものを感じ始めていた。夜半から飲まず食わずで動き回っているから、空腹も感じている。その空っぽの胃袋に、薄っぺらい男の中身のない言葉ばかりが虚しくスカスカ詰め込まれていくような気分になってきた。売れっ子になるホストが、そのために汗をかいていないとでもいうのだろうか。そんなはずがないと、部外者なりに燈は思う。どんな仕事であろうと、そんなに楽して「キラキラ」していられる職業など、あるはずがないのだ。それなのに、この男は夜の世界に入って数年間、一体、何を見てホストを続けていたのだろうか。

「じゃあ、もう一つ聞かせて。被害者が大金を持ってたことを、あなたはどうして知ったの」

野川瑛士は再び少し迷うように首を左右に傾げていたが、やがて「それは」と口を開いた。

「あの日、コンビニに煙草買いに行って、レジに並んだとき、前にいたのがあのおっさんで――

開いたバッグからたまたま札束が見えたから」

ちょうど、自分よりも売れっ子の後輩ホストから、ムカつく言葉を投げつけられて、気分がクサクサしていた時だったという。そういう時にコンビニに行き、自分の前に並んでいた客が開いたクラッチバッグに、一杯に詰め込まれている札束を見て、野川瑛士は「心臓が口から飛び出す」かと思うほど驚き、次に、それだけの金さえあれば人生を変えられると一瞬のうちに閃いたのだと語った。


「顔を変えて、生まれ変わって、あいつら全員、見返してやろうって」

そして、被害者の後を追うことにした。密かに夜道をつけて歩く間も、見えているのは被害者男性が小脇に抱えるクラッチバッグだけだったし、聞こえているのは自分の鼓動ばかりだった。これが犯罪になるなどという思いは頭の中をかすめもしなかったと野川瑛士は言った。金を盗るということ以外、何一つ考えなかったと。


「つまり、あなたは、ただイイ男になるために、あの被害者を襲って、あんな大怪我を負わせたわけだ」

燈は、自分の声が普段より幾分、低くなってきているのを感じた。本気で腹が立ってくると、なぜか声が低くなる。自分では気がつかなかった癖だが、これも岩清水に言われて初めて知った。


「怪我させるつもりは、なかったんだけど」

「けど？」

「あいつが、思ってたより簡単にバッグを離さなかったから、しょうがねえなと思って」

「思って？」

「この野郎って——」。

「あんたさあ」

パイプ椅子に大きく寄りかかって、燈は思わず腕組みをした。そして「好い加減にしなさいよね」と言いかけたその時、ふいに自分の服装に気がついた。今日はグリーン系の淡いマドラスチェックの半袖ブラウスにジーパン。そういえば髪はひっつめのままだし、眉だけは描いたが、それ以外はUV効果のある化粧下地しか塗っていない。しかも、この黒縁眼鏡だ。

これじゃあ、ただの近所のおばさんじゃないよ。

自分で自分に脱力しそうになる。こんな格好では被疑者と向き合ったって迫力も何もあったものではない。そうは思っても、ここで黙っていたくはなかった。

「もう一度、聞くけど。いい？　夜道でいきなり襲われて、大切な仕事の運転資金を盗まれた上に、何の落ち度もないのに殴る蹴るの目に遭って、三カ月以上も入院しなきゃならないほどの大怪我を負った被害者のことは、どう思うの」

野川瑛士はふてくされたようにそっぽを向いている。

「分かる？　あなたのせいで、人生が百八十度、変わっちゃったんだよ。今も同じ仕事が出来てるかどうかも分からないし、どんな生活になってるかも分からない。そのことをさあ、あなたはどう思うのかって聞いてるの」

「どうって――」

野川瑛士が口ごもり、それに対して燈が「ふざけんじゃないわよっ」と声を荒らげかけたとき、取調室のドアが小さくノックされた。所轄署の刑事が顔を出して、「お疲れ」と言う代わりに軽く手をあげ、それから燈たちが向かっている机に歩み寄る。

「家族全員、認めましたよ」

机の上に、ぽん、と野川瑛士の手配写真を置く。無論、整形前の、既にこの世から消え去ってしまった四角い輪郭にうっすらした目鼻立ちの男の写真だ。野川瑛士がきつく目をつぶって横を向いた。

「他に行くところがないって何度か電話で泣きつかれて、断ることも出来なかったんだそうです。親としての思いは勿論、もともと自分たちが野川を家出するまで追い詰めたっていう負い目があったとかで。やったことは分かってるんだし、逃走の手助けは一切出来ないけど、しばらくいるだけなら、構わないからって」

捜査員は、野川から目を離さずに「おふくろさん、泣いてたぞ」と言った。野川瑛士が深く俯いた。

「それから、弟もな。今日からゴルフ合宿に行くことになってたんだって？　だけど『犯罪者の弟だって分かったら、もうプロゴルファーになれないかも知れない』って、ぽろぽろ涙こぼしてな」

野川瑛士がさらに肩を落とした。

「おまえ、ガキの頃から一人でひねくれてたみたいだな。兄貴は優等生だし、弟は運動神経抜群、その二人に挟まれて、自分だけ落ちこぼれだって思い込んで」

ああ、そういうことなのかと燈が納得しかかったとき、「思い込みとかやねえっちゃ！」という怒鳴り声が室内に響いた。

「最初っから俺だけ違（ちご）とったと。兄貴も弟も何の苦もなくスイスイやっていけたとに、俺だけは何やっても駄目で、その上こげな顔で、みんなから落ちこぼれだっちいう目で見られて――誰も、俺なんかに見向きもせんかったとっ」

「それで家出したってわけか」

所轄署の捜査員が言い終わるか終わらないときに「だからってなあ！」と、今度は岩清水が野太い声を張り上げた。野川瑛士の身体がびくんと弾んだ。

「家出すんのはおまえの勝手だ。ホストになろうと何しようとな。だが、だからって、人の金盗んで、大怪我させていいって話にはなんねえんだよっ！」

「――やったら、あげなんやってすぐに金が見えるごと、持たんかったらよかったと」

その時「指紋の照合が出来ました」と、もう一人の捜査員が取調室に入ってきた。これで逮捕状が執行出来る。胸焼けでも起こしそうな嫌な気分のまま、燈は「それならさ」と最後に低い声で呟いた。

「あんたはこれから、人から盗んだ金で整形した、そのきれいなお顔を、ムショ仲間によおっく見てもらって、せいぜい可愛がってもらって暮らしなさい。これからあんたは、いちばん若くていい時代の何年間かを、塀の向こうで過ごすことになるんだから。それでも、感謝しなさいよね。もしも被害者が生命を落としてたら、単なる懲役じゃすまなかったかも知れない」

そして、野川瑛士は逮捕された。

「じゃあ、私たちは監視カメラの回収に行こうか」

岩清水も「ですね」と立ち上がる。後はよろしく、と所轄署の捜査員たちに告げて、燈たちは警察署を後にした。

「駄目だわ、お腹が空きすぎて気持ちが悪くなりそう」

警察署を出たところで車に乗り込み、ため息混じりに呟くと、岩清水が例のコンビニに寄っていこうかと提案してきた。燈は「ちょっと、やめてよ」と顔をしかめた。

「やっと解放されたんだから。カメラを回収したら、せめてホテルの近くで朝からやってるファミレスでも探して、ビールをがっと呑んで、コンビニにはないものを食べて、それからチェックアウトぎりぎりまで仮眠をとろう」

「おっ、いいっすね。そうしますか」

岩清水の目尻に深い笑いじわが寄る。この状態でビールなど呑んだら、さぞ酔いが回るに違いないと思いながら、燈はシートベルトに手を伸ばした。

第三章

1

サカナ　サカナ　サカナ
サカナを食べると
アタマ　アタマ　アタマ
アタマが良くなる
サカナ　サカナ　サカナ
サカナを食べると
カラダ　カラダ　カラダ

カラダにいいのさ
さあさ　みんなでサカナを食べよう
サカナはぼくらを待っている　Ｏｈ！

心の中でいつもの歌を口ずさみ、「Ｏｈ！」のところで口の形だけ「お」にしながら、小桃は道行く人を眺めていた。さすがにこの季節は長時間、外に立ちっぱなしで過ごすのは辛すぎる。というか、もはや無理だ。特にこの夏は異常としか言いようのない暑さが続いていた。新型コロナウイルスは感染者数を増やし続けているし、医療の逼迫も報じられている。それでも、人々への行動制限などは出されていないから、街を行く人は、とりあえずマスクだけはしているものの、手に手に小さな扇風機などを持ちながら、コロナなど関係ないと言わんばかりに、この暑さの中を右へ左へと歩いていく。

そんな中、小桃は時として格安量販店の強烈な冷房が流れ出してくる店先に立ったり、銀行のＡＴＭやコンビニ、またガラス張りのショッピングビルに立ち寄ったり、はたまたメモリー・アスリートたちの間で「釣り堀」と呼んでいるパチンコ店の中を歩きまわったりして日々を過ごしていた。「釣り堀」というのは、指名手配犯をよく見当てることからついた呼び名だ。このターミナル駅周辺にやってくる手配犯は、なぜかパチンコ店で過ごすことが多い。しかも、他にもパチンコ店はあるのに、どうも同じ店に足が向くようなのだ。その店の何が指名手配犯を呼び寄せるのか分からないが、数カ月に一度は、かなりの確率で見当てることが出来る。小桃たちにとっては願ったり叶ったりだし、何よりこの季節には涼を取れるという意味でも、そこは有り難かった。そして今、小桃はやはり強烈な冷気が店の外にまで流れ出てきて、しかも店頭に大きくテントを広げてミストシャワーを降らせているドラッグストアの前にい

カラダにいいのさ
カラダ　カラダ　カラダ　カラダ
サカナを食べると
サカナ　サカナ　サカナ　サカナ
アタマが良くなる
アタマ　アタマ　アタマ　アタマ
サカナを食べると
サカナ　サカナ　サカナ　サカナ

さあさ　みんなでサカナを食べよう
サカナはぼくらを待っている！

病院勤務の夫は、実は先週、新型コロナの陽性が判明して、今は職場が持っている施設で隔離生活に入っている。だが、症状としてはごく軽いというし、毎日スマホ越しに話をするときの顔も普段と変わらなく見えるから、小桃はさほど心配していなかった。むしろ、この数日は久しぶりの一人の生活に気持ちが浮き立っているほどだ。普段は買わない少し贅沢なスイーツやローストビーフなどを買って帰って、一人でシャンパンを呑んだり、前から食べてみたかった店の料理

をネットの宅配サービスで届けてもらったり、また韓国ドラマをひと晩に三話ずつ見たりして過ごしている。そんな毎日の、晴れやかな気持ちと言ったらなかった。家事なんか、最低限のこと以外はほとんどそっちのけだ。

いっそのこと、またしばらく泊まり込みになってくれればいいのに。

彼のことは本当に嫌いではない。神経質なところと、少しばかりしつこい部分があるのは癇（かん）に障るが、一方で料理などは積極的に分担してくれるし、トイレや風呂の掃除も、洗濯機を回すのも好きだし、ベランダの鉢植えに水やりしたり、ゴミ出しなども厭（いと）わない。つまり夫として、まず申し分のない方だと思う。けれど時々、どうしようもなく鬱陶（うっとう）しく感じてしまうのだ。すると、生理的に嫌悪感が生まれるとでもいうのか、同じ空気を吸っていることも煩わしくなってきて、結局は些細なことで喧嘩になる。だから、こういう息抜きが自分には必要不可欠なのだと、最近の小桃は考えるようになった。以前、喧嘩をしたときに燈（あかり）に泣きついて、どうにかこうにか週末の一晩だけ泊めてもらったときにも、小桃は家に帰った後で、彼にそんな気持ちを正直に伝えた。無論、燈のアドバイスがあったからだ。

まず、仕事中は集中していて連絡など出来ないこともあると理解して欲しいこと。さらに、時として定時で帰れないことも、仲間とのつきあいもあることも分かって欲しい。そして、仕事から解放されたら緊張を解きほぐすために、一人でぼんやりと過ごしたいときがあることも。自分がそうなのだから、夫にだって息抜きは必要だと理解している。だから、たまには呑んで帰ってきてもらいたいし、休日に好きなことをしてくれていい。いつもいつも一緒にいて、顔を突き合わせているのではお互いに息がつまるに決まっている。適度な距離感が必要だ。それだけのことを怒られるのを覚悟で伝えたところ、彼は意外にあっさりと「分かった」と言った。子どもが出来るまでは、お互いに自分たちのペースで楽しもう、と。あの時、小桃は一瞬「え」と思ったものだったが。子ども？　あなたとの？
それはともかく、以来、夫は時々は職場の人たちと軽く呑んで帰ってくるようになった。また、休日には一人で映画を観にいくこともある。この間は、ソロキャンプに挑戦してみようかな、とも言っていた。小桃が賛成したのは言うまでもない。ほんの数時間、家にいなくなってくれるだけでも、小桃にしてみれば深呼吸したくなるほどの清々しさなのだ。ソファーに寝そべってテレビの通販番組を見たり、ヨガマットを引っ張り出してきて、三十分でもヨガのポーズを取るだけで、身体中の巡りがよくなるように感じる。

サカナ　サカナ　サカナ
サカナを食べると
アタマ　アタマ　アタマ
アタマが良くなる
サカナ　サカナ　サカナ
サカナを食べると
カラダ　カラダ　カラダ
カラダにいいのさ

あまり長い間ミストシャワーの下にいては店の人に嫌な顔をされるかも知れない。集中力も切れてきたし、また少し場所を移動しようかと考え始めたときだった。視界の片隅に、ぱっと花が咲いたような色彩が飛び込んできた。それとほぼ同時に「何で？」という思いが頭をかすめた。一瞬、見当てたのかと思ったほどだ。だが、それらしい顔に目の焦点が合わなかった。代わりに、オレンジと黄色、グリーンなどの鮮やかな色彩が溢れかえっている派手な花柄のシャツを着た男性が視線の先にいた。パーマをかけた髪を明るい黄色に染めて、片方の耳にはピアスが見える。

知ってる。

それにしては、鳥肌が立つわけでもないし、頬の辺りもゾクゾクしてこない。頭の中に叩き込んでいる七百人からの指名手配犯の写真を片っ端から引っ張り出しても、その顔に合うものはなかった。小桃は密かに戸惑いながら、徐々に近づいてくる男を見つめていた。男は、この人混みの中でも顎マスクの状態で歩いている。

奥二重で切れ長の目は、上の瞼が直線的だ。黒目は大きく、目の下のラインが柔らかい弧を描いているせいか、何となく愛嬌がある。目と目の間隔は、少し離れている。

やっぱり、知ってる。

小鼻の横にあるホクロにも、確かに見覚えがあった。それなのに、頭に叩き込んであるデータと一致しない。一体どういうことなのだろう、自分の頭が少しおかしくなったのだろうかと焦り始めたとき、ようやく閃いた。

卒業アルバムだ。

白いシャツに臙脂色のネクタイを締めた顔が、ぱっと浮かんだ。黒い前髪が少し額にかかっていて、生真面目そうに緊張した顔の少年。途端に胸の奥が微かにきゅん、となる。その卒業写真を、二十歳になる頃までの小桃は、何度見つめたか分からなかった。

盛川くん。

同じ高校に通っていた盛川知成（ともなり）に違いなかった。もともと理数系のクラスだった彼は、文系クラスだった小桃とは、一度も同じクラスになったことはない。だが、二年生のときの文化祭で彼が友だちと二人でフォークデュオをやっているのを知って、以来、密かに憧れるようになった。何度となく言葉を交わせるチャンスはないものかとも思ったりしたものだ。または手紙を書こうか、それともメールアドレスを探ろうか、とも。それでも結局は、何も出来なかった。バンドをやっていることもあって、彼はなかなかの人気者だったし、一方で同じクラスの女子とつき合っているという噂も聞いていたからだ。

たまに学校の廊下ですれ違ったときなどに一人で密かにときめいては、胸を焦がす一方で「これが恋というものか」などと泣きたいような気持ちになりつつ、結局はそれだけで満足していた。妄想を膨（ふく）らましたり、切なさを味わったりしては、柄にもなく自分を可愛く思ったりもした。だからこそ卒業後も、何度となくアルバムを開いて眺めたのだ。誰に教わったのだったか、ユーミンの古い歌なんか聴きながら。あ、いや、それも最初は盛川くんが文化祭で歌ったのだった。

あの盛川くんが、こんな風になるなんて。

あまりにも様子が違っていることに、小桃は我が目を疑った。確か、二十歳の同窓会のときだって、彼はごく普通の大学生らしい雰囲気だったし、高校の時の彼のイメージとも大きく変わってはいなかった。それなのに、あれからおよそ十年という月日を、彼はどういうふうに歩んだのだろう。確か理工系の大学に進んだと聞いていたから、きっと技術者にでもなっているのかと思ったのに。

それとも音楽の道に進んだとか？

気がついたらドラッグストアの前から離れて、当たり前のように盛川くんの後をつけていた。

雑踏の中を行く彼は、派手なシャツの背中を心持ち左右に揺するような歩き方をする。

　声をかけてもいいものかどうかさえ分からなかった。第一、向こうは小桃のことなど記憶の片隅にもないに違いない。今の彼に「誰だ、お前」などと言われたら、それこそ恥ずかしいし、きっと後からひどい自己嫌悪に陥るに違いない。

　そうは思いつつ、追わずにいられなかった。ちょうど、集中力が切れかけていたということもある。気分を変えたいタイミングでもあった。小桃は雑踏をすり抜けるようにしながら、盛川くんの背中を、いつもとまるで違う気分で追い続けた。五分もしないうちに汗が噴き出してきて、マスクの内側が汗びっしょりになる。額にも汗が滲（にじ）んでいた。タオルハンカチで汗を押さえ、こんな時にチームの誰かから公用携帯に連絡がないことだけを祈りながら、いくつかの角を曲がり、しばらく歩いて、やがてこの街では一つのランドマークのようになっているシティホテルの前まで来た。すると、盛川くんは迷う素振りもなくホテルの中に入っていく。小桃も適度な距離を保ちながら、その後に続いた。もしも彼がエレベーターに乗ったら、何階まで行ったか確かめたところで、やめにしよう。最上階ならレストランかも知れないが、そうでなかったら客室を目指したということになる。まさか客室まで追いかけるつもりはなかった。所詮は縁のなかった人だ。

　だが盛川くんはエレベーターホールの前を素通りして、そのまま歩いていく。慣れているのだろうか。きょろきょろする素振りもなかった。堂々と歩いていく派手なシャツの後ろ姿を、小桃はゆっくりと追い続けた。ホテルの中は冷房が利いていて間接照明のほのかな灯りが独特の空間を生み出していた。小さな音量でピアノの曲も流れて、まるで外とは別世界だ。その清潔な空間を進んでいくと、広々とした天井の高いコーヒーラウンジがあった。盛川くんは適度な間隔を置いて配されているテーブルの間を進んで、窓際の席へと向かっていく。そこには黒いVネックの

Tシャツ姿の男がいて、一人で足を組んでスマホを眺めていた。日焼けした顔をして、Tシャツから出ている腕も焼けており、二の腕の筋肉が盛り上がっている。首にも手首にも、金の太いチェーンを輝かせているのが遠目にも目立っていた。やはり、普通の勤め人などとはまったく違うタイプだ。

「何名様でいらっしゃいますか？」

制服姿の女性が、小桃の前に立った。きちんと一つにまとめた髪で、目元に感じのいい笑みを浮かべてこちらを見ている。小桃は咄嗟(とっさ)に「待ち合わせなんです」と応えた。こんなホテルにはほとんど足を踏み入れたことがないから、自然に緊張してくる。

「あの、もう来てるかどうか、ちょっと探してみてもいいですか？」

女性は静かに「どうぞ」と小桃の前をあけてくれた。小桃はぺこりと小さく会釈をして、リュックサックを背負ったまま、カーペットが敷きつめられた優雅な雰囲気のラウンジに足を踏み入れた。ここまで来たからには、盛川くんが会っている相手のことも、少し見てみたいと思ったからだ。

誰かを探すふりをしながら、カーペットを踏んで少しずつ窓際の方まで歩いていく。盛川くんの背中が近づいてきた。その時、頬の辺りに一気にビリビリとする感覚が走った。咄嗟にきびすを返す。それからまた、そっと振り返って、再びゆっくりと辺りを見回してから、盛川くんと向き合っているTシャツの男をはっきりと見た。その上で、決して慌てて見えないようにラウンジを後にして、小桃はそのままラウンジの外に設けられている長椅子のある場所まで行き、柱の陰から目線だけは男に向けたまま、猿渡主任に電話を入れた。

「川東(かわとう)です。見当てました」

〈了解。今どこだ〉

「オムニブスホテルです。今、一階のラウンジで人に会っています」

〈オムニブス？　了解。すぐに向かう〉

心臓がバクバクしている。仕事をサボって盛川くんを追いかけているつもりだったのに、まさかその先でホシを見当てるとは思わなかった。つまり、盛川くんは指名手配犯と会っているということではないか。

あの顔は。

記憶をたどるうちに、すぐに頭の中にあるデータの一つが浮かび上がってきた。

中牧太佑（なかまきだいすけ）・三十六歳。比較的最近になって指名手配された。容疑は、詐欺。コロナ禍に入って急速に増えた持続化給付金や還付金に関する詐欺だ。確か、警視庁管内から手配されていたと思う。

そんな男と一緒にいるなんて。

ひょっとして、盛川くんも詐欺に関わっているのだろうか。あの雰囲気、あの格好、あぶく銭を稼いで新しいターゲットでも狙（ねら）っていると言われれば、そんな気もしてくる。

困ったな。

かつて片思いしていた相手が警察に捕まるなんて、考えたくもなかった。だが、この街で見かけてしまったのが、彼にとっては運の尽きだ。どのみち、中牧と会っていたということだけでも、盛川くんからは事情を聞かなければならないことになる。

2

「でさ」

空気清浄機でも働かせているのだろうか、清々しささえ感じる冷房の利いた、天井の高い空間で、座り心地の良い椅子に落ち着き、丸テーブルを囲んだところで、まず田口部長がこちらを見た。

「何で、こんなところまで来たんだい」

猿渡主任も黙ってこちらを見ている。もちろん、誰もが小桃が見当てた男を中牧太佑に間違いないと同意した上で、今は密かにその動向を探り続けているところだ。

ホテルのコーヒーラウンジで捕り物めいたことをするのは適切ではないし、調べたところ、このホテルの出入口は一階に二カ所ある他、二階のレストランフロアからも外階段を使って出られるし、地下にも駐車場があるとのことだった。中牧太佑が、果たしてどこから出ていくのか分からない。または上の客室に泊まっている可能性だって考えられた。普通に佇(たたず)んでいても不自然に見えないのは正面エントランスに近いロビーだが、そこで待ち構えていても、中牧がそこを通らない可能性は十分に考えられる。とはいえ、この先どれくらいの時間、待ち続けなければならないのか分からないのに、外の炎天下に立ち続けるのも苛酷過ぎる。だから結局、小桃たちも同じコーヒーラウンジで過ごしながら、彼が立ち上がるのを待つことにしたのだった。

「おっかけてるうちに、ここに着いたんだよなあ？」

ストローを使わずにグラスを鷲づかみにしてアイスコーヒーを飲んでいた島本(しまもと)部長が、当然と言うように目をきょろりと向けてくる。小桃はミルクをたっぷり入れたアイスコーヒーをストローでゆっくりかき混ぜながら、ちらちらと三人の上司を順番に眺めた。体型や顔つきはまちまちなのだが、彼らは等しく真っ直ぐな眼差しの持ち主たちだ。日頃から何千、何万という人の顔を見続けて、先入観なしにただ「本物」だけを見抜こうとしてきたことによって培われた、それこそがメモリー・アスリート特有の眼差しなのかも知れなかった。正直なところ、この目をした人たちに嘘をつくことは、少なくとも小桃には無理だと思う。

「――本当を言うと」

ちらりと視線だけ動かして、中牧太佑の動きに変わりがないことを確かめた上で、小桃は、最初に見つけたのは中牧と会っている男の方なのだと打ち明けた。三人の上司は揃って意外そうな表情になっている。

「盛川くんっていって、高校の同期なんです。盛川知成くん」

猿渡主任たちの表情が、さらに何か言いたげな、訝しげなものになった。

「派手なシャツ着てる人が来たなと思ったら、その顔に見覚えがあって――あれ、見当てたのかな、でも違うかな、と思いながら、つい、後をつけてて」

「親しかったのかい」

田口部長の問いに、小桃は即座に首を横に振った。

「喋ったこともありません。クラスも違ってたし」

「それでも一発で見当てたんだ」

今度は島本部長の方が、わずかに冷やかすような表情になっている。小桃は仕方なく頷いた。

「まあ、ちょっと憧れてたっていうか。盛川くんて、高校時代は友だちと二人でフォークのデュオやってて、文化祭とかでステージに立ったりして、それなりに目立ってる子だったんですよね」

　三人の男たちはそれぞれに腕組みなどしながら「なるほどねえ」と背筋を伸ばしたり、笑いをかみ殺すような顔になったりしている。小桃は「あ、でも」と、慌てて言葉を続けた。高校時代の盛川くんは、あんな雰囲気とはほど遠い、真面目な理系クラスの男子だったこと。だからこそ、ギターをやっていると知ったときには意外だと思ったし、二十歳のときの同窓会でも、その雰囲気は変わっていなかったこと。

「それが、あんな風に変わってたんで、どうしたんだろうと思って。音楽の方に進んだのかなあ、とか」

「なるほどなあ」

「ミュージシャンねえ」

　田口部長と島本部長がほぼ同時に言った。

「まあ、それが瓢簞（ひょうたん）から駒ってことになったわけだ」

　猿渡主任は苦笑でもなく、小言を言おうというのでもない、何とも微妙な顔つきになっている。やはり、マスクをしていないとこういう表情が分かるのがいい。

「分かってると思うが、その同窓生にも、話を聴くことになると思うぞ」

　中牧太佑に声をかけるのは、通常なら彼を見当てた小桃の役割だ。だが、その間に盛川くんが逃げ出す可能性も考えなければならないだろう、と猿渡主任は言った。話を聞いた結果、何の関係もないのなら、それでいい。だが、指名手配されている男と親しげに話し込む男を、そのまま見過ごすわけにもいかなかった。

「こうしよう」

猿渡主任が、外していたマスクをつけてから、わずかに身を乗り出した。それに合わせて、小桃たちも全員マスクをつけて、椅子の背もたれから身体を離して、互いに顔の距離を少しだけ近づける。その間も、中牧たちに注意を払い続けることは怠らない。普通の運動でついたとは考えづらい、おそらくはジム通いなどで大きくしたのに違いない、胸や二の腕の筋肉を誇示するような小さめのTシャツを着て、中牧太佑は盛川くん以上に黄色い髪を短く刈り上げて、日焼けした顔に真っ白い歯を見せながら笑っている。首にかけている金のチェーンはいかにも重そうだが、太い首はそれにも耐えられるのだろう。

パトカーは要請済みだ。既にホテルの裏側にある出入口そばで待機してもらっている。時間がたつにつれ、何とも息苦しくなりそうな緊張感が増してきた。小桃は思わず背筋を伸ばして大きく深呼吸をした。田口部長が、おやおや、という表情になってこちらを見る。

「何だい、緊張してるのか」

「そりゃ、しますよ。高校時代にだって声をかけたことなんかないのに」

「じゃあ、よかったじゃないか。昔出来なかった夢が実現出来て」

「そんなぁ。こんなシチュエーションでなんて――」

小桃がマスクの下で唇を尖らせたとき、猿渡主任が小さく「しっ」と言った。小桃も即座に視線を動かした。中牧太佑が組んでいた脚を解き、盛川くんが姿勢を変えている。猿渡主任が素早く目配せしてきたのを受けて、小桃はすっと席を立った。彼らよりも先に会計を済ませなければならない。そして、二人がこのラウンジを出るところを待つ手はずだ。

会計の前でちらりと振り返ると案の定、二人の男は席を立とうとしていた。

「領収書、お願いします」

ホテルで飲むコーヒーがこんなに高いとは知らなかった。小桃がレジに数枚の札を出している間にも、彼らは席を立ってこちらに向かい始めている。その背後で、猿渡主任たちがゆっくりと腰を上げた。

小桃の背後に、やがて二人の男が並んだ。小桃は釣り銭と領収書を受け取り、それを財布にしまう間に、ちらりと後ろを振り返った。財布を取り出しているのは盛川くんの方だ。そして、中牧太佑は盛川くんの背後をすり抜けてコーヒーラウンジを後にしようとしていた。その後ろ姿を、猿渡主任と田口部長とが追っていく。心臓がきゅっと縮み上がるような緊張感を抱いたまま小桃はレジから少し離れたところに立った。

深呼吸。深呼吸。

盛川くんは何も気づいていない様子でカードで支払いを済ませている。そして支払いを終えると、尻のポケットに財布をしまいながらこちらに向かって歩いてきた。そこで、小桃は素早く彼の前に立った。頭の中で、スイッチが入った。いつものように手配犯と向き合っているときの気分になる。

「ひょっとして、盛川くん、じゃない？」

すると盛川知成は訝しげな顔でこちらを見た。

「私のこと、覚えてない？」

「――さあ」

「朝倉(あさくら)小桃、ほら、高校で一緒だった」

「――朝倉？」

「盛川知成くんだよね？　私、一緒の学年だったじゃない？」

「ええと――」

「ほら、南高で。ああ、盛川くんは理系クラスだったけど、私は文系クラスだったから、やっぱり覚えてないかなあ」

学校の名前まで出すと、盛川知成はさすがに少し考える表情になって小首を傾げ、「何さん、だっけ？」と聞き返してきた。

「朝倉小桃」

「あさくら、こもも」

小桃の視界の片隅には、島本部長の姿が捉えられている。

「本当に覚えてない？」

「――そういえば、そんな名前を見たことあるような」

「思い出してくれた？　ああ、よかった！　すっごい久しぶりだもんね。盛川くん、今何してるの？」

一瞬、盛川知成の目が左右に揺れた。そして、中牧太佑を追うように彼の方を向く。今、中牧は猿渡主任と田口部長に挟まれている。そんな彼を捉えたのだろう、盛川の横顔に不安げな表情が浮かんだ。

「ねえ、よかったら教えてくれない？」

「――え、え？」

「名刺とかあったら、くれない？」

盛川知成はようやく視線をこちらに戻してきて、「今は、まあ、適当に、色々と」と言葉を濁した。そこで小桃は覚悟を決めた。

「そっか――ねえ、盛川くんがさっき会ってたのって、中牧太佑だよね？」

「――え？」

初めて、盛川くんの顔色が変わった。小桃は「ああ」と、半ば絶望的な気持ちになりながら「あのさ」と言葉を続けた。

「中牧太佑と、親しいの？」

「そんな――それ、ええと――あんた――朝倉だっけ――と、何の関係があるわけ」

小桃はマスクの下の口もとをきゅっと引き締めて、ポケットから警察手帳を取り出した。その時には、もう島本部長が盛川くんの背後に回りこんでいた。ホテルの床はカーペットの敷き込みで、足音がまったく聞こえないから、盛川くんは気づいていない。

「私、今、こういう仕事してて」

パアを開いて見せると、盛川くんの表情がさらに強ばる。その目は素早く中牧太佑の方に向けられるが、彼は既にベルトの後ろを田口部長に摑まれ、猿渡主任からは肩に手を置かれて、ホテルの裏口に向かって歩いていくところだった。あの筋肉で抵抗されたら面倒だと思ったのだが、その心配もないようだ。第三者からは、まったく分からないほど実に静かに、今、手配犯の身柄が確保された。

「知ってると思うんですがね、盛川さん」

ふいに島本部長が盛川くんの背後から声をかけた。盛川くんは、びくん、と身体を弾ませ、すっかり怯えきったような表情で、自分の隣に回り込んできた部長の方をわずかに振り返っている。

「中牧太佑は、指名手配中の男です。そのこと、あなたはご存じでしたかね。盛川さん」

「――え。俺は、そのぅ、そういうこととは関係ないんで」

島本部長が、盛川くんにぐっと顔を近づけた。

「そうですか」

盛川くんの視線が泳いだ。島本部長が、わずかに目を細める。

「一応ね、お話だけ、聞かせてもらえませんかねえ」

「話って――」

「中牧太佑はこの後、逮捕されるんですが、指名手配犯と会って話してたとなると、こっちとしても、あなたのお話を聞かないわけに、いかないんですわ。何か関係あるのかなってね、一応、思うじゃないですか」

落ち着きなく揺れていたかと思った盛川くんの瞳が、すうっと澱(よど)みに沈むように暗く翳(かげ)った。

小桃は「ああ」と、絶望的な気持ちになった。やってる。盛川くんも。中牧太佑と似たり寄ったりのことを。

「すいませんね。何もなけりゃあ、すぐに帰っていただいて構いませんので」

ちょっと失礼、と言って、島本部長は盛川くんの二の腕を軽く摑んだ。そして、猿渡主任たちを追うように歩き始める。小桃もその後に従うように歩き始めた。色鮮やかな花柄のシャツの背は丸められて、既にもう絶望の淵に追いやられている人間のものにしか見えなかった。

「それにしても不思議だよなあ」

中牧太佑とはべつのパトカーの後部座席に、島本部長と小桃が両脇から挟む格好で盛川くんを乗せ、パトカーが走り始めると、島本部長が再び口を開いた。

「友だちか、知り合いなんですよねえ？　中牧太佑と」

「――ああ、まあ――知り合いっていうか」

「そういう相手が指名手配されてるって聞けば、普通はびっくりして何をしたのか、とか、どんな容疑か、とか聞くものだと思うんだけど。盛川さんは、そういうこと、聞かないんですね」

「――あ――そういえば――彼は何、したんだったたん、でしたか」

しどろもどろになっている。小桃はそっと彼の横顔を眺めた。ピアスなんかしちゃって。パーマのかかった前髪が額に被さっている。盛川くんには、そんなピアスや髪型は似合わないと思うのに。シャツだって、それは派手できれいだけれど、盛川くんはそういう服を着るタイプではない。そう思っていたのに。

「いわゆる、還付金詐欺ってヤツですよ。他に持続化給付金詐欺もやってる。流行(はや)りっていうかねえ、コロナ以降、そういう形であぶく銭を稼ごうって輩が増えましてね」

盛川くんの顔からは血の気が退いている。両方のてのひらは白い綿パンの膝小僧に押し当てられていて、十本の指は終始、もぞもぞと落ち着きなく動いていた。きっとてのひらに嫌な汗をかいているのに違いない。小桃は、こんな形で彼と身を寄せ合って一台の車、しかもパトカーに乗り込むことになろうとは、と、情けない気持ちで、その手を見つめていた。

「他にもやってるヤツがいるからとか、どうせ見つかりゃしないとか、そんな程度にしか考えないで、その手の犯罪に首を突っ込むんでしょうが、やるのは簡単でも立派な犯罪ですからねえ。払わなきゃならないツケは、こりゃあ、でかいですわな」

話している間に、パトカーはすぐに最寄りの交番に着く。建物の前には猿渡主任たちが先に着いていて、ちょうど中牧太佑が下りようとしているところだった。よく鍛えられた逆三角形の背中が、やはり心持ち丸くなって見えた。空には、白から灰色までの様々な色の雲が、重なり合いながらびゅんびゅんと流れている。そういえば台風が近づいていると天気予報で言っていた。これから荒れるのかも知れなかった。

3

中牧太佑を逮捕状の出ている手配署まで送り届け、ついでに盛川知成も一緒に連れていって、その晩は、小桃が大手柄を上げた祝いをしようということになった。

「結果的に二人挙げたことになるんだから大したもんだよ。川東さんの友だち、って言ったら悪いのかな。あいつももう、署に向かう車の中で半べソかいてさ、中牧から誘われて詐欺に加担してたことを自分から認めてたからな。ありゃあ相当に気が弱い男だぞ。ビビリきってた」

居酒屋に落ち着き、四人で生ビールのグラスを合わせた後、猿渡主任がさも感心したように「それにしてもツイてたなあ」と唸るような声で言った。すると島本部長が「俺にも少し分けてくれよ、そのツキを」とぼやく。あの雨の日に、勤務時間外に駒込まで行ってホシを挙げたときの興奮も今は冷めて、島本部長はまたぼやきが増えつつあった。考えてみれば小桃だって、まだ寒かった頃に見当てて以来のことだ。あのとき捕まえた、強制性交等容疑で逮捕されたのっぽの男は、今ごろどうしているだろう。

「だけど、川東さんにしてみればショックもあるんじゃないか？　高校時代の友だちを挙げることになるなんて」

田口部長が初めて同情的なことを言ってくれたから、小桃は「ホントですよぉ」と唇を尖らせた。

「しかも、あの盛川くんがと思うと、もう、何て言うかなあ、清らかな青春の思い出まで汚された気分です。ショックだぁ」

「よし、じゃあ、ショックを受けた川東さんを慰めるために、もう一度、乾杯といくか」

猿渡主任は上機嫌だった。それはそうだ。一つの班が一日に二人もホシを挙げられることなんて、まずあることではない。おそらく丸の内庁舎にある捜査共助課の壁に張り出された、メモリー・アスリートたちの班の実績を示している棒グラフには、今日の二つが足されていることだろう。この前の全体会議で丸の内庁舎に行ったときには、棒グラフのトップをいっているのは他の班だった。だが今日で、小桃たちの班がトップに立つかも知れない。

「ところで、高校時代の川東さんって、どんな子だったの」

田口部長が興味深げに聞いてきたから、小桃は少しだけしみじみとした気分になった。あの頃。野暮ったくて、目立たなくて、今や留置場で膝を抱えているかも知れない男に密かに恋い焦がれていた頃。

「そりゃあもう、上にクソがつくくらい真面目な子でしたよ。だから、コクれなかったんですから」

なるほどねえ、と三人の上司が笑っている。小桃は「本当ですってば」と力をこめて、それから高校時代のちょっとした思い出話を披露した。すると猿渡主任たちも「そういえば」と自分たちの高校時代の話を始め、そのうちに故郷のことにまで話は及んで笑いが起こり、気がつけば午後十時を回っていた。

「あれ、もうこんな時間か」

島本部長の声に、小桃も自分のスマホを見た。すると、夫からの着信履歴がいくつも残っているのに気がついた。ＬＩＮＥにもメッセージが数珠つなぎになっている。そのメッセージを見るうちに、小桃は酔いなど吹き飛んだ気分で「ヤバい」と呟いていた。

「何だい、どうした」

田口部長がこちらを見る。

「ダンナが——帰ってきてます」

三人の男が声を揃えて笑った。

「そりゃあダンナなんだから、帰ってくるだろうさ」

「いえ、コロナの陽性になって、ずっと隔離生活してたはずなのに、もう家に帰ってるんです」

猿渡主任が「よかったじゃないか」と、また笑う。

「よくないですよぉ。マジでヤバいです。私、帰らなきゃ」

小桃は慌ててリュックを引き寄せた。頭の中には既に部屋の様子が蘇っている。昨晩と今朝、使った食器は流し台に置きっぱなしになっている。洗濯物は乾いて取り込んだものがソファーの上に山になっていて、このところの小桃はといえば、その山の中から今日、着るものを引っ張り出しては着ていた。ベッドは乱れたままだし、ゴミ箱にはコンビニ惣菜の容器などが詰め込まれている。しかも、ワインやシャンパンの空き瓶もゴミ箱の脇に何本か置いたままだ。郵便物は下駄箱の上に放り出したままだし、そこにはポスティングで入れられたチラシも混ざっていて単なるゴミの山にしか見えない。夫からのＬＩＮＥには、それらについての細々とした文句が連ねられていた。

〈何か俺、急に帰ってきたらマズかったみたい〉

〈すごい郵便物〉

〈家の中が臭うよ〉

〈流しがヌルヌルしてる〉

〈氷を作る水が切れてるから、コンビニに行って氷だけ買ってきた〉

〈ベランダのプランターが萎(しお)れてる！〉

〈座るところがない。俺は床に座ればいいってこと？〉

〈ところで小桃は、いつ帰るの〉

〈フローリングが何かザラザラするな〉

〈今日も仕事なのか？〉

〈洗濯物、畳むしかないか〉

〈冷蔵庫の中でキュウリが溶けてた〉

どうしてこうも、一つ見つける度にLINEせずにいられないのだろうか。

帰りの電車の中でも、小桃は夫からのメッセージを何度か読み直し、それから一つ決心した気分で、やっと自分もメッセージを送ることにした。

〈こっちも、やっと一段落ついたから、今、帰るところ〉

送信するなり、即座に既読がついた。

その瞬間、二の腕のあたりがすうっと粟立(あわだ)った。ホシを見当てたときなどとはまったく違う、何とも薄ら寒く不気味な感じがしたのだ。だが少し待っても返事は来ない。小桃は慌てて気持ちを切り替えようとした。

嫌いじゃない。

嫌いじゃない。

夫なんだから。

嫌いじゃない。

念仏のように唱えながら、とにかく最寄り駅で電車を降りた途端、燈のことを思った。真っ直ぐ帰りたくない。燈のところに行ってはいけないだろうか。

駄目に決まってる。

甘えてんじゃないって、叱られる。

ましてや、こんな時間に。

それは分かっていたが、どうにも足取りが重たくてたまらなかった。仕方がないから途中のコンビニに寄って、用もないのに店内をウロウロとした挙げ句、夫の好きなハイボール缶とつまみになるものを買って、汗を拭き拭き家路をたどった。空を見上げると、やはり雲の流れが速い。台風は、来るのだろうか。

マンションの部屋の前に立ち、また一つ深呼吸をしてから、自分で鍵を開けてそっと玄関の扉を引く。部屋の灯りが漏れてきて、靴脱ぎに夫の靴がきちんと揃えられているのが目に入った。下駄箱の方に目をやると、山になっていたチラシと郵便物は案の定、すっかり消えている。

「た、だいま」

そっと声を出したが、返事は聞こえてこなかった。スニーカーを脱いで、ソックスのままでフローリングの床をそっと歩き、キッチンに差し掛かったところで、流しをのぞいて見る。やはり、たまっていた食器はすべて片づけられていた。

にこにこしよう。あ、やってくれたんだねって明るく。

さして長くもない廊下を進んで、リビングダイニングとの境のドアを開けた途端、ふいに何かが飛んできて、バサッと顔に覆い被さり、視界が真っ白になった。咄嗟に払いのけて落ちたものを見ると、夫のワイシャツだ。そのワイシャツを拾い上げながら、室内に目を向ける。アイロン台の前で、夫がものすごい形相でこちらを睨みつけていた。小桃は一瞬、怯みそうになりながら「遅くなって」と言いかけた。その時、夫がまた別のシャツを投げつけてきた。

「――何すんのよ」

「お前は、俺が十日間、ただ遊びにでも行ってたくらいにしか思ってないのかっ」

小桃はその場に立ち尽くしたままで夫を見ていた。こんな顔を、かつて見たことがない。しかも物を投げつけるだなんて。

「そんなわけ――」

「じゃあ、何なんだっ、この有様は！」

夫はアイロンのスイッチを切り、大股でこちらに近づいてくる。小桃は反射的に身構える姿勢になった。だが夫は小桃の手から自分のワイシャツをひったくると、ぞっとするほど冷たい目でこちらを見据えて「台所も」と、キッチンの方を指さす。それから振り返って「ここも」とソファーを指さした。

「寝室も、風呂場も、ベランダも、どこもかしこも汚れて、散らかし放題じゃないかっ。お前はこの十日間、俺がコロナと闘ってる間、何をしてたんだよっ」

ちょっと、また「お前」って呼ぶわけ。そう呼ばないでって前から言ってるじゃない、と言おうかと思ったが、ここは我慢した。

「何って――ただ、忙しかったから――」

「嘘を言えっ！　土日だって挟まってたじゃないか。俺とスマホでやり取りするときは、いつだって『変わりないよ』とか言ってただろうっ。それが、何なんだっ」

うんざりしてきた。夫の不在中、少しくらい羽根を伸ばしたからと言って、何がそんなに悪いのだ。考えてみればそばにいるときはいつでも夫があれこれと動き回って、さらに「ここ、汚れてる」とか「片づけようよ」などと言うから、仕方なく小桃も動き回っているし、だから家はそれなりに片付いてはいる。だが実のところ、小桃はそれも窮屈に感じてきたのだ。片づけるのなら、いちいち言葉に出さないで、自分一人で黙ってやればいいのに、と。

「明日からまた出勤だっていうのに、こんな時間まで掃除から皿洗い、アイロン掛けまでしなきゃならないなんて、どういうことなんだっ。俺は明日からまた、いつコロナになるか分からない中で働かなきゃならないんだぞっ」

「いつコロナになるか分からないのは、誰だって一緒じゃないっ」

ついに、小桃も言い返した。

「一日中、人混みの中にいるんだから、こっちだって同じだよ！」

「医療現場の厳しさを知らないくせに、何、言ってんだ！」

「あんただって、私の仕事の現場なんか知らないじゃない！」

夫の目がひと際大きく見開かれた。

「あんた？　あんただって？」

「——そっちだって、さっきから『お前』って言ってるじゃないよ。前からやめてって言ってるのに」

このままでは、どんどん問題の本質から離れていく気がする。小桃は何だか急に背中が重たくなるような疲労を感じた。とりあえずリュックを下ろしてコンビニで買ってきたハイボール缶とつまみを片付いたローテーブルの上に置き、そのまま部屋を出て行こうとする。すると背後から「まだ話は終わってないだろうっ」という声が覆い被さってきた。

嫌いかも知れない。

この人。

好きじゃないかも。

そんなことはないと、ずっと自分に言い聞かせてきたが、今、はっきりと分かった。自分に言い聞かせ続けなければならないくらい、実はこの人が嫌だったのかも知れない、と。

「シャワー浴びて、もう寝るから。今日も一日中、暑い中を歩き回って、汗だくになって犯人追いかけて、疲れてんの！」

「待てって言ってんだろうっ」

その声を無視して、小桃は浴室に向かった。さっきまで楽しく呑んでいたアルコールが、怒りと共に身体中を駆け巡っている気がする。耳の奥でゴゥゴゥという音がした。

4

台風が一つ過ぎ去って、また暑さがぶり返し、それからまた台風が来た。各地から水害の報道がなされている中、今年はなかなか涼しくならない。

「主任、今日はこの後、何か予定ありますか」

いつもの通りに聞き込みを終えて丸の内庁舎に戻る途中、岩清水が話しかけてきた。電車に揺られながら、燈は「今日？」と隣を見た。

「なあに」

「ちょっと、聞いてもらいたいっていうか、話したいことがあって」

岩清水にしては神妙な目つきになっている。段違い眉毛も動かなかった。

「ごめん、今日は先約ありだわ」

「あ、そうすか」

岩清水は肩透かしを食らったような顔で、前を向く。燈は、その横顔に「急ぐの？」と聞き返した。岩清水は前を向いたまま「いや」と曖昧な答え方をする。

「明日じゃまずい？　明日なら、空いてるんだけど」

「明日だと、間に合わないっていうか――」

「間に合わないって？　何があったの」

互いに電車のつり革に摑まりながら話しているのだから、落ち着かないことくらいは分かっている。岩清水もこんな場所で話すようなことではないと思っているのだろう、「いや、いいっす」とようやく目尻に皺を寄せた。明らかに愛想笑いだ。

「今度また、機会を見て話さしてもらいます。そんとき、聞いて下さい」

「うん――分かった」

三年もコンビを組んできて、こんな岩清水を見るのは初めてだと思った。だが今日は小桃と会うことになっている。彼女と会うのも久しぶりだ。野川瑛士の美容整形を見抜いた件で、奢る約束をしていたこともあったから、ドタキャンはしたくない。燈は岩清水のことが気になりながらも定時で仕事を終えて、家路についた。『プレゴ』に行く前にまずシャワーを浴びて、ラフな服装に着替えるつもりだ。今日も汗をかいた。この暑さがいつまで続くのやら。

そうして約束の時間に会った小桃は、意外なほど神妙な、というよりも、半ば虚ろな表情で「こんばんはー」と言った。またもや会うなり「お久しぶりでーす」とでも言いながらパタパタと駆け寄ってくる彼女を想像していた燈は、拍子抜けした気分で、彼女と半個室に落ち着いた。だが、いつまでたっても話が今一つ弾まない。料理を注文するときも、小桃は「適当で」と言うばかりだし、最初にビールを口にするときも、先に小さなため息をついた。

「あの時は本当に助かった。さすがに見当たりの捜査官は違うって、所轄の人たちも感心してたよ。本当、ありがとうね」

直方での野川瑛士の逮捕話をもっと聞かせたかったのだが、小桃は視線をテーブルに落としたまま、「いえいえ」「全然」と、半分、上の空のような返事しかしない。ビールからいつものハイボールに切り替えてからも、彼女は時々グラスを持ち上げて、ひと口、またひと口とハイボールを呑むばかりだった。普段、小桃の表情豊かなことに驚かされたり、時として呆れてきた燈にとっては、今夜ばかりはどう言葉をかけたものか、言葉が見つからなくなりそうだ。第一、何のために今日、会いたいと言ってきたのかが、これでは分からない。

テーブルの上には、既に梨とスモークサーモンのサラダ、ズッキーニの肉詰めに、イシダイのカルパッチョ風、青唐辛子と海老の炒めなどが並んでいる。それぞれを皿に取り分けて、小桃の前に置いてやっているが、今夜の小桃はその都度小さく頭を下げるものの、なかなか料理に手をつけようともしなかった。

「ねえ、何があったの。何か話したいことがあったんでしょう？」

「――まあ」

「黙ってちゃ分からないよ。小桃ちゃんらしくもない」

小桃は「ですよね」としばらく唇を尖らせていたが、やがてふう、と息を吐いた後で、今度も彼女の夫のことなのだと言った。

「そういえば、コロナの陽性になったって言ってたよね。その後、どう？　もう、家に帰ってきてるんでしょう？」

「はい。帰ってきて——また、出てったんです」

「——え？　まさか、再感染？」

それはちょっと続きすぎだと思いながら燈が尋ねると、小桃はようやく少しだけ顔を上げ、それでも視線は燈から外したままで、実は隔離期間が終わったその日に、喧嘩になったのだと言った。

「それで、出ていきました」

「どこに？」

「多分、病院の施設だと思います。隔離期間もいたところ」

「でも、そんなに何日もっていうことじゃ、ないんでしょう？」

「もう二週間。しばらく一人で考えたいからって」

それから小桃は、喧嘩した日の顚末をざっと話して聞かせた。以前の喧嘩のときも、小桃の帰宅が遅くなったのがきっかけだったが、今回も似たような状況だったらしい。

「それで、私がシャワー浴びて、出てきたらもういませんでした」

以来、彼女の夫は、かれこれ二週間以上も家に戻ってきていないのだという。それより何より、聞けば今回は、遅く帰宅した小桃に、彼女の夫は洗濯物を投げつけたのだそうだ。確かに腹に据えかねた部分はあるのかも知れないが、暴力とまではいかなくても、それは少しばかり気になる兆候だという気もする。今度また喧嘩になったときが心配だった。

「向こうだって面白くなかったんだろうとは思うんです。やっとコロナの隔離期間が終わって帰ってみれば、家はあちこち汚れてゴミだらけだし、私は帰らないし。もともと私は家事が苦手っていうか、掃除も洗濯も手抜きで、ご飯の支度だって出来れば必要最低限にしたいタイプだから」

それは意外な話を聞く。燈は「そうなの？」と、仕方なさそうにしている小桃をつい見つめてしまった。

「でもダンナは細かくて、家にいても年がら年中、何かしら動き回ってる人なんですよね」

燈は、ぽつぽつと料理をつまみながら、人それぞれ一長一短があるものだなと改めて感じていた。小桃のように人一倍優れた能力を持っている刑事が、家庭生活ではずぼらなのだとは思わなかった。大体、警察官は警察学校時代に起床後すぐ寝具を整えることから始まって、服装も、居室の整理整頓も、かなり徹底的に指導されるから、大概は几帳面というか、きれい好きが板につくはずなのだが。

「小桃ちゃんの方でも反省すべき点があるって分かってるんなら、そこは早いとこ、謝った方がいいんじゃないかね」

ようやく箸をつけた炒め物の青唐辛子が辛かったらしい。小桃は両手をひらひらさせて口もとに風を送りながら「そうなんですけど」と頬を紅潮させつつ、さらにつまらなそうな表情になっている。

「それより何より、私、すごいことに気がついちゃって」

そこまで言ってハイボールをひと口呑み、小桃はまた、ふう、と息を吐き出した。

「前に、燈さん家に泊めてもらったじゃないですか」

小桃は、今度はフォークでズッキーニを突き、大きく頬張ってしばらくモグモグと口を動かした後、「あの後ね」と話を続ける。

「燈さんからも色々と言ってもらったし、私なりに思ってることは伝えたんですよね。それでダンナも納得してくれたんですけど――」

どんぐりのような目をくるりと動かして、小桃は口もとをきゅっと引き締め、初めて燈の方を見た。あの時、自分の仕事のことも理解して欲しいし、一人の時間も持ちたいと言った小桃の希望に、彼女の夫は理解を示した上で「子どもが出来るまではお互いに自由にしよう」という意味のことを言ったのだそうだ。

「その時に、私、反射的に『えっ』て思っちゃったんですよね。子ども？　って。私、この人の子どもを産むんだろうかって」

それには、燈の方が驚いた。

「だって、そりゃあ夫婦なんだから――」

「そうなんですけど、まるっきり信じられないっていうか、咄嗟に『嫌だ』って、思っちゃったんです。本当、自分でも意外だったくらいに」

「つまり、産みたくないっていうこと？　ダンナさんとの子を？」

そうみたいなんですよねえ、と小桃は萎れた表情になっている。それなら、この夫婦はセックスレスだったのだろうかと思ったが、そこまで聞くことも出来ない。どうして、と聞いたところで仕方がない。咄嗟に思ったのなら、それはほとんど生理的に嫌だということだ。

女の中には、結婚はさほどしたいと思わないが、子どもだけは産みたいというタイプの女性が意外にたくさんいる。結婚はべつとして生涯、母親にはなりたくないという人もいる。何も考えていなかったけれど、気がつけば妊娠していたから産んだ、という人も珍しくない。だが、夫との子どもは産みたくないというタイプには、あまり会った記憶がなかった。

「子どもが欲しいと思ったことはないの？」

「それは、ないことはないんですけど。まだ先のことだと思ってるし」

小桃はようやく少しずつ気持ちがほぐれてきたのか、または多少アルコールが回ってきたせいだろうか、いつもの表情に戻って「だけど」と言った。

「それってダンナとの間の子じゃないよなって、そう思っちゃって」

燈でさえ、結婚を決意するまでには「この人との間に生まれた子は、どんな子になるんだろう」などと考えた記憶がある。それなのに、結婚して何年もたっていながら「嫌だ」と思うのなら、小桃には、その結婚は合っていなかったらしいとしか、燈には言いようがないと思った。

「それで、気がついちゃったっていうか」

小桃は、今度はカルパッチョを口に運んで、ゆっくり、もぐもぐと口を動かしてから、目を伏せたまま「私って」と呟く。

「本当は、好きじゃないのかも、って」

まあ、ここまでの話の流れなら、そういう結論に達することになるだろう。燈は言葉で何か言うよりも先に、つい自分もため息を吐くしかなかった。

「考えてみたらここのところずっと、嫌いじゃない、嫌いじゃないって、自分に言い聞かせてたんですよね、私。まるで念仏みたいに。息苦しく感じたり、生理的に嫌だなと思うときがあったとしても、それは一緒にいる時間が長すぎるせいだ、とか、疲れてるからだとか、色々と自分に言い訳して、『でも、嫌いじゃないんだから』って思ってきたんです。悪い人じゃないし、優しいし、私のことを好きだって言ってくれるしって」

燈は、ふんふん、と黙って相づちを打っていた。

「だけど、この間、すごい顔つきで文句言ってる彼を見たときに、思わずぞっとなって、本当に心の底から『ああ、もう駄目だ』『嫌だ、この顔』って、思っちゃって」

ハイボールが進むにつれて、小桃は少しずつ饒舌になり、また、食事にも手が伸びるようになった。そして、さすがに今は一人で生活していても以前のような解放感を感じるところまではいかないから、久しぶりに誰かと食事が出来ることだけでも嬉しいのだと、少しばかり申し訳なさそうな顔つきで「すみません」と言った。ずっと燈に連絡したかったのだが、自分の気持ちも整理したかったし、急に呼び出したりしては燈にも迷惑がかかると思って、彼女なりに遠慮していたらしい。

「家で、一人でご飯食べてると、本当にこのまま一人の生活に戻っちゃうのかなあとか思って、ちょっと心細いっていうか、やっぱり淋しいかな、とは思うんです」

半ば独り言のように呟いてから、小桃は、急に思い出したようにこちらを見た。

「燈さんは、ずっと一人で、辛くないんですか？」

「辛い？」

燈はいつものワインをゆっくりと呑みながら、「辛いっていうのは、ないけどね」と薄く笑った。小桃は切り揃えた前髪の下のどんぐり眼をくるりと動かして、不思議そうに首を傾げる。

「全然、平気ですか？」

「要するに、慣れよ。仕事もしてるし、そっちでずい分、気も紛れてるでしょう？　もともと、息子はいずれ出ていくって覚悟決めてたわけだし、夫は——まあ、親の介護なんだから、誰を責めるわけにもいかない」

「それも切ない話ですよねえ」

そうだ。小桃に話すつもりもないが、その上、夫からは一度だけにせよ離婚を口にされているのだから、切ないと言えば、こんなに切ない話もない。電話で話していても、あれからとんと離婚の話題を出さなくなったのは、果たしてなぜなのか、聞きたいような聞きたくないような気分のまま、時が流れている。ただ、いずれにせよそう遠くない将来、何らかの形で決着がつくだろうと、燈は最近、覚悟だけはしておこうと考えるようになった。その時になって動揺したくない。相手を責めたいとも思わない。仕事に支障が出るのはもっと嫌だ。

「そっかあ。子どもを産んだって、大きくなれば離れていくんだ」

「これが娘ならね、娘が結婚した後だって、一緒に買い物に行ったりも、出来てたのかも知れないけど、あんな脳みそまで筋肉みたいなタイプの息子じゃあ」

「母と娘で仲良しって、最近、多いですもんねえ」

要するに小桃もそういうことを考える年齢になってきたということなのだろう。男と違って女には出産にタイムリミットがある。まだ若い小桃でも、そう呑気に構えていたら時機を逸するかも知れない。つまり、本当に子どもが欲しいのなら、早いところ今の結婚にけりをつけて、これから新たに父親にしたいと思う相手を探すことから始めなければならないということだ。

「でも、また気が変わるかも知れないし、急いで結論を出すこともないんじゃない？」

いくら何でも積極的に離婚を勧めるのも躊躇われ、一方では半ば自分に言い聞かせるつもりで言ってみる。すると小桃は「えー」とあからさまなしかめっ面になった。

「あるかなあ、気が変わることなんて」

「向こうには、あるかもよ。小桃ちゃんのことを本当に大切に思ってたら、妥協点を探そうとするだろうし。もしも向こうが歩み寄りを見せたら、小桃ちゃんだって折れるところは折れないと。大切なんだよ、家族として暮らす上で、妥協っていうのは」

「つまり、折れて、好きになれっていうことですか？」

「好きになれとまでは——そんなに嫌い？」

切り揃えた前髪がぱらりと動くくらいに首を傾げて、小桃は「うーん」とどんぐり眼を宙に向けている。

「虫唾が走るほどではない、けど」

「今こうして別居してて、心配にならない？」

「何をですか？」

「それは、彼の健康のこととか、浮気しないかとか、まあ色々」

小桃は、今度は「全然」と首を左右に振った。

「今、私が心配してることって言ったらですね、こういう気分の時に、誰か適当な男が現れちゃったら、よく考えもしないで、ふらふらっといっちゃうんじゃないかなあっていうことの方ですよね」

「——ああ、自分のことね。そういう危険性もあるね」

そこまで考えるのなら、さっさと別れた方がいいのかもね、とまでは言えない。後から「あの時、燈さんに勧められたから」などと言われては心外だ。それにしても、何とか妥協点は見つけられないものだろうかと、他人事ながら考えつつ、それから少しの間、二人は黙って料理を口に運び、グラスを傾けていた。すると、ふいに小桃が「あーあ」と声を出した。

「そんなことしたって、きっと失敗しますよね。私、男を見る目がないのかも知れないし」

「何よ、いきなり」

「だって、そう思いません？　初恋の相手はパクられるし、結婚すればこれだし」

そういえば、小桃が一日に二人を見当てたという話は、燈たち広域捜査共助係にまで噂が流れてきていた。燈も噂を聞いた直後にＬＩＮＥで聞いてみたが、正確には一人は見当てて、もう一人はおまけのような格好で逮捕までこぎ着けたのだという。その相手が、高校時代に片思いしていた相手だったのだそうだ。ＬＩＮＥを読んだときにはつい笑ってしまったが、本人にしてみれば笑えないことだったかも知れない。ここに来て、燈も少しばかり小桃が可哀想に思えてきた。

「見当てるのは誰よりも得意なのにねえ。見抜くのは、駄目かね」

小桃は「そうなのかなあ」と肩を落とす。結局その日は最後まで何となくしんみりした雰囲気のまま、それでも注文した料理はすべて平らげて、小桃はいつもよりも早い時間に、すごすごと帰っていった。店の前で別れた後、途中で一度振り返ると、夜道をぽつぽつと歩いていく小桃の後ろ姿は、さすがに何とも頼りなく、また淋しげに見えた。

5

午後になって強くなってきた風が、湖面に無数のさざ波を立てていた。それは、かつて燈が見たことのない光景だった。海ならば、凪いでいようと荒れていようと白波は時としてうねりながらも横に長くつながって、次々に岸に寄せてくるものだ。だが目の前の湖面に立つさざ波は、それぞれが独立した小さな三角形のように見えた。三角の波が忙しなくばらばらに出たり引っ込んだりを繰り返しながら岸に向かってくる。しかも、押し寄せる先に砂浜らしいものはほとんどなく、受け止めるのはコンクリートの壁だけ。波は砂に吸い込まれて終わるのでなく、ひたすらコンクリートにぶつかっては砕け散った。

「本当に、店らしい店っていうのが、まるっきりないんですね」

そんな波を眺めて、ついぼんやりしかかっていたら、隣から岩清水の呟きが聞こえてきた。ここまで一時間ほどは、燈がハンドルを握ってきた。行き交う車もほとんどなかったから、この辺りでひと息入れて、ついでに運転を交替しようということになって今、互いに席を替わってしばし景色を眺めている。本当ならコーヒーでも飲みたいところだが、ここまで来る途中にはコンビニの一軒も見つからなかった。朝買った、ペットボトルの水で我慢するしかない。

「若い連中は離れた場所だって車で行けばいいけど、確かに高齢者じゃあ困りますよ」

「こういう場所が増えてるんだろうねえ、日本全国で」

でしょうねえ、と答えて、岩清水は「まさしく買い物弱者ですわな」と、ハンドルにもたれかかりながら顎を突き出している。寒いとまでは言わないが、こうして窓を開けていると、吹く風は意外なほど冷たかった。午前中は陽射しもうららかで湖面は青く、鏡のように静かだったのに、いつの間にか雲が広がり、今は鈍色に波立つ湖上に灰色の雲が垂れ込める景色になった。

「琵琶湖って大きいのは知ってたけど、それでも海とは違うんだね。こういう波の立ち方を見てると」

波立つ風景から目を離さないまま呟くと、岩清水も「第一」と答えた。

「潮の香りがしないってえのが、何か妙な感じがしませんか」

「そりゃそうだよ、海じゃないんだから」

「それがしっくり来ないっていうか」

琵琶湖東岸に来ていた。今年の一月に指名手配された西野敦之（にしのあつゆき）という四十六歳の男を追ってきたのだ。写真を見た感じでは、小太りで丸顔の、どこかしら人の好さそうな印象を与える。だが男は間違いなく犯罪者だ。手配容疑は業務上横領。勤務先が購入した郵便切手を複数回にわたって持ち出しては現金化していたもので、被害額はおよそ二千八百万円にのぼる。その金の大半を、容疑者は競馬に注ぎ込んでいたらしい。そして男は失踪前、置き手紙の代わりに自分の欄に署名捺印した離婚届を自宅に残していった。男の妻は、即座にそれを提出したということだ。

「私たちを裏切っていたことも許せませんが、何より子どもたちを犯罪者の子には、したくないんです」

話を聞きに行ったとき、夫とは対照的に細面（ほそおもて）で痩（や）せている小柄な妻は、能面のような無表情で、そう呟いた。西野の犯行が露呈して捜査が始まり、逮捕状が出て指名手配を受けるまでに流れた時の中で、彼女は自分なりに少しでも早く気持ちの整理をつけなければならなかったと言っていた。何より二人の子どもを守り抜き、これから母子で生きていくことを最優先に考えなければならないのだからと。とてもではないが、嘆き悲しんでいる余裕などない、とも。

燈たちは、例によって男の戸籍照会、生活保護申請や雇用保険の確認などから始めて、手順通りにあらゆることを調べた。その結果、唯一の手がかりになり得るのが携帯電話であることがはっきりした。西野は携帯電話を解約しておらず、番号も変わっていない。だが通話はもちろんのこと、SNSはおろか第三者とメールのやり取りもしておらず、人間関係のつながりから居所を探すのは困難だった。それでも、携帯電話の電源が入っている限り発せられる微弱電波を追跡することは可能だ。そして、この琵琶湖東岸にいることが分かったのだった。

一方で、西野敦之はこのところ月に一度ずつ、離婚した妻の銀行口座に三、四万円程度の金を振り込んできていることも分かった。調べたところ、複数回にわたる振込は、すべて関西を中心に店舗展開している地銀の近江八幡支店から行われていた。最後の振込は九月末、つい先月だ。つまり、西野敦之は間違いなくこの地域で生活または仕事をしていることの裏付けと考えられた。

「私としては何を今さら、という気分です。確かに一万でも二万でも、ないよりはマシです。でも、そんなもので取り返しがつくものですか。電話ですか？　こちらからもしていませんし、向こうからもありません」

再び元妻に話を聞きに行ったとき、新しく始めた保険の仕事から帰ったばかりの彼女は疲れた表情でそう答え、投げやりに見える仕草で数本の白髪が目立つ髪をかきあげた。なるほど彼女の携帯電話、家の固定電話、さらに子どもたちに持たせている携帯電話にも、西野敦之とやり取りした形跡はない。多少なりとも金を振り込んでくるくらいだから、西野の方ではやはり気がとがめているか、または未練があるのかも知れないが、今のところはその思いを伝えるところまではいっていないということだろうか。

そこまで調べた段階で、燈と岩清水とは滋賀県の近江八幡市に向かった。早朝六時、東京駅から名古屋、米原と新幹線を乗り継いで、さらにJR琵琶湖線に乗り、近江八幡駅に着いたのは午前九時前だ。まずは例によって所轄の警察署に顔を出して「義理」を果たし、次いで地銀の支店を訪ねた。西野が元妻の口座に現金振込をした銀行だ。だが、複数箇所に設置されている防犯カメラはいずれも一定期間が経過すると記録が上書きされるタイプのもので、既に一カ月近くたっている九月下旬の映像は消去されてしまっていた。防犯カメラに映像が残っていれば、まず本人と特定出来るし、うまくいけば銀行を出た後の足取りも防犯カメラから追えるかも知れないと考えたのだが、そう甘くはなかった。念のために西野敦之名義で口座が開設されていないかどうかも確かめたものの、その事実もない。

「しょうがない、市役所から回ってみよう」

ことによっては住民登録されていないかと思ったのだが、期待は簡単に裏切られ、ハローワークやインターネットカフェなどに当たってみても、これという手がかりは摑めなかった。携帯電話が発する微弱電波は、確かに西野が近江八幡にいることを示している。だが、それにしても基地局が捉える電波だけでは範囲が広すぎた。コンビニのＷｉ－Ｆｉでも使ってくれない限りは、それ以上の絞り込みは難しい。ところが西野敦之という男はコンビニなどのフリーＷｉ－Ｆｉをまったく使用していなかった。いや、電話そのものを使用していない。

「ここってそばに確か、栗東のトレーニングセンターがありますよね」

さて、どうしたものかと考えを巡らせているとき、岩清水がマスクをしたままの顎の辺りをこすりながらふいに口を開いた。

「トレーニングセンター？」

「ＪＲＡの。競馬馬のトレーニングセンターがあるんですわ」

ああ、それでこの地にやってきたのだろうか。競馬にのめり込んで人生をふいにした男が、それでも馬に関わりたくて、何かしらの仕事についていると考えられなくもない。そこで、今度はトレーニングセンターに関する職場や求人情報などを片っ端から当たってみたが、結局は探し出すことの出来ないまま、その日は終わった。

「やっぱり、金賭けて儲けたいヤツと、馬が好きで走らせたい人たちとじゃあ、違いますかね」

岩清水が五分刈りの頭を掻く。燈は、今一つ盛り上がらない気分のままで「気にすることないよ」と薄く笑った。

翌日は市内の病院やクリニック、眼科、歯科などを一軒ずつ訪ねてみることにした。すでに十月も半ばを過ぎていたが、陽射しそのものは意外なほど強く、車を走らせている間に何度となく見ることになる琵琶湖は鏡のように穏やかな湖面を目映くきらめかせていた。

まず大病院から始めて、次に中規模の病院、個人経営のクリニックとしらみつぶしに当たっていく。一日目は手応えのないままで終わった。翌日もそのまま過ぎていくかと思われたが、午後の陽が傾いてきた頃になって訪ねたクリニックで「その方なら」と、ピンク色の看護服に紺色のカーディガンを羽織り、やはりピンク色のマスクをした若い看護師が、受付の背後にある棚に並べられたファイルを探し始めた。

「たしか昨日で、自主隔離期間が終わったはずです。西野、敦之さん、ですかね？」

「自主隔離？　て、ことは、コロナに感染したんですか？」

岩清水が受付カウンターに手を置いて顔を突き出した。するとアクリル板の向こうで、看護師は気圧されたように一歩、後ずさりしながら「検査して、陽性でしたから」と頷く。西野は先週、このクリニックの発熱外来を受診したのだそうだ。燈は振り向いた岩清水と顔を見合わせた。

「この辺りで陽性者が出ることなんて滅多にないですから、覚えてます。軽症でしたが七日間は療養しなければならないことになっているので、自宅で自主隔離してもらいましょうって、なったはずです」

「では、自宅の住所と電話番号は、分かりますか？」

燈が尋ねると、若い看護師は関西弁のイントネーションで「教えてもいいか、ちょっと、院長先生にお聞きしてきますね」と応えて奥に引っ込んだ。

「野郎、コロナにかかったか」

岩清水がマスク越しに小さな声で呟く。燈も、ようやく気持ちが盛り上がり始めるのを感じた。病み上がりの容疑者の身柄を確保する様が、頭に浮かびつつある。自主隔離期間が終わっているというのなら、こっちも安心だ。面やつれしていようと何だろうと確保してやる。少しすると、クリニックの院長らしい男性が白衣姿で現れた。マスクのせいで年齢は今一つ掴みきれないが、まだ若い。後ろからさっきの看護師もついてきた。燈は改めて警察手帳（パァ）を開いて指し示し、西野敦之を追って東京から来たのだと切り出した。

「あの患者さんが、どうかしはったんですか」

「探しています。実は、西野敦之は指名手配されてる容疑者なんです」

「指名手配って、あの人が？　何か悪いことしはったんですか。そんな風に見えへんかったけどなあ」

「平たく言うと使い込み、ですかね。罪名は業務上横領になります」

院長の目元に、まざまざと驚きの色が現れた。

「いかにも地道にコツコツ働いてはる感じやったけどなあ。仕事で使（つこ）てるらしい軽トラックで、ここの前まで乗り付けてきて。診察室の窓から見えるんやけど、車体に大きなリンゴの絵が描いてある小さなトラックで」

「リンゴの？　軽トラックですか？」

こちらが首を傾げている間に、医師は、西野は自分が仕事を休んでしまうと困る人が大勢いるのだと頭を抱えていたと言った。

「何でも、移動スーパーをしてるんやとか言うてはったかな。この辺りは買い物が不便な場所が多いから。琵琶湖周辺もそうやけど、山の方に行くと、ほとんど限界集落に近いようなところもあるからなあ」

「移動スーパー、ですか」

最初からやたらと砕けた口調の院長は、都会の人には分からんかも知れへんけどと、多少、皮肉めいた目つきになった。

「そういうものに頼らんことには暮らしていけへん人がたくさんいるのが、地方なんよ。日本の大部分が、実はそうなんやろけどな、でもいくら客のためいうても、その客の大半が高齢者なわけですやん。軽症でも陽性には違いないんやから、相手にうつしたら大変なことになるよ、しっかり七日間は療養するようにしましょ言うて、お薬出して、帰ってもらいましたわ」

そこまで聞いた上で、改めて西野敦之の住所を教えてほしいと頼むと、医師は看護師に向かって顎をしゃくるようにする。横柄な男らしかった。ところが、看護師が出してきた問診票に書かれているのは東京都内の、今も西野の元妻と子どもたちが住んでいる住所だった。健康保険証も同じ住所になっていたという。

「もう少し、仕事が軌道に乗ったら住所を移すことになってるって言うてはりましたけど」

看護師の言葉にそうですか、と頷き、礼を言ってクリニックを後にしたものの、これではヤサの突き止めようがなかった。間違いなくこの近江八幡市にいると分かっていながら、摑みかけた尻尾がするりと手の中から抜けていったようで、またもやため息が出る。だが、そこではたと閃いた。燈は「待って」と立ち止まった。

「移動スーパーとかって、食品も扱ってるよね？　それなら多分、営業許可が必要なはずだよ。

確か生鮮食品とか、乳製品とか、いちいち許可を取らないといけないはずじゃなかった？」

「じゃ、保健所っすね」

岩清水も段違い眉毛を大きく動かして、意気込んだ目つきになった。

それから保健所に急ぎ、西野敦之の名前を出し、しかも「リンゴの絵が描かれたトラック」とまで言ったのに、「それらしい届出はされていない」という、いかにも素っ気ない返答しか得られなかった。燈は、ここでもまたため息をつかなければならなかった。どうも、今一つテンポがズレている感じがしてならない。

「すると野郎、もぐりでやってるってことですかね。ずい分と大胆なことしやがるなあ」

「どこかでバレると思うんだけどねえ」

あれこれと考え、岩清水とも意見を出し合った結果、結局は何とかして移動スーパーを探し出すしか他に方法がないだろうという結論に至った。一体どういう地域をどんな頻度で回っているのか、まずそこから調べなければならない。ひと口に移動スーパーと言っても、広い地域を対象にフランチャイズ展開している企業がある一方で、西野はそういったところに加盟している形跡はなかった。ということは、西野の行動を管理している組織などはないということだ。

「まず一度でも来たことがあるっていう場所を見つけて、そこで訊き込むしかないかな」

「やります？　結構な手間ですよ」

「他に方法がある？　いっそ今回は一度、東京に戻る？」

「いや――やるだけやってみましょう。せっかく、ここまで来たんだ」

そうして燈たちは近江八幡市内の市街地から離れた場所ばかりを探しては、ぐるぐると走り回ることになったのだった。例によってカジュアルな服装で、こちらもレンタカーを軽のワンボックスに借り替えた。どんな田舎道を行くことになるか分からないし、たとえ西野の移動スーパーと出くわしたとしても、不審を抱かれないようにしなければならない。

「さて、と。陽が落ちる前にもう少し回りますか」

　その軽ワンボックスのハンドルに腕をもたせかけたままで、岩清水がこちらを見る。燈が「そうだね」と頷いて見せても、彼はなおこちらを見ていた。燈は「なあに」と首を傾げた。

「こんな旅でも、少しは気晴らしに、なってますか」

「なんで？」

　岩清水は「なら、いいけどな、と思って」と段違い眉毛をわずかに動かして、それから「じゃ、出します」と車のエンジンをかけた。長く一緒にいると、そういうところまで感じ取られてしまうのかと、燈は窓の外を眺めながら密かにため息をついた。

6

　連なる山々はまだ緑が繁っているが、それでもところどころわずかに紅葉の始まっているのが見える。目の前に広がる広々とした田園地帯は既に稲刈りも終わって、田によっては稲架（はさ）掛けされている風景が眺められた。籾殻（もみがら）でも燃やしているのか、煙が薄くたなびいて、次第に傾く陽にとけていく様は、いかにも静かな秋の夕景だった。誰も採るものがいないのか、たわわに実った柿の実が、枝一杯についたまま、西陽を受けて輝いて見える。

　こんな風景を眺めていると、否応（いやおう）なく夫の故郷が思い出された。同時に、自分の心の中にまで、遠くたなびく煙が入り込んできて燻（いぶ）され、すべての思いがくすんでいってしまいそうな気分にもなる。

岩清水が見抜いていた通り、このところの燈は仕事をしていても今一つ気乗りせず、気持ちが前に進んでいかないのを自分でも感じていた。なるようにしかならないと分かっていながら、気がつけば同じことばかり考えている。

結局、夫は警視庁（カイシャ）を辞めた。

まずその事実が思いの外、燈には衝撃だった。だが夫の方は既に吹っ切れている様子で、一年も休んでいれば、すぐに元通りのリズムに戻れるとも思わないし、昇進もとうに諦（あきら）めた、未練もないと言った。そんな風にけろりとしていることに、燈は動揺した。燈自身にとっては、それほど簡単に辞められる仕事だとは思っていないからだと、後から気がついた。燈は、刑事という仕事に自分なりの使命感とこだわりを持っている。だが夫は、そうではなかったのだろうか。

いや、夫にしても本当のところは無理にでも吹っ切らなければならなかった、というところなのかも知れない。何しろ舅（しゅうと）の状態はほとんど変わらないままで、だからといって介護施設に送り込むことには姑（しゅうとめ）が断固として反対していた。夫自身、仕事と介護の板挟みになって、身動きの取れない状態だったのだ。そう思いたかった。

父親の介護はもちろんだが、先祖から受け継いできた田畑を守ることを考えなければならない、警察官としての仕事よりも、そっちの方に気持ちが移ったのだとも、彼は言った。

「親父とも時々話すんだけど、これから先のことを考えれば、俺の代で何とかしておかなきゃならないって、思うようになってな。親父がやろうと思ってて、出来なくなったから」

もっと他の仕事に就いていたなら、兼業ということも出来たかも知れない。だが、警察官でありながら農業も担うのは不可能な話だ。それに、世界情勢が不安定になってきた昨今、ただでさえ食料自給率の低いこの国で、そう簡単に農業をやめてしまっていいものかという気持ちに、次第に傾いてきたのだとも、夫は言った。自分が元気なうちは続けなければならないのではないか、その間に農業政策が変わる可能性もあるし、新しい方向性が見つかるかも知れない。もしも自分が続けられなくなったら、その時は若い人に農地を貸すとか、親戚の誰かで継いでくれそうな人を探すとか、そういうことも考えていくべきなのではないかと。

「親父だって、自分があんな身体になるとは思ってなかったんだから、そんな話をしたことは、これまでなかったんだ。それに、一年を通して田んぼと向き合ってきて、俺なりに感じたり、考えることもあった。つき合う人たちも、警察(カイシャ)にいるときとは全然、違うし。それが面白いっていうか、すごく新鮮なんだ。ああ、俺の故郷って、こういうところだったのか、なんて、今更思ったりして」

高校まで過ごしただけの故郷は、大人になってから身を置いたときには全然違っているものだという夫の話に、そんなものかと思いながら頷いていたとき、彼は当たり前のように「それで」と、言葉を続けた。

「燈は、どうする」

「どうするって?」

一カ月ほど前の九月の連休に、ちょうど稲刈りをするという夫の実家を訪ねたときのことだ。近所の人の手も借りて、夫は順調に稲刈りを終え、心地好い汗をかいて日暮れまで過ごした。

「だから――前にも言った、これから先のこと」

夕食も終えて、舅も姑も寝室に引っ込み、茶の間で二人きりになったときだった。燈は不意を突かれた格好で、日焼けした夫の顔をまじまじと見つめ、それから手元の湯飲み茶碗に目を落とに。

した。そう来たか、と思った。あれは一時の気の迷いだったと言うかも知れないと思っていたの

「考える時間は、あっただろう？」

「——あったけど——あれ、本気で言ったの？」

晩酌に多少の酒は飲んでいたが、その酔いもとうに醒めたらしく、夫は普段通りの顔色で、静かな表情をしていた。燈は、彼の瞳をじっと見つめた。実に久しぶりに。そして、ああ、この人も年齢を重ねてきたなと思った。それは五十近くの、少し疲れた男の目元だった。

「——本当に私のためなの？　それが、いいと思うわけ？」

「そう考えるのが、普通じゃないか」

「そうかなあ、普通？　あなたに誰か出来たとか、そういうんじゃなくて？」

すると夫は虚を突かれたような表情になり、それから「何、言ってんだよ」と口もとを歪めた。そんな暇などあるものか、と。介護と田んぼの仕事、それに最近は近所づきあいから始まって、何かといえば地域の集まりなどに駆り出されることも増えてきて、これでも結構、忙しい日々なのだという。第一、たとえ暇があったとしても、そんな相手もいなければ、今のところそういうつもりもない、とも彼は言った。

「これでも自分が所帯持ちだってことを忘れたつもりはない。責任だって、それなりに感じてるんだから。裕太朗のこともあるし」

燈は「へえ、そう」と言って唇を引き結んだまま、しばらく自分の中で考えをまとめようとした。彼は、燈のために別れてもらって構わないと言う。では今、燈がじゃあそうしようと言えば、夫はあっさり「分かった」と応えるのだろうか。だが、それでいいとは、やはり思えなかった。

そんな呆気ない終わり方があるものか。

もちろん今、燈が抱いている思いが夫への愛情というものなのかどうかは、正直なところ、分からない。だが、情愛はある。それは間違いない。二十年以上、共に生きてきた夫婦としての。そして、裕太朗の親としての。

「お父さんがカイシャをやめるのは、分かった。決心したんなら、そうすればいい――仕方ないよね」

一つ、唾を飲み下してから口を開いた。

「でも、だからって離婚までするっていうのは、私の中では、やっぱり、どうにも納得いかない」

夫は何を考えているか分からない、ただ静かな表情で目を伏せていた。

「嫌な言い方だけど――つまり、この先お祖父ちゃんに何かあったとしても、お父さんは農業を継ぐって決めたんだから、ここから離れないっていうことだよね」

こっくり。

「東京には、もう戻ってこないと思えっていうことだね」

こっくり。

「それでも夫婦の意味があるのかって、そういうこと？」

「――すまない」

「いや、謝ってほしいんじゃなくてさ」

言葉にならない、何とも言えない苛立ちというのか、もどかしい思いがこみ上げてきた。

「カイシャやめて、東京から離れて――それって、夫婦でなくなる理由になるのかな」

夫は再び顔を上げて、どこかもの悲しげな目つきでこちらを見ていた。

「もちろん、それで別れる夫婦もいるだろうとは思うよ。でも、ダンナの転勤や何かで、何年間もずっと別々に暮らしてる夫婦なんて、いくらでもいるじゃない？　それに、私だってあと十年ちょっとすれば定年が来て、そこから先の人生を考えていかなきゃならない時が来るんだよ」

「――まあ、そうだな」

「その時、こっちに来ることだって、あり得るんじゃない？」

あの時夫の眼差しが大きく揺れたことが、今も燈の脳裡に焼きついている。喜んでいいのか、信じていいのか分からないという瞳だった。正直なことを言えば、燈だって今はまだ分からない。その可能性がないとも言い切れないというだけのことだ。だが夫にしても、今は農家の跡継ぎとして張り切っているが、これから十数年の間にどう変わるものか分からないという気もした。だから、とにかく時間を稼ぐ方がいい。裕太朗の言葉ではないが、その方が賢明だと思った。

「あそこの集落で、誰か歩いてたら聞いてみますか」

ハンドルを握る岩清水が、話しかけてきた。真っ平らな農地の先に、小さな集落が見えている。

ああ、うん、と応えて、燈は気持ちを切り替えた。

とにかく、私は離婚しない。

まだ。今のところは。

ただ、もう二度と今の住まいで、以前のような家族の形に戻ることはないのだという現実を、今度こそ噛みしめるより他にない。苦いのか、しょっぱいのかは分からないが、決して甘いとは思えない現実。

「これがまた、歩いてる人がいねえんだよなあ」

集落に差し掛かると、岩清水は車のスピードを落とし、きょろきょろと辺りを見回しながら狭い路地を走っていく。燈も窓から家々を眺めた。

「ここも、空き家が多い感じだね」

「そうみたいっすね。あそこなんか、屋根が落ちちゃってる」

どの家にも、それなりのドラマがあって、そうして住む人がいなくなったのだ。そんなことを思うと、とても他人事ではないような気がしてしまう。

それにしても、こうして朝から走り回っているのに、移動スーパーを利用している、または見たことがあるという人にはまだ出会えずにいる。一体、西野敦之はどこをどう走って商売しているのだろうか。リンゴの絵の描かれたトラックすら見かけた人がいないとは、どういうことなのだろう。

一つの集落を抜けると、また広々とした農地をひた走ることになる。そして次の集落に近づいていったとき、道の脇を一列になって歩いていく小学生の列を見かけた。全員女の子で、皆がランドセルを背負っているが、身長はまちまちだ。

「あの子たちに聞いてみよう」

「了解」

軽のワンボックスは子どもたちに近づくにつれ、スピードを落としていった。そうして子どもたちとの距離が狭まったところで、燈がまず開いた窓から「ねえ！」と声をかけた。車が停まる。三人の小学生は、揃って花柄のマスクの上から怯えた瞳をこちらに向けた。燈は「急にごめんね！」と努めて優しく見えるはずの笑顔を作った。例によって髪を一つにひっつめて、黒縁眼鏡をかけている。

「おばさんたち、変な人じゃないから安心してね。ただね、ちょっと教えてほしいことがあるんだ」

　子どもたちの中にはランドセルのベルトから下がっている防犯ブザーに手を伸ばそうとしている子もいた。三年生くらいだろうか。警戒心と恐怖心とで固まりかけているのが分かる。今、車を降りた方がさらに恐怖をあおるだろう。こんな長閑（のどか）な地方でも、そういう時代になった。燈は、車の窓から顔を突き出したまま「あのね」と話しかけた。

「皆、見たことがないかな。車の横にリンゴの絵が描いてあって、色んなものを売ってる小さいトラック」

　三人のうち一番小さな子が、即座に「あ、リンゴ屋さんや！」と声を上げた。防犯ブザーに手を伸ばしかけていた子も「うん、リンゴ屋さんや」と言って防犯ブザーから手を離した。年長の子もこっくりと頷いている。

「皆、知ってるの？　リンゴ屋さん」

　マスク姿の三人は、揃って「うん」「知ってるで」と頷いた。年長の子が「リンゴ屋さんに用ですか」と真っ直ぐにこちらを見た。

「そうなんだ。ずっと探してるんだけど、見つからないんだよね」

「先週から来てはりません。それにもともと今日はリンゴ屋さんの日やないから、探してもいません」

　年長の子がさらに言った。

「リンゴ屋さんが来はるのは火曜と金曜やから」

　防犯ブザーの子が当然というように頷いている。燈は「そうなの？」と、わざとらしいほど驚いた顔をして見せた。もちろん、目を大きく見開いたことしか分からないだろうが。

「この辺に来るのは火曜と金曜って決まってるの？」

「火曜と金曜の三時過ぎ」

「三時過ぎか。じゃあ、今日はどこに行ってるんだろう？」

年上の二人が「知らーん」と声を揃えている間に、一番小さな子が「リンゴ屋さんはな」と、つん、と顎を上げる。

「東近江にも行ってはるみたいやって、お母さんが言うてた」

燈は「そうなんだ」と、その子ににっこり目を細めて見せた。

「東近江まで行ってるんだって？　いつかな？」

「知らーん。あと、米原とかも行かはるんやて」

「米原も？　ずい分、色々と動き回ってるんだね。それも何曜日か分からない？」

小学生たちが曖昧に首を傾げているのを見て、燈はつい、裕太朗にもこんな年頃のときがあったのを思い出した。

「じゃあ今日は、この辺を探しても見つからないわけだね」

三人の小学生は、それぞれに頷いている。燈は子どもたちに「ありがとう」と言って手を振り、岩清水に合図を送った。

「みんな、気をつけておうちに帰ってね」

車が静かに動き出す。サイドミラーに映る、子どもたちの姿が小さくなった。

「すると、今日はこれで終(しま)いですかね。もう大分、陽が傾いてきたし」

「金曜っていうと、明後日か」

「じゃあ明日は、その東近江か米原の方でも走ってみますか」

「それしか、ないね」

アスファルトが剝がれかけた狭い道を軽のワンボックス車はごとごとと進み、やがて幹線道路に出て、二人が泊まっているホテルに向かって走り始めた。燈の中には、また靄のように夫のことが浮かび始めていた。まずい。こんなことでは本当に集中出来ないと、つい小さく舌打ちが出た。だが、マスクのお蔭で岩清水には聞こえなかったらしい。いや、聞こえていたとしても、知らん顔しているのが岩清水だった。

7

翌日はまず東近江市内の、特に山間部に散在する小さな集落を回った。大きく育った木々の間を縫うように走る、曲がりくねった山道を行くと、中には限界集落を通り越して、既に廃村になってしまっているのではないかと思われる場所も見られたし、対向車とすれ違えないほど道幅が狭くて、しかもガードレールもないような道が多かった。

「軽にして、正解だったすね」

ハンドルを握る岩清水が言う間にも、車はどんどんと山奥に入り、こんな所に人が住んでいるのかと思うような場所まで行ったところに、ふいに神社の鳥居が姿を現したり、何かの石碑や、明らかに人工的と分かる石垣があったりする。

「間違いなく、集落があったんだ」

ある場所で、空き地を見つけて車を駐め、少しあたりを歩いてみることにした。紅葉が始まろうとしている森林の、何とも言えず清々しく甘やかな香りが広がっていて、無意識のうちに何回も深呼吸をしていた。ずっと燻されてくすぶり続けていた心の中がきれいさっぱり洗い流されていくような気持ちになる。何という心地よさだろう。だが、その代わりに人はいない。

それからもタブレットの地図アプリとカーナビを見比べながらいくつかの集落を目指してみたが、やはり廃屋が数軒と、あとは川魚を養殖したり椎茸(しいたけ)を栽培している様子はあるものの、人が住んでいる気配はない場所や、さほど荒れてはいないものの、明らかに空き家と分かる家があるだけだった。この家に暮らした夫婦なのか、それとも縁のある人なのか、庭先に男女の胸像だけが据えられている家もあった。さほど荒れて見えないのは、この地を離れても、定期的に手入れしに来てはいるのかも知れない。

「これじゃあ、移動スーパーだって商売にならんでしょう」

タブレットをいじりながら岩清水が首を傾げている。燈も自分のスマホを眺めながら、とにかく少しでも家のまとまっている集落を探した。交替で燈がハンドルを握り、山裾に広がる小さな集落に着いたとき、やっと、傍(そば)の畑で農作業をしている人を見かけた。燈は素早く車を駐めて外に出た。

「ちょっとお尋ねします」

道端から声をかけると、作業服を着た人が、ゆっくりと腰を伸ばして振り返る。遠目には男女の区別もつかなかったが、よく見れば帽子の日よけが花柄だ。

「今日、リンゴ屋さんは、来ませんでしたか?」

その人は腰に手をやりながら「リンゴ屋」と一瞬、空を仰ぐようにして、それから再び畑に目を落とす。ここにも来ていないのかと思った矢先、相手の口から「もう行かはったよ」という言葉が聞かれた。八十に手が届いているだろうか。こんな場所で、たった一人で農作業をしているのに、律儀にマスクをつけている。

「あっ、もう行っちゃいました？　何時頃ですか？」

「この辺はいつも、お昼前やな」

手元の時計を見ると、もう午後二時近い。しまった、という思いを嚙みしめながら、燈は「それで」とまた大きな声を出した。

「次はどこに行くとか、ご存じじゃないですか」

老女は口の中で何かもごもごと言い、また作業に戻ろうとする。仕方がないから、燈はスニーカーで畑に入り、その人のそばまで大股で歩み寄っていった。畑の土が思った以上に柔らかい。

「リンゴ屋さんを探してるんです。どこから来てるか、とか、どこに住んでるとか、何でもいいんです。ご存じのことがあったら教えていただきたいんですが」

老いた女性は改めて腰を伸ばして、燈の足もとから始まって、じろりとこちらを見上げてきたが、すぐに何の興味もなさそうに、細かいことは何も知らないと首を振った。

「近江八幡のスーパーからものを仕入れてくるて言うてはったから、たいがいそっちに住んではるんやろとは思てるけどな」

「そのスーパーは、何ていう名前か、分かりませんか」

「イオンとか言うてはったかなあ――あんたさんらは？　一体、どういう人らや」

燈と、背後に立っている岩清水の方を見て、老女は訝しげな目つきになった。近くから見ると、八十代も後半に差し掛かっているかも知れない。燈は警察手帳を見せながら「警察のものなんです」と言わなければならなかった。老婆の瞳に、初めて恐怖に近い色が浮かんだ。

「長いこと生きてるけど、これまで警察の女のお人さんとは、話したことありませんわ」

「――それで、リンゴ屋さんをやっている人の名前は、ご存じないですか？」

「さあ――リンゴ屋は、リンゴ屋としか呼ばへんしなあ。あのリンゴ屋さんが、どうかしはったんか」

「いえ、あの人にちょっと聞きたいことがあるだけなんです」

老女はふうん、と頷いただけで、また畑を見渡すようにそっぽを向いてしまう。

「お宅の、ご家族の方はご存じないでしょうかね。お嫁さんとか」

「息子も嫁も、いーひんわ。うちは、婆さん一人っきりや」

「あ――そうでしたか――すみません」

老婆は「リンゴ屋なあ、リンゴ屋」と繰り返して、また腰を屈(かが)めてしまった。

「こんな田舎の婆さんが、何を知ってる言うんや」

そう言って手を動かし始める小さな姿に、燈は「ありがとうございました」と頭を下げて畑から出ることにした。

「イオンに、行きますか」

背後に控えていた岩清水が小声で話しかけてくる。燈たちの仕事はいつだって、こうして細い細い糸をたぐり寄せるようにして犯人に近づいていくものなのだ。どれほど細く頼りない糸でも、見つけたら決して離さずに、丁寧に、注意深くたどっていって、とにかく最後にはホシの居所を突き止める。

イオンは燈たちが宿泊しているホテルからも近く、看板が常に見えているから場所は分かっていた。車に戻ると、岩清水が「今度は俺が」と、そのまま運転席に乗り込んでいく。燈も素直に助手席に回った。

「イオンで手がかりが見つからなかったら、昨日行ったあの集落に明日、朝から行くしかないですね」

「場所、覚えてる？」

「アプリのマップにマークしてあります」

「さすが」

　それにしても、イオンで品物を仕入れては軽トラックに積み込んで、毎日この琵琶湖東岸を走り回っているのだとしたら、西野敦之のこれまでの生活とはあまりにもかけ離れている。一体どういう理由で移動スーパーなど思いついたのだろうか。中堅企業の会計責任者として、毎日デスクワークに勤(いそ)しんでいたはずの男にとって、客を相手に一日中、時には高齢者と親しく世間話などもしながら品物を売り捌(さば)き、方々を走り回らなければならないはずの仕事は、かなりの重労働なのではないかという気がする。それとも、ここに土地勘でもあるのだろうか。確か、西野敦之は千葉県の出身だったはずだが。

「リンゴ屋さん、ですか？　ああ、移動スーパーの」

　イオンに車を乗り付けて、身元を明かした上で売場の責任者を呼んでもらうと、まずバックヤードにある小さな部屋に通された。そういえば万引き犯などが捕まったときに、こういう場所で盗品を出させられたり、警察官に引き渡されるのをテレビで見たことがある。ここも、そういうときに使うのだろうかと眺め回しているうちに、やがて縞柄(しまがら)のシャツを着た男性が現れた。首から社員証の下がった赤いストラップをかけて、男性は「食品部チーフ」という肩書の刷り込まれた名刺を差し出しながら「リンゴ屋さんを探しているとか」と口を開いた。

「ええ、いつもこちらで品物を仕入れているらしいと耳にしたものですから」

チーフを名乗る男性は「そうですね」と頷いた。

「確かに、いつも大量に買って行かれるという話です。お客さまのご要望に細かくお応えするようにしてるって、前に売場担当に言っていたそうです」

「今日も、来ましたか？」

「開店直後に、いらしたようですね」

ようやく今度こそ尻尾を摑むことが出来そうな気がしてきた。

「それで、リンゴ屋さんはいつも、どこから来るんでしょう？」

「どこからって——そういうことに関してはこちらも分かりかねますが」

「では他に何か、ご存じないですか？　どんなことでもいいんです。こちらでいつも仕入れをしているんだとすると、親しくなったスタッフの方がいらしたりするんじゃないかとも、思うんですが」

チーフは「そうですねえ」と少し考える顔をした後、スタッフにそういう人間はいないと思うが、そういえば、リンゴ屋はいつも駅のそばにある月極駐車場に車を駐めていると言った。

「目立つ車ですからね。帰るときに、よく見かけます」

「月極の駐車場ですか」

その場所を細かく尋ね、他に得られる情報がないと分かったところで、ようやく燈たちはバックヤードから店内へと戻った。広々とした明るい食品フロアーにはカートを押しながらのんびりと買い物に歩く子ども連れの若い主婦や、高齢の夫婦などがいる。駐車場も広いから、車さえあればまとめ買いにも来られるだろうが、結局、買い物弱者はここから運ばれる限られた品物を待つしかないのだなと改めて感じる。

「張りますか、今夜」

岩清水が張り切った表情で言った。朝、待ち伏せをしていても、そこから出かけていくリンゴ屋の後をずっとつけていくのはリスクが高すぎる。それに、移動スーパーは日が暮れてからも続ける商売ではないだろう。それなら、早めに張り込みに入った方がいいのかも知れない。

「どうせなら、ここで何か買っていって、食べながら張ろうか」

「いいっすね。ここなら惣菜売場も充実してるはずっすから」

買い物カゴを岩清水が持って、二人並んで明るい店内を歩く。何だか奇妙な感じだった。夫とだって、こんな風に連れ立って買い物に行ったことなど、ほとんどない。それこそ新婚の頃たまにあったくらいのものだ。それなのに、岩清水と並んで「あれが美味しそう」「へえ、こんなものもある」などと言い合いながら歩いていると、妙に気持ちが浮き立ちそうになる。それが、落ち着かない。

「あっ、そういえば、こっちは近江牛が有名なんだな」

惣菜売場の揚げ物コーナーに差し掛かると、岩清水が声を上げた。「特選近江牛コロッケ」に目をつけたのだ。

「いいじゃないっすか。近江牛コロッケ」

早速プラスチックの容器にトングを使ってコロッケを取りながら岩清水は「主任は？　食べますか」などとこちらを見る。

「どうしようかな。一個、食べてみようか」

「そうしましょう、そうしましょう」

心なしか、岩清水もウキウキしているように見えた。それは、わずかな間でも仕事を忘れて気分転換出来ているからだ。そう思うことにする。それからも、こんなに食べきれるのかと思うほど、おにぎりからサンドイッチ、だし巻き卵にサラダ、焼き鳥に至るまで、様々なものを買い込んで、岩清水は「今日は俺のおごりっす」と、自分の胸を叩いて見せた。

8

「そういえば」

駅前の月極駐車場の出入口そばに車を駐めて、暮れなずむ景色を眺めながら、燈はまずは買ってきたばかりのボトル缶のコーヒーを開けながら口を開いた。隣から「はい」というくぐもった声が聞こえてくる。岩清水は、早くも特選近江牛コロッケにかじりついているのだ。

「前に、何か話があるみたいなこと、言ってたよね」

少しの沈黙。燈は、ちらりと隣を眺めた。顎マスクの状態でもぐもぐと口を動かしていた岩清水が「あ、あれね」と、口もとを指先で拭(ぬぐ)った。

「もう、いいんす。一応、落ち着いたんで」

「そうなんだ」

何の話だったの、とは聞かない。仕事に関することなら、わざわざ時間を作れないかなどと言ってきたりはしないはずだ。プライベートな問題なら、あまり首を突っ込まない方がいい。特に、岩清水に対してては。心が揺れるのはまずいのだ。燈自身が今こんな状況だから、なおのこと。

「これ、旨(うま)いっすよ。食わないんですか」

「もう少ししたらね」

少しの間にも、辺りに少しずつ薄闇が忍び寄ってくる。そうは言っても時計を見ると、意外なほどまだ早かった。本当に日の暮れが早くなったのだ。もうじき冬が来る。この冬、そして年末年始を、燈はどんな風に過ごすことになるのだろう。考えると憂鬱(ゆううつ)になる。

気がつけば岩清水はおにぎりにも手を伸ばしている。黙々と頬張る姿は、余計なことを話すまいとしているように見えなくもなかった。

この男にもこの男なりの思いがあって、人生があって。

そんなことを考えながら、ぼんやりと外を眺めていたとき、一台の車が近づいてきた。窓枠に片肘(かたひじ)をかけたまま、その車を目で追っていると、燈たちの目の前を行き過ぎるときになって、車体に大きなリンゴの絵が描かれているのが見えた。

「あれだ！」

思わず声を出したのと、岩清水がおにぎりの残りを口に押し込んだのが同時だった。そして、素早く車のエンジンをかけている。リンゴ屋の軽トラックは、迷う素振りも見せずに月極駐車場に入っていき、やがてテールランプが消えた。燈たちは固唾(かたず)を飲んで、次第に暮れていく中に浮かび上がるぼんやりとした姿を見つめていた。

「行きますか」

「待って。他の車に乗り換えるかも知れない、少し様子を見よう」

話している間にも、影にしか見えなくなりつつある男はリンゴ屋の軽トラックから離れて、時間帯のせいか、まだ大分空きのある車の間を歩いていく。その時、街灯がぽっと灯った。男の姿が浮かび上がる。小柄で貧相なほど痩せた男が、黒っぽいジャンパーのポケットに両手を突っ込んでいる。シルエットだけでも、小太りで丸顔の西野敦之には見えなかった。そして燈が予測した通り、男は同じ駐車場に駐めてあったシルバーの軽自動車に乗り替えた。

「主任、あれ――」

「西野じゃないね」

「どういうことなんすかね」

「とにかく、おっかけよう。あの男の行く先を突き止めれば、そこに西野がいないとも限らない」

岩清水は「了解」と応えて膝の上にのせていた食料を後ろの席に置き、炭酸水をひと口飲んで、シルバーの軽が目の前を通り過ぎるのを待った。男がハンドルを握る車は、そのまま燈たちの前を通り抜けて、街に向かって走り出す。燈たちも、その後に続いた。

交通量が多くないのが救いだった。つかず離れずの距離を保ちながら車を追ううち、シルバーの車は背後を気にする素振りなどまったく見せないまま、十五分ほど走った住宅街へと入っていった。そして、ある三階建てマンションの駐車場に車を入れる。燈たちは自分たちの車のライトを消して、どんどん見えづらくなる薄闇の中を見つめていた。男はマンションの端にある階段を上っていき、やがて三階の通路にその姿が見えたかと思うと、奥から二つ目のドアに入っていった。部屋の灯りが灯る。

「あそこが、男のヤサってことですかね」

「――西野もいるのかな」

「いたら、最初から電気がついてますよね」

「――そうだよね」

それから八時過ぎまで待ってみたが、人の出入りはまったくなかった。

「こうなったら明日の朝、どっちが出てくるかを見定めるしかないね」

「イオンの開店が九時だとすると――」

呟きながら岩清水はスマホをいじっていたが、すぐに「やべえ」と唸るような声を出した。

「間違うとこでした。あそこの食品売場は七時からの営業ってなってます。早いんだな」

「七時か――すると、六時半にはここにいた方がいいって感じ？　念のために六時？」

「ですかね」

ホテルに着いたところで、燈は後ろの席から惣菜の入ったレジ袋を取り上げた。

「これは私が引き受けるから、部長は今日はどっかで息抜きしてきて。明日、五時四十分に集合っていうことで」

昨日までは夕食も共にしていたが、今日は一人で過ごしたかった。岩清水は「そうさしてもらいます」と素直に従い、「お疲れっす」と言って去って行く。その後ろ姿を少しの間見送って、燈はホテルに入った。自販機コーナーで缶ビールを二本買い、何となく重たく感じられる足を引きずるようにしながら部屋に戻る。窓際に置かれた小さなテーブルの上に缶ビールとレジ袋を置いてから、ベッドの上にひっくり返った。そのまま、しばらくの間ぼんやりと天井を見上げているうちに、こんな気分でしか過ごせない自分に対して、うんざりする気持ちと、はっきりしない苛立ちがこみ上げて来た。

何やってんだか。

こんなところまで来て。

集中してないから逃げられてるんじゃないの？　まったく。

べつに死なれたわけでも、捨てられようとしてるわけでもない。強いて言うなら、別居中の亭主が同業者じゃなくなったっていうだけのこと。それだけのことに動揺して、グズグズ考えてるなんて、馬鹿げてる。私には私の人生、あの人にはあの人の人生がある。たとえ夫婦でも。

そこまで考えたところで、燈は「うんっ」と小さなかけ声と共に、勢いをつけて起き上がり、まずは窓辺に立って缶ビールのプルタブを引いた。冷たいビールを喉に流し込みながら、レースのカーテンを開く。窓の向こうには近江八幡駅が見えていて、その向こうにイオンの看板が光っている。だが、辺りは既にとっぷりと暮れて闇は深く、全体的にはいかにも物淋しい夜景だった。都会の、光の氾濫(はんらん)する夜に慣れすぎているせいだ。夜は暗いに決まっているのに。

慣れないことには不安がつきまとう。

だから、とにかく慣れることだ。別居生活には、もう慣れた。夫が警察官でなくなったことも、じきに慣れる。そうして、もしかすると他人に戻るかも知れないことだって、慣れてしまえばどうということはない。

それよりも、今は西野のことを考えるべきだった。

彼も、この闇の中に身を潜めているのだろうか。

一人で？

それとも、誰かと？

それは、さっきの男なのか。いや、岩清水の言う通り、部屋に灯りはついていなかった。あの部屋にいるとは考えにくい。

つらつらと考えながら改めてレジ袋から惣菜類を出してみる。

それにしてもずい分と買い込んだものだった。特選近江牛コロッケはまだ二つあるし、その他にもポテトサラダにおにぎりが三つ、焼き鳥六本、サンドイッチ、だし巻き卵、そして、琵琶湖名産とシールが貼られた「ふな鮨（ずし）」まであった。とてもではないが一人で食べきれる量ではない。おそらく今頃はどこかの居酒屋で、一人で呑んでいるに違いない岩清水は、今夜は二人で部屋食でも考えていたのだろうかと、ふと思う。だが、それ以上のことは考えないためにテレビをつけ、やたらとチャンネルを替えながら食べられる分だけのものを黙々と食べて、さっさとシャワーを浴びて寝ることにした。

翌朝、予定の時間にホテルのロビーで岩清水と落ち合い、燈たちは昨日の男が入っていったマンションを目指した。辺りはまだぼんやりとほの明るくなってきた程度で、往き来する車もない。十五分ほど走って、昨日と同じ場所に車を停め、まだ眠りから覚めていないような目の前のマンションを眺める。

「昨日は、どこで夕ご飯食べたの」

「その辺の居酒屋ですがね。こっちの名物だっていうんで、ふな鮨ってヤツ、食ってみたんですよ。主任、あれ、食べました？」

燈は「臭いんでしょう」と首を横に振った。以前、そんな話を耳にした記憶がある。日本の食べ物の中でも「指折りの臭さ」だと。

「いやいや、それがね、臭うことは臭うんですけど、食ってみるとこれが、なかなか旨いんですって」

「じゃあ、昨日買ったのも食べればいいよ。そのまんま、ホテルの冷蔵庫に入れてあるから」

「主任もひと口、試してみればいいのに。身体にいいっすよ、発酵食品」

遠慮しとく、と眉をひそめて右手を振っていたとき、三階の奥から二つ目のドアが開いた。燈は何か言う代わりに、宙に浮かせていた手を岩清水の腕に置いた。時刻は六時四十分を回ったところだ。既に辺りは明るくなっているが、灰色の雲が広がっているせいで、もう昇っているはずの陽の光は見えなかった。

「昨日の野郎です」

「やっぱり、西野じゃないね」

「どうします」

「リンゴ屋の軽トラまで行ったところで、職務質問（バンかけ）しようか。万一、あの部屋に西野もいて、気づかれ（ツかれ）たりしたらまずい」

「了解」

痩せて小柄な男は昨日とまったく変わらなく見える服装でマンションの駐車場に駐めてあったシルバーの軽自動車に乗り込み、駅の方に向かって走っていく。やがて軽自動車は駅前の月極駐車場に入っていき、男は当然のようにリンゴの絵柄の入った軽トラックに乗り換えようとした。燈たちも素早く車から下りて、男に駆け寄った。

「リンゴ屋さん、ですよね？」

まず燈が声をかける。体格と同様に貧相な顔立ちの男は眉を大きく上げて「そうですけど」と言った後、思い出したように顎まで引き下げていたマスクを鼻の上まで引っ張り上げた。

「最近、見かけなかったから、どうしたのかと思って」

男は何度か目を瞬き（しばたた）ながら燈の顔を見て、どう返答しようか迷っているような素振りを見せた。

「ええと、奥さんは——どの——」

どこかの地域で会ったことのある客かと思っているのかも知れない。燈はポケットから警察手帳（パア）

を出して見せた。男は、それをひと目見るなり、はっとしたように顎を引いた。

「サツの厄介になるようなことなんて、してないですよ、俺は、何も」

岩清水の声が「そうですか」と横から聞こえた。男は信じてくれと言わんばかりに細かく何度も頷く。

「本当にもう、まっとうに、毎日コツコツと働いてますんで」

「じゃあ、西野は？　西野敦之は、知り合いでしょう？」

すると男は初めて目が覚めたような顔つきになって「ああ」と大きく頷いた。

「西野さんに用ですか。でも、あの人ぁ、もう、出ていきましたよ」

「どうして」

「コロナんなったとかで、思うように仕事出来なくなったって連絡があったんで、しょうがねえから俺が急いで帰ってきたんです。そしたら、入れ替わりに出ていきました」

「いつ」

「一昨日」

「あんたは、どっから帰ってきたんです？」

「俺ですか？　名古屋から」

「それで？」

「だから、入れ替わりにあの人は出ていきましたって」

「どこへ」

男は「さあ」と首を傾げている。燈が、とりあえず免許証を見せてほしいと言うと、男は躊躇う素振りも見せずに、さっと運転免許証を差し出してきた。杉田秀夫。昭和四十五年五月生まれ。

住所、滋賀県近江八幡市。隣から岩清水が「ちょっと借りるよ」と免許証を手に取って、軽ワンボックスに戻っていった。公用携帯で東京の捜査共助課に連絡を入れ、宿直担当に頼んで男の身元を端末で照会してもらうためだ。公用携帯からでは直接、身元の照会は行えない。

「この移動スーパーは、あなたのものですか？」

燈が改めて尋ねると、杉田秀夫は「そうなんで」と、えへへ、と笑った。すると、それまで単なる貧相な顔立ちにしか見えなかった目元に、いかにも狡猾（こうかつ）そうな色が浮かんだ。これは一癖も二癖もありそうな男だ。

「それを、西野に任せていたということで、間違いないですか」

杉田は「そうです、そうです」と同じ目つきのままで頷く。

「いつから？」

「そうだなあ、暑い盛りの頃ですからね、かれこれ三、いや、四カ月くらい前ですかね。急に俺んとこにやってきて、前の仕事を辞めたもんで、今、働き口を探してるっていうんでね。俺の方は、そんときちょうど、昔ちょっと世話んなった人から、店を手伝ってほしいって言われてた最中だったんで、じゃあ、ちょうどいいからしばらくやってもらおうかってことんなって」

「店？」

「俺ぁ、もとは板前だったんです。その、世話んなった人の料理屋が名古屋にあるんですけど、何でも長く働いてた板前が辞めることになったんで、替わりを探すまでの間、何とかならねえかって言われてね。そんな矢先に、西野さんが来たんです」

「西野とあなたとは、どういう関係ですか」

するとと杉田秀夫という男は首の後ろを掻くような真似をしながら、元はと言えば競馬場で知り合ったのだと、また小さな目を光らせた。

「中京の競馬場でね。また、ずい分と羽振りのいい人がいるもんだなと思って、目立ってたんで、こっちから話しかけたのがきっかけですわ。そんとき、わざわざ東京から来てるって知って、そりゃあまた熱心な人だなと思ってね」

以来、何となくウマが合って、たまに愛知の中京競馬場で会ったり、その流れで軽く酒を呑んだりするようになったのだという。話しているうちに、西野が日本全国の競馬場に足を延ばしていることも分かった。これは羽振りのいい男だ、親しくなっておいて損はないと思った、と、杉田秀夫は意外なほどぺらぺらと喋った。

そこへ岩清水が戻ってきて、手にしていたメモ帳を見せた。「A号　愛知」と走り書きされている。身元照会でA号ヒットしたということは、犯罪歴があるということを示す。その逮捕地が愛知だったということだ。

「ところで、愛知では何をやらかしたんです？　いつ？」

免許証を返しながら尋ねると、杉田は「バレたか」といった目つきになり、曖昧に笑いながら「お恥ずかしい」と、また首の後ろを掻く真似をした。

「ちょっとしたイザコザっていうか――まあ酒の勢いってヤツで。そうはいっても、もう十年以上、前の話です」

「懲役、食らったのかい」

岩清水が聞くと、杉田は懲役の判決が下ったが、三年の執行猶予がついたと答えた。その三年もとうに過ぎたという。そこから移動スーパーの仕事を始めるまでには紆余曲折があるのだが、とにかく心機一転、人生の巻き返しを図るつもりで、この近江八幡まで来たのだと杉田は言った。

第一、移動スーパーの仕事をしていれば、朝も早いし飲酒運転など言語道断だ。つまり呑みすぎるということもない。競馬もすっぱりやめた。代わりに、時々は栗東のトレーニングセンターまで行って、競走馬を眺めて満足しているのだそうだ。

「今までさんざん、酒と競馬で失敗してきてますからね。だから、今はもう本当、ただただ真面目にコツコツ、やってます」

「そんな大事な仕事を何カ月も任せるくらいなんだから、西野とは、相当に気心が知れてる仲なんだろうねえ？」

岩清水が尋ねた。すると杉田は「そんなこともない」と首を振って、ただ、競馬にはまっていた頃に何度か金を融通してもらったこともあったから、困っていると泣きつかれて、知らん顔も出来なかったのだと言った。

「さっき話したように、俺も、恩のある人からの頼み事を何とか引き受けられねえもんかと思ってた時だったたし。西野さんが『少しの間でもいいからやらしてくれ』って言ったもんで、『そんなら』って」

「それで、自分の部屋まで貸してやってたんですか」

「まあ——西野さんは住むところも見つけてないって言うし、俺は留守になるんだから、そんならべつに構わねえかなと思って」

「それで、西野とは何日くらい、一緒にいました？」

「最初に二日間、かな。でも、その間も個人的な話はろくにしてないんです。西野さんが来て、じゃあ、仕事を手伝ってもらおうってことになってから、俺はあの人をイオンまで連れてって、仕入れの仕方とか値段のつけ方とか、あと車に商品をどう並べるか、なんかを大急ぎで教えてね」

西野敦之は、もともと職場の会計責任者だっただけに数字には強いらしく、計算は速いし仕事の呑み込みも早かった、と杉田は語った。その後は地図を示しながら、日頃自分がどの曜日にどの地域を回っているか、どの家の庭先を借りて車を駐めているかなどを教えて、翌日は、仕事着にいいような服を見つけるのにつきあい、一日だけ一緒に仕事をして回って、その次の日にはもう名古屋に発ってしまったのだそうだ。

「名古屋の店の方から、『まだか』ってせっついてきたんで、まあ、俺としても急がないわけにいかなかったわけですがね」

「それで一昨日、別れるときにも特に話はしなかったんですか」

「俺がいなかった間の商売のこととかは、多少、話しましたよ、そりゃあ」

「他には」

杉田は小首を傾げながら少し考える素振りを見せていたが、「そういえば」と視線を上げた。

「コロナの隔離も済んだし、ここいらで一度、家族に会いたい、みたいなことは言ってましたかね」

燈は杉田の狡猾そうな目をじっと見つめた。

「それ以外には？」

杉田は「いいや」と首を横に振る。それでも燈は男から目を離さなかった。すると杉田は「要するに、好きが過ぎたんでしょうよ」と、見た目に似合わない、達観したような言い方をして目を細めた。

「何の好きが？」

「おウマさん、競馬ですよ。それで多分、何か下手打ったんでしょう？　だから女房からは見捨てられて、仕事もうまいことといかなくなったって、そう読みましたがね、俺ぁ」

岩清水が足を一歩、前に踏み出した。咄嗟に、杉田の目に恐怖とも警戒ともつかない色が浮かんだ。相当に気が小さい。

「西野敦之はなあ、指名手配されてるんだわ」

杉田は「えっ」と言葉に詰まり、信じられないというように、おどおどと視線を動かした。

「つまりなあ、あんた、指名手配犯をかくまってたっていうことになるんだよ。犯人蔵匿(ぞうとく)ってヤツだ」

杉田はいかにも慌てた様子で首を激しく横に振りながら、自分は本当に何も知らなかったのだと繰り返した。

「勘弁して下さいよぉ。本当ですって。そんなヤバい人だったら、いくら俺だって関わるのはごめんだ。俺はもう、二度とサツのお世話になるのはご免だし、ただただ地道に生きていきたいだけなんです。まだ年取った親父とお袋も生きてるんですよ、これ以上の迷惑はかけらんねえんだって」

杉田は眉根を寄せて眉間に深い皺を作り、すがりつくような目つきで、燈と岩清水とを交互に見比べている。燈は大きく息を吐き出しながら岩清水と顔を見合わせるしかなかった。

一昨日。

一昨日なら燈たちは既にこの近江八幡を走り回っていた。それなのに、取り逃がしたとは。ここで地団駄を踏んだところで、もう、どうすることも出来なかった。ましてや、こんな貧相な男をしょっ引いたところで時間の無駄としか思えなかった。

第四章

1

街中の至るところにオレンジ色と黒色が溢れかえっている。十月に入ってから日を追うごとに、ハロウィーンの飾りつけが増えつつあったが、いよいよ月末に近づいて、その量が格段に増えた。格安量販店の店先には仮装用の衣装が溢れかえっているし、ハロウィーンとは何の関係もなさそうな店でさえウィンドウや店先に小さなジャック・オ・ランタンや「HAPPY HALLOWEEN」の文字が連なっているオーナメントを飾りつけ、看板に「オバケっぽい」工夫をしたりしている。「ハロウィーンセール」をうたっている商店もあった。

そうでなくても街には人通りそのものが増えてきていた。新型コロナウイルスは相変わらず一定数の感染者を出しているのだが、人々はどんどんと鈍感になりつつあり、加えて国が全国旅行支援を打ち出したことによって、これまで外出を控えていた人たちがどっと外出・移動し始めたからだ。しかも外国人旅行客の受け入れも始まって、この秋空の下でも平気な顔をして半袖Tシャツ姿で歩きまわる大柄な白人や、大きなキャスター付きのトランクを引きずって歩くイスラム教徒のアジア人たちなどをコロナ前と変わらないくらいに見かける。

　川東小桃は、いつものように街角に立って往き来する人々を眺めながら、そろそろ集中力が切れかかっているのを感じていた。大半の人はマスクをして歩いているだけに、急にその数が増えると、目もとばかりに焦点を合わせて眺め続けるのが難しくなる。道行く人、特に若い女の子たちの服装などに目が行き始めているのは、気が散ってきた証拠だ。小さな雑居ビルが多く建ち並ぶ界隈（かいわい）だった。陽射しそのものは暖かいのだが、吹く風は冷たい。もう少ししたら、このブルゾンもダウンジャケットに変わり、マフラーも欲しくなることだろう。

　まだ暑い盛り、小桃が高校時代の憧れの人を見つけて、そこから指名手配犯どころかその同期生まで逮捕することになった日から今日にいたるまで、小桃の班では一人の手配犯も見当てられずにいる。班のメンバーは誰もがしごく淡々と日々を過ごしているが、そろそろ誰か一人くらい、この雑踏の中からそれぞれの脳みそに叩き込んでいる指名手配犯の顔を見当てられないものだろうかと思っているはずだった。それが小桃自身ならば言うことはない。

　何かちょっと気分の変わる歌でも歌ってみようかな。

　同じ場所で小一時間は過ごした。この辺で場所を変えようかと歩き出したとき、ポケットの中で公用携帯が震えた。画面を見ると田口部長からだ。

〈もしもし、猿渡主任が見当てた〉

「マジですか。やった！」

〈川東さんは、今どこにいる？〉

「今は、西通りの中央通り寄りです」

〈主任は弁天通りから平和通りに向かって、ホシをおっかけてる。川東さんも、そっちに向かってくれ〉

さあ、久しぶりだ。やっとアドレナリンが出てきそうだ。小桃が勢いよく「りょ」と言いながら踵（きびす）を返そうとした、そのときだった。一瞬、すっと周囲の空気が変わったような感じがしたと思ったら、突然ものすごい轟音（ごうおん）が辺りに鳴り響き、地響きまでが感じられた。小桃は公用携帯を持ったまま、反射的に身体を屈めて、その姿勢のままで頭上を見上げた。

秋空の下、爆風と共にバラバラと大小の何かが降ってくるのが見えた。それが地面に落ちるとバチャバチャと激しい音を立てる。ガラスの破片だと気づくまでに少し時間がかかった。それに、何か黒っぽい物も降ってくると思った次の瞬間、右腕に鋭い痛みを感じた。小桃は思わず「痛（い）てっ」と声を上げた。

〈もしもし？　もしもし？　川東さん、何かあったのか。どうしたっ〉

「部長――け、怪我しましたぁ」

〈どうしたっ。今の音は何だ！〉

「目の前のビルが急に爆発して――色んなものが降ってきてます。あと――あ、煙も出てきました」

言っている間に、周囲はパニック状態になり、道行く人々が悲鳴を上げながら四方八方に散らばり始めた。屈んでいた小桃は誰かにぶつかられて、その場で地面に転んでしまった。公用携帯が少し先に吹っ飛んでいく。慌てて膝を立て、公用携帯を拾い上げる間にも、地面にはガラスの破片やコンクリート片などが散らばった。右腕が酷く痛む。ようやく立ち上がると、スニーカーがじゃりじゃりとガラス片を踏んだ。煤けた黒い煙が辺りに広がり、同時に強烈な臭いが漂ってくる。

〈もしもし、川東さん、大丈夫かっ〉

「多分、大丈夫です——何が何だか——目の前のビルから急に——」

現場から逃げ出そうとする人と、現場を見ようとする野次馬とで、辺りは騒然となっている。左手に公用携帯を持っていると右腕をかばうことが出来なかった。かといって今、電話を切るわけにいかない。何度も人とぶつかりそうになりながら、小桃は「部長！」と悲鳴に近い声を上げた。

「主任に伝えて下さい、今とても、そっちまで行けません！」

〈分かった！　とにかく安全な場所に逃げるんだ！　一旦、切るぞ！　いいか、すぐにまた連絡する！〉

電話が切れた。小桃は公用携帯をブルゾンのポケットにしまい込み、何とか人を避けながら少しでも遠くに逃げようとした。だが、何となく足もとがおぼつかない。膝が笑ってしまっているのだ。それに爆風のせいだろうか、耳がぼわーんとなって、物音が遠くに聞こえる。一瞬でこんな風になってしまったのが、自分で不思議だった。

しっかりしろ、川東小桃。あんたは警察官じゃないか。

自分に言い聞かせながら、かといって今、現場に戻っても何の役にも立てないと思っているうちに、やがてぼわーんとした耳にも、消防車のサイレンの音が届いてきた。人々が口々に何か叫んでいるのが分かったが、聞き取れない。何度も生唾を飲み、右腕がどんな具合になっているのか確かめたいと思ったが、触るのが怖かった。とにかく腕がどくどくと脈打っていて、肘から先が冷たく痺れ始めている。

何でこんなことになんのよ。

どうにか一ブロックほど歩き、ようやく人の少ないところまで来て、小桃は目についたビルの入口付近にある植え込みの前に腰を下ろした。目の前を、人々がどんどんと爆発のあった方向に流れていく。小桃は微かに息が切れて、ドクドクと脈打っている右腕を見ようと、そっと首を巡らすと、まず、肘の先までブルゾンにどす黒い血が滲み始めているのが目に入った。そして、二の腕には鈍く光るガラス片が刺さったままになっていた。絶望的な気分がこみ上げて来た。

何これ。やめてよ。まじ?

それより、止血。そうだ、止血。

破片は抜く? いや、そうしたら余計に出血するんだっけ。

気のせいか、さっきより寒く感じる。小桃は自分の右腕をかばうようにしながら、とにかく身体を捻ってジーパンの右ポケットからハンカチを取り出し、右腕のつけ根を縛ろうとした。だが、右腕は上手に上がらないし、左手と口を使っただけでは、どうにもうまく縛ることが出来ない。

少しすると、再び公用携帯が震えた。田口部長だ。

〈川東さん? 今、どこにいる〉

小桃は周囲を見回し、自分のいる位置と目印になりそうなものを説明した。

「右腕を怪我しました。止血しようと思うんですけど、うまくいかなくて——」

〈分かった。そのままそこにいろ。動くなよ、いいな〉

電話が切れた。いくつもの消防車のサイレンがビルの谷間に響き渡っている。それに、救急車のサイレンも、さらにパトカーのサイレンも聞こえてきた。それで少し耳の状態が戻ってきたと分かった。物見高い人たちが指さす方向を、小桃も眺めてみた。黒い煙が上がっている。火が出たのだろうか。爆発火災となると、原因は何なのだろう。

あそこのビルは、確か風俗店ばかりが入っていたと思う。小桃の目に焼きついた光景を思い返すと、間違いなくそのビルの、三階か四階が爆発したのだ。店で働いていた人たちや、もしかすると客もいたかも知れない。そういう人たちはどうなっただろうか。窓ガラスがすべて吹き飛ぶくらいの爆発の中で、果たして無事でいられるものか――。

今頃になって額の辺りにもヒリヒリした感じがあるのに気づいた。左手の甲を押し当ててみると、血糊（ちのり）がついた。

やだなあ、もう。

深呼吸ともため息ともつかないものを繰り返しながらぼんやりしていると、また公用携帯が震えた。今度は猿渡主任だ。

〈川東さん、さっきの爆発の現場にいたんだって？〉

「真ん前にいました。すみません」

〈謝ることはない。怪我したそうだな？　田口部長がもうじきに着くから、それまで我慢してくれ〉

「主任、あの、すみません、見当たりのことですが――」

猿渡主任の声はいつもより少し早口に「気にするな」と小桃の言葉を遮（さえぎ）った。

〈出血してるのか〉

「腕と、おでこを少し――」

〈こっちは俺と島本部長とで何とかなってる。田口部長はもう確認した後だから、心配いらない。とにかく川東さんは治療を受けるのが先だ。今は捜査のことは考えるな〉

小桃は小さく「りょ」と答えた。三人が見当てた。そこに自分が参加出来なかったことが悔しくてならない。どうしてまた、自分の目の前で爆発など起きてしまったのかと思う。

だけど、怖かったし。まじで。

その場にうずくまるようにして、ぼんやりとサイレンの音を聞いていたら、じきに田口部長が来てくれた。部長の姿を見て、小桃は小さく笑おうとしたのだが、なぜだか顔の筋肉が変に強ばってしまって、気がつけば涙が溢れていた。

「怖かったろう。可哀想に」

それから後は時間の感覚がなくなってしまったように感じた。とにかく田口部長が止めてくれたタクシーで病院に行き、すぐに処置室に運び込まれて、お気に入りだったブルゾンも、下に着ていた薄手のニットも、ヒートテックも肩からあっさり切り落とされてしまった。比較的若い医師は最初に局部麻酔をかけると、ガラス片を抜くところから始めて、傷口の消毒を実に丁寧に、注意深く行った。寄り添っている二人の看護師は驚くほど優しく落ち着いていて、ずっと小桃の手を握り、背中をさすってくれていた。

「頑張ってね、すぐだからね」

「ちょっと痛いかもしれないけど、我慢してくださいね」

「あの現場にいたなんてねえ、驚いたでしょう」

「ねえ、怖かったよねえ」

声をかけ続けられ、励まされながら、小桃は処置室のベッドに横向きに寝かされたまま、医師の「動脈は大丈夫そうだ」という言葉を聞いた。麻酔が効いているから痛みは分からない。ずっと背中をさすってもらっているせいもあってか、何だか眠いような気持ちになった。

その後、腕の傷口は何針か縫われて、額の傷も手当てされ、片方の袖がなくなった格好で腕に包帯を巻かれて処置室を出ると、そこに田口部長が一人で立っていた。小桃を見ると大股で歩み寄ってきて、まず「大丈夫か」と言いながら、自分のブルゾンを脱いで小桃の肩にかけてくれる。

「ガラス片が、骨に当たって止まったみたいだって言われました。動脈を切っていなくて幸いだったって」

小桃が報告すると、田口部長は「そうか」と、ほうっと息を吐く。

「うちの人には連絡してあるから、そろそろ着くはずだ」

「うちの？　うちのって――」

「ダンナさんだよ。勤め先に電話してもらったら、『すぐ行きます』って言ってたそうだから」

そんなことしなくたって、とも言えないから、仕方なく頷いたところで、小桃はすぐに「それで」と田口部長を見上げた。

「見当てた相手は」

「無事に確保した。主任と島本部長が手配署に連行してる最中だ」

小桃は「そうですか」とうなだれた。一緒にウキウキしたかったのに。久しぶりに皆で乾杯もしたかった。

部長と並んで病院の廊下を歩いていると、小桃と同じように、あの現場で怪我をした人たちなのか、腕や脇腹を押さえたり、看護師に支えられ、またはストレッチャーで運ばれていく人たちが数多くいた。小桃の頭の中は混乱していた。ホシのことも聞きたいと思うのだが、何よりもなぜあんな場所で爆発が起きたのかを知りたい。被害者はどれくらい出たのだろう。死者は出ていないだろうか。それにしても、何だって自分がこんな目に遭わなければならないのかという、どうしようもなくやりきれない思いがこみ上げる。

「小桃！」

その時、がやがやとした病院内に聞き覚えのある声が響いた。反射的に振り向くと、数カ月ぶりに見る夫が背伸びするようにこちらを見ている。小桃は立ち止まって少しの間、彼の姿を見つめていた。自分の中でどんな気持ちがこみ上げるか、彼を見てどう感じるか、試されている気分だった。

2

リビングのソファーに身体を預けて、小桃はぼんやりとテレビを見ていた。この時間帯は大半がニュースだが、それらのどのチャンネルも放送枠の大半を割いて、都心の雑居ビルが爆発火災を起こした事件を扱っている。消火活動はほぼ終わった模様だが、まだ現場の状況などはよく分かっていないらしい。現在のところ、判明している怪我人の大半は小桃のように路上にいた人々で、その数は二十人あまり。一人が重傷だというが、死者はいないらしい。一方、建物内にいた人たちについては、まだ正確に把握出来ていないということを各局が報じていた。テレビの画面には夕闇が迫る中で投光器や上空のヘリなどの照明を浴びながら、消防隊員が建物の窓から顔を覗(のぞ)かせたり、出入りしたりする姿が多く見られ、警察としてはまだ制服の警察官が黄色いテープで規制線を張り、建物周辺の警備や通行人の整理を行っているだけで、本格的な捜査活動には入っていない様子だ。

あそこにいたんだ。私。

少し前から麻酔が切れてきたらしい。次第に、傷口に心臓が移動してきたかと思うほど、ドクン、ドクンと大袈裟（おおげさ）なほど脈打つ痛みが走るようになっていた。食後でなければ痛み止めが飲めないから、今がいちばん辛抱しなければならないときかも知れない。警察からの聞き取りを明日にしてもらって助かった。

痕（あと）になるかな。格好悪い。

ため息をつく間にも、ある程度、食欲をそそる香りが台所の方から漂ってきていた。時折、ジュウッというような音やカタカタとフライパンを揺らしているらしい音も聞こえる。夫がせっせと夕食の支度をしているのだ。

病院で再会したとき、夫は小桃の怪我の様子を初対面の田口部長から聞かされて、挨拶（あいさつ）もそこそこに、まずは入院や手術するほどの大怪我でなかったことに安堵（あんど）のため息を洩らした。

「電話をもらったときは焦ったよ、ホント」

小桃の顔を覗き込んで「やれやれ」というように安心した表情を見せる様子は、夏から別居していた相手とも思えないほど親身で優しげで、その一方、ある意味で新鮮味がなく見えた。小桃は、ついぎこちなく頷きながらも、頭の中では「この人、本気？　それとも、芝居？」などと考えていた。正直なところ、小桃自身は懐かしさも、また思わずすがりたいような気持ちも生まれては来なかったからだ。申し訳ないとは思ったが。

「よかったな、ダンナさんが来てくれて」

　夫婦の事情など何も知らない田口部長だけが満足そうに頷いて、それでは自分は仕事に戻ると言いながら「悪いけど」と、小桃が羽織っていたブルゾンを指さした。夫は初めて気がついたように小桃から田口部長のブルゾンを脱がせ、現れた袖なしの腕に包帯が巻かれている様子に一瞬ぎょっとした表情になりながら、代わりに自分の上着を小桃の肩からかけた。そして田口部長に初めて丁寧に頭を下げ、「後は僕が」とか「お世話になって」というようなことを言っていたと思う。

「皆、待ってるから。とにかく傷が塞(ふさ)がって痛みが引くまでは、無理するんじゃないよ」

　最後にそう言い残して立ち去っていく田口部長を、小桃は何となく心細い思いで見送った。いや、行きますよ、何なら今日これからだって、と後を追いたいくらいの気分だった。ここに、一人で取り残されるような気がしたのだ。

「その様子だと、しばらく右腕は思うように動かせないだろう」

　タクシー乗り場に向かうときも、夫は小桃のリュックを自分の肩にかけて、片袖を切り取られたブルゾンを腕にひっかけ、小桃の左腕に自分の手を添えて歩いた。

「こうなると、家のことは当分、俺がやることになるか」

　小桃はどう答えていいか分からないまま、あやふやな顔つきをしていたと思う。

「痛むか？　だいぶ？」

「——今はまだ、麻酔が効いてるから」

「そうか——抜糸までは、酒も呑むなよ」

「——わかってる」

「すぐ油断するから」

「分かってるってば」

彼は、これをきっかけに別居を解消するつもりなのだろうか。それならそれでいいのかも知れない。それに、たとえ数日間でも、右腕が自由に使えないことは確かだし、そばに誰かがいてくれるのは、それなりに心強い。その相手が夫なら、なおさら、のはずだ。

「出来たよ」

キッチンとダイニングテーブルを行ったり来たりしていた夫が声をかけてきた。小桃は初めて気がついたように「ああ、うん」とリモコンでテレビを消し、ジャージに着替えた姿でスリッパを引っかけた。

「腕、上がるか？」

「——今は、動かさなくても痛い」

「だろうな。スプーンかフォークなら左手でも大丈夫だと思って、食べやすいように全部、切ってあるから」

確かに、小桃の好物だったポークソテーのレモンソースがけが、すべてひと口サイズに切り分けられていた。それに、添え物のトマトとマッシュポテト。あとはニンジン、セロリのポトフ、そしてマカロニサラダという献立だ。そして夫の前にはハイボール缶が置かれていた。

あ、呑むんだ。自分は。

「じゃあ、食おうか」

テーブルに向かい合って座り、一度は右手を上げてみようとしたが、やはり痛みが走った。すぐに諦めて左手でフォークを持ち、まずはポークソテーをひと口、食べてみる。

「どう」

「美味しい」

本当は塩味も酸味も強すぎた。

「久しぶりに作ったからさ。パセリがあればよかったかな」

「――大丈夫」

フォークが食器に触れる音が、妙に大きく聞こえた。小桃は俯きがちに、もぐ、もぐ、と口を動かしながら、そういえば、と思い出していた。結婚して、一番初めに夫が作ってくれたのも、このポークソテーだった。レモンをソースに使うというのが小桃にとっては新鮮で珍しくて、あの時は台所に二人で立って、彼の横からフライパンの中を覗き込み、何かはしゃいだ声を上げていたと思う。塩胡椒をして下味をつけた後、全体に小麦粉をはたいてバターで焼いた厚切りの豚肉を、白ワインでフランベする。レモン汁をたっぷり使った風味がよく染み込んで、それは何とも爽やかに感じられたものだ。散らしたパセリのグリーンも鮮やかだった。

そんなこともあった。

さほど昔のことではない。それなのに、何だかずい分遠い過去のことのように思える。もしかしたら小桃はもう二度と、このポークソテーを食べない、いや、食べたいと思わないかも知れない。そんなことを考えていた時、ジャージのポケットの中でスマホが震えた。フォークを置いてスマホを取り出し、その画面を見た瞬間、小桃は即座にスマホを耳にあてた。

〈もしもしっ、小桃ちゃん？　あんた、怪我したんだって？　あの爆発の現場近くにいたって聞いたけど、本当？　大丈夫なの？　今どこ？　まだ病院？〉

矢継ぎ早に聞こえてきた声に、思わず「燈さぁん」といいながら、つい涙がこみ上げた。小桃は「こんなことになっちゃってぇ」と自分でも情けないと分かる声を出して、洟をすすった。もう視界が滲んできている。

「何とか――もう、帰ってきてはいるんですけどぉ」

〈あ、そうなの、ちゃんと帰ってるのね？　じゃあ、大丈夫なのね？　怖かったでしょう？　それで、具合は？〉

「怪我は、二の腕にガラスが刺さっただけなんですけど」

〈刺さっただけって、あんた、だけじゃないでしょうが、だけじゃ！　大変じゃないのよ。大きなガラス？　それで？　怪我の具合は？　大分、出血した？　縫ったの？〉

「それが、動脈も切れてなかったし、神経も今んとこ、大丈夫みたいです。でも、たてに十五針、縫いました」

〈十五針――結構な傷だね。若い娘が、もう何てことに。可哀想だったねえ〉

「そうなんですよぉ。ガラス抜いちゃって、そこから大出血したら困ると思ったから、ガラスが刺さったままで田口部長に病院まで連れていってもらったんですけど、もう周りは怪我人だらけだし、何が何だか分からなくて、周りもパニックになってるし――まじで怖かったです」

燈の「そうだろうなあ」「怖かったねえ」という声を聞いているうちに、ようやく張り詰めていた緊張の糸が解けてきたのが自分でも分かった。次から次へと涙がこみ上げてきて、洟も出てくる。「まじで」という言葉も喉に詰まった。

「ビックリしたのと痛いのとで――まさか、こんな目に遭うとか思わなかったし、ちょうど、そろそろ場所を変えようと思ってたところだったんですよね。もう、一分か二分、早く動いていればよかったのに、どんくさいんですよねえ――」

〈そんなことないって。仕方がないよ、小桃ちゃんのせいでも何でもないし、タイミングが悪か

ったとしか言いようがない。それでも、頭とか顔に刺さったんじゃなくて、本当によかったよ〉

「あ、でも、おでこも少し怪我して」

〈おでこも？　縫ったの？〉

「そっちは大丈夫でしたけど」

〈もう、びっくりさせないでよ。痕になるようなことにはならないんだろうね？〉

「多分、大丈夫って言われましたけど」

〈で、ご飯とかはどうしてるの？　私これから何か作って、持っていこうか？〉

「――それは、今日のところは大丈夫なんで――」

〈そう？　こんな時なんだから、遠慮することないんだよ？〉

「――ダンナが、作ってくれました」

　電話の向こうで「あ」という声がした。

〈そう、ダンナさんが来てくれたんだ。そんならよかったよ！　一人じゃないなら安心だわ。でもさ、とにかく、何かいるものとか欲しいものとかあったら、明日でもカイシャに行く前にでも持ってくから。ダンナさんだって、ずっとつきっきりっていうわけにはいかないでしょう〉

　はい、はい、と返事をしながらも、やはり後から後から涙が出た。

「ホントに、ありがとうございます」

〈何、言ってんの、あったりまえよ！　夕方、捜査共助課（本部）に戻ったら、もう大騒ぎになってたんだから。まじで慌てたわよ〉

　燈の声を聞いている間、小桃は「すみません」と繰り返しながら何度も洟をすすり、ティッシュを何枚も使いながら、あの時、空中から虫か鳥のようにガラス片が降り注いできた様子や、誰かにぶつかられて転んでしまったこと、バチャバチャとガラス片の落ちる音が周囲に溢れたことなどを長々と話した。燈はずっと、うん、うん、と聞いてくれていた。

〈そうか——大変な思い、しちゃったねえ〉

「もう、夢見てるみたいな感じでした」

〈でもさ、小桃ちゃん〉

「はい」

〈その程度で済んだ幸運に感謝しよう、ね。ニュース見てると結構、ひどい被害も出てるみたいだから〉

「——そうですね、そうですよね」

〈とにかく今日のところは早くお薬飲んで、寝た方がいいよ。二、三日は痛むだろうけど、とにかく明日の夕方、一度はそっちに寄るから。まあ、ダンナさんがいるんなら心配いらないかも知れないけど〉

「ありがとうございます。何かあったら、連絡しますから、その時は、お願いします」

最後にはようやく涙も止まって、ティッシュの山が出来、「じゃあね」という燈の声を聞いて電話を切ったら、ほう、と息が出た。それから初めて、小桃は背中から力が抜けているのを感じ、同時に、思い出したように目の前にいる夫を見た。夫は静かな、というよりも、何を考えているか分からない表情で、黙ってハイボールを呑んでいた。小桃も「燈先輩だった」と俯きがちに言っただけで、またフォークを持ち直した。先輩のことは折に触れて夫に聞かせているから分かっているはずだ。前に喧嘩したときに、燈の家に厄介になったことも言ってある。

カチャ、カチャ。

食器の音だけが響いた。夫がハイボール缶を置く音が、ことん、と響く。

ポークソテーもポトフも、すっかり冷めてしまっていた。それでも小桃は食事を続けようとした。だが、思ったよりも食が進まない。空腹は感じているつもりだったのだが、いざとなると食べられないものだった。第一、味が濃すぎるのだ。ワインか何かのつまみにするのならともかく。

「——ごちそうさま」

「もう？」

「うん——やっぱり、あんまり食べられないや」

「じゃあ、お茶でも飲むか」

「——お水でいい。薬も飲まなきゃならないし」

彼はすっと立って水を持ってきてくれる。小桃も一度立って、リュックサックから処方された薬の袋を持って戻った。テーブルに戻ると、夫は二本目のハイボール缶を開けていた。

沈黙。

怪我のせいか、または泣いたせいかも知れない、瞼(まぶた)と頭が重たく感じられた。今日のところは何も考えず、このまま眠ってしまうのがいいのかも知れない。そうしたかった。処方された数種類の薬を数えて、掌(てのひら)の上に並べているとき、夫が片手にハイボールの缶を持ったまま、呟くように言った。

「燈さんっていう人には、あんなに思ったことが言えて、感情も出せるんだな」

薬を飲み、コップをテーブルに戻しながら、小桃は黙って俯いていた。

「あんな怪我までしたのに、ずい分と落ち着いてるな、それが刑事ってものかなと思ったら。俺には出さなかっただけなんだ」

「そういうつもりじゃあ――」

「俺、戻ってこない方がよかった？」

そうかも知れなかった。いや、と、言うよりも、その方がよかった。と、思った。何しろ、一人でいるときよりも夫といるときの方が、淋しいことに気がついてしまったのだ。今日、改めて感じた。二人で向かい合っての食事がこんなに重苦しく、味気なく、そして辛いものだと思ったことは、かつてなかった。侘しく、淋しく、だから余計に料理の味など、ほとんど分からなかったのに違いない。こんな淋しさがあるものだと、小桃は初めて知った。

「後のことは、その燈さんていう人がやってくれるんだったら、俺は必要ないだろう？」

返事をする代わりに、小桃は静かに席を立った。

「疲れた――もう、寝るね」

すると夫は初めて表情を動かして「待てよ」とこちらを見上げてくる。

「俺はまだ、一応は話し合いの余地があると思ってるんだけど」

「今は――無理。冷静に考えたり、話し合ったり出来る状態じゃないの、分かるでしょう？」

「そばにいなくていいのか」

「――今は一人になりたい」

ご飯、ありがとね、と言い残して、小桃は寝室に入った。静かにドアを閉めて、ベッドに横になってからも、果たして夫は入ってくるだろうかと思って息をひそめていたが、ダイニングの方からコト、コトとささやかな音が聞こえてくるだけで、そのうちに痛み止めが効いてきたらしく、いつの間にか眠りに落ちてしまった。真夜中、傷の痛みに目が覚めたとき、そっと寝室から出てみると、テーブルの上はそのままで、夫の姿だけがなくなっていた。

3

久場係長の風当たりが強い。

「早いとこ何とか手を打とうよ、なあ！」

「ホシのケツも見えないようじゃあ、どうしようもないんだよ、本当にさあ！」

「さあさあさあ、気合い入れてくれよな！」

目が合う度に、時にはパンパンと手を叩きながら同じようなことを言われる。しかも、他の連中に聞こえよがしに。

確かに一週間以上も地方に出張して、あと一歩というところまでホシに追いついていながら、ほんの数日の違いで取り逃がしたのだから、係長としては歯がゆいことこの上もなかったに違いない。ことに上からの評価を気にするタイプの人だから、燈たちが取り逃がしたホシはあまりにも大きく感じられるのだろう。だが、それなら燈たちの方がよほど落胆しているし、現場ならではの悔しい思いをしている。どうしてそのことに気づかないのかと、何か言われる度に「はい」を繰り返しながらも、燈は内心で舌打ちをしていた。

一方、同僚の中にも、今回の「岩佐班」の失態を面白がっているものがいた。その筆頭が、例によって石井・塚原の「石塚班」だ。自分たちは決してとことん追いかけるタイプの捜査はせず、時には途中であっさり見切りをつけて何となく結果をあやふやにしたまま他の捜査に移っていくようなことばかりしているくせに、石塚班は、ほら見たことかというような冷ややかな目つきを燈たちに向けた。

「要するにさ、いくら出張ばっかしてたって、何でも深追いすりゃあいいってもんじゃあ、ねえってことだわな」

「別に出張したいなんてわけじゃ、ないっすよ」

岩清水が言い返す。それでも石塚班はふてぶてしいほど落ち着き払った表情だ。

「時間も無駄なら経費もかかるってこと、忘れねえようにしないとさ。じっと待ってりゃあ、そのうち東京に戻ってきてたかも知れねえのによ」

彼らは相変わらず、賽銭泥棒や無人販売所の連続万引き犯、最近では同棲相手に暴力を振るって小金を持ち出して出ていった男などといったホシを追いかけて、いつだって携帯の通話記録や交友関係からホシにたどり着ける仕事ばかりしている。細い糸をそろそろと手繰り寄せるような捜査などまったくしていない連中に、こっちの苦労が分かるものか、何を言う資格があるのかと思うと、ここでも腹が立ってくる。

「そんで、長旅の間のお楽しみはどうだったたい」

「あるわけ、ないじゃないすか、そんなの」

岩清水が憮然とした表情で吐き捨てるように応えている。

「そんなこと、ねえじゃねえ？　何かさ、飛びっきり旨いもんでも食ったんじゃねえのか」

塚原部長が、いかにも野卑に見える目つきで、ちらりと燈の方を見た。どうしてそういうものの言い方をするのだと睨み返そうとしたとき、岩清水がすかさず「あ、そういえば食いましたね、飛びっきりのヤツ！」と応えた。

「へえ、飛びっきり」

「知ってます？　ふな鮨って」

「ふな鮨？　ふなの鮨か」

「ものっすげえ臭いなんですわ、これが。何しろ納豆やくさやといい勝負って言われてるらしいですから」

そんなに臭いのかと、石塚班は揃って眉をひそめ、また驚いた様子になっている。

「好き嫌いは分かれるらしいですが、その臭いにはまったら、もう忘れられねえって感じですねえ。俺はもう、ひと口で気に入ったんです」

「へえ、その臭えヤツを」

「それだけ肴にして食っても旨いし、お湯を注いでも臭いがたってうまいしねえ、それを言ったら主任に嫌がられちゃって、危うく車から放り出されるところでしたわ」

岩清水は段違い眉毛を八の字にして、にっひっひっと妙な声で笑っている。それには燈もついつられた。だが、それを見て石塚班の二人はまた品のない視線を燈の方に送ってくる。

「へえ、岩清水部長は、そういう臭えのが趣味なのか。癖んなるってとこが、やけに意味深だな」

燈は、マスクの下の口もとをぎゅっと噛みしめながら、彼らの方を見ないようにしていた。本当の味は知らないけど、出来ることならあんたらの口に押し込んでやりたいところだ。

「こうなったら、一から仕切り直すしかないんだから」

その日、本部を後にして歩き始めると、燈は隣を歩く岩清水に対してというよりも、自分自身に言い聞かせるように、憤然とした口調で呟いた。つまり、広域捜査のイロハのイに戻るのだ。生活保護の申請、ハローワークへの出入りなどから始めて、さらに携帯電話の通話履歴などからすべてを洗い直す。役所とハローワークにはもう行った。今日はこれから裁判所で新たに取得しばすぐにデータを渡してくれるはずだ。

た差押許可状を持って、携帯電話会社の差押窓口に行く。既に電話で予約はしてあるから、行けばすぐにデータを渡してくれるはずだ。

それぞれの電話会社には本社やサービスセンターなどに「差押窓口」というものが設けられている。いずれもほんの小さな窓口で、そこにいる担当者は大半が警察OBだ。そこは警察からの差押申請に応じる専用の窓口になっているからだ。担当者は自分の方が年上のOBだからと、やたらと先輩ぶって横柄な態度をとるヤツもいれば、「ご苦労さんです」と一応は愛想の良い顔を見せてくれる人もいるが、いずれにせよ警察からの通話記録に関する問合せがあまりに多いために専用窓口を設けているくらいだから、OBたちは煩雑な業務に落ち着く暇もなく、かといってすることはありきたりな事務仕事だから、心躍るようなこともなく、ただ仏頂面で動いているようにしか見えなかった。

「ええと、今回、令状が出てるのは五件、と。ちょっと多いね」

今回、訪ねた先にいた窓口の男は、七十歳近くといったところだろうか。やたら狭い額に数本の深い皺を刻み、白髪の多い少ない髪をオールバックに撫でつけた男だった。燈が目元だけで愛想笑いを浮かべてみせると、担当者は黙ってその記録が入っているCD－Rを五枚、差し出してくれた。一枚目は西野敦之本人、二、三、四枚目はそれぞれ西野の別れた妻と、二人の子どもたち。そして最後の一枚には「リンゴ屋」の杉田秀夫の携帯電話の通話記録が入っている。万が一のためだ。

「何か動きがあるといいんだけどね」

CD－Rを持ち帰って、再び捜査共助課のデスクで、岩清水と共にデータの分析を始めた。すると、真っ先に西野敦之の携帯電話に変化があった。

「あれっ、使ってますよ、携帯」

「本当だ。そろそろ、ほとぼりが冷めたと思ったのかな」

あれほど誰一人に対しても電話していなかった西野が、方々に電話をかけた記録が残されていた。その中には例の「リンゴ屋」もいたが、中でもことに目立つ番号があった。燈はすぐに西野の別れた妻のデータを読み込んだ。

「やっぱり」

顎に手を当てて、燈は岩清水のパソコンの画面と自分のパソコン画面とを見比べた。間違いない。西野は別れた妻に、頻繁に連絡を入れ始めていた。だが、回数が多い割には、通話時間は常に一分もしない間に終わっている。それでも二日か三日に一度、西野は元妻に電話を入れ続けていた。発信場所はいずれも東京都内。この通話時間の短さからすると、元妻の方から一方的に電話を切られてしまっているとも考えられたが、何かの「暗号」のやり取りと考えられなくもない。ただ、直近のつい数日前に一度だけ、七分以上も通話している日が目立った。それ以降は、西野から元妻への電話はまた一分以内だ。

「行こう」

「女房のところですね」

岩清水が椅子の背にかけてあった上着を取り上げて着込む。燈もショルダーバッグを肩にかけた。

今度こそ。

揺るぎない手がかりを摑んでやる。どうしても気がはやる。何がなんでも、西野をパクりたい。その一心だった。

「ええ、電話はかかってきます。変わりはないかとか、子どもたちはどうしてるとか、そんなことの繰り返しですけど」

勤め先の保険会社を訪ねると、ちょうど外回りから戻ってきたという西野敦之の元妻は職場の裏口に出てきて、周囲をはばかるようにしながら、早口に答えた。

「こっちは今さら何を話す気もないですから、『何も変わってなんかいないわよ』って言って、すぐに電話を切るんです。でもまた何日かするとかけてきて、少しでいいから会えないかとか、『俺はもうダメだ』とか」

「それで奥さんは、どう応えてるんですか」

岩清水の質問に、華奢（きゃしゃ）で小柄な西野の元妻は、以前よりも白髪の目立ち始めた長い髪を一つに結わえ、目元を皮肉っぽく細めて「何を今さらって」と、そこに西野本人がいるような目つきになった。

「私たちはもう他人に戻ったんだし、第一、それを望んだのは向こうからなんですよ。人の気持ちってものを何も考えないで、何が『もうダメだ』なんですか。私も、それから子どもたちも、この頃になってやっと父親のいない生活にも慣れて、落ち着いてきたところなんです。それなのに、今さら私たちの生活を乱すなんて、気が知れない」

「では、本人がじかに姿を見せるようなことはありませんか」

今度は燈が尋ねた。まさか、というように、西野敦之の元妻は首を横に振った。

「あんな大それたことをしておいて、こんなことを言うのもおかしいんですが、あの人は、本当はものすごく気の小さい人なんです。それに、もしも、私にでも子どもたちの前にでも姿を見せるような真似をしたら、すぐに一一〇番するって、言ってありますから」

「では、今どこにいるとか、そんな話は」

「一切、聞いてません」

「何をしているかとか」

「知りません」

「自首を勧めたり、なさいましたか」

「まさか。これだけ逃げてる男が自首なんて、すると思います？　あの小心者が。とにかくね、私はもう金輪際、関わりたくないんです。それだけですから」

燈は一瞬だけ岩清水と目線を合わせ、密かにため息をついた後で、「では、あと一つだけ」と西野の元妻を見た。

「つい最近、比較的長い時間――とは言っても七、八分ですが、話をしましたよね。記録に残ってるんですが」

西野の元妻は「記録に？」とわずかに眉を動かして「そんなことまで」と、うんざりした表情になった。

「すごいんですねえ、警察って。そんなことまで調べるんですか」

「これはすべて合法的なことなんです。私たちも、それだけ全力を挙げて、ご主人を探しているということなんです。何と言っても西野――別れたご主人は、奥さんも仰いましたけど、気が小さい方なんですよね？」

「ええ、蚤の心臓」

「そんな人が、いつまでも人目を避けて逃げ続けるような暮らしを続けていけると思います？そのうちに、経済的にもそうですが、まず精神的にも追い詰められると思うんですが」

元妻は薄い肩を上下に動かしてため息をつき、それからマスクの位置を確かめるように両手で軽く押さえた後で、「あの時は」と口を開いた。

「うちの、車の車検がもうすぐ切れるっていう通知が来たもんですから、あの人に『何とかして』って言ったんです」

「車検が？」

西野の元妻は小さく頷いて、自分はペーパードライバーだし、たとえ運転するにしても、西野が使用していたものをそのまま使う気にはなれない、誰も使わない車を車検に通すなど馬鹿げていると思ったから、西野が自分で何とかするようにと迫ったのだと言った。

「キーはあの人が持ってるはずですし、勝手に持っていって欲しいって言いました」

「そうしたら？」

「『分かった』って——次の日には、車はなくなってました」

チャンスだった。もう一度、防犯カメラをチェックすることが出来る。それに、どこに行くあてもなく、頼れる相手のいない西野敦之が車を利用したら、それこそ、どこかに突っ込むなりして自殺する可能性も考えられた。

さらに車のナンバーさえ分かれば、そこからNシステムを使って探し出すことが可能になる。ことに都内には首都高速道路をはじめとして主な幹線道路などに自動車ナンバー自動読み取り装置、通称Nシステムが多数、設置されている。そこのどこかに引っかからないはずがない。

「あの人、捕まりますか？」

少しの沈黙の後、西野の元妻の方から口を開いた。燈は「捕まえます」と大きく頷いた。

「もともとは真面目な性格だって、前に仰っていましたよね」

「はい――真面目で、気が小さくて」

「そういう西野が、そろそろ一年近くも逃げ続けているということは、精神的にも相当に疲弊しているだろうと思うんです。これ以上、追い詰められないためにも、馬鹿なことは考えないでほしいんです。我々も出来るだけ早く、身柄を確保したいと考えています」

「奥さん、もしまた西野から連絡があったらですねえ、その時は我々に連絡をくれませんか。せめて、今どこにいるか聞いて欲しいんですがね」

名刺を差し出しながら、岩清水も隣から話しかける。西野の元妻は「でも」と迷う素振りを見せた。

「たとえ電話でも、もう心の底から、話したくもないんです。本当は、声も聞きたくない。一切、関わりたくないんです」

「では、また電話があったら、我々のことを言いますか?」

燈が尋ねると、西野の元妻は一瞬、瞳を泳がせたが、すぐに「いえ」と首を横に振った。

「言いません。誰にも。子どもたちにも」

「では最後に伺います。車の種類は何でしょうか。あと、ナンバーを教えて下さい」

「プリウスです」

「トヨタの。色は?」

「何ていうか、シルバーメタリック、っていうのか」

それからこちらの質問に答える形で、西野の元妻は西野敦之が所有するトヨタプリウスのナンバーを諳(そら)んじた。岩清水が隣でメモを取る。燈も可能な限り、その番号を頭に叩き込んだ。

多摩３３０　む　６７－××

これからは、そのナンバーから車両の位置を調べることになる。もちろん、携帯電話の電波から、本人の位置情報を取ることと並行しての作業だ。とにかく、網は確実に狭まっていると思われた。

4

西野敦之の車のナンバーを手配車両としてNシステムに登録し、一方で燈たちは携帯電話の位置情報から西野の居場所をくまなく探し始めた。時折、移動している形跡はあるものの、このところの西野は台東区清川二－二にある基地局を基点として、八時から十二時の方向の放射状の範囲、半径五百メートル以内を移動していることが判明している。だが、定期的に動いている気配はなかった。燈たちは、その範囲内に位置するホテル、旅館、ネットカフェなどをしらみつぶしに当たり始めた。その間に、もしも手配車両がNシステムに引っかかったという情報が入れば、すぐに動くつもりだ。だが、それがないとなると、もしかしたら、どこかに駐めたままになっているのかも知れないとも考えられた。

清川二丁目界隈は、かつては山谷（さんや）などと呼ばれた地域の一角だ。一九六四年の東京オリンピックに備えて東京は大改造が行われた。そのために膨大な労働力が必要になり、地方からやってきた出稼ぎ労働者は、東京の片隅の通称ドヤと呼ばれるような場所に寝泊まりした。山谷界隈は、そのために建てられた簡易宿泊所や小さな旅館などが数え切れないほど点在している、昭和好景気の時代の、影の部分とも言うことの出来る地域だ。その朽ち果てたような宿屋の多くが、このところのインバウンドの増加に伴い、今では外国人のバックパッカーなどに人気の宿として生まれ変わったと聞いている。だが街全体は未だに古びていて、道幅はさほど広くなく、中には車二台がすれ違うのも難しいような道があった。ことにコロナ禍のおさまらない今、外国人旅行客の姿は少なく、街は全体に閑散としていて人通りはほとんどなかった。歩いているのは杖をついたりショッピングカートを押して歩くような高齢者ばかりだ。

「この辺にだって移動スーパーが来てもよさそうな感じですわな」

「実は西野は、そこに目をつけたんだったりしてね」

「今、この辺りの治安はどうなのかな」

「昔とは違うからねえ、老人が多いだけの、ひっそりした感じじゃない？」

車はコインパーキングに駐めて、岩清水と共に軒を連ねる簡易宿泊所も含め、ビジネスホテルなどを一軒ずつ回っては、一日、二日と過ごしていった。携帯電話の位置情報は日に数度ずつ定期的に確かめているが、多少の変化はあったとしても、さほど大きく移動してはいない。

「野郎、どっかの部屋にこもってるんすかね」

「携帯を置きっぱなしにしてるとも考えづらいしね」

「かといってパチンコ屋みたいなものも見当たらないし、場外馬券場もないしなあ」

それでも、この辺りにいるのだ。

必ず見つける。絶対に。それだけを自分に繰り返し言い聞かせながら、燈は目を皿のようにして、通りの左右に点在する宿泊施設を見て歩いた。ホテル。旅館。簡易宿泊所。風呂付き部屋。ごく普通の戸建ての家にしか見えないような建物の、モルタル塗装の壁にエアコンの室外機が、これでもかというほど並んでいる建物もあった。おそらく風呂なし三畳間程度のたこ部屋のような宿なのだろう。

そうして四日目の昼過ぎだった。

岩清水がハンドルを握り、コインパーキングを探して徐行で小さな路地を進んでいるとき、ふいに左脇から車が出てきた。一時停止もせず、すいっと燈たちが進もうとする方向に曲がっていく。

「何だよ、危ねえな」

岩清水が呟いたと同時に、燈が「部長！」と声を上げた。

「あれ！　あのプリウス！」

即座に「あっ」という声が返ってきた。

多摩３３０　む　６７－××

間違いなく、西野敦之の元妻から聞かされたのと同じ車だった。色もシルバーメタリックだ。

咄嗟に、こめかみの辺りがひやりとなって首筋からぞくぞくという感覚が全身に入った。

「おっかけるよ」

「了解！」

「絶対に気づかれないでよ！」

「へいっ」

一瞬しか見えなかったが、ハンドルを握る男の横顔は、確かにずんぐりしたものだったと思う。

西野敦之に間違いないと、燈は確信した。

「あの野郎、やっぱりこの辺をうろついていやがった」

燈もシートから身を乗り出すようにして前を行くプリウスを睨みつけていた。プリウスはいくつかの角を曲がって、それなりのスピードで進んでいく。万が一、子どもでも飛び出してきたらはね飛ばされそうな勢いだ。そして明治通りに行き当たった時だった。黄色に変わったばかりの信号を、西野の車はそのまま突っ込むようにして、通りに紛れ込んでしまった。

「野郎っ！」

「行っちゃえっ！」

「ええいっ、畜生！」

まずい！　信号が変わって、既に動き出している大型のトラックが大きなクラクションを鳴らした。そのトラックに大きく手を振って、岩清水は必死で明治通りに突っ込んでいく。背後からはまだしつこくパッパァーッと激しいクラクションが鳴っている。岩清水は、今度はハザードランプで挨拶を送った。車両の往来は頻繁で、大型の車両も多い。しかもプリウスは既に車線変更を行おうとしていた。

「今ので、ヅかれたかな」

「かも、知れません」

あんな運転をされていたら、いつ事故が起きないとも限らなかった。とはいえ、ここまで追ってきて、またもや逃げ果(おお)せられたのではたまらない。燈は唇を嚙み、「ああ、もうっ」と一人で唸ると、即座に公用携帯を取り出した。

「久場係長、佐宗です。ホシの車を発見したんですが、ヅかれたらしく、現在、明治通りを逃走中です」

〈何だって？　今、どの辺だっ〉

「台東区清川二丁目三十七付近から明治通りを三ノ輪方向に向かっていますっ」

〈三ノ輪だなっ。了解っ。折り返し連絡する〉

電話を切ると、隣から岩清水の視線を感じた。

「いいんですか、この段階で報告上げちゃって」

「この際、しょうがないよ、どんなことをしてでも、今度こそホシを挙げることを考えないと」

「だけど、俺たちのヤマなのに――」

「そんなこと言ってる場合じゃないのっ。これで下手に事故でも起こされたら、それこそたまったもんじゃないっ」

へい、と答えて岩清水は前を行く車をすり抜けるようにしながらかなり危ない運転で、前へ前へと進んでいくプリウスをどうにか追っていく。似たような色合いの車が多いから、見誤らないようにするだけで大変だ。

「ちょっと、事故んないでよ！」

「分かってますって！　これでも運転には自信はあるんすからっ」

今頃、久場係長からは牛込管理官に報告が入っている。さて、牛込管理官がどう出るか。それが問題だ。あの人も保身に走るタイプだからな――そんなことを考えているうちに燈の公用携帯が鳴った。

〈佐宗主任か〉

「はい、佐宗です」

〈七堂だ〉

「あ、課長？」

思わず背筋が少し伸びた。岩清水の視線を感じる。牛込管理官を飛び越えて、七堂課長直々に電話をかけてくることなど、普通はあることではないからだ。せいぜい、牛込管理官のがなり声を聞くくらいのものだとばかり思っていた。

〈それは、例の、近江八幡で飛ばれたホシだな〉

「そうです」

〈そのホシが、今は都内に戻って明治通りを走っていると。場所は三ノ輪方向と、そういうことだな〉

「はい」

〈分かった。これからヘリの出動を要請する〉

「――は？」

今度こそ、燈は岩清水と顔を見合わせた。逃走車両を追うのに、ヘリを要請することなど、今まであっただろうか。

〈佐宗主任、聞こえているか〉

「あ、はい」

〈逃走している車の車種とナンバーを、もう一度、伝えろ〉

「トヨタのプリウス。色はシルバーメタリックです。ナンバーは、多摩３３０　む　６７－××になります」

〈了解。君たちは今すぐ方面系の無線を開局するように。そこなら第六方面か。無線呼称は『捜

共01』だ〉

「――捜共01、了解しました」

〈とにかく君たちは、これまでどおり地上から対象車両を追跡してくれ。新しい情報が入り次第、ヘリから直接、無線が入ることになるからな。我々からも指示を出す。また、近辺にいる機捜その他も動くはずだから、無線が錯綜する。そのつもりでいろ。少しくらい見失っても焦るなよ。上から必ず見つけ出す〉

「――了解しました」

〈いいか、捜共01。よく聞くんだ。つまりこれは、うちの課だけの問題ではなく、警視庁全体に知れ渡る問題になったということだ。ここで赤っ恥かくわけにいかん、最後には君らが、何がなんでも確保しろよ！〉

「――捜共01、了解しました！」

電話を切った後で、思わず「ヤバいよ」とため息が出た。

隣から岩清水がちらちらとこちらを見る。

「カイシャ全体の問題になったってさ」

「ほら、だから言わんこっちゃない」

岩清水が顔をしかめているのがマスクごしでも分かる。

「だけど、しょうがないじゃない。これでまた逃げられるのなんて、たまったもんじゃない。こうなったら恥も外聞もあったもんじゃない。皆の助けを借りる方がいいんだよ」

「そら、そうかも知れませんけど。ヘリまで出張(でば)ってくるって、一体どうなっちまうんだ」

とにかく、一大事になった。これまではいつだって岩清水と二人でコツコツと歩きまわって細々とホシを追ってきたのに、それが、いきなり空からヘリ？　しかも、機捜まで動くというのだろうか？

考えている間に開局した車載無線がピーピーと鳴った。普段、広域捜査共助係の車は無線機を車載していても開局はしていない。そういう形で警視庁本部や他の車両と連携しながらホシを追う必要がないからだ。

〈捜査共助から警視庁〉

これは、大友(おおとも)係長の声だ。いつもは手配・認定係にいるが独特の渋い声の持ち主だからすぐに分かる。

【こちら警視庁。捜査共助どうぞ】

〈捜査共助ですが、現在、指名手配被疑者(マルヒ)使用と思料(しりょう)される車両、ナンバー多摩３３０　無線の「む」　６７－××　シルバーメタリックのトヨタプリウスが台東区明治通りにあって、三ノ輪方面に逃走中のもようです。捜共01が追跡中。よって航空隊のヘリを要請したい。また、捜査共助と航空隊とで相互に通話を願いたい〉

聞いているだけでドキドキしてきた。その耳に【警視庁了解。警視庁から航空隊】という事務的な声が響いた。即座に【こちら航空隊】という返事が聞こえてくる。

【警視庁どうぞ】

【捜査共助課からの要請あり。現在、指名手配マルヒ使用と思料される車両を追跡中とのこと。色はシルバーメタリックのトヨタプリウス、ナンバー、多摩３３０　む　６７－××　明治通りから三ノ輪方面に逃走中のもよう。現在捜共01が追跡中。よって航空隊のヘリを要請したい。以上、警視庁】

【航空隊了解。航空隊からおおとり1】

〈おおとり1です、どうぞ〉

【捜査共助との通話を傍受したか、どうぞ】

〈おおとり1　傍受しました〉

【では直ちに明治通り三ノ輪付近から検索願いたい】

〈おおとり1　了解。直ちに検索に移行します〉

自分たちの頭上をヘリが飛ぶのかと思うと、またもや心配というか、奇妙な気分になってくる。

その時、また無線がピーピーと鳴った。

〈おおとり1から捜共01〉

燈たちのことだ。燈はマイクを握る手に力をこめた。

「捜共01です、どうぞ」

〈現在の状況を知らせ。どうぞ〉

燈は慌てて周囲の交通表示板を眺め回し、それから今は見えていないプリウスの走り去ったと思われる方向を眺めた。

「捜共01からおおとり1。現在、明治通りを西に直進後、荒川区荒川一丁目の六叉路付近です。マルヒはそこから千住（せんじゅ）間道に入った模様です。その六叉路で失尾しました」

〈おおとり1　了解。続いておおとり1から警視庁〉

【こちら警視庁。おおとり1どうぞ】

〈現在、マルヒ車両を明治通り六叉路から千住間道に二キロ入った国道四号線で捕捉した。ナンバー多摩３３０　む　６７－××で間違いないか、どうぞ〉

【こちら警視庁。ナンバー間違いない。シルバーメタリックのトヨタプリウス、どうぞ】

〈こちらおおとり1。確認済み。現在追跡中です〉

【警視庁了解。警視庁から各局。現在、指名手配車両、多摩330 む 67－×× トヨタプリウス シルバーメタリックは国道四号線を隅田川千住大橋方面に向かって走行中。付近をパトロール中の各局は、逃走車両を発見次第、確保されたい。以上、警視庁】

何ていう早さなんだろう。燈と岩清水とは、やっと千住間道を入って、そこをのろのろと進んでいる。助手席の窓から上空を見上げてみるが、もしかしたら、あれだろうかと思う小さな白いものが、遥か上空にぽつりと見えるだけだ。あんな場所から車のナンバーまで読み取れてしまうのか。

すぐに無線が鳴るかも知れないと思うから、右手はマイクを握りっぱなしだ。その手がいつの間にか汗ばんでいた。ほどなくして、ピーピーと呼び出し音が鳴った。

〈機捜63から警視庁！〉

【こちら警視庁。機捜63どうぞ】

〈現在、国道四号線、足立区千住新橋手前で手配車両を発見、これから停止指示。その後、職質を開始します〉

〈江戸川01から警視庁！〉

【江戸川01、どうぞ】

〈こちらも国道四号線、足立区千住新橋に現着しました！ 機捜63と共に車両確保します〉

【警視庁了解】

〈交機03から警視庁！〉

【交機03どうぞ】

〈国道四号線、足立区千住新橋に現着しました！　付近の道路規制を行います〉

【警視庁了解】

【警視庁から捜共01。傍受されたか】

「捜共01。傍受了解しました。直ちに足立区千住新橋に向かいます」

【警視庁了解。なお、受傷事故防止には特段の留意を願いたい。以上、警視庁】

「捜共01、了解！」

〈機捜63から警視庁〉

【こちら警視庁。機捜63どうぞ】

〈現在、捜共01現着。交機03らと共同でマルヒを確保。運転者、免許承認、本人も氏名自供しました。なお車内検索の結果、パケ入り大麻樹脂らしいもの二点、ジョイント、パイプなどを発見。缶酎ハイの空き缶が三本。またトランクからは刃渡り二十センチの刃物および二十五センチあまりの刃物が出てきました〉

【警視庁了解。すぐに薬物専門係官を向かわせる。警視庁から捜査共助】

〈こちら捜査共助。傍受完了〉

【すべての手続が完了し次第、被疑者および車両移動願う】

〈捜査共助了解。捜共01、傍受出来たか〉

「捜共01、すべて了解」

【警視庁から航空隊】

【航空隊も傍受完了】

【各局も了解願いたい。協力に感謝する。以上、警視庁】

見上げると、五、六百メートルは上空にいるヘリコプターが、ホバーリングしながら燈たちのいる現場の真上にいた。見守られている、という感覚を、燈はその時初めて覚えた。向こうからこちらが見えているかは分からないが、燈は思わずヘリに向かって手を振った。仰(あお)ぎ見る白い機体は、これまで見たこともないほど輝いて、また力強く感じられた。

各方面から集まった警察官たちが、それぞれの仕事を終え、持ち場に戻っていったところで、燈たちもまずは西野敦之を最寄りの警察署に連行した。手配署は西東京市で離れているから、署員が逮捕状を持ってくるまでに時間がかかる。その上、酔っ払った状態で大麻樹脂その他を所持しており、刃物まで持っているということで、調べなければならないことは山ほどあった。燈たちは所轄署の担当者たちに何度も頭を下げ、すべての作業が終わった段階でようやく本部に報告を入れ、へとへとになりながら自分たちの車に戻った。

「それにしても、すげえな、うちの課長」

シートベルトを締めながら、まずは岩清水がため息混じりに呟いた。それには、燈もまったく同感だ。

「すごい度胸してるわ。まさか、ヘリまで呼び出すなんてね」

「普通、やりますかね、そんなこと。思いつきもしねえや」

「あの人だから出来るんだろうね。下手踏んだら、それこそ責任云々とか言われてヤバいことになるに決まってるって分かってて、突破するんだから」

「すげえ心臓してんなあ」

空は、雲一つない青空だった。そこには、すでに「おおとり1」の姿は見えなくなっていた。

5

「そんな上空から、車のナンバーが見えちゃうんですか」

ホタテとタコのカルパッチョを口に運びながら小桃は目を丸くした。久しぶりに飲むスパークリングワインはふくよかな香りと共に、細かい泡が心地好く喉を通り、刺激的な味わいが全身に広がるようだ。親父の表現ではないけれど、これが五臓六腑に染み渡るということかと思う。

「もう、それはバッチリ、ビックリするほどくっきり見えちゃうんだって。すごい高感度のカメラを搭載してるらしいのね。第一、ヘリの音がホシに聞こえたらバレちゃうわけだから、それだけ上空を飛んでるわけよ。それでも、超高性能カメラで捉えられるっていう話だった」

そういえば燈が普段はコンタクトレンズを使用しているということを、その晩、小桃は改めて思い出していた。以前、泊めてもらったときにも化粧を落としたら眼鏡姿になっていて意外な気がしたものだったが、今日は一旦、家に戻って楽な格好に着替えてきたという彼女は、丸みのある華奢な印象の眼鏡をして、真っ赤なタートルネックのセーターを着ている。そのせいか、いつもより若々しく、潑剌（はつらつ）として見えた。

「もう、身柄確保したときのホシときたら、よろよろのボロボロよ。空からは見張られてるわけだし、機捜から白バイにまで取り囲まれて、駆けつけてきた地域課の警察官には腕からベルトまで押さえられてさ、目は虚ろなまんまだし、よだれでも垂らしそうな弛（たる）んだ顔しちゃってて、足もともおぼつかないの。はっきり言って、気味悪いくらいだった。それでやっと言った言葉が『なんでもっと早く捕まえてくれないんですか』だもんね」

意気込んで話す燈に、小桃もつい引きこまれた。全国に指名手配されていた上に、都内に戻ってきたと思ったら、ヘリまで導入して大捕物を繰り広げられたというのだから、そんなに興味深い話はない。

「その上、お酒まで呑んでたって、強者(つわもの)だわ」

「それって、もう、自殺行為っていうか、徹底的にダメダメな男じゃないですか。一体いくつ罪が重なるんですか」

そうねえ、と言いながら燈は一つ一つ指折り数えている。その左手の薬指に輝いている指輪が、ちくりと小桃の心に刺さった。

「とりあえず、あれで事故らなかっただけラッキーだったよ。誰かを巻き添えにしたり、物損にしても川にでも突っ込まれてたら、たまったもんじゃなかった」

「ですねえ」

「それにしても、本当に想像以上に気の小さい男だったんだろうなあ。そんなヤツが会社のお金に手をつけて、競馬なんかに夢中になるもんだから、そこからもう、泥沼が始まったわけよ。わざわざ近江八幡まで行って、移動スーパーまでやったはいいけど、コロナになるし。そのくせ、家を出るときには自分から離婚届を置いてきたのに、きっとコロナで心細くなったんだね、別れた奥さんに何回も電話かけて、それでも全然、相手にしてもらえなくて、余計に自棄(やけ)をおこしたんだろうね。持ち金もなくなっていくし、こうなったらいっそ自分で死ぬか、どこかに強盗にでも入ろうかとでも思ってたみたい」

燈の言葉に小桃は思わず頬杖をついて「男って」と呟いた。

「一旦駄目になると、そこまでとことん、落ちて行くもんなんですかねえ」

燈は「そんなのばっかりじゃないとは、思うけどね」と、ちらりとこちらを見た。その視線に、何となく反射的に目を伏せてしまう。

「女だって、一度転がり落ち始めたら、どこまでも行っちゃうのも、まあ、いるし」

「だけど、だけど、ですよ。女の場合はそこまで他人を巻き添えにします？ たとえば、ちょっと気に入った女の子に相手にされなかったからって、ガソリンまで持ち込むような馬鹿が実際にいるわけですから」

「ああ——そりゃあ、まあ、そうだけど」

それは、小桃が巻き込まれた事件の話のことだ。風俗関係の店ばかり入っている小さなビルの四階が爆発炎上した原因は、個室マッサージ店の控え室でカセットコンロを使ってたこ焼きを作っていた客待ちの女の子たちのところに押し入った客の男が、ペットボトルに入れたガソリンをぶちまけたことから、ガソリンが炎上、それによってカセットボンベが爆発したことによるものだった。たった数回、通っていただけの店で、一人で勝手に思い詰めて、そこまでの犯行に及んだというのだ。

三十六歳の犯人は九死に一生を得た。だが、店で働いていた十九から二十三歳の女の子のうち、二人が大やけどを負ってその後、死亡し、他に三人が重傷を負うという大惨事になった。テレビでは、風俗店という商売柄、被害者の女の子たちについてはなかなか報じられない分、犯人の男については容赦がなく、出身地や幼なじみから、果ては近親者の話を聞き出したり、また学生時代の様子を報じたりして、未だに犯人の「心の闇」とやらについて報じ続けている。だが小桃自身は、出来ることならもう事件のことには触れたくなかった。

すべて、済んでしまったことだ。馬鹿なことをして大やけどを負った男も、生命を落としてしまった女の子たちも、そして、痕になるかも知れない大やけどを負った女の子も、誰も彼も、もう取り返しがつかない。

そして、自分も多少は関係したものの、その怪我の程度はあくまでも軽いもので、関係者の誰とも関わりもなく、今となっては石に躓(つまず)いて転んだ程度でしかない。それだけに、すぐそばで苦しみ抜き、生命を落とした人たちがいることなど、考えるだけでつらかった。さらに言えば、あのことが本当の引き金になって、小桃は自分の人生の一つの区切りをつけようと決心したのだ。

だから、燈に対しても事件の話は、あまりしていない。それこそ怪我をした直後、燈が毎日のように家に来てくれていた頃は一緒にテレビを見たりしていたが、そのうち、テレビを見るだけで気分が悪くなった。それに気付いたらしい燈も、あえて事件の話はしなくなった。むしろ、近江八幡での出来事や、燈と組んでいる岩清水という刑事の話などをしてくれる方が増えたくらいだ。そして、燈のダンナさんがカイシャを辞めたことも。

「ま、いいんじゃない？　ああやって田んぼに入って仕事してる方が向いてるって本人が言うんだから、やりたいようにやらせればいいのよ」

燈はけろりとしたものだった。それよりもだんだん秋が深まってきて、息子の大学のラグビーリーグの方が気になるような話しぶりだった。

「ところで今日、ダンナさんは？　私と久々の外食だって、ちゃんと言ってきたんだろうね？」

ふいに燈が、こちらを見た。小桃は意表をつかれるような形で、「あ、まあ」と、必要以上に頰に力を入れて笑って見せた。

こうして『プレゴ』で燈と向かい合えるのは実に久しぶりだった。小桃が怪我をした当初は、燈は毎日小桃のマンションに顔を出してくれては、カット野菜や果物、ミートボールやおにぎり、サンドイッチなどを差し入れてくれた。それもこれも、夫が忙しくて滅多に早く帰ってこられないと小桃が嘘をついたからだ。

「まあ、もう抜糸も済んでから大分たつし。仕事にだって戻ってるんですから」

「そうだね。小桃ちゃんにしては、我慢した方かな」

にこにこと笑いながらグラスを傾ける燈は本当に赤がよく似合う。普段の彼女とは別人のように華やかにも見えた。この人って、若い頃はかなりきれいだったんだろうな、と改めて思った。家に泥棒に入られて、初めて燈に会った小学生のときの小桃は、当時の燈を見てもそんなことは思いもしなかったけれど、それでも女性警察官に憧れた理由の一つには、彼女が美しかったこともあったのかも知れない。素敵な人に見えたことだけは確かだ。きっと。

「でも、いいなあ。そんな風に色んな部署の人たちと力を合わせて仕事に取り組めるのって。一体感っていうのかなあ、チームって感じ、するじゃないですか。考えてみたら、私の仕事なんか、ほとんど独りぼっちで街角に立ってるだけだもん。正反対ですよ」

「それは、ヘリの人たちも似たようなこと言ってたよ。自分たちだって警察官として、直接犯人の検挙に当たりたいと思ってるけど、結局はいつも空の上から見てるだけだから、歯がゆい思いはしてるって」

燈の話によれば、大捕物のあった数日後、「事件検討会」と称して航空隊の人たちと捜査共助課の上層部とで飲み会があったのだそうだ。機会を設けては、そういうつながりを持つことが大切なのだと、七堂課長は言っていたらしい。その最初の部分だけ、燈たちもちらりと顔を出して簡単に挨拶をしたそうだが、たとえば機捜などは同じ刑事仲間だからそう代わり映えはしないものの、航空隊となると雰囲気も違っていて新鮮だった、と燈は言っていた。

「やっぱりうちのカイシャを目指した人たちなんだから、都市の治安と人々の安全を守りたいっていう気持ちもあれば、悪いヤツらを捕まえたいっていう気持ちもあるんだよ。今、どの部署にいたとしても」

「なるほどねえ」

考えてみれば、燈がこんな風によく喋るのは珍しいかも知れなかった。大抵は、小桃の方がほとんど一方的に喋って、燈はいつも聞き役に回ってくれているのだ。それだけ、今回のヤマには燈なりの思い入れがあったのだろう、と小桃は想像した。それはそうだ、わざわざ近江八幡まで行った上に逃げられて、最終的にヘリまで総動員して捕まえたのだから、興奮しないはずがない。

そういう燈に、自分の身の上を語ってしまっていいものかどうか、小桃はさっきからずっと迷っていた。せっかく真っ赤なセーターなんか着ちゃって、気分よくリラックスして見える先輩に、また陰気くさい話を聞かせるのは、何とも申し訳ない気がしてくる。だが、だからといっていつまでも黙っているというわけにもいかなかった。

「ああ、それにしても誰かのためにご飯を作るのって、久しぶりだったわ、ホント」

二杯目のワインを呑み始めたところで、燈は気持ちよさそうに頬をさすりながら、ふう、と小さく息を吐いた。

「あれを毎日やってた頃は、献立にも迷うし面倒くさいし、勘弁してよっていう気分だったけど、やっぱり誰かのために作るのって、それなりに楽しいもんだって、思い出した」

「ホント、ありがとうございました」

小桃は神妙な表情でぺこりと頭を下げた。あの数日間は本当にありがたかった。何よりも一日中、夫のいなくなった家で過ごさずに済んだというだけで、ほんの短時間でも部屋の空気が変わるような気がしたのが一番の救いだった。

「本当に、救われました」

「何よ、大袈裟だね」

「まじです。大まじ」

「――そう？」

「だって――」

あの、最後の晩餐が忘れられない。夫と二人無言で向き合って、ただ響いていた白々しい食器の音も、夫が一人でハイボール缶を呑む姿も、その時の何とも言えない無表情も。しかもあの時、小桃ははっきり怯えていた。こっちの身体が思うように自由にならないときに、もしもベッドに入って来られたらどうしようかと。

「怪我した日、燈さん、電話くれたじゃないですか」

「そりゃ、するよ。本部全体、大騒ぎだったんだから」

「あの時、実はそばにダンナ、いたんですよね」

「ああ――うん」

「ご飯作ってくれて、向こうは一人でハイボール呑んでて」

燈の明るかった表情が少し訝しげなものに変わった。こんな顔をさせるのは申し訳ない。だが、仕方がなかった。

「あれが、最後になりました」

「――え？」

「あの人、食器も何も片づけないで、私が寝た後も、一人でさんざん呑んだハイボールの缶さえ片づけないで、出ていきました」

「――嘘、でしょう？」

小桃は燈をちらりと見て、今度こそ本気で深々とため息をついた。あの時、燈から電話をもらって思わず涙が出たこと。恐怖が蘇ってきて、こらえきれずに一気にあれこれと喋ってしまったこと。そのことを、夫は面白く思わなかったことを。

「『刑事だから落ち着き払ってるのかと思ってた』とか何とか言っちゃって。『俺には言えなくても、燈さんには言えるんだな』とかも言われて」

燈は言葉を失ったように、頬杖をついてこちらを見ている。小桃は、まだ少し攣るような感じと痒みの残っている右手でフォークを使い、チキンステーキを頬張った。

「そりゃ、確かに食事の支度はしてくれましたよ。だけど、料理の味なんか、ほとんど分からなかったです。会話はゼロ。彼からだって何も話さないんですから。それで、私は食欲もなかったし、痛み止めを飲んでそのまま寝ちゃったんです。向こうはまだ何か言いたそうだったけど、私は疲れてもいたし。それで、夜中に傷が痛くて目が覚めて――ダンナはどうしてるのかと思って起きてみたら、もういなくなってました」

「――それっきり？　連絡は？」

「次の日、LINEが来て。近いうちに離婚届を送るからって」

「――小桃ちゃん、それでいいの？」

小桃はフォークを宙に浮かせたまま、「だって」と、またため息をついた。

「あんなに淋しいと思ったこと、なかったんですよ。一人でいるより、二人でいる方がよっぽど淋しくて辛いなんて、そんなこと、ありえます？　第一、前も話しましたけど、私、あの人の子どもなんか欲しいと思ったこともないわけだし」

だから、小桃は両親に連絡をして、夫と別居状態になっていることと、このまま離婚するつもりであることを伝えたのだと説明した。ことに短気で厳しいところのある父は、最初は激怒して「冗談じゃない!」と声を荒らげたらしいが、怪我した日のこと、その日の夫の対応について話をしたら、「そんな男だったか」と、それきり何も言わなくなったのだそうだ。

「——そっかぁ」

燈は何とも憂鬱そうな顔になって、一人でワイングラスを揺らしている。きらきらと結婚指輪が光っている。小桃は、離婚すると決めた日に、もう指輪は外してしまっていた。確か、ドレッサーのどこかに放り込んだと思うが、それもはっきり覚えていないくらいだ。

「だからね、燈さん」

「うん。なあに」

「今度から私、あんまり燈さんとここでご飯食べられなくなるかも知れません」

燈はわけが分からないという顔でぽかんとしている。小桃は、その顔を見てにやりと笑って見せた。

「だって、これからせっせと婚活しなきゃ」

本当は結婚なんか、もうこりごりだった。少なくとも当分の間は誰ともつき合いたいとは思わないし、一人でゆっくりと自分の時間を過ごしたいと思っている。それでも、いかにも心配そうな顔をしている燈の前では、そう言わないわけにいかなかった。

第五章

1

こんな日もあるのだなと、つくづく思わされる一日だった。

ことは昼過ぎから始まった。まず、小桃がホシを見当てた。幹線道路沿いのガードパイプに寄りかかったりしている、白い縁取(ふちど)りのある真っ赤なミニスカートの、いわゆるサンタ服を着た数人の女の子たちがいた。先に白いポンポンのついている三角の帽子を被(かぶ)り、寒さなど関係ないと言わんばかりのミニスカートを穿(は)いて、コンセプトカフェの呼び込みをしていたのだ。

この界隈では、これまでもセーラー服やメイド服姿の女の子を見たり、また駅務員の格好をしている子も見たことがある。彼女たちはいつでも名刺サイズの小さなチラシを配ったり、手作りのポスターを掲げていた。今日のミニスカサンタ軍団は、誰もが茶色く長い髪をふんわりとカールさせて、メイクにも気合いを入れ、裾（すそ）に白いフワフワがついている超ミニの赤いフレアスカートの下はやはり真っ赤なレッグウォーマーという出で立ちだった。マスクまで赤やピンクのものだ。つまり、本当に可愛いのかどうかは分からないが、とりあえず太ももだけを強調している。寒さのせいか、それともそれなりにノリノリなのか、まるで踊っているようにも見える。

まだ昼過ぎだ。

学校には行かないんだろうか。

それとも学校に行っていないか、または高校生ほど若くはないのだろうかと考えながら、厚化粧の子たちを順番に何気なく眺めていたとき、一人のミニスカサンタに目が留まった。その瞬間、二の腕のあたりから頬まで、ゾクゾクする感覚が駆け上がった。同時に、頭の中に叩き込んでいる七百からのデータが一気に駆け巡り始める。

知ってる。

でもまさか、こんな子を？

いや、やっぱり知ってる。

それなのに、いつものようにすんなりと一致する顔が出てこない。もどかしさと焦燥感で、頭から煙でも出るのではないかと思いながら彼女の顔を見つめていたとき、ようやくピタリと一致する目元が記憶のページから出てきた。

畠山澄江（はたけやますみえ）。逮捕容疑は傷害。この夏に手配されたはずだ。

こんなに堂々として。

それにしても、畠山澄江は確か三十八、九歳だったはずだ。それであの若さは一体、何なのだろう。他の女の子たちに混ざってもまるで遜色なく見える。

整形？

こちらの視線に気付かれないように、ちらちらと観察しているうちに、彼女の顎の下から耳の前側へかけてと、さらにサンタ帽で半分隠れている耳の後ろにかけて、皺とも傷とも微妙に違っているラインが目に留まった。

リフティングテープ？

一重まぶたやほうれい線に目尻、眉間や額の皺、果ては頰のたるみまで、顔のあちらこちらにテープを貼って引っ張ることで目立たなくさせる方法があるというのを、美容室に置かれている雑誌で読んだことがある。「使用前」と「使用後」の写真まで載っていて、それこそ六十代の疲れた顔をした女性が妖艶な三十代くらいの美女に大変身しているのを見て、えらく感心したものだ。小桃自身は、自分はまだ関係ないつもりだし、たとえそういう年齢に達しても、顔にテープまで貼り付けるつもりにはならないだろうと思っているが「整形するより簡単かも」と納得したことはよく覚えている。

最近ではYouTubeなどでも、実際に自分の素顔のあちらこちらにそのテープを貼るところから始めて、一重まぶたの細い目をぱっちり二重に変え、顔の輪郭をしゅっと引き締めて、眉間や額の皺も引っ張って消し去り、その上で様々な色の化粧を施して、鼻筋を通し、彫りは深く、陰影を作ることで頰も細くして、別人のように「変身」する様子を最初から最後まで見せる動画をアップしている女性が増えているとも書かれていた。それで人気が出ているYouTuberもいるという。

きっとそうだ。あれが。

しかも眉の描き方一つでもふんわりした感じの、流行りの雰囲気に工夫して、カラーコンタクトにつけまつげは二重、よくよく見れば鼻筋にハイライトも相当にしっかり入れているから、完全に人工的に作り込んだ、ある程度、整った顔つきになっているのだ。だが、畠山澄江は耳が幾分小さめで耳たぶらしいものがほとんどなく、さらにその位置が目尻から水平に引いた線よりも高い。その耳に、軟骨を貫くようにピアスホールが三つ開いている。また、左目の下には、いわゆる泣きぼくろがあるという特徴があった。それだけはごまかしようがない。いくらアイメイクに凝って顔中のシワを伸ばしても。それより何より、小桃の全身がこれだけ粟立っている。小桃は迷うことなくブルゾンのポケットから公用携帯を取り出した。

「川東です。見当てました」

猿渡主任の声が「えっ」と聞こえた。

〈今か？〉

「今です。たった今」

すると猿渡主任の声が珍しく低くなって「まいったな」と聞こえた。

「え？」

〈いや、二、三分前に、田口部長からも『見当てた』っていう電話が入ってな、ちょうど島本部長に連絡したところだ。俺も今、そっちに向かいながら、君に電話しようとしたところだった〉

「まじですか、田口部長も見当てたんですか？」

〈それで、川東さんは今どこにいる？　ホシは？〉

「栄町通りを少し入ったところの居酒屋の前です。ホシは畠山澄江、三十八か九歳だったと思います。今、ミニスカサンタの格好して、コンセプトカフェの客引きをしてます」

〈ミニスカサンタ？　三十八歳が？〉

「それが、そう見えないんですよ。ものすごい若作りで」

電話の向こうで猿渡主任の「うーん」というような声のようなものが聞こえた。

〈間違いないのか〉

「間違いないはずです」

〈じゃあ——とにかく島本部長からの連絡を待とう。どっちかを選んでどっちかを諦めるなんていう真似もしたくない。次の連絡まで待ってくれ。それまで、見逃さんでくれよ〉

「りょ」

冬へ向かう沈んだ色合いのコートやジャケット姿の人々が右へ左へと流れていく。その中に溜まっている数人のミニスカサンタだけがまるで真っ赤な柊の実のようにも見えた。きょろきょろと辺りを見回し、時には何がおかしいのか数人で笑い合い、横一列に並んだりしながら、彼女たちが道行く人に声をかけたり、にっこりと笑いかけたりするのを、小桃は少し離れた建物の陰から眺めていた。畠山澄江も同じように、若い娘たちに混ざって通り過ぎる男性に手を振ったりしている。

それにしても、田口部長も同時に見当てたなんて、そんな偶然があるものだろうかと考えていたとき、公用携帯が震えた。猿渡主任だ。

〈チャンスだ、川東さん。田口部長が見当てたホシはサウナに入っていったそうだ。金を払うところまで確認したから、間違いなく入浴だ。しばらくは出てこないだろう〉

「マジですかっ。それなら——」

〈ああ、これから全員でそっちに向かう。栄町通りだったたな〉

「はい。みその通りから入って左側の四、五軒目で、一階が居酒屋になってるビルの前です。ミニスカサンタ姿の女の子がその辺りに四、五人でいますから、目立っていてすぐに分かります」

〈了解。田口部長に伝える。君は島本部長に連絡してくれ〉

電話を切るとすぐに、小桃は島本部長に電話を入れた。

〈こっからだと急いで行っても十五分くらいかかるな〉

「大丈夫です。さっきからブラブラしながら客引きしてる感じですから。もしも移動したら、また連絡します」

電話を切ってからも、小桃はまだ自分自身、心のどこかでは半信半疑のまま畠山澄江を見つめていた。無論、確かに間違いないとは思っている。だが、あの顔からリフティングテープを引きはがし、化粧を全部とった姿を思い浮かべるのは相当に難しい。それでも、耳の位置と泣きぼくろだけは変わらない。涙袋があるが、あれもおそらく描いたものだ。確か写真では、目の下はぺたりとした感じで眉は薄く、愛想も何もない、どちらかといえば陰険で薄幸そうな印象の顔立ちに見えた。

「本当かよ、あれが？」

一番先に着いた猿渡主任の第一声が、それだった。小桃が、彼女の泣きぼくろと耳の位置、さらにリフティングテープの説明までしているところに田口部長と島本部長が到着して、やはり二人とも猿渡主任と同様に「まじか」と眉をひそめている。

「整形しないで、あそこまで化けられるものか」

「出来るんですよ、それが」

小桃が再び説明すると、男性三人は「やれやれ」といった表情で呆れたような顔つきになっている。

「そんなんじゃあ、俺らの仕事がやりにくくてしようがねえじゃねえか」

「それでも、ほくろと目元は変わってませんから」

三人の先輩刑事は揃って注意深く考える表情になっていたが、一番最初にある程度近くまで行ってみた猿渡主任が、確かにあの泣きぼくろと耳の位置には見覚えがあると、戻ってきた。

「俺は川東さんに賛成だ」

「じゃあ、次は俺が行ってみます」

田口部長が引き締まった表情で言った。

「向こうは客引きで立ってるんですから、男が通りかかったら必ず声をかけてくるでしょうしね、そうしたら、こっちとしてもやりやすいことは、やりやすいですから」

「そしたら、俺が最後に確認します」

島本部長が最後に頷く。そうして男たち三人が、少しずつ間合いを取りながら、確かめに行こうということになった。

「意見が合ったら、俺たちはそのまま彼女をマークする。その間に川東さんはパトカーの手配をしてくれ」

三人の意見が合ったら、改めて、今度はまずいちばん女好きしそうな雰囲気の田口部長から近づいていって、彼女に興味ありげな様子を見せる。三人の男性の中でいちばんお洒落(しゃれ)だし、親切で雰囲気のいい人なのだが、実は田口部長がバツ二で、しかもガールズバーやキャバクラが大好きなことは皆が知っていることだ。つまり、ああいう女の子とのやり取りに一番慣れているということになる。

「腕にでも絡みついてきてくれればいいんだけどな」

猿渡主任たちは互いににやりと笑った顔をすっと引き締めてから、「じゃ」と、通りを渡っていった。そして、それぞれに違う方向から、田口部長と島本部長もミニスカサンタたちの方に近づいていく。

〈確認した。間違いないだろう〉

まず、島本部長から電話があった。

〈よく作り込んだもんだな〉

田口部長からも電話が入って、少し離れた場所からは猿渡主任がこちらを向いて手を振っている。小桃は即座にパトカーを要請した。こちらの仕事を手早く済ませなければ、田口部長が見当てた相手の方が間に合わなくなってしまうかも知れない。それを考えると、可能な限り手早く動く必要があった。

パトカーを要請した後で、小桃も彼女に近づいていった。ちょうど田口部長が女の子たちを品定めするように、ぶらぶらと彼女たちの前を歩いている。何人かの女の子たちが次々に「お兄さん」と声をかけてきていた。

「寒いね。ねえねえ、一緒に温かいお茶飲まないかなあ？　可愛いオリジナルのカクテルとかもあるんだよぉ」

「お隣に座って、私たちとお喋りしましょうよぉ」

「私たちねぇ、地下アイドルもやってるんですぅ。歌とダンスも見れますよぉ」

田口部長はその都度、満更でもなさそうな顔で笑っていた。そうして一番隅にいた畠山澄江に近づいていく。澄江が、マスクから出ている目を細めた。

「ねえねえ、お兄さん。うちのオリジナルドリンクね、すんごく可愛いんですよぉ。今は期間限定のクリスマスバージョンで、サンタさんとか、雪だるまとか飾り付けしてあってね、映える写真も撮れちゃうし、ホント言うと、お酒も飲めちゃうんだ」

田口部長はズボンのポケットに片手を入れたままで「酒も？」と聞き返している。すると畠山澄江は余計に笑顔になって「あとね、あとね」と言葉を続けた。

「メニューは色々なんだけどぉ、私たちと色んなゲームなんかも出来たりしてぇ」

言いながら、畠山澄江がポケットに手を入れている田口部長の腕に自分の手を絡ませようとした。反射的に、田口部長がその腕を摑んだ。

「畠山澄江さん、だね」

瞬間、女の目がぱっと大きく見開かれた。

「分かるよね、警察」

田口部長が続けて言った時だった。畠山澄江は、ミニスカートから出ている脚を思い切り振り上げて、田口部長の太ももの辺りに蹴りを入れた。田口部長が思わず「痛てっ」と身体を折り曲げたときには、ホシの背後に回っていた猿渡主任が畠山澄江の片腕をねじり上げ、肩を摑んでいた。

「何、すんだよぉっ！」

雑踏の中に叫び声が上がった。猿渡主任がその耳元に少しばかり顔を近づけた。

「まずいなあ、今のは完全に公務執行妨害になるよ。畠山澄江さん」

その時には、島本部長ももう片方の腕を摑んでいた。蹴られた場所がよほど痛かったのか、田口部長はズボンの上から自分の腿を撫でながら「凶暴な女だなあ」と顔をしかめている。それから、小桃を探すように辺りを見回した。最初に見当てたのが小桃だからだ。小桃はすぐに彼女に近づいて警察手帳（パア）を見せながら、「どうして腕を摑まれてるか、分かってるでしょう」と話しかけた。

「畠山澄江さん、あなたに傷害容疑で逮捕状が出ています。署まで同行願います」

「逮捕状？　なんでっ」

「あなた、指名手配されてるんです」

すると、両脇を固められているにも拘（かか）わらず、畠山澄江はまだ脚をばたつかせて「嘘つくんじゃ、ねえっ」と小桃にまで脚を振り上げてきた。これではパンツが丸見えだ。

「あたしが何したっていうんだよっ！」

田口部長がまだ顔をしかめたまま「あんたさあ」と姿勢を戻した。

「その勢いで、誰かを殴るとか蹴るとか、または刃物でも振り回したりしたんじゃねえのか。自分のオトコとかに」

畠山澄江は一瞬、はっとした表情になって「そんなの」と、落ち着きなく視線を揺らした。

「た――ただの夫婦喧嘩だよ。自分の亭主に何したって、構わねえじゃねえかっ」

猿渡主任と島本部長が顔を見合わせてため息をついている。

「亭主にそんなことしたのかい」

「たとえ夫婦喧嘩だとしたって、それで相手が怪我すれば、立派な犯罪になるんだよ」

辺りを見回すと、他のミニスカサンタの女の子たちは、揃って怯えた表情になって赤い小鳥たちのようにひとかたまりになっている。路上に立って、ことの成り行きを見つめている野次馬もいた。それらの人たちをかき分けるようにして、猿渡主任たちは真っ赤な衣装の畠山澄江をパトカーに連れていった。

「あとは俺と島本部長とで、やるから。向こうのホシは、川東さんがまだ確認してないから、田口部長、頼む。後は随時、連絡を取り合おう」

手配した二台のパトカーのうち、一台に畠山澄江を挟んで猿渡主任と島本部長が乗り、もう一台に田口部長と小桃が乗り込んで、今度は田口部長が見当てたホシの方に向かうことにする。パトカーに乗り込もうとする小桃の耳に「クソ野郎っ！」という畠山澄江の叫び声が残った。

2

「これがあと十日、早かったらなあ」

生ビールで乾杯した後、島本部長がいかにも残念そうに声を上げた。

「そうしたら俺ら、一等どころかちょっとした伝説になったかも知れないっすよ」

ジョッキを片手に鼻息荒く言って、島本部長はまたビールをぐいと飲む。

先月の十一月は毎年、見当たり捜査強化月間と銘打たれていて、メモリー・アスリートたちも各チームが競い合い、いつにも増して気合いを入れる。この仕事は、常日頃からホシに目をつけておくということが出来ないから、とにかく自分たちの持ち場でより神経を集中させ、目を皿のようにして道行く人々を見守るしかない。捜査官の中には、実は普段は見当たり捜査と称して半日パチンコ屋で、仲間から連絡が入るまで過ごすとか、映画を観にいくとか、それなりに適当に過ごすものもいるようだが、このときばかりは本気で仕事に取り組むというわけだ。

トップを取れば、賞状と金一封が出る。だが、それだけが目当てというわけでなく、やはり刑事としての闘争本能のようなものが刺激される。だから十一月は見当たり捜査班にとって特別なのだ。だが先月の猿渡チームは今一つというところでストップしてしまった。四チームあるうちの二番目だから、悪くもないが喜ぶことも出来ない。そこに今日のような日が加われば、まずトップに躍り出ただろうし、また、その勢いを得てさらにホシを挙げられたかも知れない。島本部長はそれを悔しがっているのだ。

「だけど、夏のダブりは、あれは川東さんが偶然、同窓生を見かけたお蔭の、いわば芋づる式だったけど、今日のは本物だからな。そうそうあるもんじゃないよ」

猿渡主任は満足そうに頷いている。

「まあ、内心ではヒヤヒヤもんでしたけどね。ミニスカサンタなんかに本当にホシがいるのかとか、野郎が早風呂だったらどうしようとか」

田口部長が苦笑気味に言った。サウナにも早風呂というのがあるのかどうか、小桃には分からなかったが、言われてみれば確かにその通りだ。

田口部長が見当てた相手は二十代前半の詐欺容疑の男だった。このところ、指令役が海外にいるのではないか、相当に組織だったグループによる犯罪なのではないかと世間を騒がせている振り込め詐欺グループの一味に、SNSで「闇バイト」に応募した男かも知れないと言われている。写真で見ても目つきの悪いヤンキー面（づら）だったが、じかに見てみるとツーブロックと呼ぶには刈り上げすぎている頭と、頭頂部に残している長い金髪が印象的な、だが、顔立ちとしてはまだほんの子どものような男だった。

ただのバイト感覚なのかも知れないけど。

男は田口部長が名前を呼ぶと、ほとんど悪びれる様子も見せずに「そうすけど」と答え、指名手配されていると告げられたときにも「あ、そうっすか」と無表情に答えただけだった。そして、田口部長と小桃に挟まれて、実に素直にパトカーに乗り込んだ。まるで、いつ捕まっても構わないと覚悟して、最後にひとっ風呂浴びたかのようなさっぱりした雰囲気に、彼の投げやりさと孤独のようなもの、そして、まだほんの二十歳を過ぎたばかりの未熟さばかりが感じられた。

そうして、ミニスカサンタの畠山澄江と若い詐欺犯をそれぞれの手配署まで連れていき、逮捕状が執行されたところを見届けて、小桃たちはようやく分駐所に集合し、それから例によって「打ち上げ」と称して居酒屋に移動したというわけだ。

「それにしても、女ってえのは怖いよなあ。四十近くなっても、ああいう格好が出来ちゃうんだもんな」

「恥ずかしげもなくねえ」

「見た目もそうだけど、その度胸がな、すげえ肝(きも)が据わってるわ」

島本部長たちの言葉に、小桃は思わず顎に梅干し皺を寄せた。もっともな話ではあるが、同性としては、皆がそうだと思われたくもない。

「大体、内縁の夫に対して暴力が絶えなくて、最後には刃物三昧(ざんまい)にまで及んだっていうんだから、生半可な凶暴性じゃねえよ」

そうなのだ。畠山澄江が暴力を振るった相手というのは彼女の内縁の夫で、しかも十歳近くも年下ということだった。アパートで年がら年中喧嘩をしていることは近所の誰もが知っていることで、それがある日、ふっつり妻の姿が見えなくなったことから、近所では喧嘩別れしたのだろうと思っていたのだそうだ。だが実際には、内縁の夫に殴る蹴るの暴力を振るった挙げ句、台所から包丁を持ち出してきて相手の腹と腕とを切りつけたことから、夫はたまりかねて近くの交番に駆け込んだ。当の澄江はその間にアパートを飛び出して姿を消していたということのようだった。

「どこで何やっても生きていけるんだろうなあ、あの手の女は」

「どうする？　五十過ぎても今日みたいな格好してたら」

「あり得る、あり得る」

男たちは「怖ぇ」などと言いながら、身震いする真似をしたりして笑っている。確かに、今日の段階でだって、あの畠山澄江が化粧を落としてリフティングテープを剥がしたとき、どんな顔になるのだろうかと考えると、怖いもの見たさのような気持ちが働くくらいだ。それは、小桃たちのファイルに入れられている写真と同じに違いないのだろうが、きっと、それ以上にギャップがあるような気がする。

「それにしても、さすがは川東さんだよ。あれを見当てるんだから」

「いえ、それでも最初はやっぱり不安でしたよ。『まさか』っていう気持ちが働きましたから」

「でも、アレなんだろう？　例の、ゾクゾクッとするヤツが来たんだろう？」

小桃は「それは、まあ」と頷いた。三人の先輩捜査官たちは、それぞれにホシを見当てたときの独特の感覚を持っている。猿渡主任の場合は、「最近はそうでもなくなってきたけど」と言いながら、かつては「血が逆流するような感じ」だったと言うし、田口部長は「耳の中がキーンと鳴って、頭の毛が逆立つ感じ」だと言う。そして島本部長の場合は背中に震えが来て、急に尿意を催すような気分になるのだそうだ。だが、それから身体中をアドレナリンが駆け巡るという点では皆が同じだった。この感覚は、きっとメモリー・アスリートでなければ経験出来ないものに違いないと、皆で話し合うことがこれまでも度々あった。

「ちょっと、今日はこのままカラオケでも行きたい気分じゃないっすか」

何杯か呑んだところで島本部長が機嫌のよさそうな顔で言い、それから、はっとしたような、半ば冷やかすような表情で小桃の方を見た。

「ああ、川東さんは、やっぱり難しいか。心配性のダンナさんが待ってるんだもんな」

小桃は、ちらりと猿渡主任を見た。直属の上司には報告しなければならないことになっているのだから、主任が知らないはずがないのだ。それなのに、「無理すんなよ」と、わざと残っている酒の肴をつまみながら気遣う様子を見せる。小桃は焼酎のお湯割りを飲みながら、小さく頷いて、それから「えーと」と口を開いた。

「それが、ですね」

主任も含めて三人が何気ない表情でこちらを見る。小桃はどんな顔をしていたらいいか分からないまま、きゅっと口もとを引き締め、それから、無理矢理のように口角を上げた。

「ワタクシ、この度、離婚、しまして」

「えっ」

「いつっ」

二人の部長から同時に声が上がった。小桃は今度は照れ隠しのような、顔が半分引きつるような笑いを浮かべて、つい最近、正式に離婚届を提出したと答えた。

「だって、君が怪我したときだって、病院にすっ飛んできたじゃないか、ダンナさん」

田口部長がいちばん驚いた様子で目を丸くしている。

「実はあの時は、何カ月ぶりかで会ったんです。その前から別居してて」

四人で囲んでいるテーブルに、「へええ」というため息とも何ともつかない声が広がった。

「お二人にも、もっと早く、ご報告すべきだったんですけど」

「そんなこと気にすることないけどさあ。そうか、川東さんもついにバツイチになったかあ」

「まあ、これで一人前ってことですかね」

わざとごまかすように言うと、小桃は自分一人が笑っているのに気付いて、また神妙な表情に戻ってしまった。べつに、好きで離婚したわけじゃない。だけど、本当にもうダメだと思ったのだ。生理的に受けつけなくなってしまったら、もう同じ空気だって吸いたくはない。第一、最近の小桃は、これ以上ないくらいにすっきりした気分で日々を過ごせている。だから、間違っていなかったと思っている。

「それじゃあ、アレだな」

猿渡主任が腕組みをして鼻から大きく息を吐く。

「これからは、川東さんの再婚計画を立てないとな」

「え——いくら何でも早すぎますって。第一今、そんなつもりは私、さらさらないですから」

小桃が慌てて顔の前で手をひらひらさせると、猿渡主任は「今すぐとは言わないさ」と笑った。

「だけど、その若さでだぞ、このまま一生、独りで生きていくっていうのも、淋しすぎるじゃないか、なあ？　だから俺は、いい人がいたら再婚を考えてもいいなっていう、そういう考えなんだ。何度も失敗してるヤツには、もうそういうことは考えんけど」

そう言いながら、ちらりと田口部長の方を見る。部長は苦笑気味に「ま、そうですけどね」などと意外に涼しい顔をしていた。

「結婚てえのは、向いてる人間と、向いてないヤツがいると思うんだ、俺はね。で、俺の場合は向いてなかったわけ。だけど、川東さんはそんなことないと思うからさ、少し時間がたったら、新しい出会いを求めたっていいんじゃ、ないのか」

田口部長に言われて、小桃は「はあ」と頷きながら、こんなに穏やかで優しい人が、どうしてバツ二で、しかもキャバクラ好きなのか、本当に不思議になった。何なら好きになったっていいくらいの人だと思う。無論、相手が「結婚に向いてない」と断言しているのだし、さすがにバツ二となると、こちらも本気で考える気にはなれないが。

「じゃ、あれだな。今日は景気づけにさあ、カラオケでも、行っちゃうか」

もう、歌いたくてしようがない島本部長が浮かれた表情で言うから、小桃は「行っちゃいましょうか！」と頷いた。男たち三人は気合いを入れた表情になって、いかにも嬉しげに「よしっ」と、グラスに残っている酒を飲み干し始めた。

私には、この仕事がある。

仲間がいて、頼れる先輩がいる。

いざとなったら親もまだ健在だ。

だから、大丈夫。

小桃は自分もお湯割りの残りをすすりながら、改めて自分に言い聞かせていた。

3

ピンク色の地に赤い水玉模様のシーツは中央の辺りが多少、黄ばんでいるように見えた。どうやらしばらく洗濯していないらしい。その上に、こんな季節にも拘わらずTシャツにトランクスという格好で、ボサボサ頭のホシはあぐらをかいてうなだれている。ピンクの毛布と、同じくピンク色の布団は部屋の隅に押しやられ、そこには首まで埋まるようにして、ピンク色の髪をした女が怯えたような顔つきでこちらを見ていた。

　六畳一間のアパートだった。女がくるまっている毛布と布団もキティちゃん柄なら、カーテンもキティちゃん、ラグマットもキティちゃんだ。見回せば、部屋にはキティちゃんのクッションが転がり、巨大なものから小さなものまで、いくつものぬいぐるみが並んでいた。壁掛け時計も、ティッシュボックスも、狭い台所との仕切りに下がっている暖簾（のれん）すらキティちゃんときている。さらに、こんな狭い部屋なのに、片隅にはペット用のケージが置かれていて、中に警戒して身構えているグレーの猫がいた。燈は猫に詳しくないから名前は知らないが、たしか何とかブルーとかいう名前を持つ、買えば何万とか何十万とかする猫だ。

「ほら、早く服着ろって」

　六畳一間にゲーム機のつながれたテレビがあって、これまたキティちゃんの衣装ケースが積み上がり、ペットケージまで置かれていて、その前に、やはりピンク色キティちゃん模様のローテーブルがあるから、燈（あかり）と岩清水、それに所轄署の刑事の四人が壁際に敷かれている布団を踏まずに立っているためにはちょっとした努力が必要だった。それでも燈たちは敷かれた布団と窓との間に一人が立ち、狭い台所に通じる暖簾の前にもう一人が立って、燈と岩清水とで布団の縁を踏まないようにしながら四方から彼に迫っていた。

「いくらなんだって、こんな早い時間から来ること、ないじゃないすか」

「悪いなあ、叩き起こすような真似しちゃって。だけどさ、こっちだって好きでこんな時間に乗り込んできたわけじゃねえんだよ。そこんとこ、分かってくれよ」

　燈たち刑事は被疑者がヤサに入る姿を確認することを「送り込み」と呼んでいる。そして無事に送り込みが済んだら、部屋の灯りが消えるなどを待って「送り込み完了」とし、その後は部屋に乗り込んで「打ち込みをかける」まで、夜通し「フタをして」ヤサを見張ることになる。無論、その時には既に手配署にも連絡を入れてある。だから、張り込みは燈たち広域捜査共助係と手配署の捜査員での作業になる。そして、ひと晩中、車に乗り込んだまま、せいぜい交替で仮眠くらいとりながら、あとはひたすら「フタをした」ヤサを見つめて長い夜を過ごすのだ。そうして翌日の早朝になったら、「朝駆け」をする。就寝中の相手を叩き起こせば大抵の場合、ホシは寝ぼけていてほとんど言い訳も抵抗も出来ないものだし、隣近所に必要以上に騒ぎを知られる心配もいらないからだ。

今回もそうして午前六時半過ぎ、二十四歳の須賀元気という男が身を寄せている女のアパートに踏み込んだというわけだった。須賀は昨年五月、埼玉県との境に近い資材置き場から銅線およそ四十キロを盗んだ容疑で逮捕状が出ていた。当時、比較的近い地域でも、同じ手口による盗みが複数回起きていることから、余罪があるだろうともされている。

「今朝は冷えてるぞ。ちゃんと暖かい格好しろよ」

岩清水がさらに声をかける。その間に、燈は何が何だか分からないといった顔をして毛布と布団にくるまっているピンクの髪をした女の方に近づいた。

「あなた、彼の彼女？」

二十五、六に見える女は、まだぼんやりした顔をしていたが、やがてはっとしたように「元気は」と被疑者の名を口にした。

「元気は——何したの」

「盗み。銅線をね」

「金属の銅で出来てる線ね、色んな工事とかで使うヤツ。それを盗み出して、よそに売ってたわけ」

女は、多分普段はきちんとメイクしているのだろう。だが寝起きの顔は眉はほとんどないし、全体にぺしゃんとした顔だちで、しかもボサボサ頭のままだ。

「どう、せん？」

「――嘘だぁ」

「嘘じゃないから、こうしてお巡りさんたちが来てるわけよ」

「じゃあ――捕まんの？」

「そういうこと。悪いけど、これから警察まで連れていかなきゃならないんだ。逮捕状も、ちゃんと出てるし」

ようやく腰を上げてシャツを着始めているホシを女はまだ夢でも見ているような顔つきで、ゆっくりと見上げた。

「まじ？　ねえ、元気」

須賀元気は返事もせず、ひたすらうなだれたままでのろのろと服を着続けている。

「ねえ、そしたら、元気は刑務所に入れられたり、すんの？」

「まあ、そうなる可能性はあるだろうね。彼は、前にもマンホールの蓋を盗んで逮捕されたことがあるから。これが初めてじゃなくて、しかも他にも何かやってるとすると、そう簡単には許してもらえないと思うよ」

その途端、女の点々にしか見えない眉が動いて、ぺしゃんとした顔が大きく歪んだ。

「じゃあ、じゃあ、お腹の子はどうなんのぉ」

早朝の静かな空気の中に、震える声が広がった。燈は思わずホシの方を振り返った。スウェットパンツを穿いて、トレーナーに首を突っ込んでいた男の手がふいに止まった。

「ねえ、どうすんの、元気ぃ。私、一人でなんて産めないよぉ」

トレーナーから、ノロノロと首を出し、ようやく目が覚めてきた様子の須賀元気は、力ない表情で女の方を向き、消え入るような声で「ごめん」と言った。

「何だい、妊婦なのか」

窓際に立っていた所轄署の刑事が呆れたような声を出した。

「おまえ、盗みを続けて、その金でガキを産ませようとしてたんじゃ、ねえだろうな」

「そんな——」

須賀元気はグレーのトレーナーの袖から腕を出しながら「そんなこと、ないっす」と呟く。それからは、まるで抵抗する様子もなければ、また覇気のようなものもなく、こちらのなすがままだった。

改めて眺めてみれば、古いアパートの小さな部屋は、このピンク頭の女の夢だけで出来上がっている空間に見えた。どこもかしこもキティちゃんで埋め尽くし、高そうな猫を飼い、狭い台所に立って簡単な料理でも作って、二人で食卓を囲むことだけを楽しみにしていたような雰囲気がありありと感じられる。

「ねえ、あなたは仕事とか、してないの」

燈が聞くと、首まで毛布にくるまっている女は小さく首を横に振って、安売りの量販店で働いていると言った。

「そう。じゃあ、すぐに生活に困ることはないいね？」

「――それは。だけど――」

「だけど、妊娠してるんならいつまで働けるか分からないもんねえ。そこから先だって、どんどんお金がかかる。そのことについて、あなたなりに考えないとね」

女はもう目を潤ませかかっている。逮捕の度に色んなホシのヤサに足を踏み入れ、その空間から十人十色の生活を見せられるのも刑事という仕事の因果の一つだと思う。悪態の一つもつきたくなるような贅沢な調度品が溢れている部屋もあれば、いわゆる汚部屋もある。意外なほど几帳面にＤＶＤや本の類いがきちんと棚に並んでいたり、一方、カップ麺の空容器などが散らばって、いかにも荒んだ生活が垣間見えることも少なくない。それまでのホシの人生が、部屋のすべてに映し出されているのだ。関係のある女のところに転がり込んでいるホシも別段、珍しくはなかった。だが、その女が妊娠しているとなると、こちらも多少、気が滅入る。

「多分、近いうちに別の警察の人が来て、あなたからも話を聞きたいって言ってくるだろうと思う。その後は、弁護士さんからも連絡があるだろうから、そういう人たちに、聞かれたことはちゃんと答えて、その上で、赤ちゃんのことも相談してみたらいいんじゃないかな。私たちじゃあ、力になってあげられないんだ。悪いけど」

「そんなのって――ねえ、元気！　どうすんのぉ、元気！」

女の声だけが響いた。だが須賀元気は、それ以上は彼女の方を見もせずに、提示された逮捕状に頷き、手錠を掛けられて腰縄を回され、静かにアパートを後にした。燈は最後に部屋を出るとき、「戸締まりだけ、ちゃんとして。物騒だからね」と言い残してドアを閉めた。少しして、ドアの向こうからカチャリ、と音がした。おそらく裸に近い格好だったに違いない女は、やっと毛布から抜け出して、今頃は一人で玄関前に立ち尽くしていることだろう。

「お前の責任は、被害者に対するものだけじゃないな」

後部座席の中央にホシを座らせ、両脇を燈と所轄署の刑事とで挟み込む格好で車を走らせ始めたとき、所轄の刑事が言った。すると、須賀元気は「ふうう」と深いため息をつきながら頭をシートに預けた。

「分ぁってますよ、そんなこと。だけど、正直なとこ——今は——何ていうか、ちょっとホッとしてっかな」

「ホッと？」

今度は燈が尋ねた。須賀元気は目をつぶったまま「はあ」とも「ああ」とも取れる返事をした。

「こんで逃げ回らなくて済むってぇのもあっけど——」

「あるけど？」

「あの部屋から、やっと出られたってのも」

燈は半ば覗き込むように目をつぶったままのホシを見つめた。

「何でそう感じるの」

須賀元気はうっすらと目を開けて、その視線を、ゆっくりとこちらに向けてきた。目脂がついている。顔も洗っていないのだから当然だ。

「分かります？　俺、あのピンク色の部屋に何カ月もいたんすよ。好い加減、頭が変になりそうだったんだ。どこを見てもキティちゃんキティちゃんで、箸から茶碗まで、全部、キティちゃんなんだから。俺が使う分まで。便所の紙以外、全部さ。そんで、おとぎ話みたいなことばっか聞かされて——そういうのから、やっと解放されたっていうか」

須賀元気は、それだけ言うとパトカーのシートに身体を預けたまま、胸一杯に深呼吸をしている。両側を刑事に固められ、手錠までかけられてもなお、彼はいかにもホッとしたように、ある意味で清々しそうにさえ見えた。

「だけど、あなたはあの人の子の父親なんでしょう？」

燈は半ば責めるような口調で言ってみた。するとホシは再びこちらを見て、口の端に薄い笑いを浮かべた。

「そんなの、分かんないっすよ。あいつは、俺のすぐ前にも他の男を住まわせてたんだし、その前もいるらしいし──隠さないヤツですからね、そういうこと。バカっていうか、ちょっとネジが外れてるっていうか──そんで皆、あのピンクの部屋に嫌気が差して、逃げ出したってわけです。その理由が、あの女にはちっとも分からねえんだよな。『あたしって、都合のいい女なのかな』とか言っちゃってさ。俺だって『ちょっと、やり過ぎなんじゃね？』って言ってみたことあんだけど、言ってる意味が分かんなかったみたいで。だから、本当に妊娠してはいるんだろうけど、その割に正直、腹なんてそんなに膨らんでないし、第一、本当に俺の子かどうかなんて、分かったもんじゃないっす」

つまり、妊娠していない可能性もあるのか？　していたとしても、それこそDNA検査でもしなければはっきりしたことは分からないということなのだろうか。燈は、ここで自分もため息をつかなければならなかった。罪を犯したのはこの男だ。その男をかくまったあの女に罪はないけれど。

もしも、お腹の子の父親がこの男でないとしたら。または、妊娠を楯にして男たちをつなぎ止めていたんだとしたら。

法で裁かれることこそないものの、彼女もまた相当に罪深いとは言えないだろうか。もしも本当に妊娠しているとして、生まれてくる子は、まともに育てられるのか。

その先は、所轄の刑事が事件についてざっくりと質問をし、須賀元気は、ぽつり、ぽつり、と答えていた。そのまま手配署まで須賀元気を同行すれば、あとは身柄を引き渡して、燈たちの仕事はそこまでだ。

「野郎、何か言ってましたか」

岩清水の車に戻り、車が走り出すと、岩清水がすぐに聞いてきた。燈は「うーん」とまず大きなため息をつかなければいられなかった。

「ホッとしたって」

「ああ、やっぱりねえ。野郎もまた、逃亡疲れになってたんですかね」

「それもあるみたいだったけど」

朝の渋滞が始まっている。燈たちがひと仕事終えたこれから、世間一般の人々にとっての一日が始まるのだ。

「あのピンク色だらけの部屋から出られたのがね、ホッとしたんだって」

すると「ああ」と岩清水は、今度は大きく頷いて、それから「わかるなあ」と唸るように言った。

「ヤサに入ったとき、俺、正直言って鳥肌立ちましたもん。いや、実はうちのガキも好きなんですけどね、キティちゃん。自分たちの部屋からは持って出ないように、かみさんに言ってるくらいですから」

「そんなもの?」

そりゃ、そうですよ。と、ちらりとこちらを向き、段違い眉毛を大きく動かして、岩清水は

「あんなのがゴロゴロ転がってる環境で落ち着けると思いますか」と言った。

「どこを見回しても、あの目の離れた猫の顔が家中に無数にあって、しかも全部がピンク色だなんて。違う色っていったら、本物の生きてる猫だけだったじゃないすか。あの女、自分の髪までピンクに染めるくらいだから、そのうち、猫まで染めるんじゃないかって、俺、密かに思ってましたからね」

「部長、そんなこと、考えてたの」

燈は半ば呆れ気味に隣を見た。岩清水は「そんなもんですって」と目尻に皺を寄せて笑っている。

「好い加減、大人んなって、あの癖を直さねえと、あの女んとこには男が居着かないんじゃないですかねえ。イマドキだから、ピンクの髪の毛くらいは珍しくないけど、キティちゃんに合わせてるって知ったら、大概の男はドン引きしますよ」

まだ細かい話は何もしていないのに、岩清水はまるで女の履歴を知っているかのように言いながら、渋滞の列に紛れ込んでいった。

4

舅が誤嚥性肺炎を起こしたと、週末の夜に夫から連絡があった。次の日曜日は久しぶりに裕太朗が出るラグビーの試合を観にいくつもりでいたから、燈は思わず気持ちが揺れた。裕太朗のチームは、今シーズンはこれまで順調に勝ち続けている。調子がいいと本人もＬＩＮＥで言ってくる。それなのに、舅のことがあったり、他にも色々と用事が入ったりして、あまり試合を観にいってやれていないのだ。だが、せっかくここまで勝ち進んできたのだから、是非とも息子が冷たい風を切って、ボールを追ってグラウンドを駆け抜ける姿を見たいと思っていた。

もし、離婚してたら。

そうすれば何を迷うこともなく裕太朗の応援に行けたのに。

ふと、そんな思いが頭をよぎったが、慌ててすぐに打ち消した。息子の試合が見たいからと言って家庭を壊すことなど、頭の片隅にも置いてはならない考えだ。

〈母ちゃん、明日の試合、観に来る？〉

夜、息子からＬＩＮＥでメッセージが来た。燈は少し考えた後で「ごめん」と返事を送った。

〈さっき、父さんから連絡があって、お祖父ちゃんが誤嚥性肺炎で救急搬送されたんだって。だから、母さん、明日は向こうに行かなきゃならなくなった〉

〈えっ、祖父ちゃんが？　ヤバいの？〉

〈それは、行ってみないと分からない〉

〈そっかぁ〉

〈だけど、気持ちでは、ずっと応援してるからね、あんたは余計な心配しないで、とにかく一生懸命、頑張んなさいよ〉

〈わかった。祖父ちゃんのためにも頑張るよ〉

〈怪我だけは、しなさんな〉

〈しなさんな？　変な言葉〉

裕太朗なりに懸命に頑張って、やっとレギュラーのポジションも取り、これから全国大会へとますます突進していって欲しい、そんなタイミングでの試合だった。燈だって、スタジアムから思い切り応援したかった。いや、出来れば夫だってそうだったに違いない。夫は夫なりに、茨城に越してからも時間が許す限りは裕太朗の試合を観にいっているのだ。だが、今度ばかりは仕方がない。翌朝、燈は夫から教わった病院の住所をナビに入れて、早朝から車を走らせた。

日曜の午前中、病院には人気がなかった。白っぽい壁と床の、突き当たりの窓から陽射しがこぼれる長い廊下に置かれた長椅子に、夫と姑が少し間をあけて、ぽつりと座っているのが見えてきた。燈が靴音を響かせて歩いていくと、二人揃って力のない表情をこちらに向ける。燈は夫には小さく頷いて見せ、まず「お義母さん」と姑に歩み寄った。

「お義父さん、どんな具合です？　お義母さんは大丈夫？」

姑はマスクから見える眉根を寄せる。額に寄っているのと同様の、細い皺が数本、刻まれた。そのまま、頷いたのかうなだれたのか分からない様子でため息をつきながら下を向く。そこで燈は、今度は夫の方を振り返った。彼は燈を一瞥すると、肩を大きく上下させて深々とため息をついた。

「まあ、大丈夫らしい。俺たちも今さっき、来たところなんだけど、少し前までだったら、コロナ対策で受け入れてもらえたかどうかも分からなかったし、面会もできなかったんだって。だから、まだ、こうして俺たちが見舞いに来られるだけ、マシなんだ。今度はそんなに大事にはならなかったらしいけど、それでもしばらくは入院だそうだ」

「そう――でも、大丈夫は大丈夫なのね？　お義兄さんには、連絡は？」

夫は「いや」と首を横に振る。姑が「あんな息子なんか」と吐き捨てるように呟いた。

「呼べば駆けつけてきたとは思うけど、大したことないっていうし、呼んだって、何しろ遠いからさ。そうすぐには来られないだろうから」

だが医師は、今後こういうことが増えていくだろうと言った、と夫は呟いた。その都度、症状は重くなるかも知れない、とも。

「今回はそれほど心配いらないけど、嚥下力そのものがだんだん落ちていくんだって。ここのところにきて、歯も何本か抜けたから、それもあるかも知れないしな」

「まあ――まあ、まあ、とにかく燈さんも、会ってやってちょうだいよ」

姑が、どっこいしょと呟きながら膝に手を当てて、ゆっくりと立ち上がった。この人も相当に疲れているに違いない。昨夜はちゃんと寝たのかどうか分からないが、とにかく長い介護生活の中で、精神的にもまいっているのが、手に取るように感じられた。夫がいるから、持ちこたえているのだ。そういう意味では夫は間違いなく、親孝行だった。燈は姑を労るように、その背に手を添えながら病室に入っていった。

六人部屋の一番奥に、舅は寝かされていた。酸素吸入のチューブを入れられ、手には点滴の針がテープでとめられている。軽いいびきが規則正しく聞こえていた。

「よく寝てる」

姑が小さく呟く。燈も、ここは声をかけない方がいいのだろうなと思いながら、すっかり胸が薄くなり、髪も寝乱れている舅を見ていた。あの陽気で穏やかだった人が、今となっては見る影もない。

「晩飯の後で、いきなり吐いてさ。それから急に熱が出始めて、もう、結構な騒ぎだったんだ」

横から夫が呟いた。ああ、そんな夜だったのかと、燈は改めて頷いた。昨日、燈はのんびりとした週末を過ごして、裕太朗のところに行くつもりだったから、試合の後で持たせようと思って、お稲荷(いなり)さんと唐揚げの用意なんかしていた。

「裕太朗、残念がってたよ。今日勝てば全国大会進出だから、やっぱり見に来て欲しかったみたい」

「俺だって昨日まではそのつもりでいたんだから。まさか、こういうことになるとは思いもしなかった」

小声でやり取りする間、姑だけが舅が寝かされているベッドの脇に置かれた椅子に座り、舅の手を握りしめて、じっと顔を覗き込んでいる。

「――お父さん」

やがて、姑が半ばかすれかかったような声を出した。

「お父さんは、今のまんま、うちで暮らしたいよねえ。ご飯さえ上手に食べられたら、施設になんか入らなくたって、大丈夫だよねえ」

その時ちょうど、看護師が「佐宗さーん」と明るい声を出しながら病室に入ってきた。眠っている舅の手を姑が握っているのを見て、二十代らしい若い看護師は「佐宗さーん、奥さんが心配してるよ」と優しく声をかけている。

「先生も、そんなに重たい症状だとは言ってませんから、もしかしたら、思ったより早く退院出来ると思いますよ」

「それで、退院した後の、食事のことなんですけど」

今度は夫が看護師に話しかけた。

「今までも、それなりに工夫して、柔らかくしたものとか、細かく刻んだものとか食べさせてきたんですけど」

看護師はベッドの足もとに掛けてある何かの記録を覗き込み、また点滴の減り具合などを見た後で「それなら」とこちらを向いた。

「そういう食事の宅配を頼むっていう方法もあると思いますよ。療養食を専門に宅配してくれる業者さんとか、いますから。いくつかあって、お値段にもよるみたいですけど、美味しいところもあるっていう話でした」

「そうなんですか？　そういう業者が？」

「冷凍されたものがね、毎週かな、届くんですって。メニューも割合豊富で、選べるみたいな話でした」

夫は初めて聞いたらしく、感心したような顔になって何度も頷いている。燈にもそんな知識はまったくないから、一緒になって看護師の顔を見つめていた。

「今日は日曜でお休みなんで、明日にでも、ここの管理栄養士さんに相談してみるといいと思います。家で作るのも大変だし、第一、そういう療養食専門の業者さんの方が、栄養面とかもちゃんとバランスを考えてくれてたりしますから。見た目も工夫したりして」

姑が初めて顔を上げて「栄養士さん」と小さく呟き、それから看護師を見上げた。

「そうすれば、施設に入れずにすみますか」

看護師は柔らかい笑顔で「大丈夫ですよ」と頷く。

「もちろん、ご家族は何かと大変かと思いますけど、デイケアなんかも利用して、お食事の心配がいらなくなるだけでも、ずい分違うと思います」

ありがとうございます、ありがとうございますと何度も頭を下げる姑と、ふう、と息を吐いている夫を見て、燈はふと、もしも自分たちがこういう年齢になり、どちらかが介護を必要とするようになったとき、この姑たちのように振る舞えるものだろうかと考えた。

もちろん以前から、いずれは互いに年を重ねて、足腰を痛めるかも知れないし、脳梗塞や認知症になるかも知れない、などと漠然と考えることはあった。だが現実に、この舅と姑を見ていると、ここまで自分の身を委ね、また、最後までそばで看続けることが出来るものかどうか、ふと不安にならなくもない。今のまま夫婦で居続けるのなら、その場合のことも互いに相談しておかなければならないだろう。

「お父さん、いい世の中になったねえ。お弁当をね、届けてくれるところがあるんだって。そうすれば、お風呂はデイケアに頼めるし、うんと安心して過ごせるようになるよ」

眠っている舅に、ゆっくり、ゆっくりと語りかける姑の背中は小さく、丸まって見える。昔は気が強くて正々堂々と胸を張り、のしのしと歩くようなところのある人だった。話し好きで人当たりのいい舅に対して、口数はさほど多くない代わりに、時折は毒を吐くようなことも言うし、嫁である燈にも遠慮会釈のないことを言う人だった。これが嫁姑というものかと、若かったころの燈は何度かそんな思いを噛みしめた記憶がある。そして、同居でないことを感謝もした。

「まずは、大したことなくて助かった」

姑を病室に残して、ひとまず廊下に出ると、夫が口を開いた。

「言っちゃ悪いけど、俺だって、できる限りのことはやってるつもりだし、せっかくカイシャまで辞めたのに、その途端に逝かれちゃあ、たまったもんじゃない」

「でも、これぱっかりはしょうがないよ。お義父さんだって好きでこうなってるわけじゃないし、誤嚥性肺炎って、怖いっていう話じゃない？」

「まあなあ。親父を責めるつもりはないけどさ——裕太朗、どうしてるかな」

「——勝ってくれると、いいけどね」

ひとまず姑を誘い出して郊外型のレストランで三人で静かな食事をとり、その後、燈は二人を病院まで送り届けてから、東京に戻ってきた。夫の実家周辺から東京の自宅までは、順調にいっても一時間半以上はかかる。今回の病院は夫の実家からさらに少し離れていたから、結局、二時間はかかった。東京に着いたときには、もう日が暮れかかっていた。

さすがに疲れて凝った肩を揉みながら、まずはＬＩＮＥを確認すると「勝ったどー！」という裕太朗からのメッセージと、ラガーシャツのクマがガッツポーズをとるスタンプが届いていた。それだけで一日中、重苦しい気分だったのが吹っ切れた。

〈やったね！　おめでとう！　見たかったなあ〉

即座に返事を送ってしばらくすると、裕太朗から今度は「祖父ちゃんは？」というメッセージが来た。

〈母さんが行ったときは眠ってたけど、そんな大変なことにはなってない感じだよ〉

〈まじ？　あー、よかった〉

孫は孫なりに心配していた。そういう中で試合に勝ったのだから、我が子ながら誇らしい。そして、舅も幸せな人だと思う。こうして少しずつ老い、身体が弱って、結局は最期を迎えるのだろうが、孫にまで心配されて、決して一人で逝くということはないのだ。

今のままだと私のときは分からないなあ。

息子に食べさせるつもりだったお稲荷さんと唐揚げに簡単なサラダで夕食をとって、一人でぼんやりとテレビを見ながら、燈はそういう意味でもこれから先のことを考えておく必要があるのかも知れないと考えていた。終活にはまだ早いかも知れないが、じきに五十になり、瞬く間に六十になり、定年を迎えることを考えれば、少しずつ何かしら心の準備が必要なのかも知れない。

「えっ、終活っすか？」

翌日、電車の中で並んでつり革にぶら下がりながら燈が何気なく昨日、思ったことを話すと、岩清水が素っ頓狂な声を上げた。

「今から？　そりゃあ、いくら何でも早すぎませんか」

「そうかな。早いに越したことないんじゃないの？」

「だって、人生これからまだ何があるか分からないじゃないっすか。早すぎますって」

それから、「やめてくださいよ、もう」と、岩清水は段違い眉毛をひそめ、マスク顔でも分かるくらいのため息をつく。

「ウチなんて、まだガキが幼稚園と小学校ですよ。終活どころかあいつらが就活してくれるところまで、働き続けんことには、どうしようもないんですから」

「だって、部長は私より若いしさ」

「若いったって、十も二十も違うわけじゃないじゃないっすか。その上、俺なんか、この先いつ女房に逃げられるか分からない――」

そこまで言ったところで、岩清水ははっとした表情になり、急にすっと前を向いてしまう。何のこと？　と聞き直したい気持ちが働いたが、冗談で言ったわけではないことは、すぐに分かった。何よ、あんた、そんなことになってるの、と突っ込むわけにもいかない。結局、燈は何も聞かなかったふりをするより他なかった。すると、一駅ほど過ぎたところで、岩清水が「前に」と口を開いた。

「主任に、時間あるかって聞いたこと、あったじゃないっすか」

「ああ――うん。あったね」

「あんとき、ちょっと一悶着あって。女房が急に、俺と口を利きたくない、顔を見たくない、出来れば寝室も別にして、飯もね、別々にして欲しいって言い出したんですよね」

「――なにそれ」

「家族で遊園地に行こうって話してたんすけど、わざわざ平日に、別の家の人たちと行ったりして。俺、完璧に外された感じだったんすよ、家族から」

　燈は何と言ったらいいか分からないまま、岩清水の横顔を見つめていた。岩清水は、しばらく黙っていたが、やがて、例によって目尻に思い切り笑いじわを寄せて、「まあ、もう、峠は越えたと思うんすけど」と言う。

「そう、なの？」

「何かね、何、怒ってたんだかさっぱり分からないすけど、俺のこと、すごくウザく感じたんだって言ってました」

「じゃあ、今は機嫌は直ってるの？」

　岩清水は「ある程度は」と頷いて、向こうがそう言うのなら、言われた通りにしようと思って、しばらくの間は口も利かず、顔も見ず、寝室を別にするのはもちろん、食事も一人で作ってとって過ごしていたのだと言った。

「で、朝は必ずゴミ出しして、うちに帰ったら洗濯機回してガキどもを風呂に入れて――ああ、子どもと話すのは別に構わないみたいだったんで。休みの日は一人でジョギングに行ったりして」

　少しばかり呆れるような話だった。この強面（こわもて）の男が、妻からそんな扱いを受けながら、しおしおと洗濯機を回し、子どもを風呂に入れる様を思い浮かべると、哀れを通り越して、何とも言えずもの悲しくなってくる。

「そうこうするうち、時々『おはよう』とか、言ってくれるようになったんす」

そう言って、岩清水はまた笑いじわを寄せる。色々な家があるものだった。五十前から終活を考えている自分もいれば、家庭内別居状態に追い込まれている男もいる。警察が関わらなければならない事件など、何一つ起こらなくたって、毎日は次から次へ、様々な出来事の連続だった。

5

新しい捜査対象は、またもや詐欺犯だった。

手口としては役所の職員を装ってまず高齢者の家に電話をかけ、マイナンバーカードを所持しているかどうかを確かめる。相手がマイナンバーカードを所持していると分かったところで、「役所の方から来ました」とその家を訪ねていき、マイナンバーカードに新型コロナウイルスのワクチンの接種記録と病院の受診記録、そして銀行口座を紐付けることになったと説明するというものだ。そうしてマイナンバーカードとワクチンの接種記録、健康保険証、銀行のキャッシュカードをすべて預かって封筒に入れ、ご丁寧に封印までする。代わりに手渡す預かり証はそれぞれの役所名が印刷されており、提出されたものに印を入れられるようにチェックボックスがついている。話の途中でマイナンバーカードやキャッシュカードの暗証番号が、役所に問合せ番号として必要だといって控えていく。

この行為によって、少なくとも都内だけで数十件、隣の神奈川県や千葉・埼玉県でも十件以上の被害が出ていた。どの場合も犯行の直後に銀行から現金を下ろされていて、その被害額は三千万を越えていた。

「マイナンバーカードをもう利用する詐欺が出てるんですね」

岩清水は呆れたというよりも憤慨した表情で、今回の手配人、江川大祐（えがわだいすけ）・三十三歳の顔写真を睨みつけている。面長で眉が太く、頬骨の張った、実直そうと言われればそんな気もしてくる顔立ちをしている。

「便利になるって説明されてカード作って、そんな目に遭ったんじゃあ、もう何一つ信じられなくなるよね」

燈もため息をつかざるを得なかった。世の中が便利になればなるほど新しい犯罪が生まれていく。手口は巧妙化し、狙われるのは常に高齢者や情報弱者だ。

まずは、広域捜査共助係に設置されているパソコンの専用ソフトを使って、江川大祐の携帯電話番号がどの電話会社と契約しているかを特定する。番号は被害者の家の着信履歴に残っているから特定は簡単だった。その上で、逮捕状を出している警察署の刑事課経由で、裁判所から差押許可状をもらい、それを持って例によって予約を入れた上で、携帯電話会社の「差押窓口」に向かう。

一方で携帯電話の位置情報をたどろうとすると、指名手配後も江川は東京、神奈川、山梨など と頻繁に場所を変えていることが分かった。燈は岩清水と共に、まずはホシの携帯電話の通話履歴を一件一件、洗い出しにかかることから始めた。

「差押窓口」で受け取ったCD－Rを本部に持って帰り、開いてみてため息が出た。相当な数の通話履歴が残されていたのだ。この一件一件について、またいちいち契約している携帯会社を突き止めて、名義を調べていくのだから、気が遠くなるような作業だ。

それでも、やらなければならない。前に進むために。

記録に残っている電話番号を、それぞれの携帯会社に振り分け、それが済んだら、携帯電話会社に連絡を入れて、今度は契約している名義人を調べる。普通ならば、固定電話なら直接、電話をして調べてしまう場合も少なくないのだが、今回はそれが被害者宅である可能性も考えられたから、無闇に電話をして相手を警戒させたり、また恐怖心を抱かせることを考えると、おいそれと電話をかけるわけにもいかなかった。とにかく丹念に通話先を調べていく。それしかなかった。

「とりあえずは、090と080から始まる架電先からつぶしていこうか」

「同じ番号に何度も架電してれば、仲間ってこともありますね」

来る日も来る日も数字と睨めっこをしていたら、それに目ざとく気付いた山岡(やまおか)主任と森島(もりしま)部長の「山森(やまもり)班」が「大変だな」と話しかけてきた。山森班は、全部で五班ある広域の中で、どちらかというと燈たちと似たタイプの捜査をする。たとえば石塚班ならばすぐに「魚釣り」に向かおうとするのとは逆に、難しい事件を扱おうとするところもあるし、じっくりと時間をかけてコツコツと仕事をするタイプだ。職場での口数は決して多くはなく、たとえば手柄を立ててもさほど大騒ぎはしない。だが、彼らが実は密かに燈たちに対してライバル意識を持っていることは、燈は十分に感じていた。石塚班などは、放っておけばいいのだが、タイプが似ていれば似ているほど、「負けるものか」という気になるものだ。

「岩佐班がこんなに長く本部にいるなんて、滅多にあることじゃないんじゃないのかい」

「そうなんですよ。何しろホシの携帯からの架電の数が多くて」

燈も穏やかな口調で愛想良く答えた。ライバルではあっても、山森班は敵ではない。正々堂々と競り合っている関係といった感じだ。

「主任、この番号、結構頻繁に架電してますよ」

ちょうど岩清水が声をかけてきた。どれどれ、と燈もパソコンの画面を覗き込んだ。なるほど、犯人の電話から、多いときには日に二、三回、同じ番号に架電している、090から始まる番号があった。

「この番号、調べよう」

「了解」

この番号の通話記録を調べて、こちらからも犯人の番号に頻繁に電話をしているようなら、相当に近しい関係か、何らかの事情で通じていると考えられることになる。まずは、この番号が契約している携帯会社を調べ、その上で、携帯会社に予約を入れる。それからまたもや差押許可状を取り、携帯会社から指定された日を待ち、会社の「差押窓口」に向かうという、同じ手順の繰り返しだ。

「令状もオンラインで取るとか、できるようにならないんですかね」

帰りの電車の中で岩清水がうんざりしたように言った。確かに、そうなってくれれば、電話会社とのやり取りだって、オンラインで済ませられるようになって、それほど楽なことはない。

「いつかはそういう時代が来るかも知れないけど。来たら来たで、情報漏洩とか、色々と新しい問題が起きてくると思うよ」

「ああ、そうかあ。まったく、この機密保持ってヤツが、何より厄介ですよねえ」

「悪いこと考えるヤツの方が、必ずいつでも一歩先を行ってるもんね」

「その後を、こっちはノロノロとついていくばっか、ですかね」

段違い眉毛を八の字にして、岩清水はいかにも困った、という顔になった。ふと、この男は家庭内で爪弾きにされていたときも、こんな顔をしていたのかなと思う。ずい分と長い間、黙って我慢したのだろうか。哀れな話だ。それにしても、彼の女房は、どうしてそこまで岩清水が嫌になったのだろう。よその夫婦のことは分からないが、それでも離婚するところまで行かずにまた修復されてきたというのだから、そこが興味深い。小桃のところも、そんな風に修復できればよかったのに。だが、何しろ彼女の方が徹底的に拒絶反応を起こしたのだから、仕方がない。

夫婦なんて、できるだけ離れてる方がいいのかも。

今や一人暮らしにもすっかり慣れた燈は、最近そんなことを思うようになった。夫とは電話やＬＩＮＥでは頻繁にやり取りをしているが、生活を共にしているわけでもないから、面倒がない。顔を突き合わせていれば、些細なことが気になったりもするものだが、それがない分、ストレスは皆無といってよかった。喧嘩にもならなければ、嫌悪感も生まれない。

舅の誤嚥性肺炎は医師の診断通り、さほど深刻なものではなかったらしく、二週間もせずに退院にこぎ着けることができた。その間に、夫と姑は冷凍療養食の配達サービスを申し込み、それが一週間に一度ずつ届くようになったのだという。四角いトレーに数種類のおかずが入っているというものだが、電子レンジで加熱して食べるおかずを、舅は特に美味しいともまずいとも言わずに、おとなしく食べているそうだ。燈が退院後に様子を見にいったときも、少しは痩せたようにも思えたが、ゆっくりと笑顔を見せて「いつもありがとう」と言ってくれた。嫁として、礼を言われるようなことは何一つしていないのだが、そう言われれば、やはり「ああ、家族なのだな」という気持ちになる。

一方、裕太朗の方は大学選手権の初戦で敗北を喫することになった。

〈力が足りなかった🐻！　ちくしょ🐻！！〉

というひと言と、涙にくれるクマのラガーマンスタンプが送られてきて、燈も可哀想にも残念にも思ってため息が出た。だが、まだ次がある。一応は大学選手権の常連校なのだから、来年こそは対抗戦のリーグ戦に優勝して大学選手権上位を目指すことだけを考えればいい。実力はあるはずだ。何一つ諦める必要はない。練習はますますハードになるだろうし、その分、怪我の心配はしなければならなくなり、また、顔を合わせる機会も減るのだろうが、何しろ息子が無我夢中でやっていることだから、燈としては応援するより他にやってやれることもなかった。

〈また近いうちにおいで。唐揚げ作って待ってるから〉

〈母ちゃんの唐揚げ、食いてえ〉

そんなやり取りをするときだけ、少しは気持ちが暖かくなる。そして後は、燈は何もかも自分一人のペースで、自分一人のためだけに時間を使い、仕事をしていた。

「固定電話に十分近くも架電してるってことは、これは被害者と思っていいかも知れませんよね」

「それにしても携帯の電池が一日、持たないんじゃないのかね、この男」

「そりゃ、充電器も持ち歩いてるか、またはてめえの家とかホテルの部屋とか、何かアジトみたいな所からかけてるんでしょうよ」

岩清水と一緒に、来る日も来る日も電話番号と睨めっこばかりしていると、好い加減に眠くなってくることもある。

「生活保護でも申請してくれてればよかったのに」

「詐欺で儲けてる野郎が、そんな申請はしないでしょうって」

「だったらＳｕｉｃａを使ってるとか」

「儲けてる野郎は電車には乗らねえかも知れません」

燈が言うことを、岩清水がいちいち却下する。「分かってるわよ」と言い返したいが、眠いときにはそんなことを言う気にもなれなかった。それでも腹立たしかった。燈はやはり、どちらかと言えば外を飛び回っていたいのだ。一日中、机にしがみついて無機的な電話番号ばかり追いかけたりするのは、本当のことを言うと一番、向いていないと思う。

だが、そんなことを言っていられる場合ではなかった。とにかく、コツコツと電話番号をたどっていく。眠くなったら密かにガムを嚙んだり、目薬を差すこともあった。

そうして日々を過ごし、きっとこのヤマを抱えたまま年を越すのだろうなと思っていたある日の午後だった。

「緊立ち！」

突然、捜査共助課の室内全体に、大きな声が響き渡った。眠気を感じていた燈は、びくん、と身体が弾かれたようになるのを感じて声のする方を見た。庶務の方で、ヘッドセットをしたままの女警が立ち上がっている。

「緊立ち！」

他からも今度は男性の声が上がった。課内全体が一瞬、しん、となり、次の瞬間には、各係長と管理官、主査などが一斉に七堂課長の部屋に駆け込んでいった。岩清水が呆気にとられたように「緊立ち」と呟いている。燈も同様に、背筋が伸びる思いで課長室の方を見つめた。

「緊立ち」とは「緊急立ち回り情報」のことだ。指名手配されている人物が「今ここにいる」という情報が、警察署をはじめ病院などの施設、または一般人で指名手配の情報を知るものなどからもたらされる。場合によっては一般市民が一一〇番通報をしたことにより、警視庁の通信指令本部から来るということもある。とにかく「緊立ち」が入ったら、捜査共助課としては、その場所を特定し、犯人を逮捕するために、可能な限り迅速に必要な人員を集め、布陣を敷いて現場に向かうことになっている。

「緊立ちか」

さすがの石塚班までもが多少、緊張した面持ちで課長室の方を見ていた。見当たり班か、または広域か、どちらから何人くらいが駆り出され、どこに向かうことになるのか、それが気にかかる。緊立ちに対処する間、今、自分たちが取り組んでいる仕事は一時、棚上げすることになるし、緊立ちの情報が入りながらホシを取り逃すようなことになれば、大恥をかくことになる。

少しすると、課長室から管理官や係長たちが出てきた。そして最後に七堂課長が姿を現した。出た。課長まで。

それだけで、これは大事になると思った。逃走する犯人を追うためにヘリまで要請する人だ。決断の仕方が他の上司たちと違う。

「全員、集まってくれ！」

燈が考える間もなく、課長の声が響いた。それまで机に向かっていた全員が、一斉に立ち上がった。

「今回の『緊立ち』は、捜査共助課全員で対応する。広域とメモリー・アスリート、全員だ。足りなかったら機捜にも要請を出す」

室内に小さなざわめきが起きた。

全員？

捜査共助課の？

周囲をちらちらと眺め回しているうちに、七堂課長は、「これは」と言葉を続けた。

「強盗および強制性交殺人のホシだ。事件は令和二年三月。記憶している者も多いと思う」

そう言われて、燈もすぐに思い出した。確か巣鴨のデリヘル嬢が客に呼ばれて指定されたホテルに出向いたところ、首などを刺されて殺害された上に強姦され、バッグから現金を盗み取られたというものだ。被害者は、その日が初めての仕事だったという。

「ホシは丹野博次、当時四十一歳。こんな悪質な犯人を、これ以上、野放しにしておくわけにいかん。だから捜査共助課全員で逮捕に向かう。いいなっ、必ず捕れっ」

「はいっ」

「はいっ」

これほど大がかりな緊立ちは、かつて聞いたことがなかった。せいぜい、係長が本部から指揮を取って、八人とか十人で動く程度だと思っていた。

全員。

「場所は台東区千束。もとの吉原地区だ。分かったら、すぐに動けっ。場所の特定、君達の配置は随時、電話とチャットで行う」

見当たり捜査班は、今はそれぞれの分駐所にいるから、そこから各々がかき集められるはずだ。その前に、まず広域が動き出すことになる。残っていた捜査員たちは、競い合うように出口に向かい始めた。燈も岩清水と共に、大急ぎでバッグを肩に掛け、本部を飛び出した。

6

丹野博次の携帯電話の番号は既に割れている。各携帯電話会社に問い合わせをかけたところ、本人名義で契約している番号がすぐに分かった。それだけに事件発生当時も、また指名手配後も、担当の捜査官たちはその番号からの架電先を逐一調べ上げ、丹野博次の位置情報の把握に努め、芋づる式に他の人間関係まで手繰っていき、すべてを洗ったはずだった。だが、結果として事件の解決にはつながらなかった。また当時も携帯電話の示す位置情報が台東区千束地区だったため、捜査員たちはその一帯を回り、丹野が立ち寄りそうだと思われる場所に写真入りのビラを配って歩いた。当時、丹野博次の携帯の微弱電波は移動を繰り返していて、じきに千束からはいなくなり、その後は大阪に行ったかと思えば名古屋に行くという有様で、最後には電波が発せられなくなり、それきり行方を追えなくなってしまった。今回の緊立ち(きんた)のきっかけは、そのビラを残してあった千束の喫茶店からの情報だ。「何年か前に渡されたビラの写真の男と、何となく似た雰囲気の客が最近時々、店に来る」というものだった。

広域捜査共助係の捜査員たちは、真っ先に通報元に赴き(おもむ)、写真に見間違いがないかどうかを確かめ、二十四時間態勢の張り込みに入った。それから事件発生直後に丹野博次が連絡を取り合ったという知人に電話を入れた。すると、昔の仕事仲間だったという男が、比較的最近、丹野から電話があったと語った。丹野は以前使っていた携帯電話をなくし、新しい電話に買い換えたと語っていたという。その携帯電話番号を聞き出すことに成功したところから、「緊立ち」が始まったというわけだ。

新しく聞き出した携帯電話の基地局から発せられる微弱電波を調べた結果、一時は台東区千東から消え去っていた丹野博次が、やはり情報の通り、台東区千東の三丁目・四丁目界隈にいることが確認された。

「要するに、吉原じゃないんですか。一度は抜け出したんだけど、また戻ってきて、ソープの仕事でもしてるんじゃないですかね」

まず各々の捜査員が普段の堅いイメージのダークスーツから、ネクタイやジャケットを着替えて、それなりにラフにも見える服装に変わった上で会議室に集まった。そこで、最初に口を開いたのは石塚班の石井だ。千束の三、四丁目界隈というのは、昔で言う吉原だ。つまり、江戸時代から続く日本一の娼妓街が今でも変わらず風俗街として残っている地域だということになる。時代と共に姿は変わり、遊郭はソープランドへと営業形態を変えて、今はその数も最盛期に比べたら何十分の一と減りつつあるが、それでもまだ相当数のソープランドがあるということだ。色街ということもあってか、この界隈には最寄りに鉄道の駅がない。だから、各店舗は近くの鶯谷(うぐいすだに)駅などから車で客の送迎をしているのだという。

「野郎の携帯は、鶯谷辺りに行ったりはしてないのか」

久場係長が尋ねた。

「調べた限りは、してないですね。吉原からほとんど出てないです」

「と、いうことは運転手はしてねえってことか」

「運転手をしてるんなら、鶯谷でも張れるんですがね」

送迎車のランクも、ソープランドのクラスに合わせて、ベンツから国産普通車まで色々とあるのだという。その他にも、運転手の服装までが、店のグレードによって違っているのだそうだ。

燈には、何もかも初めて聞く吉原情報だった。

「すると、ボーイかキャッチか」

誰かの発言に、燈は肘で隣の岩清水を突いて「キャッチって？」とメモに書きつけた。岩清水はわずかに燈に顔を近づけてきて「客引きです」と教えてくれた。燈がマスクの下で口の形を「ああ」にして頷いている間に「どのみち」と他の声が上がった。

「ソープで働いてるタイプの男は、ワケありがほとんどのはずですからね」

言ったのは零細企業の社長風の格好になった岸本(きしもと)捜査官だ。

「基本、何かしらで食い詰めた連中ばっかりでしょう」

「連中は、確か日給制で休憩なし保険なし諸手当てなしって感じだったと思います。見た目以上に苛酷な仕事だから、嫌んなったら、すぐにだって飛びますよ」

「だからこそ、急いでパクらないとならねえわけだ」

「だけど、ホシはデリヘル嬢を犯して殺してるんだぞ。そんなのがソープ嬢に関わったりするもんかね」

ジャンパー姿の、いかにも冴えない雰囲気になった高山(たかやま)という捜査官が彼を見上げる。

「それがね、ソープの掟(おきて)ってえのは、なかなか厳しいんですよ。まずキャッチは店の中になんか入れないし、ボーイは店の女の子とは口もきいちゃいけないとか、まあ、店にもよるだろうけど、色々と掟があるらしいんです。それに、そこまで潜り込んででも逃げ果(おお)せるつもりなら、やっとありついた職場でそう馬鹿な真似はせんでしょう」

運送会社の配達員のような格好をした捜査員が言ったときには、誰かが「詳しいな」と呟き、緊張した場面でありながら微かな笑いが洩れた。

そこへ七堂課長が管理官と見当たり班の係長を率いて入ってきた。ついてきた庶務の主任がホワイトボードに一枚の大きな地図を張り出し、それと同じA4サイズのものが広域の捜査官たちにも配られた。吉原地区の地図だ。

改めて眺めると、吉原の道は、ほとんど碁盤の目のようになっている。配られた地図には、縦に走る道に左からABCとアルファベットが振られており、横に走る道には上から1から始まる数字が書き込まれていた。

もともとは「お歯黒どぶ」という水路で外の世界とはっきりと切り離されて、しかも周辺が広々とした田畑ばかりだった地域に作られた色街の入口は、中央を走る一本だけだったらしい。その唯一の入口である五十間道の入口付近には「見返り柳」と呼ばれる木が今も残り、くの字に曲がった道のその先に「吉原大門」があった。そこから先が女たちの苦界、男たちにとってのパラダイスだったというわけだ。そして、五十間道に続いて吉原の中央を走る仲之町通り以外は、もとは遊女たちが逃げ出さないように吉原をぐるりと取り囲んで作られていたお歯黒どぶがあった場所も、現在はそれぞれに埋められて外界とつながる道になっている。

「この碁盤の目になっている道の端すべてに一人ずつ、立ってもらう。メインになっている通りには二人ないし三人」

七堂課長がホワイトボードを手で叩いた。色街界隈を歩いたことのない燈は、どんな格好をするのがいいのか分からないまま、今日は例によって髪を一つに結わえて黒縁眼鏡をかけ、ジーンズにニットのマフラー、それに地味なピンクベージュのダウンコートという格好にしてみた。近所に住んでいる住民が買い物にでも行くようなつもりだ。靴はスニーカー、鞄も普段使っている革製のものから、ナイロンのショッピングバッグにしている。いつも仕事帰りの買い物に使っているものだ。

「ソープランドの営業時間は風営法によって午前零時までと決められている。その間に、店のボーイやマネージャーと呼ばれる男たちは客の接待をする他、運転手は送迎をする。また、いわゆるキャッチの男たちは店の前や、法令違反と分かっていても多少、離れた場所まで路上を歩きまわりながら客に声をかける。ボーイは客やソープ嬢に頼まれて買い物に出ることもあるはずだ。彼らはスーツ姿だからすぐに分かる。そういう中から丹野博次を発見、逮捕にこぎ着ける。そのために、この碁盤の目になっている道のすべての端に立って、網を張る。今日が無理なら明日も。足りない人員は機捜から駆り出す」

それから久場係長が、広域捜査係員たち十人を一人ずつどこに配置するか読み上げた。隙間が空いているのは、そこにメモリー・アスリートを配置するためだろう。つまり、捜査共助課の現場捜査員と機捜の刑事が、この、さほど広いとは言えない色街全体を取り囲むことになる。燈は碁盤の目になっている道の端を一つ、二つと数えてみた。すると、ちょうど三十前後といったところだ。捜査共助課の全員が配備につけば、ほぼ完璧に近い態勢になるだろう。が、そこまでして、もしも犯人に逃げられるようでは、おそらく七堂課長の責任問題に発展しかねない。それでも課長は顔色一つ変えることなく「いいな！」と声を張り上げた。

「目ん玉ひんむいて、ネズミ一匹見逃すな。何がなんでも、捕まえるからなっ。気合い、入れていけっ」

「はいっ」

「今回ばかりは二人一組というわけにはいかんから、交替が出来ん。各自、行く途中で何か食うものを買って、ポケットにでも入れておけ。それから、これは一番肝心なことだが、ただ一カ所だけに、ぼーっと立ってるなよ。場所が場所だけに監視カメラの数は相当、多いはずだし、いつも見張られているとは限らんが、その可能性がないとも言えん。それもあって、一時間ごとに、反時計回りに持ち場を通り一本ずつ移動する。向こうもすねに傷を持つ連中が多いはずだ。こっちの動きにも敏感だろうし、キャッチを通して情報が広がる可能性がある」

　課長がそこまで言った時、公用携帯が震えた。燈がポケットに手を入れたのと同時に他の捜査員たちもそれぞれに公用携帯を取り出している。そこに現れたのは、頭頂部の髪は櫛目(くしめ)が見えるほど少ないが、前髪だけ額に垂らして横目で何かを見ている小太りな男の顔写真だった。目は細めで団子鼻。おちょぼ口。眉は、どちらかというと薄く、細い目と共に酷薄な印象を与える。

「これが丹野博次だ。メモリー・アスリートたちなら一発で見当てるだろうが、君たちは彼らとは違う。しかも今は皆がマスクをしているから、余計に分かりづらいだろう。ヤツは他に、右のふくらはぎと左の二の腕、そして首の後ろにタトゥーが入っているとのことだ。他に、写真では前髪で隠れて見えんが、額に古い切り傷が残っているそうだ。そして、歩くときに右足を少しひきずるらしい」

　懸命にメモを取りながら、それだけ特徴があれば難なく見つけられそうな気もするが、よく考えてみれば二の腕もふくらはぎも、この真冬の時期にむき出しにして歩いているものなどいないに決まっていると思い直した。後ろ髪が長ければ首のタトゥーだって隠れるし、額の傷も同様だ。これは、思ったよりも厄介な相手かも知れない。身長百六十七センチ、体重およそ八十キロ。腹の突き出た中年男が思い浮かぶ。

「後の連絡は随時、公用携帯とチャットで行う」

　とりあえず、この場で割り振られた番号の道に立つこと。心細いとは言わないが、日頃は常に岩清水と一緒に行動していることを考えると、女が一人でそんな街に入り込み、当たり前のような顔をして街角に立ち続ける難しさを考えないわけにいかなかった。

「主任、どこの担当になったんすか」

現場まで車で向かう途中、岩清水が聞いてきた。燈は渡された地図を取り出して「Aの6」と答えた。すると岩清水は「おっ」と嬉しそうな声を出す。

「俺は、Ⅰの6っすよ。つまり、主任の立つ場所と正反対で、端っこと端っこってことだな」

信号待ちする間に、岩清水は地図を覗き込んで確認している。

「そんじゃあ、こうしませんか。お互い、ある程度の時間が過ぎたら、場所を取っ替えっこするってことに」

「そんなことしなくたって、一時間ごとに場所を変わるじゃない」

「そりゃ、そうですけど、だって一本道を往き来するだけじゃないすか。その間に見落とすことなんか、ありゃしないし、特にねえ、女の主任がソープ街の端っこに一時間も立ってたら、誰だって変に思いますって、必ず」

「——それも、そうか」

「就職希望だと思われるとか」

「バカ言わないでよ。この歳で、この服装でそんな風に見えるわけ、ないでしょうが」

「いや、そういうのが好きってヤツも、いるかも知れませんからね。熟女専門の店とかだって」

岩清水が段違い眉毛を動かして思い切り笑いじわを寄せていたとき、燈個人のＬＩＮＥが着信を知らせた。小桃だ。

〈今、電車なんですけど〉

〈私たちも今、現場に向かってる。今回の緊立ちは捜査共助課全員の招集だよ〉

〈やっぱり、マジなんですか？〉

〈マジもマジ。課長直々に指揮を取るみたいだもん〉

〈ひゃー！〉

　桃太郎と思われるキャラが驚いているスタンプが送られてきた。

〈つまり、これまでも時々あった緊立ちとは、わけが違うわけよ。大がかりなんてもんじゃない。気合い入れないと〉

〈見当たりは緊立ちなんて、やったことないですよー〉

〈でも、やるの。命令なんだから。それに、犯人を見つけるのはメモリー・アスリートの得意技でしょ〉

〈そりゃ、そうですけど〉

〈今日は定時で上がれないからね。覚悟しないと〉

〈うえーん、了解です！〉

　ＬＩＮＥはそれで切れた。

　それからしばらくの間、燈はホシである丹野博次が犯した罪について改めて考えていた。

　理由が何であるにせよ、デリヘル嬢になった若い女がいた。そして、初めて仕事の声がかかって呼び出され、指定されたホテルを訪ねた。そこで、見知らぬ男にいきなり殺害された上に強姦され、金品まで奪取されたというのが事件のあらましだ。ガイシャが何歳かは知らないが、そのときの驚きと恐怖は想像するだけで鳥肌が立つようなものだったろう。デリヘル嬢がおおっぴらに褒められる仕事ではないとしたって、だからといって、殺されていいということにはならない。

こういうことはあまり考えたくないが、彼女は未だに浮かばれていないかも知れない。死ぬ直前、自分の目に焼きついた醜い犯人の顔を死んでもなお脳裡に焼きつけたまま、今日まで晴らされることのなかった怨みを募らせ続けているに違いない。

丹野博次。

その顔を、とくと見てやりたい。

出来ることなら燈自身が、ワッパをかけてやりたいくらいだった。

「あ、どっかコンビニに寄らないとな。食いもん買っとかないと」

ふいに岩清水が言ったから、燈も我に返った。どれだけ長い張り込みになるか分からない。大体、ソープランドで働いているような男性が、一日をどういうリズムで過ごしているかも知らないのだ。

「もうちょっと下調べしたかったよね。私、吉原のこと何も知らないもん」

「そりゃあ、俺がちょいちょいやりますよ。男が一人でブラブラしてりゃあ、キャッチが必ず声かけてきますから。そういう連中から何かと聞き出して、役に立ちそうな情報なら主任にも知らせます。一緒にサウナにでも行ってくれてるといいんだけどな、タトゥーのことも分かりますからね」

「タトゥーなんか入れてたら、サウナには入れないんじゃないの？」

「ああいう地域は、そんなことお構いなしだと思いますがね」

そういうところが男は得だなと思う。女の燈には、それが出来ない。無論、女性でなければ自由に出入りしたり話したり出来ない場所もあるにはあるが、犯罪捜査に関しては、圧倒的に男の方が得をしているような気がする。ひがみかも知れないけれど。

7

午後四時。

捜査共助課捜査員及び機捜からの応援三十人全員が吉原に集合した。管理官と七堂課長はそれぞれ車に乗ったまま、この狭い吉原地区のどこかにいて、本部に残っている事務方と連絡を取り合い、新しい情報を入手しながら捜査員たちの動きを見守っている。燈たちの持つ公用携帯にはGPS機能もついている。

〈今現在、携帯の位置情報を取ったところでは、ホシは間違いなくこの地域内にいる。互いに集中して、時には連絡を取り合い、決してここから外に出すんじゃないぞ〉

チャットでメッセージが飛んでくる。その文字を眺め、ナイロンのショッピングバッグを片手に引っかけた燈は、もう片方の手をピンクベージュのダウンコートに突っ込んだ。

もう冬至(とうじ)に近い。日は既にずい分と傾いていていて、夕暮れが迫ってきていた。そして、吉原の街には道行く人の姿はほとんど見られず、また、行き交う車もさほど見られなかった。

自分の持ち位置であるA6からあまり離れ過ぎない程度に歩きまわっていると、その界隈にはソープランドももちろんあるのだが、それ以上に目立つのが二階建ての古い家屋で、空き家か、一階がガレージになっている建物だった。モルタル塗装の二階建ては、見上げればそれなりにモダンだったと思われる意匠を凝らしてあったりするのだが、明らかに普通の家屋とは違っていて、おそらく時代と共に廃業した店なのだろうと思われた。そして、素通しになった一階のガレージに駐まっているのはほとんどが白か黒の車で、中でもアルファードがやたらと目立った。しかも、ナンバーを見ると、四つの同じ番号が並んでいたり、たとえば1414など、どれも覚えやすいものばかりだ。

　これで客の送迎をするんだろうか。

　客に迎えの車のナンバーを伝えるには、こういう単純で覚えやすい番号の方がいいに決まっている。こういうことも工夫しているのかも知れない。

　それにしても、昭和を感じさせるモルタル塗装や、漆喰を塗った建物は、最初から駐車場だったわけではなく、もともとは喫茶店などの飲食店か、またはやはりソープランドだったのではないかという印象を受ける。この辺りの景気も人通りも、もしかしたら昭和の頃やそれ以前からは、ずい分と変わってきているのかも知れない。無論、戦争の影響もあったことだろう。この辺りも焼け野原になったはずだ。その他のことは詳しくないが、少なくともソープランドで埋め尽くされていたような、そんな時代はもう遠く去った。風俗店は、今やありとあらゆる街に散らばって、「ソープ」とうたうことをしないまま、男たちの欲望を刺激している。

　コートのポケットに両手を突っ込んだまま、隣のブロックにいる仲間の影をぼんやりと眺めながら、範囲を越えない程度にその界隈を歩いてみると、意外なほど簡素なタイル張りの外観に、ただ「ソープランド」という看板が出ているだけの店も、それなりに少なくなかった。百二十分一万九千円。もう少し歩くと、今度はガラス張りの派手な建物があって、金色のライオンが入口を守っており、そこは六十分八万円～となっていた。二時間過ごせば十六万円だ。

　すごい値段の差がある。

　その差とは何なのだろう、女の子の美醜か、施設の豪華さか、またはサービスの優劣か、などと思いながら歩いていると、茶色いベストにチェック柄のシャツ、グレーのズボン姿の中年男とすれ違った。男は俯きがちに、とはいえ急いでいる風もなく、まるで散歩でもするようにブラブラと歩いている。燈は脳裡に焼きつけたつもりの丹野博次と男とを薄暗がりの中で見比べた。だが、歩いていく男は白髪交じりの豊かな髪をオールバックにしていて、取りたてて特徴のある風貌ではない上に、首の後ろにタトゥーらしいものも見えなかった。歩き方も普通だ。ポケットの中で公用携帯が震えた。岩清水だ。

〈そっち、どうすか〉

〈どうってことない。茶色いベストにチェックのシャツを着た中年男が一人、歩いていっただけ〉

〈それがキャッチですよ。こっちの方にも同じ服装の男が歩いてます。グレーのズボンでスニーカーでね〉

ははあ、あれがキャッチという人たちか。

燈はとっくに通り過ぎて姿の見えなくなった男の行方を追うように目を凝らした。

〈同じ服ばっかり着ていられたら、余計に特徴が見つけにくいね〉

〈制服か何かなんすかね〉

〈ちょっと、他の人からも情報とってみようか〉

〈こっちと、入れ替わります？〉

〈それは、いいや。こっちをもう少し見てるから〉

〈了解っす〉

もしも、この界隈で働いているソープランドのキャッチが全員、あの格好をしているのだとしたら、余計に特定が難しくなる。燈は久場係長に電話を入れて見かけた男の服装について報告した。

「今、岩清水部長とも話したんですが、私が見かけたのと同じ服装の男を見かけるそうなんです」

〈了解した。他からの情報も集めてみる〉

それから五分ほどして、今度は合同のチャットに情報が入った。

〈この近辺で働いているソープランドの男性ボーイは全員がスーツのはずだ。茶色のベストにチェックのシャツ、グレーのズボンは、キャッチだ。服装からの人定は困難だと思わなければならない。特にメモリー・アスリートの諸君には奮闘願いたい〉

つまり、小桃たちも苦労することになるかも知れない。しかも辺りはもう暗くなり始めている。彼らが夜、どれほど自分たちの能力を発揮出来るものかも心配だった。燈はだんだんと辺りが暗くなり、同時に色とりどりのネオンが瞬き始めた道筋をぼんやりと眺めながら、果たしてどういう方法で丹野博次を特定すればいいのだろうかと考えていた。

〈体格的には丹野博次と似たような感じのキャッチが多いような感じですね〉

〈大半が中年以上で、腹の突き出した冴えない男たちです〉

時折チャットを通して様々な情報が入る。実際、燈が歩いていても、見かける男たちは誰が誰やら見分けがつかないような印象だ。ある意味で目立たず、風景に溶け込んで、特に日が暮れれば闇の中を漂うような印象さえ受ける。

〈十七時になったら各自、持ち場を反時計回りに一つ移動してくれ〉

チャットによる指令に従って、燈たちは反時計回りにワンブロックずつ場所を変えた。真っ直ぐに伸びる道の左右に毒々しいほどのソープランドのネオンが瞬き始めている。だが、道行く人の姿は、まだほとんど見かけなかった。例えばキャバクラ街のように客引きをする女の子の姿も皆無だし、時折、見かけるとしたら例のキャッチの男たちばかりだ。

反時計回りにワンブロック移動して、燈はまた周囲を何気なく歩きまわっていた。その時、私用の携帯が震えた。ＬＩＮＥだ。

〈角に喫茶店があったんで、入っちゃいましたー。暖かーい〉

小桃だ。この子のちゃっかりしたところには本当に笑わせられるというか、呆れさせられる。だが、どうせその場所を見ているのなら喫茶店に入ったって同じことだ。

〈どんなお客さんがいる？〉

返事を返すとしばらくして、また小桃からＬＩＮＥが来た。

〈これからお店に出るらしい女の子の二人連れが小さな犬を抱っこしたままで入ってきました。それから、これからお店に行くつもりらしい客かな？　と思う男の人もいますね。すごい勢いでカレーをかき込んでます〉

〈他には？〉

〈スーツもキャッチらしいのも、いません。やっぱり外を見てた方がいいですかね〉

小桃らしい姿勢で仕事をしているのだなと思ったとき、燈のすぐ傍をザックリした丈の長いニットにジーンズ姿の若い女の子が通り過ぎた。片手にコンビニの小さな袋を下げ、それをブラブラと揺らしながら歩く姿は、どこにでもいる普通の女の子に見える。だがすれ違うとき、清潔そうな石鹼の匂いがした。彼女はまっすぐにソープランドのネオンが瞬く方向に歩いていった。

ああいう子が働いてるんだろうか。

ちょっと見ただけではまったく分からない。だが、風俗の中でもソープランドを選んで働く女性には、きっとキャバクラ辺りで働く子などより、もっとそれなりの事情があるのに違いないと、燈はここでも考えを巡らせた。今回の事件のガイシャはデリヘル嬢だった。一人で出かける仕事だからそういう目に遭ったとも考えられる。ソープランドなら、逆に身の危険を感じることはないのだろうか。そんなことまで考えて職業を選んでいるのだろうか。病気をうつされる心配はないのか。

それでも、働かなきゃならない事情があるんだ、きっと。シングルマザーだとか、男から借金を背負い込まされたとか。

ブツブツ考えている間に、またキャッチの男が歩いてきた。少し小柄で小太りで、服装は他の男たちと同じ。男は、ちらりと燈の方を見て、すぐに視線を逸らしてしまう。目は細くなかったと思う。あとはマスクをしているから分からない。ただひたすら、自分の存在を消そうとするかのように視線をそらす姿が、燈には何とも惨めに感じられた。その時、岩清水から電話が入った。

〈道筋が違っちゃったから、勝手に交替出来なくなりましたね〉

「でも、定期的に移動出来るんだから、助かるわ」

〈まあ、そうか〉

公用携帯のチャットの方では、送迎らしい車が頻繁に動き始めたという報告が入るようになっていた。大抵が、燈が見た通りのアルファードだが、中にはベンツもあるらしい。

〈運転手は赤いラメの蝶ネクタイしてましたよ〉

〈ベンツに似合わねえな〉

〈それにしても、荒っぽい運転するヤツが多いですね〉

〈一分でも早く迎えに行かなきゃならんのだろう〉

〈と、いうことは、丁寧な運転してる車には客が乗ってると思っていいんですかね〉

〈かも知れん〉

タクシーも見かけるようになった。ただし、空車の場合は、こちらもかなり乱暴な運転だ。それほど道幅のある界隈でもないのに大丈夫なのかと思うほど荒っぽい。

チャットのやり取りを眺め、またぶらぶらと歩きまわりながら辺りを見回していると、ふいにランドセル姿の小学生が歩いてきた。もう日が暮れたというのに、こんなところを小学生が歩いているのか、ということに驚き、つまりこの近所に小学校があるのだろうかということも意外に思えて、燈は五年生くらいの子を見ていた。こういう環境下で、その子は何を見て育って行くのだろう。大人の世界に、どんな印象を抱くようになるのだろうか。だがその子は、毎日通っているに違いない道を至極淡々と歩き、途中でネオン街とは違う方に曲がっていった。燈たちはソープ街の周辺を取り囲んで張り込んでいるが、今の吉原にはその他にも普通の家屋やマンションが建っている。あの子は、おそらくそういうところに住んでいるのだ。

〈よし、次に移動してくれ〉

十八時。また全体チャットで指令が来た。燈はワンブロック歩きながら、さっきの少年のことを考えていた。燈たちはあくまでもソープ街の周辺を囲んでいるつもりだ。だが、碁盤の目とは言いながらも、その中にはさらにある程度の路地がある。もしも丹野博次がそんな路地ばかり利用しているか、または歩き回っているのだとしたら、たとえキャッチだとしても、燈たちの目には届かない。燈は少し考えてから久場係長に電話をかけた。

「Aの道は道幅もあって、ソープの数もあまり多くありません。むしろBに移動した方がいいと思うんですが。もしかしたら、Iも同じかも知れません」

〈どうして〉

「途中の路地を曲がっていく子どもを見たんです。個人の住宅もあるのでしょうが、広い道よりも、狭い路地の方が店も多いようですし、色々な意味で周囲を見やすいかと思います」

〈上と相談する〉

地図で見る限り、その路地の両脇もほとんどがソープランドだ。あの小学生の少年がどこに向かったのかは分からないが、広い道よりも狭い道を好む人間は少なくない。少しすると公用携帯が震えた。

〈AとIに立つものは各自、一本内側のBとHに移動してくれ。周辺にある路地にも目を配るように〉

燈の意見が通ったということだ。燈は一旦、元いた位置に戻り、そこからBの路地に入った。歩けばほんの二、三十歩かそこらの距離だ。すると、見えてきた路地から、これまでとは異なるソープランドの本当の世界が姿を現した。ぽっかりと闇のように見えるのは、廃業した店か駐車場に使っているスペースだろう。そして思った通り、そこにはキャッチの男が数人、行ったり来たりを繰り返し、中にはサラリーマン風の男性と話し込んでいる者もいた。いよいよ、ソープ街に入ってきたという実感がある。その時、またLINEが届いた。

〈焦(あせ)っちゃいましたよ、急に場所が移動になっちゃって。せっかくくつろいでたのに〉

小桃だ。まさか本気でくつろいでいたとは思わないが、あの子なりの、呑気な表現だった。

8

アルファードの往き来が多くなってきた。細い道をかなり乱暴な運転で走っていく車と、しずしずと丁寧に走ってくる車がある。そして、ひっそりとした建物の入口に駐まると、客らしい男がほとんど他の人間に見られることのないように、すっと店の中に消えていく。そして、客を降ろした車は、またも荒っぽい運転に戻ってどこかのスペースに戻っていく。なるほど、これが送迎の違いかと納得しながら、燈はありとあらゆる屋号がピンクや紫、ブルーに黄、赤色などのネオンで浮かび上がる街角に立ち、ひっそりと辺りを見回していた。純和風の屋号もあれば、いかにも豪華そうな雰囲気のエキゾチックな屋号もある。そして、闇に紛れてキャッチが蠢（うごめ）いている。燈は、どうしても、キャッチの男たちが気にかかった。誰とも見分けのつきにくい同じ服装で歩きまわる姿に、いかにも犯人が紛れ込みやすい気がしているせいかも知れなかった。

一時間に一度ずつ、居場所を移動しながら、燈は真っ直ぐな道に連なるネオンの海を眺め続けていた。いくら見ていても、キャバクラのように、客を送り出しに出てくる女の子の姿はない。道路にいるのは、相変わらずキャッチばかりだ。

途中、暗がりを見つけてコンビニで買ったおにぎりを食べることにした。少し先に、あまりにも健全に見えるコンビニの灯りが光っている。身体も冷えてきたし、あそこなら目と鼻の先だ。おにぎりと一緒に、温かいお茶でも買って飲むことにしようと思い立って、そのコンビニに向かうことにした。毒々しいネオンの色とはまったく違う、いわば「真っ白」に感じられる店内に入り、飲み物のコーナーに向かう。手に取っただけでも、ペットボトルの茶の温かさが有り難く感じられた。

店の外に出て、温かい茶を一口飲んだところで、公用携帯が震えた。

〈G3です。スーツ姿の男で髪の薄い、前髪を垂らした男が出てきました〉

〈おっかけろ!〉

〈了解!〉

自分の持ち場と離れたところでホシが動き出したのかと、燈はおにぎりとお茶をナイロンのショッピングバッグに入れて、固唾をのんで公用携帯を握りしめていた。だがしばらくすると〈違いました〉という報告が入る。

〈首の後ろを見ましたが、タトゥーがありません〉

〈顔つきはどうだ。近くにメモリー・アスリートはいないか〉

〈見当たり班、真鍋(まなべ)です。近くにいますので向かいます〉

〈了解、頼んだぞ!〉

画面を見ているだけでドキドキしてくる。だがしばらくすると、やはり〈違いました〉という報告が入った。

〈目がまったく違います〉

ふう、とため息が出た。おにぎりを取り出して、お茶を飲む。それからも一時間ごとに場所の移動を繰り返しながら、時間ばかりが過ぎていった。午後九時を過ぎた頃、今度はトイレに行きたくなった。燈は再びさっきとは違うコンビニを探してトイレを借りることにした。レジの人にひと言声をかけ、トイレを借りて、代わりにミントのタブレットを一つ買う。コンビニでトイレを借りたらミントタブレットを買うのが習慣になっているのだ。余れば岩清水にやったりもしているが、それでも家にはいくつかのタブレットがある。

　コンビニを出て、また元の持ち場に戻ろうとしたとき、斜向かいにある古ぼけた薬局に、ふと目が留まった。昔ながらのオレンジ色のゾウのキャラクター人形が立っていて、軒先に白とグリーンのストライプのテントが少しだけ伸びている。窓には「足がつる人に！」「胃もたれ！」「夜中にトイレに起きる人に！」などという黄色い紙が貼られていた。

　何気なく眺めていたら、ちょうどガラスの引戸が開いて一人の男が出てきた。片手にレジ袋を持ち、もう片方の手はズボンのポケットに入れているスーツ姿の男だ。その男が歩き始めた途端、頭にビリビリと雷が落ちたような感覚に陥った。

　右足を心持ち引きずっている。

　身長は一メートル七十はないだろう。かなり贅肉（ぜいにく）がついていて、ズボンがだぶつき、全身が重たそうに見える。ぼんやりとした街灯の明かりでも、頭頂部の髪が大分、少なくなっていることが分かった。それなのに、不自然に後頭部の髪だけは襟（えり）が隠れるくらいまで伸ばしている。燈は即座に私用の携帯を取り出して小桃に電話を入れた。

〈はーい〉

「小桃ちゃん、今どこにいる？」

〈今はですね、Ｄ４です〉

「近いね。すぐ来てくれないかな。私は今、Ｅ４にいるんだけど」

〈りょ！〉

　電話を切る間も、燈は男の後ろ姿を見つめ続け、一定の距離をあけてその後をおっかけていった。しばらくすると、パタパタとスニーカーの音がして、ピンクのダウンジャケットにリュックサック姿の小桃が背後から走ってきた。燈は素早く振り返ると、五十メートルほど先を行く男を指さして見せた。小桃は小さく頷いて、そのままスピードを落とすことなく走っていく。そして、男を追い抜いた後、まるで道を間違えたかのように、きょろきょろとしながら立ち止まった。スーツ姿の男は、そんな小桃の方をちらりと見たか見ないかも分からない様子で、そのまま歩いていく。やはり、右足を多少、引きずっているせいで、身体も傾(かし)いでいた。

男が小桃を完全に追い越していった後で、小桃は両腕を高く上げ、大きく丸を作った。心臓が、ドキン、と弾んだ。燈は、今度は足音が響かないように気を配りながら小桃に走り寄り、「おっかけよう」とささやきかけた。

「小桃ちゃん、おっかけながらチームの人たちに連絡して。私も管理官に連絡するから」

それから二人は道路の右端と左端とに離れて、前後して足音を立てないように男をおっかけ始めた。

小桃はもう携帯を耳にあてている。燈も牛込管理官に電話を入れた。

「今、それらしい男を見つけました。見当たり捜査班の川東さんにも見当ててもらいました」

牛込管理官の「本当かっ」という声が鼓膜に響いた。

「川東さんは自分のチームの人たちに連絡を入れているはずです。私も、男をおっかけています。少し広い道を曲がって路地に入り、H3に向かっています」

〈周りには何がある？〉

「ソープばっかりです」

〈そこに女性二人が行くのはまずいな。とにかく、男がどこの店に入るかだけ確かめたら、すぐに離れるんだ〉

「了解しました」

燈が電話を切る頃、路地の向こうから、ずんぐりした背格好のジャンパーを着た男がやって来て、例のスーツ姿の男とすれ違った。近づいてくるにつれ、それが島本部長だと分かった。路地にいるのは、あとは二、三人のキャッチの男だ。誰も彼もが不思議と腹の突き出た体型に見える。燈とすれ違いざまに島本部長が頷いたところで、燈は踵を返して自分はソープ街の外に出た。小桃のピンクのコートはあまりにも目立つが、若いせいもあって、見ようによってはソープ嬢と思ってもらえるかも知れないからだ。

その時、またもや燈と向かい合うように一人の男性が来た。小桃のチームの田口部長だ。燈が頷いて見せると、彼も頷き返し、そのままソープ街の真ん中へと入っていく。振り返ると、小桃はそのまま燈とは反対の方向に向かって通り抜けようとしているようだった。少しすると携帯が震えた。小桃だ。

〈うちの部長二人も確認しました。猿渡主任は間近には見られなかったけど、ネオンで結構、明るかったから、間違いないはずだって言ってます〉

「そのこと、上には報告した？」

〈主任から連絡が行ってるはずです〉

「どこの店に入っていったかは？」

〈それは田口部長が。『フェニックス』っていう、ちょっと目立つ店です。ガラス張りの入口で、高い天井からシャンデリアが下がってました〉

「それも報告したんだよね？」

〈しました〉

「じゃあ、そこから外れた角あたりで待機していよう。私も反対側にいるから」

〈りょ！〉

それから十分もたたないうちに、燈のいる場所に十人ほどの捜査員たちが集まってきた。中に岩清水もいる。牛込管理官と久場係長も駆けつけてきた。

「よく見つけたな」

牛込管理官の言葉に燈は小さく頷いた。その時、全員の公用携帯が震えた。七堂課長からのグループチャットだ。

〈ホシが次に店から出てくるときが狙い目だ。場合によっては、店が閉店するまで待つことになるかも知れん。店の出入口をすべて確認した上で、今度は二人一組でそこから伸びる道の辻々をくまなく張ってくれ。連中も自分たちの監視カメラの映像から情報を共有している可能性がある。くれぐれも、目立つなよ〉

見当たり捜査班と広域の各チームから〈了解〉の返事が続く。それから牛込管理官の指示に従って、まず普段組んでいる捜査員同士がチームに戻って、交替でソープランド『フェニックス』の建物をぐるりと取り囲み、また、周囲に伸びる道に向かって歩き始めた。中にはキャッチに呼び止められて、何か話し込んでいる捜査員もいる。

〈この辺りのソープの中では高級店だし、規模もありますね〉

〈客用の入口の他に、裏口があります。こっちは外壁の色と同じ色で、鉄製です〉

〈看板によれば受付は22時まで、営業は24時までってことになってます〉

何分かに一度ずつ、報告のチャットが入る。その間、燈はただひたすら公用携帯のチャット画面を見つめていることしか出来なかった。

「ちょっと、主任！　水臭いじゃないっすか」

持ち場に落ち着いたとき、岩清水がふいに燈を小突くようにした。

「何で俺にもすぐに連絡してくれなかったんですか」

「管理官にする方が先に決まってるじゃない」

「その後だって、電話くれればよかったのに」

「あれを見当てるのは、私たちじゃ無理だから。メモリー・アスリートの仕事でしょう？」

するとと岩清水はまだ不満そうな目つきで、段違い眉毛をひそめている。

「じゃあ、主任はどうしてあいつだって分かったんすか」

「歩いてく後ろ姿が足を引きずってたから」

「何で、ちょうどそんな場面を見られたんすか」

「コンビニでトイレを借りたから！　その斜向かいにある薬局から、ちょうどヤツが出てきたの！」

燈が睨むように言うと、岩清水はやっと諦めたような様子で、「あ、そうっすか」と俯いた。

「野郎、ちくしょう、何で俺がコンビニで小便したときに出て来なかったのかな」

「そんなこと言ったって、しょうがないでしょう」

「とにかく、こうなったら何がなんでもパクりましょうね」

「当たり前よ。こっちだって昼ご飯の後はおにぎり一個で今まで過ごしてるんだから」

「鮭ですか」

「紀州南高梅」

「俺、何か買ってきましょうか。喉も渇いてるし」

燈が「うん」と頷くと、岩清水はやっといつもの笑いじわを寄せて、さっき燈がトイレを借りたコンビニに向かって行った。

9

『フェニックス』は、それなりに繁盛している店らしかった。ベンツではなかったが、高級車が何度か送迎を繰り返し、その都度、ネオンに照らされた人影が店を出入りしていく。看板によれば、『フェニックス』の料金は百二十分で八万円（延長可）となっている。八万もの金を支払って女の子の身体と時間を買う男とは、一体どういう人たちなのだろうかと、燈は岩清水が買ってきてくれた鮭のおにぎりを頬張りながら考えていた。さすがにこういうことは岩清水にも聞きにくい。もしも、岩清水が人知れずこういう場所が好きなのだとしたら、気まずいことになってしまう。第一、燈個人としては、こういう場所で遊ぶ男をあまり肯定的には捉えられない。大抵の女性がそうではないだろうか。それなのに、いつも組んでいる岩清水が風俗が好きなタイプだとしたら――ひょっとして、それが原因で奥さんと険悪な仲になったりしたのだとしたら――これまでと見る目が違ってしまうかも知れない。いや、間違いなく違ってしまうだろう。たとえば夫が、燈の知らない間にこういう場所を利用しているとしたら、それこそ離婚を考えようと思うかも知れなかった。

そんなことを考えていたとき、公用携帯が震えた。

〈ホシが出てきました！〉

〈どんな様子だ？〉

七堂課長から間髪を入れず返事がある。

〈早歩きで、どこかに向かうようです〉

〈ひとまず様子を見よう。おっかけて、必ず見失うなよ〉

〈了解！〉

もしもそこで身柄を取れれば一番いい。燈はドキドキしながら携帯の画面を見つめていた。

〈ホシはコンビニに入っていきました。缶酎ハイとドリンク剤を買っています〉

〈客かソープ嬢からの注文だろうな。それならすぐに店に戻るだろう。了解、今は身柄を取らずにそのままにしておこう〉

へえ、七堂課長はそういうことにも詳しいのかと、妙なことに感心しながら、とにかく相手を見失わなければ構わないと、燈は自分に言い聞かせていた。十一時になる。寒さがきつくなってきたと思ったら、岩清水が使い捨てカイロを差し出してくれた。

「さっき、一緒に買ってきたんすよ」

「さすが、部長。気が利く」

「当ったり前じゃないすか」

にんまり笑う岩清水からカイロを受け取り、袋を開けてゆっくりと揉みながら、燈は自分の周囲を見回していた。仲間たちは闇に紛れていて燈の目から見ても、どこに誰がいるのか分からない。ただ、さっきまで方々を歩き回っていたはずのキャッチの姿が、もう見えなくなっていた。十二時で閉店になるソープランドにとっては、十時も過ぎればキャッチの必要もなくなるのだろう。あとはすべての客が帰って、従業員たちが出てくるのを待つだけだ。

〈いいな。ソープのボーイは必ずそう遠くないアパートかマンションを貸し与えられているはず

だ。店を出てきて、そこに帰るまでが勝負だ〉

七堂課長からまた連絡が入った。それぞれのチームが〈了解〉と答える。燈はカイロを握りしめながら、ひたすら闇の中に立ち尽くしていた。やがて、客がいなくなった店から順番に、ぽつり、ぽつり、とネオンが落とされていく。辺りにひっそりとした闇が広がりはじめ、その分だけ、隅田川を挟んで見える東京スカイツリーが異様なほどの存在感を放ち始めた。

そのスカイツリーのライトアップがふいに消えた。それと同時に、残っていたすべてのソープランドのネオンも消えて、辺りは本当の闇に近くなった。日付けをまたいだのだ。

〈いいな、絶対に見逃すなよ！〉

チャットで七堂課長の檄が飛んだ。燈たちも、夜の闇に紛れて『フェニックス』に近づいていった。客用の出入口には、既にシャッターが降りている。すると、出てくるのは裏口しかない。

〈店の近くにいる諸君は、メモリー・アスリートと広域同士で二人または三人で組んですべての辻々に立つんだ。ヤツが動いたら自分の仲間にはそれぞれ直電で伝えろ〉

七堂課長のチャットが切れるか切れないかのうちに、小桃が「燈さんのとこ、行きましょうか」と電話をよこした。燈は「ダメダメ」と即座に答えた。女二人では、いくら日頃訓練しているとはいえ、万一ホシが襲いかかってきた場合に、男ほどの力は出せない。第一、相手はいかにも重たそうな太った男だ。それに、今だって刃物か何かを隠し持っているかも知れなかった。

「小桃ちゃんは、うちの岩清水部長と組んで。私は、そうだな、田口部長と組むから」

「りょ。じゃあ、田口部長にそっちに行くように言いますね」

日頃から多少なりとも往き来のあるチーム同士で、そうして新たな二人一組が出来上がった。闇の中、捜査員たちはそれぞれの方向から『フェニックス』を取り囲み始めた。最初にドアが開いたときには心臓がどきんと跳ねたが、細身の、見るからに違う男だった。それから時間をおいて順々に男たちが帰っていく。思った以上に何人もの男たちが働いている様子だった。

「野郎、出てきませんね」

普段、ほとんど口を利いたことのない田口部長が隣で口を開いた。

「と、いうことは、まだ下っ端なのかも知れないな」

「そんなものですか？」

「結構、上下関係があるみたいなんですよ。新入りの下っ端ほど便所掃除とか女の子の荷物運びとか、色々とやらされるんです」

へえ、この人は見かけによらず詳しいんだ。燈は半分意外な思いで、夜の闇の中にぼんやりと浮かぶ田口部長を見ていた。小桃は、優しくて穏やかな人だと言っていたが、今度、改めて、どんな人なのか聞いてみよう。

そんなことを考えながらもう十二時半を回ったときだった。再びドアが開き、今度こそ、小柄で太った男が出てきた。両手に大きなゴミ袋を持って、まずはゴミ置き場にそれを放り投げるようにして、一旦、中に戻るともう一つゴミ袋を持って出てきた。それもゴミ置き場に放り投げ、ようやくドアに鍵をかけて、後はいかにも疲れた様子で首を左右に曲げたり、腰を伸ばしたりしている。あの首の後ろにタトゥーさえあれば、間違いなく捕れるのだが、この闇の中では、それも無理だった。

「ヤツが出てきました。おっかけ開始します」

田口部長がどこかに電話している。おそらく普段同じチームを組んでいる誰かだ。燈も同様に、岩清水に電話を入れた。こうして仲間全体に連絡が届いているはずだ。

丹野博次。今日でシャバともお別れだからね。

心持ち前屈みで、しかも左に傾いだ姿勢で歩いていく後ろ姿を睨みつけながら、燈は足音を忍ばせて歩いた。次の角まで行くと、他の捜査員が出てきて、燈たちを手で制し、今度は彼らがおっかけを始める。

「他の路地を使って、彼らよりも先回りをすることにしませんか」

田口部長が言った。燈は即座に頷いて、丹野博次が歩く道から脇に逸れ、並行して走っている隣の路地を小走りに進んだ。途中、他の仲間と出会う。誰もが電話で連絡を取りながら、丹野博次の後を追っているのだ。

〈まずい、野郎、自転車置き場に向かいました!〉

しばらくすると、チャットが入った。燈は思わず田口部長と顔を見合わせ、丹野博次が歩いているはずの道に出た。確かに彼の姿は見えない。

〈自転車に乗って走り始めています！　今、真ん中の仲之町通りを通り抜けました！〉

〈Ｄ３にいる！　ここから追います〉

〈Ｃ４から追います！〉

吉原の街から出て行こうとしている丹野博次の自転車を捜査員たちは入れ替わり立ち替わり、必死で追っている。だが、相手が自転車では、いくら走ってもやがて引き離されてしまう心配があった。

ここで逃がすのか。ここまで来ておいて。

燈の頭の片隅にそんな思いが明滅し始めたとき、またチャットが入った。

〈二十四時間営業の弁当屋に入っていきました！　Ａ４の辺りを渡ったところにある店です〉

〈了解、我々は車で店の前で待機する。全員、招集だ〉

七堂課長の返答が入った。燈は田口部長と顔を見合わせ、早足でAと名付けた吉原色街と外とを隔てている道まで出た。見渡すと、確かにほとんど街灯だけになっている道の中ほどに、ぽつりと灯りのついている店がある。そして、その近くには二台の車が駐まっていた。課長と管理官たちの車に違いない。

さっきまで寒い寒いと思っていたのに、散々走ったり歩いたりで、すっかり身体が温まっていた。燈は微かに息を弾ませながら田口部長と共に通りを渡り、他の捜査員たちが集まりつつあるところに自分たちも加わった。岩清水がいち早く燈を見つけて歩み寄ってくる。田口部長は小桃の方に向かって行く。人々はいつの間にか普段のチームごとに分かれていた。

やがて、店から一人の男が出てきた。ヤツだ。牛込管理官が、すっと男の前に立った。

「丹野博次だな」

マスク姿の丸顔の男は一瞬、「えっ」と言うように薄い眉をひそめ、それから「人違いだよ」とだけ言って管理官の前から身体を逸らそうとする。そこに、今度は見当たり班の田之倉(たのくら)係長が警察手帳(パア)を見せながら立ちふさがった。

「何か、身分証みたいなもの、もってるかな」

「んなもなあ——ねえよ」

「じゃあちょっと、左腕を見せてもらえませんかね」

「——何でだよ」

「いや、丹野博次っていう人にね、あんたがあんまり似てるもんだから。ご協力願えませんか」

「嫌だよ、この寒いのに」

「そうじゃなかったら、首の後ろでもいいや。見せてもらえますか」

今度は久場係長が前に出る。じりじりと男たちに詰め寄られて、行き場を失ったと思ったのか、丹野博次はいきなり買ってきたばかりの弁当の袋を七堂課長に投げつけると、脱兎のごとく走り始めた。すぐ脇の角を曲がって生活道路に入っていく。

「追えっ！」

「逃がすなっ！」

声が飛んだ。燈も、また小桃も、皆が道一杯に広がって必死で走った。いつの間に先回りをしていたのか、他の路地から飛び出してくる捜査員もいる。丹野は太っているだけあって、走るのは遅い。そして、喘(あえ)ぐように百メートルほど走ったところで、ついに足がもつれたらしく、道路に転がるように転倒した。追いついた捜査員の一人が、素早くその上半身を押さえつけ、腕を背中に回す。「いてててて！」という悲鳴が上がった。その間に、いつの間にそこまで追いついていたのか、岩清水が丹野博次の右足のズボンの裾をたくし上げた。そのムッチリしたふくらはぎに、赤黒い色でダルマのタトゥーが施されているのが、薄暗い電灯の下でも見えた。ついで燈が後ろの髪をどかして首の後ろを見る。そこには打ち出の小槌のようなものが彫られていた。

「丹野博次だな」

七堂課長が、男の顔の前に立って抑えた声で話しかけた。二人の刑事に押さえつけられたままの丹野博次はアスファルトから必死で顔だけを持ち上げて「知らねえ！」と声を上げる。燈は、思わず課長が丹野の顔でも蹴飛ばすのではないかと思ったが、案に相違して、課長は静かに「起こしてやれ」と言った。丹野は両肩とベルトを他の二人の刑事に押さえられている。その周囲を数十人の捜査員が取り囲んでいるという状況だった。

「もう一度、聞く。丹野博次だな」

「言わねえ」

「そうか。そんなら、言いたくなるまで、じっくり話を聞かせてもらおうか」

　大きな腹を突き出して、風船玉のような印象を受ける男は転んだ弾みで上着の袖が破れたのか、肩からワイシャツが見える格好で激しく首を振るようにして長めの前髪を払いのけ、「なんでだよ」とふてぶてしく言い放つ。その額に、明らかな傷痕(きずあと)があった。七堂課長は男の上着の土埃(つちぼこり)を払ってやる真似をしながら、上着をすっと脱がせ、ワイシャツの左の袖をぐっと引き上げた。そこには、顔が般若(はんにゃ)で身体をのたくらせている蛇が彫られていた。これで、三つとも条件が揃った。七堂課長は、また静かに袖を下ろしてやっている。

「分かってんだろう？」

「――」

「あんたが二年前に巣鴨のホテルでデリヘル嬢に乱暴して殺したことをさ、俺たちはとっくに摑んでるんだよ。あんたは、指名手配されてるんだ」

「――知らねえ。そんなの、人違いだって」

「そう言うんなら、それでいいよ。だからさ、ゆっくり話を聞かしてくれよ」

　七堂課長は、表情は静かなままだった。その代わりに、まるで全身から青白い炎でも出ているような感じがする。そういえば以前、小桃が島本部長が久しぶりにホシを見当てたとき、背中から炎が出ているような気がしたと言っていたことを思い出した。こういうことを言うのか。これがいわゆる、殺気とでもいうものだろうか。しかも青白い。単なる怒りを越えている感じだ。

「いいかい、あんたが今、弁当を食おうとしてた手には、被害者を殺(や)ったときの感触が、今もはっきり残ってるはずなんだよ」

「――そんなわけねえ！」

「どうして」

「俺は、何もしてねえっ」

「じゃあ、どうして逃げる？」

「俺は――」

「俺は？」

「――」

「女とやっただけってえのかい」

「ち――ちょっと刺しただけだ。ただ脅すつもりで刃物を出したら、急に悲鳴を上げやがるから――つい」

「どこを刺した？」

「首と――腹かな」

「それから」

「それから――やった」

七堂課長が燈たちの方を向いて「聞いたか」と声を上げた。

「こいつは今、刃物で刺したと言ったな。首の他に腹も、だ。それからガイシャを襲ったと。これは秘密の暴露に当たる。ホンボシでなけりゃあ、分からんことだ」

捜査員たちが頷いている。七堂課長は、丹野博次の顔にぐい、と自分の顔を近づけると「おい、丹野」とホシを呼んだ。

「あんた、分かってるのか。人一人の生命を奪うってことが、どういうことか。その人の人生だけでなく、その周りの人たち、家族、友人、あらゆる人たちの将来も何もかもぶち壊しにしたんだ。まだ若い女の子は、この先色んな夢だって持ってたはずだ。いくら金のためとはいえ、おまえみてえな薄汚い男になんか、触られたくもなかったろうよ。しかも、そんなむごい姿で。ひょっとして抵抗でもされたか？　うん？　それで、お前は自分の欲望のためだけに、すべて奪い尽くしたんだ。身体も心も傷つけて、ガイシャはむごい姿を大勢の警官にまでさらさなきゃならなかった、その落とし前を、お前、どうつける」

丹野博次の短い首の喉仏（のどぼとけ）が上下したのが見えた。

「その報いは、必ず訪れる。お前がたとえ死刑にはならなかったとしても、あんたの人生は、ここまでだ」

そこまで言うと、七堂課長はふう、と息を吐いて燈たちを見回し、それからぽん、と一つ、手を叩いた。

「みんな、ご苦労だった。緊立ちはこれで解除だ。少し遅くなったが各自その分の時間はどこかで穴埋めしてくれ。時間が時間だから、今日はここで解散にする」

そう言って、課長は車に乗り込んでいった。

「よし、今日はこれで解散」

牛込管理官の声が夜のしじまにひっそりと響いた。丹野博次の身柄は途中から連絡を受けて駆けつけていた手配署の捜査員が引き取っていった。広域捜査共助係の仕事は、そこまでだ。振り返ると、吉原の街は丸ごとそっくり、闇の中に沈んでいた。

これで、安心して成仏出来るかな。

燈は都会の真ん中でも微かに星が見えている空を見上げながら、被害者の女性のことを考えた。かなうものなら、彼女にはもう、怨みも何も遺さずに安らかな眠りについて欲しい。そして、もしもまた生まれてくることがあったとしたら、もう二度と同じ思いはして欲しくなかった。

今回の緊立ちで、捜査共助課は課として警察庁長官賞を授与された。

今回の事件については、まず特別捜査本部が設置されたところから始まって、ホシが割り付けられたところで指名手配を行ったが、結局は潜伏先が判明せず、やがて特別捜査本部も縮小された。そして捜査一課は警視庁に引き上げ、その後、捜査共助課に回されてきてからも、相当の時間がかかったヤマだ。「緊立ち」の決定がなされるまでの経緯と、かかった時間と労力、そして吉原地区という土地の特殊性を考えれば、一日でホシを挙げられたことは、まさに幸運であり、それらを鑑みて、最初に丹野博次を発見し、また見当てた燈と小桃とは、そろって警視総監賞を授与されることになった。まさか自分たちがそんな大きな賞を受けられる日が来るとは思いもよらなかったから、小桃はもちろんだろうが、燈も相当に緊張して、賞状を押し頂くようにして受け取った。

「今回の緊立ちは、うちの課としても、かつてない規模のものだった。皆、よく協力して、機敏かつ忍耐強く動いてくれたことに感謝してる」

七堂課長も嬉しそうだった。だが、男性捜査官の間には何か微妙な空気が流れていた。大半の刑事は、そんな賞を拝むこともないままに刑事人生を終えるのだ。岩清水でさえ「俺もそこにいたかったなあ」とぼやいたほどだし、「女二人に持っていかれるとはな」などという言葉も聞こえた。まあ、仕方がない。これでまた多少、風当たりが強くなったとしても、すべて受け流していく。それが、刑事として働いていくということだった。

エピローグ

1

暮れも本当に押し詰まってから、燈(あかり)はやっと時間を作って小桃と『プレゴ』で食事をすることが出来た。二人して警視総監賞をもらった直後からお祝いしようと言い合っていたのだが、どうもタイミングが合わなくて、結局クリスマスも過ぎてしまった。無口なマスターに「久しぶり」と挨拶をして、いつもの半個室に落ち着き、その日はお互いに「お祝い」ということでシャンパンを抜いた。料理もスモークサーモンにアボカドのチーズディップ、オニオングラタンスープなど、シャンパンに合いそうなものを注文して、金色に泡立つグラスをチン、と合わせる。話題はやはり、あの日のことから始まった。

「私、まさか燈さんと仕事出来るなんて、思いませんでしたよ」

「こっちも同じだよ。しかも、課の全員が出てるんだもんね」

あれだけの規模で捜査共助課が総動員で動くことなど、まずあることではない。しかも吉原という、自分たちのような女性には無縁にしか思えない街に出向いたもの珍しさ、ほとんど碁盤の目になっている道ごとに一人で立ったときの緊張感など、話し出すときりがない。そして、今でもおそらくはほとんど知らないことの方が多いに違いない、あの街特有の「掟」のようなものの存在についても、二人とも感じたことを話し合った。中でも燈がホシを偶然にせよ見つけたことから事件が急展開したこと、小桃がすぐに駆けつけたことなどは、今にして思えばまるでドラマのようだった。

燈が「そういえば」と何か言えば、小桃が「それそれ、それなんですけど」と言葉を被せ、燈が頷いてまた次を話すという具合で、あの日の興奮がまた蘇ってくるようだ。考えてみれば、同じ捜査共助課とはいえ、広域とメモリー・アスリートが共に仕事するなどということはないのだ。それに、捜査共助課の仲間同士といってもそれぞれのチームはライバルだ。広域も、見当たりも、それは同じことだった。それらのすべてを取っ払って、たった一人の男を追ったときの高揚感は、誰の胸にも深く刻まれたに違いなかった。

「それにしても、うちの島本部長がもう、スネちゃって大変ですよ。燈さんはどうして自分に電話をくれなかったんだとか、わけの分からないことまで言っちゃって」

スモークサーモンにナイフを入れながら、小桃が笑っている。それには燈も笑うしかなかった。岩清水も今回に関しては似たようなものだったからだ。

「岩清水部長とは、いつもそばにいるからそんなに電話でやり取りなんかしないじゃない？　それなのに、膨れっ面になってるんだよね。やれ水臭いだの、薄情だの」

燈は苦笑しながら「困ったもんだよ」と呟いた。あの太い段違い眉毛と、何本も寄る笑いじわが思い浮かぶ。彼は、いかにも切ないというか、困り果てたような表情で、「欲しかったよなあ、主任からの電話」と情けない声を出したものだ。

「おにぎりや使い捨てカイロまで買ってきたのに、とか言っちゃって」

それには小桃が驚いた表情になった。

「そんなことしてくれるんですか」

「そりゃ、普段は二人一緒に行動するから、買い物も一緒だけど、今度は違ってたじゃない？だから。ああ見えて案外、よく気がつく男なんだ」

「へえ、使い捨てカイロまで？」

オニオングラタンスープを口に運び、燈は「あちち」と言いながら細かく頷いた。その前で、小桃は「いいなあ」と唇を尖らせている。燈はスプーンを宙に浮かせたまま、小桃を見た。燈から見たら、常に四人で行動出来る方が機動力がありそうで、いいように思える。ただ、燈にメモリー・アスリートの才能がないことを恨むばかりだ。

「うちのチームなんて、そりゃあ、猿渡主任は落ち着いていて頼りになるけど結構ドライなところがあるし、田口部長は見た目はなかなか格好いいけどバツ二でキャバクラ大好きだから油断出来ない気もするし、島本部長は相変わらずグダグダ文句ばっかりだし、あの寒い夜にだって、使い捨てカイロなんか買ってきてくれるような人は、一人もいませんでしたからね」

「あらま」

「要するに、人の顔ばっかり見てて、そこまでこっちの体調を気遣ってくれるような部分は、あの人たちにはないってことですよ」

燈は返答に困って「うーん」としか答えられなかった。大概の男はそんなものではないかという気もする。

「岩清水部長って、いつもそうなんですか？」

「いつもって？」

「だから、燈さんに気を遣ってくれるっていうか」

燈は「そうだねえ」と少し考えた後で、細やかなことは確かだと思うと答えた。

「女だらけの家で育ったんだって。だから、女性のことはよく分かってるんじゃないの？　長く運転するときでも、張り込みでも、出来るだけ私の方が休めるようにとか、そういう気は遣ってくれるね」

「そんなことまで？」

「まあ、体力は向こうの方があるわけだし。私より若いしね」

「それだけですかねえ」

小桃が急に声色を変えて、いかにも意味ありげな目つきになった。燈は知らん顔をしながらチキンソテーを口に運んでいた。

「だって、本人がそう言ってたんだから。もうねえ、お祖母(ばあ)ちゃんとお母さんと三人の姉さんに、こねくり回されるように育てられたって。だから、女の怖さはうんざりするほど分かってるとか何とか」

「とか言っちゃって。ひょっとして」

燈が喋っている間に、小桃はにやにやと笑っている。

「ひょっとして」

「ひょっとして、何」

「岩清水部長って、燈さんのこと、好きなんじゃないですか？」

その途端、燈は食べ物を喉に詰まらせたようになり、慌てて咳払いをした。小桃は、いよいよ確信を持ったような顔をして余計にいやらしく笑っている。

「ね？　そう思いません？」

「思うわけないじゃない」

「いや、そうですってば」

「ち、が、う」

「え、どうして？」

「あのねえ、小桃ちゃん」

燈はナイフとフォークを皿の上に置き、シャンパンをもうひと口呑んだところで、まじまじと小桃を見た。

「岩清水部長っていう人はねえ、それはそれは愛妻家の家庭人なの」

「あれ、そうなんですか？」

「まだ小さい女の子が二人いて、休みの日には必ずその子たちをどっかに連れていったり、一緒に遊んだり、もう一生懸命なんだから」

小桃は少しあてが外れたかという顔つきになって「そんな人なんですか」と口を尖らせている。

「そんな風に見えないのになあ」

「第一、私にだって家庭があるのよ。たとえ今は離れて住んでたって、それは事情があるからで、べつに喧嘩してるわけでもないんだから」

「——すみません」

「だから、うちの場合は岩清水部長にも私にも、離婚の『り』の字も浮かんできたことはないわけ。もちろん、不倫もね」

「了解しました」

小桃は肩で小さく息を吐き、つまらなそうな顔をしている。燈は、そんな小桃を見ながら、彼女がメモリー・アスリートであることを忘れてはならないと、密かに自分に言い聞かせていた。他の人には気付かないことに、この子は気付いてしまう。他の人が見ていないところを、この子は見る。

「そういえば、お正月はどうするの？　うちは、息子を連れて向こうの実家に行くんだけど」

「あ、そうなんだ。私は実家に帰ります」

「それがいいね、言い方は悪いかも知れないけど、『会えるうちに、会っておきなさい』って、私も息子に言ってるんだ」

小桃はなるほど、というように頷いた。

「力だけはあるんだから、餅つきでもさせようと思って」

「ああ、つきたてのお餅っていいですよねえ」

「その代わり、お祖父(じい)ちゃんの喉に詰まらせないように気をつけないとね」

「あ、そうか。そういうことも気をつけなきゃならないんだ」

「家に一人でも病人が出るっていうのは、そういうことよ。全員が巻き込まれる。全員の人生が少なからず変わるわね」

小桃も少し神妙な顔つきに戻った。

「だってさ、ダンナはカイシャを辞めちゃうし、一人で住むには広すぎるあのマンションで一人暮らしになって、時間に余裕が出来れば茨城まで車を飛ばして舅の様子を見たり、簡単な手伝いくらいするじゃない？　息子のラグビーの応援もしたいし。そんなことをしながら仕事を続けてるんだもの。我ながら、結構よくやってる方だと思うんだ。それこそ、相棒が岩清水部長だから、救われてる部分もあるかも知れない」

「今おっかけてるヤマは、年を越しそうなんですか」

「多分ねえ。何しろ調べなきゃならない電話番号が多すぎるんだわ。でも、来月中には必ずたどり着いてみせる。そう決めてる」

すっと仕事の顔にもどって、燈はきっぱりと宣言した。

岩清水の女房子どもが、岩清水一人を残して自分の実家に戻ってしまったと聞かされたのは、その翌日のことだ。

「冬休みに入ったから、早めに帰ったっていうことなんじゃないの？」

燈が尋ねると、岩清水は段違い眉毛のまま、かつて聞いたことがないほど大きなため息をついて「違うみたいっす」と言った。

「パパは帰ってこなくていいからって、言われました。お正月の間、少し考えたいことがあるからって」

一体、何がどうしてそこまでになってしまったのか、燈にはそれ以上は尋ねられなかった。ただ「そうなんだ」と小さく頷くと、岩清水は「さて」と気を取り直すように背筋を伸ばした。

「仕事、仕事。俺らには、それが一番っす」

「ああ──うん」

一人で年を越し、もしかすると、このまま一人で暮らしていくことになるかも知れない岩清水と共に、燈は電話番号の一つ一つを当たり続けた。相棒の、いつもの笑いじわの跡が今日はやけに淋しげに見えた。

2

新年の街は、コロナが落ち着いていることもあって人で溢れていた。外国人もますます数を増やしているようだ。誰もが大量に買い物したらしい袋などを提げ、首に暖かそうなマフラーを巻いたり手袋をしたりして、思い思いの方向へ歩いていく。その隙間に広がるシミのように、正月なんか何の関係があるのだと言わんばかりの地味なジャンパー姿の背を丸め、いかにも不景気そうな雰囲気の人たちもずい分と混ざっていた。

年が明けても世の中の景気が良くなりそうだという話は一向に聞こえてこない。人々のマスク姿も変わりはなかった。そんな中で、このところはＳＮＳで応募して闇バイトに手を出す詐欺犯がさらに増えて、それどころかまだ十代だというのに強盗や強盗殺人なども犯す犯人が目立つようになってきたと報じられている。それらの犯行の中で防犯カメラが捉えた人物は、即座にＳＳＢＣ（捜査支援分析センター）に回されて解析され、行方を追跡される。それですぐに逮捕されなければ指名手配となり、小桃たちのファイルに取り込まれていく。その人数が確実に増えている。そして小桃たちは今日も街の中に溶け込んで、ただ静かに街行く人々を眺めて時を過ごしていた。

サカナ　サカナ　サカナ
サカナを食べると
アタマ　アタマ　アタマ
アタマが良くなる
サカナ　サカナ　サカナ
サカナを食べると
カラダ　カラダ　カラダ
カラダにいいのさ

さあさ　みんなでサカナを食べよう
サカナはぼくらを待っている！

サカナ　サカナ　サカナ
サカナを食べると
アタマ　アタマ　アタマ
アタマが良くなる
サカナ　サカナ　サカナ
サカナを食べると
カラダ　カラダ　カラダ
カラダにいいのさ

春はまだ遠く、午後三時を回る頃には、辺りには早くも夕方の気配が広がり始めて、そこからはだんだんと視界が悪くなる。視力が勝負のメモリー・アスリートにとっては、苦手な時間帯に入るということだ。まだまだ早いのに、今日はそろそろ「上がり」の電話が入らないものだろうかと、何となくソワソワしていたとき、公用携帯が震えた。

〈田口部長が見当てた〉

猿渡主任の声だ。小桃は場所とホシの氏名を聞き、即座に頭に取り込んでいるファイルからその顔を探し出して、歩き始めた。

猿渡主任から名前を聞いたとき、すぐに思い浮かんだホシの顔は、どこにでもいそうな、ごくごく平凡な顔だった。村石大貴（むらいしだいき）・二十三歳。容疑はまたもや詐欺だ。どうせこの男も闇バイトの誘いを受けて泥沼にはまったか何かだろう。

身長は百七十センチ前後。中肉中背の体格で目は一重まぶたの細いつり目でやや三白眼（さんぱくがん）。目と目の間隔が比較的狭く、耳が小さめで丸っこく、位置が目よりも少し高めだ。

猿渡主任からの情報では、ホシはカーキ色のＭＡ－１の襟元から下に着ているパーカーのフード部分を出し、下はグレーのカーゴパンツ、黒のボディバッグにヤンキースのキャップを被って白いスニーカーだという。大して目立つ格好とは言い難い。それでも小桃は田口部長が見当てたというパール街に向かった。電話でのやり取りからすると、小桃はホシの向かい側から歩いている格好になる。

楽しそうに歩く女の子同士のグループや、用もないのにブラブラしているらしい若者たち、立ち止まってスマホで喋っている女や、せかせかと急ぎ足のサラリーマンなどをかき分けながら歩いていくうち、カーキ色のMA－1姿にキャップを被った男が向こうから歩いてくるのを見つけた。素早く黒いマスクから出ている目元を見つめる。キャップのつばの下から見えるのは、間違いなく細い三白眼だ。男は何が面白くないのか、辺りを睨みつけるようにして、肩をいからせて歩いていた。小桃は男とすれ違うとすぐに踵を返して男の後を追いながら、猿渡主任に「確認しました」と電話を入れた。その時、島本部長とすれ違った。頷いて見せると、部長も頷き返して足早に男についていく。見回すと、斜め後ろに田口部長がいた。

気がつくと猿渡主任が小桃たちを追い越していく。これで四人が揃った。

村石大貴は、特に用事があるようには見えなかった。一応は肩をいからせて歩いているが、時折、立ち止まっては首を伸ばしてその辺の店先を覗き込んだり、配られたチラシを受け取るなり、目を通すこともせずに丸めて放り投げたりしつつ、パチンコ屋の前でも立ち止まる。

〈どこかの店に入ろうとしたら、その直前で声をかける。先頭は田口部長だ〉

猿渡主任から電話が入り、小桃は即座に「りょ！」と返事を返した。

しばらく歩くと、間口が半間ほどしかないシルバーアクセサリーの店の前で村石は立ち止まった。壁から床、天井まですべて真っ黒い内装で、ウインドウに並ぶのは太いチェーンや大ぶりの髑髏（どくろ）がかたどられた指輪、彫金を施されたブレスレットなどだ。

村石がその店のウインドウを覗き込んだときには、もう田口部長が彼に「村石さんだよね」と声をかけていた。少し離れたところから見ていても、粋（いき）がった後ろ姿の膝から力が抜け、身体のバランスを崩したのが小桃にも分かった。その時には、猿渡主任が、もう村石の斜め後ろに立っていた。小桃は島本部長と視線を交わした後で、すぐにパトカーを要請した。新年早々、シルバーアクセサリーに興味がありそうだった男は、これからしばらく冷たい留置場で過ごすことになるのだろう。そして小桃は、これで頭の中から一人分、ファイルを消すことが出来る。

「そんで、川東さんはどうだったの。のんびりと、ぼっちクリスマスかい」

その晩の打ち上げの時に、皆、好い加減に酔いが回ってきたところで、今日の殊勲者である田口部長が機嫌のよさそうな顔でこちらを見た。小桃はわざとらしいくらいに目元を細めて「いいえ」と小首を傾げて見せた。

「警察学校の同期と、女同士で盛り上がってました」

「おいおい、川東さんの歳で、まだ独身なのがそんなにいるのかい？」

島本部長だ。やはり、言うことがいちいち憎らしい。というか、ほとんどセクハラだ。小桃は
「当たり前じゃないですか」と唇を尖らせて見せた。

「むしろ、私が仲間の中でいちばん早く結婚したくらいなんですから」

「へえ、そんなもんなのか」

田口部長も感心したように言った。

「昔は結構皆、早かったけどなあ、二十三、四くらいで」

「もちろん、そういう人もいますけど、それであっさり離婚してる人も、今は少なくないですからねえ」

男たち三人は「ふうん」と何とも言えない顔をしている。

「今はあっさり離婚するからなあ」

悪かったわね、と小桃が言う前に、田口部長が「そりゃあ」と口を開いた。

「この仕事を続けてる限りは、普通に食っていかれますからねえ。専業主婦にでもなってない限りは」

「捨てられるのは男の方か」

「その方が多いとは、思いますね」

猿渡主任の呟きに小桃が澄まして答えると、主任たちは互いに顔を見合わせて、妙に気まずそうな顔つきになった。田口部長以外は、島本部長も猿渡主任も、とりあえずは妻帯者だ。

「男の人って、よっぽどのことがない限り自分から離婚したいって言い出さないじゃないですか。原因が自分にあるとしても。格好悪いからかどうしてか分からないけど、家庭が冷え切ってたとしても、自分が不倫してたとしても。あれ、どうしてなのかなあ」

男たちは余計に居心地の悪そうな顔になって「そうか？」「そんなものか？」などと言い合っている。田口部長がぽつりと「俺の場合も」と口を開いた。

「二回とも、向こうから言われましたけどね」

「何で？」

猿渡主任が興味津々の顔をすると、田口部長は自分も心持ち首を傾げながら「何でですかねえ」と言う。

「一回目の時は『一緒にいる意味がない』みたいなことを言われて、二回目の時は、向こうに男が出来て」

島本部長が「何だぁ、そりゃあ」と声を上げる。

「俺はまた、田口部長のキャバクラ通いが過ぎるからかと思ってたよ」

「いや、結婚してる間はそんなに行ってなかったって」

男たちの話を聞きながら、ちびちびと焼酎のお湯割りをなめて、小桃は皆それぞれに事情があるものなのだなと思っていた。

結果として、小桃も夫を捨てたことになる。それこそ、一緒にいる意味がないと思ったからだ。何かある度に彼が起こした癇癪も、一見すると優しそうながらも実際には無神経なところも、仕事だと言っているのにしつこくしつこくＬＩＮＥを送ってくるところも、何もかもがもう嫌だった。

離婚に際しては、夫が家を出ていくことになり、小桃は今も変わらず同じマンションに住んでいる。だが、彼が引き取ると言うものはすべて持っていってもらって構わないと告げると、彼はベッドやダイニングテーブルだけでなく、アイロンとアイロン台、洗濯機、電子レンジ、テレビ、それにフライパンと鍋、下駄箱の上に飾っていた置物まで持っていった。その細かさには、呆れたくらいだ。第一、彼は小桃との暮らしの思い出の残っている品々に囲まれて今も暮らしているのかと思うと背筋が寒くなる。

一方の小桃の方は、彼が残していったものでも、カーテンやチェストなどはすべて買い替えた。今でも財布と相談しながら、目についたものをちょこちょこと捨て続けているくらいだ。ひょっとして、そうする途中のどこかで胸が痛むだろうか、悔やむ気持ちが生まれるだろうかと思うのだが、今のところ一度も、そういう気持ちにならない。その都度「はい、さようなら」「縁がなかったね」と繰り返しながら、萎れた草花が植わったままの植木鉢から、枕カバー、洗濯物に混ざっていたハンカチ一枚まで、見つける度に捨てている。決して憎みたくないとは思っている。ただ、二度と思い出したくないだけだ。

「へえ、田口部長も淋しい男だったんすねえ」

ふいに島本部長の声が聞こえて我に返った。早く帰宅した日にはクリーニング店に寄り、服を買うのも一人で買いに行くし、料理も洗濯も何もかも自分でやっているという話を聞いて、島本部長がいかにも同情的な声を上げたのだ。

「そんなの、私だってやってますよ」

小桃が言うと、島本部長は「あ、そうか」とごまかすような笑いを浮かべた。

「それをやってもらってるだけでも、俺らは女房に感謝しないとな」

猿渡主任があくびをかみ殺しながら言った。今夜も気がつけばもう日付けをまたごうとしている。小桃が「打ち上げ」に参加するようになってから、どうも時間が延びたようだ。

昨年はクリスマスが土日と重なったこともあって、カレンダー通りに勤務出来る小桃たちは、それぞれが家庭サービスに精を出すことが出来た。小桃は小桃で、しばらく会っていない同期の女子たちで、思い切り騒ぎ、それから正月は少しばかり気重だったけれど、実家で過ごした。だが、これまで夫の実家に行っていた時とは段違いといっていいほど、実家の雰囲気は穏やかで柔らかく、居心地がよかった。兄夫婦も二人の子どもを連れてきていて、小桃は小さな甥と姪にそれぞれお年玉を渡し、「おばちゃん」と懐かれて、意外なほど賑やかに楽しむことが出来た。もしも今度また結婚することがあるとしたら、こういう家がいい。「早く帰りたい」と思えるような家にしたい。そんなことさえ考えた。

今日、田口部長が見当てたホシが今年最初のホシになる。願わくば、島本部長が成績を上げてしつこいぼやきが減り、そして小桃自身もコンスタントにホシを見当てたい。猿渡主任はだんだん年齢と共に視力が弱くなってきたのか、今度の異動では普通の所轄に行きたいようなことを言っている。

サカナ　サカナ　サカナ

サカナを食べると
アタマ　アタマ　アタマ
アタマが良くなる
サカナ　サカナ　サカナ
サカナを食べると
カラダ　カラダ　カラダ
カラダにいいのさ

さあさ　みんなでサカナを食べよう
サカナはぼくらを待っている！

サカナ　サカナ　サカナ
サカナを食べると
アタマ　アタマ　アタマ
アタマが良くなる
サカナ　サカナ　サカナ
サカナを食べると
カラダ　カラダ　カラダ
カラダにいいのさ

翌日もまた寒風の吹く街角に立って、小桃はお気に入りの歌を頭の中で繰り返しながら、右へ左へと流れる人々を眺めていた。陽射しは、まだまだ春には遠かった。

初出『オール讀物』二〇二二年九・十月合併号から二〇二三年六月号

乃南アサ（のなみ・あさ）

一九六〇年東京生まれ。早稲田大学社会科学部中退後、広告代理店勤務を経て、八八年「幸福な朝食」が第一回日本推理サスペンス大賞で優秀作に選ばれデビュー。九六年『凍える牙』で第百十五回直木賞受賞。二〇一一年『地のはてから』で第六回中央公論文芸賞、一六年『水曜日の凱歌』で第六十六回芸術選奨文部科学大臣賞を受賞。『女刑事音道貴子　凍える牙』『結婚詐欺師』『いつか陽のあたる場所で』『しゃぼん玉』『ウツボカズラの夢』など映像化された作品多数。主な著作に『自白　刑事・土門功太朗』『すれ違う背中を』『いちばん長い夜に』『六月の雪』『チーム・オベリベリ』『家裁調査官・庵原かのん』『雫の街　家裁調査官・庵原かのん』など。エッセイ、紀行文として『ビジュアル年表 台湾統治五十年』『美麗島プリズム紀行　きらめく台湾』『続・犬棒日記』など。

緊立ち　警視庁捜査共助課

二〇二三年九月三十日　第一刷発行

著者　乃南アサ
発行者　花田朋子
発行所　株式会社 文藝春秋
〒一〇二―八〇〇八
東京都千代田区紀尾井町三―二三
電話　〇三・三二六五・一二一一（代表）

印刷所　凸版印刷
製本所　大口製本
組版　LUSH

ISBN978-4-16-391750-4